W0016244

mare

I

ANKOMMEN

In der Vorstellung ist das Meer immer blau. Bitte ein Kind, den Ozean zu malen, und es weiß sofort, nach welcher Wachsmalkreide es zu greifen hat.

Die Wirklichkeit sieht häufig anders aus: weiß, grün, golden, sogar orange, rosa, türkisfarben, je nach Lichtverhältnissen, und oft eben auch schwarz, grau oder braun.

Wer gleich bei der ersten Ankunft an einer Küste auf die ultramarine Erfüllung seines Traumbilds schaut, fühlt sich bestätigt und belohnt. Wer beim ersten Blick aufs Meer nur schiefergraues Wasser sieht, kommt sich betrogen vor.

Freddy Wohn sah das Meer zum ersten Mal im Sommer 1982. Es war wachsmalkreideblau.

Begeistert sprang er aus dem Wagen, rannte dem Anblick entgegen, machte einen Satz auf die niedrige Mauer, die den Parkplatz von dem steil abfallenden Hang trennte, breitete die Arme aus und schrie, hörte gar nicht mehr auf damit, er johlte und jauchzte, in der Erwartung, die anderen würden gleich einstimmen, aber als er sich umdrehte, stiegen Tom und Marianne gerade erst mit müden Gliedern aus dem Wagen.

Der rote Lack des 1200er-Kombis leuchtete prachtvoll im frischen Vormittagslicht. Zweitausend Kilometer hatten sie mit dem Lada zurückgelegt, um an diese Stelle hoch oben neben der Burg von Thessaloniki zu gelangen, wo sich eine so umfassende Sicht auf den Thermaischen Golf bot, dass man glaubte, die gesamte Ägäis zu überblicken. Freddy schickte eine weitere Salve Indianergeheul in den Himmel über dem Meer, dann waren die Reisestrapazen vergessen. Er schlug Tom, der nun endlich neben ihm stand, vor Freude auf die Schulter, aber dieser verriet keinerlei Anzeichen von Begeisterung. Außerdem musste er sich seiner Freundin Marianne zuwenden, die mit fest um den Leib geschlungenen Armen zu ihm trat, als sei ihr trotz der Sommerwärme kalt.

Freddy wunderte sich über seinen Freund Tom, den er kannte, seit er denken konnte, und dem er es letztlich zu verdanken hatte, dass er bei dieser Tour dabei sein durfte, denn Tom hatte ihn mit den anderen zusammengebracht und dafür gesorgt, dass man ihn, den Berufsschüler, in die Kreise der Gymnasiasten und Studenten aufnahm. Auch von Marianne hätte Freddy eine lebhaftere Reaktion auf die Begegnung mit dem Meer erwartet, war sie es doch gewesen, die bei der Planung der Reise das Licht, die Wärme und die befreiende Atmosphäre des Südens so verführerisch beschrieben hatte.

Freddy blickte zum Parkplatz und sah, wie die beiden Pärchen aus dem anderen Auto, dem weißen R4-Kastenwagen, näher kamen: Finger und Lurch mit ihren Freundinnen Mechthild und Lioba. Sie trotteten auf ihn zu, stiegen wortlos auf das Mäuerchen und beschirmten die Augen. Freddy musterte seine Freunde, wie sie aufgereiht neben ihm standen, von der Morgensonne angestrahlt. Sechs junge Menschen, die schweigend auf Saloniki blickten, auf die Ägäis mit ihren Inseln, auf die thessalischen Berge im Hintergrund.

Diese Aussicht hatten sie sich immer wieder ausgemalt, den ganzen Frühling über, seit der Beschluss gefasst war, nach Griechenland zu fahren, und nun verrieten sie keine Spur von Freude, geschweige denn Überschwang.

Es muss mit den Geschehnissen der Vortage zu tun haben, sagte sich Freddy, mit seiner ruppigen Methode, die Autoreifen zurückzuerobern, die man ihnen in Jugoslawien gestohlen hatte. Und mit seiner energischen Art, seine Freunde daran zu hindern, Melonen vom Feld zu klauen. Beide Male hatte er die anderen erschreckt. Beide Male hatte ein Zerwürfnis in der Luft gelegen. Fast wie Feinde hatten sie sich gegenübergestanden, er und die anderen, und das, obwohl sie Freunde waren und sich auf einer gemeinsamen Reise befanden.

Aber musste man solche Reibereien bei dieser Aussicht nicht einfach vergessen?

»Ich sehe gerade zum ersten Mal das Meer«, stellte Lioba fest.

»Ich auch«, sagte Mechthild.

»Die Stadt müsste weg sein, dann wäre die Aussicht besser«, meinte Lurch, der schon immer fand, die Schönheit der Erde sei dort am reinsten, wo Menschen sie nicht störten.

»Ich war bis jetzt nur an der Ostsee«, murmelte Marianne, »als Kind, mit meinen Eltern, in Timmendorfer Strand.«

Tom war als Einziger von ihnen schon einmal im Süden gewesen, im Sommer 1978, im Alter von vierzehn Jahren.

»Damals war ich maßlos enttäuscht vom Mittelmeer«, erklärte er, »weil es bloß eine trübe Brühe war mit laschen Wellen. Ich hatte mir was Sensationelles in Azurblau vorgestellt, aber was ich dann vor mir hatte, sah aus wie eine Desillusionierung, die jemand böswillig inszeniert hatte.«

Der Schauplatz seiner Enttäuschung sei ein italienischer Badeort namens Eraclea Mare gewesen, da habe er den Sommerurlaub mit seinen Eltern verbringen müssen.

Freddy hätte am liebsten erwidert, dass er als Vierzehnjähriger von einem Familienurlaub in Eraclea Mare gewiss nicht enttäuscht gewesen wäre, unabhängig von der Farbe des Meeres. Damals hatte er praktisch keine Eltern mehr gehabt, schon lange nicht mehr. Seine Mutter hatte im Herbst seiner Einschulung *jemanden kennengelernt* und war ausgezogen, sein Vater hatte sich bereits Jahre früher aus dem Staub gemacht. Aber Freddy sagte nichts, sondern versuchte, sich auf die Aussicht zu konzentrieren. Das Meer, das vor ihm lag, war ganz und gar so, wie er es sich ausgemalt hatte. Als gigantisches Geschenk zur Volljährigkeit empfand er es, dass ihm die Welt an dieser Stelle so ozeanweit offenstand.

Ende Februar war er achtzehn geworden – gewissermaßen, denn er hatte am neunundzwanzigsten Geburtstag, einem Datum, das im Kalender des Jahres 1982 nicht vorgesehen war.

Verstohlen schielte er zur Seite. Toms Gesichtsausdruck ließ eher Genugtuung als Begeisterung vermuten. Auf ihn schien der Anblick der Ägäis lediglich wie die überfällige Korrektur der Enttäuschung von Eraclea Mare zu wirken.

Finger nahm das Panorama zum Anlass, sich eine Zigarette zu drehen. Er genoss es ganz offensichtlich, wie ein Feldherr von oben über die Landschaft zu schauen und sich den Wind um die Nase wehen zu lassen. Den Mund machte er nicht auf, aber immerhin lächelte er sein typisches Lächeln, das die Bereitschaft zur Versöhnung mit allem und jedem ausdrückte.

Die Frauen wirkten erschöpft von der langen Fahrt, die

sie auf den Rückbänken von Lada und R4 verbracht hatten, weil die Jungs sie – abgesehen von einer Ausnahme, für die Freddy verantwortlich gewesen war – weder auf den Beifahrersitz noch gar ans Steuer gelassen hatten. Abwesend schauten sie auf das Panorama. Sie schienen das Meer wie durch ein Fenster wahrzunehmen, das seit Jahren niemand mehr geputzt hatte.

Wie gern hätte Freddy jemanden gehabt, mit dem er seine Euphorie teilen konnte. Aber die Freunde merkten nicht, wie er sie ansah.

Er zuckte mit den Schultern, schüttelte leicht den Kopf und richtete den Blick wieder nach vorn, sog die Aussicht geradezu in sich auf, als ahnte er, dass er das Meer nach diesem Sommer nie mehr zu Gesicht bekommen würde.

BOXEN

Das bisschen Kleidung, Wasch- und Rasierzeug, die Taschenbücher, die er nur mitnimmt, weil Mesut behauptet, nichts auf Deutsch lesen zu wollen, und natürlich die Briefe, dann ist die alte Sporttasche mit dem kaputten Reißverschluss gepackt.

Fehlen nur noch die Bilder.

Er streckt den Arm aus, schiebt behutsam den Magneten zur Seite, nimmt das Foto der neugeborenen Rosa vom Bettpfosten und steckt es in die Brusttasche seines Hemdes.

Mesut rührt sich nicht auf seiner Matratze, aber als Freddy an den Klebestreifen pickt, mit denen das zweite Bild an der Wand befestigt ist, protestiert er.

»Nee, Alter, das kannst du mir nicht antun. Komm, lass hängen.«

Es ist nichts weiter als die Doppelseite aus dem Mittelteil einer Illustrierten, ein Foto mit verschossenen Farben, stellenweise eingerissen, ursprünglich jedoch behutsam herausgelöst, nachdem die Heftklammern mit einem Messer aufgebogen worden waren.

So haben sie es früher immer gemacht, Tom und er, wenn sie Zeitschriften aus dem Müll zogen und nach interessanten Bildern durchforsteten. Für dieses Foto waren sie allerdings nicht in die Tonne getaucht, sondern zum Laden gegangen und hatten Münzen auf die Theke gelegt, denn sie mussten es unbedingt haben, auf der Stelle. Wann war das gewesen? Im November 1974. Freddy muss sich nicht lange besinnen, denn der Kampf, den das Foto dokumentierte, fand am 30. Oktober statt.

»Echt jetzt. Bitte.«

Freddy dreht sich übertrieben unwirsch um. »Hast du gerade bitte gesagt?«

»Quatsch!«

»Also gut.«

Er lässt das Bild hängen, tritt einen Schritt zurück und betrachtet es ein letztes Mal. Das Scheinwerferlicht macht Schweißtropfen in der schwarzen Nachtluft sichtbar. Sie sprühen vom Kopf des getroffenen Boxers auf, es ist der Moment, der die Wende einleitet, von jetzt an lässt sich Ali nicht mehr in die Seile drängen, sondern baut seinen Konter zum Angriff aus, weil er sieht, dass dem Gegner Beine und Arme müde werden, und Freddy weiß noch, wie er zusammenzuckte, als er diesen Schlag auf der Mattscheibe sah, zusammenzuckte, weil er die Wucht begriff, aber auch, weil er nun wieder Hoffnung schöpfte, nachdem er mehrere Runden lang den Tränen nahe gewesen war, angesichts der Niederlage, die er für Ali unausweichlich hatte kommen sehen. Auch wenn er nie zuvor einen Kampf von Schwergewichtsboxern verfolgt hatte, erkannte er doch Foremans Überlegenheit. Es mussten Hunderte Schläge gewesen sein, die Alis Körper zu verkraften hatte, und Freddy hatte sich in die Faust gebissen.

Nun ist wieder November, einundvierzig Jahre später.

Freddy stutzt, als machte er erstmals Bekanntschaft mit dem Phänomen Zeit. Seit einundvierzig Jahren begleitet ihn dieses Bild. Mit einundfünfzig hütet er noch immer den Schatz des Zehnjährigen, wie um sich zu beweisen, dass beide ein und derselbe Mensch sind. Plötzlich wird ihm flau. Vier Jahrzehnte, was hätte man aufbauen können in der Zeit, wie viele Häuser bauen, Bäume pflanzen, Kinder zeugen! Bloß nicht so etwas denken, nicht jetzt, unmittelbar vor der sogenannten Freiheit. Freddy tritt nervös von einem Bein aufs andere, und da sagt Mesut:

»Ja, komm, mach noch mal!«

Freddy sieht seinen Zellengenossen fragend an.

»Tanz noch mal wie Ali!«

Freddy schüttelt den Kopf und greift nach seiner Tasche.

»Nun komm schon, zum Abschied.«

Er hat es fast täglich getan, schattenboxend getänzelt, das war sein Training gewesen, zweimal eine halbe Stunde am Tag, er hatte dabei Laute von sich gegeben und manchmal sogar große Töne gespuckt wie Ali, um Mesut zu unterhalten. Aber jetzt geniert er sich, als er die Fäuste zur offenen Deckung hebt und anfängt, auf den Fußballen zu hüpfen, vom rechten auf den linken, und sich hüpfend von der Stelle bewegt, im Kreis, im Ring, im eckigen Kreis. Sobald es nach Tanz aussieht, kommen Mesuts Anfeuerungen, und der Spaß verscheucht die Scham.

»Mach den *Anchor Punch*!«, verlangt Mesut. Freddy tut ihm den Gefallen, versucht, ihn besonders schnell kommen zu lassen, ansatzlos, sodass man es kaum sieht, dann bricht er das Spiel plötzlich ab, schlägt in Mesuts Hand ein, zieht ihn vom Bett hoch und umarmt ihn kurz und hart, als wären sie gemeinsam in einem ausgeglichenen Fight über die volle Distanz gegangen und sich nun nicht sicher, bei wem die Punktrichter mehr Treffer gezählt hatten.

»Das Bild bleibt hängen«, sagt Freddy. »Lass dich nicht unterkriegen«, muntert er Mesut auf, der halb so alt ist wie er und ihn nun eine Sekunde lang ansieht wie ein Sohn seinen Vater. »Mach's wie Ali. Zeig allen, dass ein Comeback möglich ist. Aber schlag in Zukunft nur zu, wenn du Boxhandschuhe anhast.«

Mesut setzt sich wieder aufs Bett. Gemeinsam blicken sie auf die Wand mit dem Foto aus Afrika, Ali gegen Foreman, *The Rumble in the Jungle*, 30. Oktober 1974, morgens um vier Uhr Ortszeit in Kinshasa, hunderttausend Schwarze, nur vorne am Ring, knapp oberhalb des federnden Bodens, die Gesichter der weißen Berichterstatter, aufgerissene Augen selbst bei den professionellen Beobachtern, hier geschieht etwas Außergewöhnliches, Faszination und Entsetzen, wie immer, wenn Männer sich schlagen, der sportliche Rahmen gibt Regeln vor, verlangt Geschick und antrainiertes Können, aber das Ziel ist das gleiche wie bei einer ungebändigten Schlägerei: die Kampfunfähigkeit des Gegners durch Gewalt.

»Und du hast das live gesehen?«, fragt Mesut wie schon so viele Male zuvor.

Freddy presst die Lippen zusammen, nickt und schickt einen kleinen Laut des Lachens durch die Nase.

Der Kampf war ein Geschenk von Tom gewesen. Normalerweise bekam Freddy nichts geschenkt, nicht einmal zum Geburtstag, weil der nur alle vier Jahre stattfand und dann niemand daran dachte, aber auch weil in seiner zerzausten Sippschaft der Sinn für Zeremonien nur schwach ausgeprägt war. Tom hingegen stammte aus einer Familie, in der nicht nur alle Festtage begangen wurden, sondern in der man auch lernte, an seine Mitmenschen zu denken und den Benachteiligten etwas von seinem Wohlstand abzugeben.

»Seid ihr eigentlich arm?«, hatte er Freddy gefragt, als sie noch Abc-Schützen mit orangen Schildmützen waren und den Schulweg gemeinsam zurücklegten, weil sie nun einmal vis-à-vis wohnten und morgens zur gleichen Zeit das Haus verließen.

»Wieso arm?«

»Weil ihr kein Auto habt und das Waschwasser in den Hof schüttet und weil ihr so viele seid, aber ohne Mama und Papa.«

»Wir sind normal«, hatte Freddy gesagt, und als er sich daran erinnert, muss er über die Entschiedenheit des Erstklässlers schmunzeln, der bis dahin noch nie mit Außenstehenden über seine Familie gesprochen hatte und sich seiner Sache sicher war, weil er nichts anderes kannte als das Leben mit zwölf Geschwistern in dem kleinen, von den vielen Menschen überforderten Haus, in dem wegen der ständigen Abwesenheit seiner Eltern die ebenfalls kleine und überforderte Großmutter allein das Regiment führte.

Erst nach und nach, und durch seine gelegentlichen Besuche bei Tom, wurde ihm klar, wie anders das Leben in einem Haus sein konnte, das im Prinzip mit dem, in dem er wohnte, identisch war: zur gleichen Zeit errichtet, nur durch einen Anbau erweitert. Aber es war irgendwie sauberer, überschaubarer, ruhiger, mit Dingen, die ihren festen Platz hatten, sodass man sie nicht ständig suchen musste, mit Schranktüren, die nicht sperrangelweit offen standen, mit Betten, die gemacht waren und von denen man genau sagen konnte, welches wem gehörte, und zwar in allen Nächten des Jahres – erst da hatte er verstanden, dass sein Leben mit

Oma und Geschwistern nur für ihn normal war, für alle anderen jedoch einen Schandfleck in dieser Siedlung der ordentlichen Nutzgärten und betonierten Garageneinfahrten darstellte. Sie ließen ihr Haus herunterkommen, während die Nachbarn ihre Eigenheime mit Doppelglasfenstern und Veranden veredelten: Zeugnisse ihres Aufschließens zum Mittelstand. Freddys Familie hinkte hoffnungslos hinterher, und am deutlichsten wurde das, wenn das Puddelauto kam und mit einem dicken, geriffelten Schlauch die Fäkalien aus der Klärgrube saugte, weil sie sich den Anschluss ans Kanalnetz nicht leisten konnten. Dann stank die ganze Straße, und Freddy schämte sich.

Außerdem war es in ihrem Haus, das in all der Zeit keinen neuen Anstrich erfahren hatte, laut und unruhig. Wenn geschrien wurde, drang es durch die Sprossenfenster, die noch aus den frühen Dreißigerjahren stammten, und es schrie eigentlich dauernd jemand: eine gereizte Schwester, ein wütender Bruder oder eben Oma, die eines der Enkelkinder zusammenstauchte, weil es an ihr Portemonnaie gegangen war oder einen halben Ring Fleischwurst ohne Brot vertilgt hatte, oder einfach, weil es auf der Couch lag, ohne die Schuhe ausgezogen zu haben. Oma hatte nicht einmal auf offener Straße Hemmungen, ihrem Herzen Luft zu machen, *Ich hau dich windelweich*, schrie die kleine, magere, nahezu zahnlose Person in der Kittelschürze jedes Mal, wenn sie Freddy am Abend ins Haus rief, dieser aber keine Anstalten machte, sich von seinen Spielgefährten zu trennen.

Laut und schmutzig hätte das Prädikat für Freddys Elternhaus ohne Eltern lauten können, aber der Nachbarschaft genügte als Charakterisierung *asozial*. Niemand betrat das Grundstück freiwillig; nicht einmal bei den Nachbarskindern wog die Neugier schwerer als die diffuse, argwöhnische Furcht vor dem, was sie bei Freddy erwarten könnte. Wenn sie auf der Straße Fußball spielten, war er, solange der Ball rollte, einer von ihnen, aber sobald derjenige, dem der Ball gehörte, abzog, weil ihn seine Mutter zum Essen rief, und die anderen, ihres Spielgeräts beraubten Kinder desorientiert herumstanden, hatte Freddy schon nach kurzer Zeit das Gefühl, nicht mehr dazuzugehören. Es war, als rieche er schlecht. Selbst diejenigen, die gerade noch auf seiner Seite gekickt hatten, rückten nun in kleinen Schritten von ihm ab, womöglich ohne dass sie es merkten. Bloß einer hielt seine Position: Tom von gegenüber. Gemeinsam machten sie sich auf den Heimweg, sagten, wenn sie bei ihren Häusern angekommen waren, »Mach's gut« oder »Bis morgen«, und dann bog Tom nach links ab, wo das Gartentor aus gekreuzten, dunkel gebeizten Holzstreben stets geschlossen war, und Freddy nach rechts, wo das rostige Eisentor schief in den Angeln hing und grundsätzlich offen stand.

Tom besuchte Freddy nie, und wenn Freddy zu Tom kam, dauerte es nicht lange, bis sie von Toms Mutter ins Freie geschickt wurden, darum hatte Freddy seinen Ohren nicht getraut, als Tom ihn eines Tages einlud, mit ihm zusammen den Kampf Foreman gegen Ali anzuschauen, und zwar im Wohnzimmer der Großeltern, die mit im Haus lebten. Toms Eltern hätten ihm nie erlaubt, wegen eines Boxkampfs den Nachtschlaf zu unterbrechen, aber in seinem Großvater hatte er einen Komplizen gefunden, der ihn heimlich zu wecken versprach und auch damit einverstanden war, dass der Nachbarsjunge hinzukam.

Seit Wochen hatten sie über das bevorstehende Duell in Afrika gesprochen, hatten das Warten kaum ertragen und schier verrückt werden wollen, als der Kampf um sechs Wochen verschoben wurde, weil Foreman vom Ellenbogen seines Sparringspartners verletzt worden war. Sechs quälend lange Wochen.

Freddy hatte sich nicht auf Anhieb von Toms Begeisterung anstecken lassen, sondern erst nach und nach, er hatte zunächst sein Misstrauen gegenüber dem Boxsport überwinden müssen. Im Gegensatz zu Tom war er nämlich schon mehr als einmal Zeuge geworden, wie zwei Männer, die gerade noch rauchend und trinkend einträchtig an einem Tisch gesessen hatten, plötzlich aufsprangen und die Fäuste fliegen ließen. Er hatte in diesen Fällen nicht zugeschaut, sondern war geflüchtet, weil er befürchtete, die jäh ausgebrochene Gewalt könnte auf ihn übergreifen. Sah man Schläge aus nächster Nähe, erkannte man, dass sie sich nicht leicht beherrschen ließen. Nur mit noch größerer Stärke kam man gegen sie an. War man nicht stark und bereit, der Gewalt mit Gewalt zu begegnen, tat man gut daran, sich zu verkrümeln.

Am schlimmsten hatte Freddy einen Schlagabtausch zwischen seinem Vater und seinem Bruder Werner in Erinnerung. Nach langer Abwesenheit war der Vater wieder einmal zu Hause aufgetaucht, hatte sich am Esstisch niedergelassen, Freddy, seinen Jüngsten, wie eine Trophäe auf den Schoß genommen und großspurige Reden geführt. Bis Werner hereinkam und nach einem einzigen Blick auf seinen Erzeuger kurz und knapp sagte: »Sieh zu, dass du Land gewinnst.«

Der Vater setzte Freddy vom Schoß ab, stand auf, trat vor seinen Ältesten hin und scheuerte ihm ansatzlos eine. Zurück kam keine flache Hand, sondern eine Rechte mit geballter Faust, die dem Vater die Lippe aufriss und ihn in einer Schraubbewegung auf den Küchentisch stürzen ließ, wo daraufhin die Flaschen umkippten wie beim Kegeln und der Aschenbecher seinen Inhalt erbrach.

Tom kannte solche Szenen nicht, Tom plapperte nach, was sein Großvater über die Kunst der Verteidigung beim Boxen sagte, über Taktik und Plan. Boxer sind keine Feinde, beteuerte er, Boxer sind Gegner, aber auch Kameraden. Vor dem Kampf plustern sie sich auf und fauchen sich an, im Ring tun sie alles, was erlaubt ist, um den Gegner zu bezwingen, aber danach geben sie sich die Hand.

Der Umstand, dass beim Boxen nicht alles erlaubt war, vor allem Schläge unter die Gürtellinie nicht, überzeugte Freddy schließlich. Ringrichter und Regeln hielten die Kämpfer im Zaum. Seile verhinderten, dass die Gewalt aus dem viereckigen Ring sprang.

Ein wenig bange war ihm trotzdem bei der Vorstellung, in Echtzeit dabei zu sein, weil das bedeuten konnte, dass unversehens einer der Kontrahenten bewusstlos zu Boden ging. Je näher der Kampf rückte, desto mehr wich die Bangigkeit jedoch der Aufregung über das nächtliche Geheimnis. Allein das Wort *Kinshasa* auszusprechen, war bereits ein Abenteuer, als würde man im selben Atemzug eine verbotene Welt betreten. Noch abenteuerlicher war es freilich, mitten in der Nacht unbemerkt über die Straße zu gelangen. Den Wecker zu stellen kam nicht infrage, der würde die Brüder aus dem Schlaf reißen. Freddy blieb nichts anderes übrig, als sich wach zu halten, bis es Zeit war, das Haus zu verlassen. Dadurch beobachtete er dank Muhammad Ali zum ersten Mal ausführlich die Nacht.

Wie üblich herrschte im Brüderzimmer Unruhe bis nach Mitternacht, so lange stellte sich Freddy schlafend. Als Stille einkehrte und die Brüder gleichmäßig schnauften und schnarchten, schlich er sich ins Zimmer der Schwestern im ersten Stock, wo man vom Gaubenfenster aufs Haus gegenüber blickte. Tom hatte versprochen, mit der Taschenlampe Lichtzeichen zu geben. Freddy bezog seinen Posten, lautlos, um die Schwestern nicht aufzuwecken, und sah in die Dunkelheit hinaus. Auf der Straße regte sich nichts, die Bewohner der Vorortsiedlung schliefen, und diejenigen, die Nachtschicht hatten, würden erst im Morgengrauen zurückkehren. Freddy betrachtete das von den Gaslaternen matt aufgehellte Standbild. Einmal zuckte er zusammen, weil ein Blatt zu Boden segelte. Von da an richtete er den Blick fest auf die Birke vor dem Haus, um den Moment zu erwischen, in dem sich ein weiteres Blatt löste. Es gelang ihm nicht, und bald verlor er die Lust. Nun wurde ihm langweilig. Eine Uhr besaß er nicht, so konnte er nicht verfolgen, wie die Zeit verstrich, und als ihm lange genug langweilig war, kroch Müdigkeit die Beine herauf. Er musste sich wach halten, wagte es aber nicht, sich zu strecken und zu schütteln, weil er befürchtete, die Bodendielen könnten knarren. Immer schwerer fiel es ihm, der Schläfrigkeit standzuhalten, wie eine Boa constrictor umschlang sie ihn und presste die letzten Reste von Wachheit aus ihm heraus. Doch bevor er im Stehen einschlief, bellte irgendwo ein Hund, es musste der Schäferhund vier Häuser weiter sein, laut und wütend bellte er, und sofort war Freddy wieder hellwach, die Boa ließ von ihm ab, stattdessen packte ihn die Angst, ertappt zu werden, denn in seinem Rücken drehten sich gleich mehrere Körper in ihren Betten um. Sei still, flehte er innerlich, aber der Hund wurde immer wütender, womöglich stellte er gerade einen Einbrecher. Freddy drückte das Gesicht an die Scheibe in dem Versuch, aus spitzem Winkel etwas zu erkennen, da regte sich auf der

Straße etwas. Ein Tier kam von links angerannt, ein Vierbeiner, doch das war kein Schäferhund, nein, so rannte kein Hund, so huschend und rasch, das musste ein Fuchs sein, und kaum hatte Freddy das erkannt, war das Tier schon verschwunden, und das Bellen brach ab.

Dass in den Gärten der Siedlung ein Fuchs lebte, hatte er nicht geahnt. Er hauchte auf die Scheibe und zeichnete mit dem Finger die Umrisse eines Fuchses auf die beschlagene Stelle, wischte sie aus, hauchte erneut, zeichnete einen Hund, dann einen Boxer, das war schwer, er benötigte viele Versuche, bis es gelang, und jedes Mal, wenn er ein Bild ausgewischt hatte, fuhr er sich mit der flachen Hand durchs Gesicht und hielt sich mit der kalten Feuchtigkeit wach, bis gegenüber unversehens ein Licht aufleuchtete. Das Zeichen! Tom blinkte mit der Taschenlampe. Aufgeregt winkte Freddy mit beiden Armen, als könnte Tom ihn sehen, dann schlich er barfuß die Treppe hinunter, schlüpfte in die Turnschuhe, die er neben der Tür bereitgestellt hatte, öffnete die Haustür gerade so weit, dass sie nicht zu quietschen anfing und er durch den Spalt passte, und rannte zum offenen Gartentor. Dort duckte er sich neben den Zaunpfosten, spähte in beide Richtungen, bevor er in gebückter Haltung auf Toms Gartentor zulief. Es war angelehnt. Weiterhin geduckt huschte er in den Hof hinein zur Haustür. Dort wartete Tom auf ihn und bedeutete ihm mit einer Geste, die Schuhe auszuziehen. Barfuß und auf Zehenspitzen huschten sie in das kleine Wohnzimmer, wo in gedämpfter Lautstärke der Fernseher lief. Toms Großvater saß in einer Strickjacke über dem gestreiften Pyjama und mit Pantoffeln an den Füßen im Sessel und begrüßte den Gast mit einem Nicken.

Tom schloss die Wohnzimmertür, stellte den Ton am

Fernseher lauter und legte für sich und Freddy jeweils ein Kissen auf den Boden. Kaum hatten sie im Schneidersitz Platz genommen, fing die Menschenmenge im nächtlichen Stadion an zu schreien, Blitze flammten auf, die Kamerabilder wechselten unruhig, als könnte sich der Regisseur nicht entscheiden, aus welchem Blickwinkel er das Geschehen zeigen sollte, als hätte er Angst, die Übertragung dieses einmaligen Ereignisses zu verderben.

»Jetzt geht's los«, meinte Toms Großvater trocken.

»Warum haben die eigentlich mitten in der Nacht gekämpft?«

Freddy braucht einen Moment, bis er begreift, aus welcher Welt die Frage kommt.

»Ich meine, Deutschland und Kongo liegen doch praktisch untereinander, die müssten doch dieselbe Zeit haben, wenigstens ungefähr«, hört er Mesut sagen, der offenbar nachgedacht hat.

Freddy stutzt. Das ist ihm noch nie in den Sinn gekommen. Mesut hat recht, zwischen Europa und Afrika gibt es keine so großen Zeitunterschiede wie zwischen Europa und Amerika. Aber der Kampf hatte tatsächlich nachts um drei stattgefunden, mitteleuropäischer Zeit, also waren damals hunderttausend Afrikaner mitten in der Nacht aufgebrochen, um zum Stadion zu pilgern und um vier Uhr morgens – weil Zaire, wie der Kongo damals hieß, eine Zeitzone weiter östlich lag – den größten Fight aller Zeiten zu verfolgen.

»Gute Frage«, gibt Freddy zu.

»Fehlt bloß eine gute Antwort«, sagt Mesut grinsend.

Freddy muss gestehen, dass er keine hat, dass er es nicht weiß, aber während er ganz mechanisch seine Unwissenheit beteuert, begreift er, dass die amerikanisch-afrikanische

Zeitdifferenz doch Einfluss auf den Übertragungszeitpunkt genommen haben muss. Es konnte nur einen Grund dafür gegeben haben, zwei Männer in den frühen Morgenstunden zur sportlichen Höchstleistung zu bitten: Der Kampf sollte im amerikanischen Fernsehen zur besten Sendezeit übertragen werden.

Nachdem Freddy den Zusammenhang erkannt hat, zögert er kurz, ihn Mesut zu erklären. Als er es schließlich tut, meint dieser nur: »Die Afrikaner sind und bleiben arme Schweine.«

Auf dem Gang nähern sich Schritte, sie stoppen vor der Zellentür, es folgt ein metallisches Rasseln.

Mesut steht auf und sieht Freddy in die Augen, jetzt allerding nicht mehr so wie ein Sohn seinem Vater. Sie hören, wie von draußen der Schlüssel ins Schloss gesteckt wird.

»Pass auf dich auf, Alter«, sagt Mesut. »Und such dir draußen einen neuen Namen!«

Weil Freddy ihn fragend anschaut, fügt er hinzu: »Wer weiße Hemden trägt, der kann nicht Freddy heißen.«

Vom Gang zieht kühle Luft herein, als die Zellentür aufgeht. Freddy wirft sich die Lederjacke über die Schulter, nimmt seine Tasche, nickt Mesut noch einmal zu und tritt über die Schwelle, ohne den Schließer eines Blickes zu würdigen.

Such dir einen neuen Namen. Was soll das bedeuten? Damit ist Mesut ihm noch nie gekommen, aber Freddy hat ihm angesehen, dass er es ernst meint.

Namenswechsel haben etwas Unheimliches. Sie irritieren, so wie damals, als Freddy zum ersten Mal hörte, dass Muhammad Ali ursprünglich Cassius Clay geheißen habe. Niemand konnte ihm erklären, warum der Boxer den Namen gewechselt hatte, schon gar nicht Toms Großvater, der einzige Erwachsene, von dem Freddy wusste, dass er sich fürs Boxen begeisterte, denn der machte den Namenswechsel einfach nicht mit, sondern blieb bei Clay. Cassius Clay klang auch in Freddys Ohren gut, es erinnerte an die amerikanischen Soldaten, die wenige Straßen weiter in der Kaserne der US-Panzerbrigade lebten, morgens ihren Frühsport mit rhythmischem Gesang begleiteten und abends mit riesigen Pizzaschachteln durch die Gegend schlurften, groß und schlank und lässig, mit weißen Turnschuhen, um die ein dünner roter Streifen lief. Die hätten alle Cassius Clay heißen können, aber nicht Muhammad Ali.

Trotzdem war Ali größer als jeder Einzelne von ihnen, denkt Freddy auf dem Weg über den Gang, in dem die Schritte übermäßig hallen, weil in diesem Gebäude so viel Metall verbaut ist, dass es auch scheppert und knallt, wenn eigentlich Ruhe herrscht.

Kurz versucht sich Freddy ein Gefängnis mit Teppichboden, Türgummis und Holzbetten vorzustellen, aber dann rappelt auch schon die nächste Tür. In seinem Inneren spürt er etwas, das sich lauter bemerkbar macht als die Knastgeräusche und schon bald alles andere in den Hintergrund drängt: Lampenfieber.

STARTEN

Ist einem der genaue Zeitpunkt der Haftentlassung erst einmal mitgeteilt worden, kann man gar nicht anders als die Tage zählen, und es lässt sich auch nicht verhindern, dass die Ungeduld wächst, je näher der Tag rückt; trotzdem verliert Freddy nicht die Fassung, als ihn der Pförtner unnötig lange vor der automatischen Tür warten lässt. Dies ist die dritte Haftentlassung seines Lebens, er kennt das. Eine letzte, kleine Schikane. Beim Unterschreiben des Formulars hört er den Uniformierten den Abschiedsspruch sagen, der klingt, als stammte er aus einem Fernsehfilm. Freddy wüsste etwas darauf zu antworten, aber er verkneift es sich, schiebt stumm das Blatt durch die Öffnung im Panzerglas und nickt nur leicht. Dann richtet er den Blick auf die blaue Metalltür. Nach wenigen Sekunden geht sie auf, und Freddy ist draußen.

Weil er weiß, dass sie ihn über die Kamera beobachten, bleibt er nicht stehen wie ein Unschlüssiger, sondern geht, wenn auch langsam, weiter, als wüsste er genau, wohin. Unauffällig sieht er sich nach einem kleinen roten Auto um. Er weiß gar nicht, was für ein Modell Rosa fährt, doch aus irgendeinem Grund stellt er es sich klein und rot vor. Quirlig, flink, dienstbereit und freundlich.

Er lächelt. Und wundert sich darüber.

Ein rotes Auto kann er nicht entdecken; in den silbernen, weißen, schwarzen Wagen am Straßenrand sitzen keine Wartenden. Eine kleine, ungerechtfertigte Enttäuschung macht sich in ihm breit. Es war nicht abgemacht, dass Rosa kommt, doch sie ist die einzige nicht amtliche Person, die weiß, dass dieser Tag sein neuer Start ist. Er hat es ihr geschrieben, und dem Punkt, den er ans Ende der Mitteilung setzte, ist unweigerlich Hoffnung entwachsen.

Als Nächstes merkt er, dass er friert. Hemd und Lederjacke können gegen die neblige Novemberkälte nichts ausrichten. Er kommt sich vor wie einer von den Alkoholikern, die früher schon morgens vor der Trinkhalle standen und gegen das Schlottern in ihren zu dünnen Jacken antranken. Normalerweise war mindestens einer seiner Brüder darunter. Sieht so aus, als wäre er doch wie sie geworden, jedenfalls was die Unfähigkeit betrifft, sich vor Kälte zu schützen.

An der Haltestelle steht ein rauchender Fahrer neben seinem Bus und tut so, als nehme er den Mann, der mit der altmodischen Sporttasche in der Hand auf ihn zukommt, nicht wahr.

»Hab ich noch Zeit, eine zu rauchen?«, fragt Freddy.

»Kommt drauf an, wie schnell du ziehst«, gibt der Fahrer zurück und setzt sich ans Steuer. Freddy verzichtet auf die Zigarette. Den Fahrschein will er mit einem Fünfziger vom Überbrückungsgeld bezahlen.

»Sehe ich aus wie 'ne Bank?«, blafft der Busfahrer ihn an. »Wer große Scheine in der Tasche hat, kann Taxi fahren.«

Freddy beherrscht sich. »Wo geht's zum Bahnhof?«, fragt er. Der Fahrer schickt mit dem Zeigefinger einen unsichtbaren Pfeil durch die Windschutzscheibe, schließt die Tür und fährt ab. Freddy folgt zu Fuß. Ich würde jeden Abgänger mitnehmen, denkt er sich, egal, ob er Kleingeld hat oder nicht, und das ist die Wahrheit, denn wenn man etwas über ihn sagen kann, dann, dass er in seinem Leben eine Menge Leute mitgenommen hat, oft ohne etwas dafür zu verlangen, zwar nicht im Bus, aber in diversen anderen Fahrzeugen. Schon sieht er sie vor sich, die Autos seines Lebens, und er hätte nicht übel Lust, sich in eines davon ans Steuer zu setzen und ein bisschen in der Gegend herumzufahren, als Gegengift zum vergitterten Dasein, das er gerade hinter sich lässt.

Als er zum ersten Mal im Straßenverkehr Auto fuhr, besaß er nicht einmal den Führerschein. Er fühlte sich dennoch verpflichtet zu fahren, weil es wichtig schien. Und was wichtig war, war oft auch richtig, selbst wenn es offiziell für falsch erklärt wurde.

Seine Freunde, mit denen er dank seines Kindheitskameraden Tom nach und nach vertraut geworden war, hatten sich, wie sie selbst sagten, der links-alternativen Szene zugehörig gefühlt und beschlossen, sich nicht mehr damit zu begnügen, über Themen wie Umwelt, Rüstung, Gleichberechtigung ausführlich zu diskutieren, sondern aktiv zu werden.

Sie wollten ihre Werte in einer Lebensform verwirklichen, die allem Rechnung trug, was ihnen wichtig war. Darum gründeten sie eine Wohngemeinschaft. Und sie wollten draußen in der Welt alles bekämpfen, was ihren Werten widersprach. Darum beteiligten sie sich an Aktionen.

Damals, als sie zusammenzogen, spitzte sich gerade die Auseinandersetzung um die Erweiterung des nahe gelegenen Rhein-Main-Flughafens zu. Also bot es sich an, am Widerstand gegen die geplante Startbahn West teilzunehmen. Ihr

Bau musste verhindert werden, forderte besonders lautstark Lurch, der genau informiert war, wie viele Bäume dem Beton zum Opfer fallen würden und welche chronischen Krankheiten der Fluglärm bei den Bewohnern der umliegenden Ortschaften aller Wahrscheinlichkeit nach auslöste. Am WG-Tisch hatte man einvernehmlich dafür gestimmt, sich an den Protestaktionen zu beteiligen: Finger, Lurch und Tom sowie die Frauen. Aber als die nächste Großdemonstration anstand, erlitt ihr Eifer aus ganz profanen Gründen einen Dämpfer, denn sie stellten fest, dass sie gar nicht wussten, wie sie in den Wald neben dem Großflughafen kommen sollten.

Finger, der damals seinen R4 noch nicht besaß, ließ resigniert den Kopf hängen, weil ihm niemand einfiel, der bereit sein könnte, ihnen sein Auto zu leihen. Wie es aussah, würden sie zu Hause bleiben müssen, während an der Baustelle im Wald Zigtausende den Kopf hinhielten.

»Ich hab irgendwie das Gefühl, die anderen im Stich zu lassen«, meinte er, als würde er sämtliche Startbahngegner persönlich kennen, drehte sich eine Zigarette und blickte mit melancholischem Gesichtsausdruck in die Runde. Schon damals hatte er die übertrieben langen Nägel an der rechten Hand, die Freddy immer abstoßend fand, selbst als er den Anblick längst kannte, die aber in dem Moment, in dem Finger die Gitarre in die Hand nahm, vollkommen angemessen aussahen. Sie mussten so lang sein, damit das Picking klang. Und sie mussten für die Musik geschont werden. Finger machte nie einen Job, bei dem Gefahr bestand, dass die Nägel litten; er spülte grundsätzlich kein Geschirr, weil es die Nägel weich machte, sondern trocknete immer nur ab, und er reparierte auch sein Fahrrad nicht selbst, weil dabei leicht ein Nagel reißen oder brechen konnte. Stattdessen machte er eine ganz beiläufige Bemerkung, wenn Freddy in der Nähe war, worauf dieser meistens schon kurze Zeit später nach draußen ging, um es sich mal anzusehen.

Lurch, der eigentlich sowieso gegen Autos war, schlug vor, die Bahn nach Mörfelden zu nehmen und von dort mit dem Rad weiterzufahren, aber darauf hatte niemand Lust. Trotzdem schien es die einzige Möglichkeit zu sein, bis Freddy plötzlich meinte: »Ich kann fahren.«

»Seit wann hast du einen Führerschein?«, fragte Tom, der Freddy am längsten und besten kannte, und Freddy entgegnete lässig: »Zum Fahren braucht man keinen Lappen. Meine Brüder fahren alle ohne.«

Erst nachdem er das gesagt hatte, fing er an, sich zu überlegen, wie er es am besten anstellte, sich in der Werkstatt, in der er seine Lehre machte, unbemerkt ein Auto auszuleihen, mit dem er seine Freunde zum Demonstrieren in den Wald chauffieren konnte.

Sonderbar eigentlich, dass sie ihn damals nicht fragten, wo er das Fahrzeug hernehmen wollte. Vermutlich nahmen sie seinen Vorschlag gar nicht ernst.

Gerade als Freddy versucht, sich den Moment ins Gedächtnis zu rufen, in dem er heimlich den Wagenschlüssel vom Haken nimmt, reißt ihn ein Lied aus den Gedanken. Zwei Kinder singen es so laut sie können in den Morgen hinein, sie singen um die Wette und doch gemeinsam, und es ist ihnen nicht etwa gleichgültig, was die Leute denken, im Gegenteil, sie wollen, dass alle es hören, das liest Freddy ihren Gesichtern ab, als sie an ihm vorbeirollen, dicht nebeneinander in einem breiten, zeltartigen Wagen sitzend, der wie ein Fahrradanhänger aussieht und von einem lachenden Vater geschoben wird. In dem Moment weiß Freddy auf einmal, dass er das Lied der Kinder kennt, und zwar nicht, weil er es schon einmal gehört, sondern weil er es selbst gesungen hat. Eine in Nebel gehüllte Straße, feuchte Dunkelheit, ein Mann mit rotem Umhang auf einem weißen Pferd, ringsum Kinder, alle halten einen dünnen Stock in der Hand, an dessen Spitze mit Draht ein Lampion aus Papier befestigt ist, alle haben ein solches Licht, ausnahmslos alle, auch er, Freddy, und er trägt seine Laterne mit banger Vorsicht, damit sie nicht Feuer fängt, denn es brennt eine Kerze darin. Er hält seine Hand so, wie er sie damals hielt, und in dem Moment könnte er auch wieder das Lied mitsingen, *brenne auf mein Licht, brenne auf mein Licht.*

Freddy lächelt zum zweiten Mal, seit er das Gefängnis verlassen hat.

Wie erschrocken bleibt er stehen. Es ist ihm unheimlich. Im Knast wird nicht gelächelt. Es ist gefährlich, man gewöhnt es sich ab. Jetzt hat er es wieder getan. Wäre ich mit dem Bus gefahren, wäre mir das nicht passiert, denkt er und geht weiter. Die Tasche wiegt fast nichts.

Seltsam leicht trug sich auch die Laterne. Freddy konnte kaum fassen, dass er mit der Faust den hellen, dünnen Holzstock umschloss, an dessen Ende der Lampion hing. Er hatte ihn zum Martinstag selbst gebastelt, und er war heil geblieben. Schon die Geschichte dieses Mannes hatte ihm gefallen, der Sohn des römischen Offiziers, der mit fünfzehn Jahren Soldat wurde. *Seine Kameraden schätzten ihn wegen seiner Geduld und Nächstenliebe*, hatte die Kindergärtnerin vorgelesen, ein Satz wie ein Schmuckstück, Freddy hatte ihn nicht ganz verstanden, aber das Bild, das er vor sich sah, funkelte: Der Gardeoffizier auf seinem Schimmel macht vor einem Bettler halt, der fast keine Kleider am Leib hat, hört dessen Flehen in der klirrenden Kälte, nimmt kurzerhand seinen Umhang, teilt ihn mit dem Schwert und reicht dem Armen die eine Hälfte. Es war ein fantastischer Anblick, wie das weiße Fell des Pferdes und der rote Umhang einen leuchtenden Kontrast bildeten, vor dem die Schwertklinge aufblitzte.

Als die Kindergärtnerin ihre Schützlinge dazu ermunterte, ein Bild zu der Geschichte zu malen, riss Freddy voller Aufregung den Kasten mit den Wachsmalkreiden an sich, weil er allen zeigen wollte, was er vor seinem inneren Auge so deutlich sah. Doch wollte ihm das Pferd nicht gelingen, die Beine gerieten zu lang, der Kopf sah aus wie der eines Hasen. Freddy wurde wütend, kritzelte mit dicker schwarzer Wachsmalkreide über das Dokument seiner mangelhaften Ausdruckskunst und zerfetzte es am Ende.

Beim Basteln der Laterne riss er sich zusammen. Es glückte ihm, weil es etwas Gegenständliches war. Sobald die dritte Dimension hinzukam, wurde er geschickter, weil dann unter seinen Händen etwas Echtes entstand. Ein Bild war immer nur eine Illusion, eine Laterne aber war eine Laterne, die man vor sich hertragen konnte.

Ein Wunder, dass er beim Umzug überhaupt dabei war. Seine Schwester Anita hatte ihn mitgenommen. Sie war freundlicher zu ihm als früher, seit sie den dicken Bauch und den Mann mit den tätowierten Armen hatte, von dem sie behauptete, er sei nicht so, wie er aussehe, was Freddy nicht verstand, denn er sah nicht viel anders aus als zum Beispiel ihr Bruder Manni. Der hatte auch blaue Bilder auf den

Armen, die man jedoch nur selten zu Gesicht bekam, weil Manni meistens *auf Montage* war, wie Oma sagte.

Auch von seinen anderen Brüdern waren oft welche abwesend. Manche hatte Freddy in seinem ganzen Leben nur wenige Male gesehen. Vielleicht hatte das so sein müssen. Vielleicht hätten sie gar nicht alle in das kleine Haus hineingepasst, wenn nicht immer zwei oder drei Brüder auf Montage und die eine oder andere Schwester bei einem Kerl gewesen wären.

Zu beiden Seiten der Straße stehen Einfamilienhäuser. Hier und da recht jemand im Garten Laub zusammen, und ein wohltuender Geruch nach Gras und feuchter Erde liegt in der Luft; man wird ganz gierig danach, wenn man ihn lange nicht gehabt hat. Beim Hofgang war man vor lauter Rauchen gar nicht zum Riechen gekommen, und außerdem: Hat es da Bäume gegeben?

Freddy bleibt unwillkürlich stehen und blickt auf die Uhr. Seit einer Viertelstunde ist er draußen und fängt schon an zu vergessen, wie es drinnen aussieht.

Eine Frau fegt die Straße, obwohl nicht Samstag ist, sie riskiert nicht einmal einen Seitenblick auf den Passanten, wohl wissend, dass er aus der Vollzugsanstalt kommt, und Freddy weiß, dass sie es weiß; die Frau hat schon viele entlassene Strafgefangene hier vorbeigehen sehen und jedem einzelnen die Wertminderung ihrer Immobilie übel genommen.

Eigentlich sieht die Straße kaum anders aus als die, in der Freddy seine Kindheit verbracht hat. Kleine Häuser von kleinen Leuten, alle ähnlich, nur dass es hier keinen Schandfleck gibt, wie Freddys elternloses Elternhaus einer war.

Anita hatte ihn zum Martinsumzug mitgenommen, Anita hatte ihm die Schultüte gekauft und ihn am ersten Schultag begleitet – und Anita hatte ihm erlaubt, wann immer er wollte, zu Besuch zu kommen, auch wenn ihr tätowierter Kerl jedes Mal murrte, weil Freddy so viel aß. »Der kommt bloß, wenn er Hunger hat«, sagte er, aber das stimmte nicht, denn Freddy hatte immer Hunger, auch wenn er nicht zu Anita ging.

Anita wohnte mit dem Tätowierten und den Kindern in einem ehemaligen Kasernengebäude aus Backstein, in dem Familien mit zu vielen Kindern in zu kleinen Wohnungen keine Ausnahme waren. Im Hof nebenan befand sich eine Autowerkstatt: Lada und Škoda, Reparatur und Verkauf. Die Leuchtreklame über dem Eingang verriet, dass der Eigentümer Dr. Hartmann hieß. In welchem Fach er sich den Doktortitel erworben hatte, wusste niemand. Oft ging Freddy, nachdem er sich in Anitas Küche satt gegessen hatte, hinunter und beobachtete Dr. Hartmann bei der Arbeit, sah zu, wie er den Overall auszog, sich die Haare aus dem Gesicht strich und sich im weißen Hemd an den Schreibtisch setzte, um Papierkram zu erledigen, den Overall dann wieder überzog, bevor er zur Reparatur eines Wagens in die Halle ging.

Freddy guckte schon als Junge jedem Auto hinterher, er kannte alle Marken und Modelle, sogar die amerikanischen, mit denen die GIs herumfuhren, einen Lada oder Škoda erblickte er im Stadtverkehr jedoch so gut wie nie. Trotzdem standen immer welche bei Hartmann in der Halle und auf dem Hof, auch an dem Samstag Anfang November 1981, als Freddy längst kein kleiner Junge mehr und auch kein bloßer Besucher der Werkstatt, sondern bereits Dr. Hartmanns einziger Lehrling war.

Er besaß einen Schlüssel für Hoftor und Werkstatt und wusste, wo der Ersatzschlüssel fürs Büro und dort wiederum der Schlüssel für den Schrank mit den Wagenschlüsseln versteckt war. Mit Kupplung, Gas und Bremse konnte er umgehen, weil er bei der Arbeit täglich Autos im Hof rangierte. Bloß im Straßenverkehr war er noch nicht gefahren.

Er entschied sich für einen blauen 1200er-Kombi, der gerade neue Stoßdämpfer bekommen hatte. Eine Stunde nach Feierabend holte er ihn vom Hof und fuhr damit bei der WG vor. Seine Freunde sahen ihn mit ungläubigem Staunen an, stiegen jedoch umstandslos ein. Tom zog gleich eine TDK aus der Tasche seines Parkas und schob sie in den Kassettenrekorder: David Bowie, *Hunky Dory*. Finger und Lurch protestierten, sie hielten das für dekadenten Pop und wollten was Ehrliches hören, wie sie es nannten, doch Tom saß vorne und drehte den Lautstärkeregler weiter nach rechts.

Freddy gefiel die Musik. Aber wahrscheinlich hätte ihm jede andere Musik in diesem Moment ebenso gut gefallen, denn er war stolz. Niemand außer ihm hätte es fertiggebracht, einen Wagen zu beschaffen. Er zitterte, weil er die Anerkennung durch die anderen spürte, ein bisschen zitterte er allerdings auch vor Aufregung, denn nun ging es auf die Autobahn. Zum Glück mussten sie nur dreißig Kilometer fahren, doch das Schnellstraßengewirr rund um Frankfurt hatte es in sich, ein Autobahnkreuz folgte dem anderen, jede Ausfahrt verzweigte sich mehrfach, man kam mit dem Lesen der Schilder kaum hinterher, und sobald man abbremste, wurde von hinten aufgeblendet und gedrängelt.

Freddy schwitzte, er hatte Angst, mit dem heimlich geliehenen Auto einen Unfall zu bauen, aber irgendwie funktionierte es, jedenfalls achteten die anderen überhaupt nicht auf die Herausforderungen des Verkehrs, sie diskutierten unentwegt: über die Musik im Auto, über Musik im Allgemeinen, aber auch über die geplante Wiederbesetzung des Hüttendorfgeländes, an der sie sich gleich beteiligen wollten. Lurch schilderte die Brutalität der Polizei bei der Räumung vor ein paar Tagen, als wäre er dabei gewesen. In Wahrheit hatte er nur einen getroffen, der einen kannte, der dabei gewesen war, aber die Geschichte steigerte trotzdem die Spannung. Man wusste nicht, was auf einen zukam, es bestand Anlass zur Vermutung, dass es hart werden konnte, und das wiederum machte ein bisschen ängstlich, aber auch ein bisschen stolz und kühn. Als käme es besonders auf sie an, auf die Besatzung dieses spielzeugblauen Ladas, der in der Abenddämmerung den Rhein überquerte und an Rüsselsheim vorbei nach Mörfelden-Walldorf fuhr, und je näher sie dem Waldgebiet mit der Baustelle kamen, desto aufgekratzter wurde die Stimmung.

Freddy achtete kaum darauf, wie die anderen sich gegenseitig ermutigten und anspornten, er konzentrierte sich aufs Fahren. Auch in ihm machte sich Enthusiasmus breit, aber der gehörte allein ihm. Er musste sich beherrschen, um nicht laut herauszuschreien: »Ich kann fahren! Ich hab die Kiste im Griff!«

Allerdings regte sich in seinem Inneren nicht nur Begeisterung, sondern auch das schlechte Gewissen. Dr. Hartmann kümmerte sich um ihn, bildete ihn aus, gab ihm die Gelegenheit, Geld zu verdienen und dabei etwas zu lernen, und nun hatte Freddy ihn hintergangen. Vermutlich würde er ihn in den nächsten Tagen auch noch anlügen müssen.

Bis sie am Waldrand ankamen, war es dunkel. Sofort fiel ihnen ein, dass sie vergessen hatten, Taschenlampen mitzunehmen. Zum Glück waren jede Menge Leute da, und die mit Lampen in der Hand schienen auch zu wissen, wo es zur Baustelle ging. Das Stimmengewirr, das rund um die geparkten Autos zu hören gewesen war, verlor sich im Wald immer mehr, es herrschte andächtige und gespannte Stille auf dieser Lichterprozession Hunderter, ja Tausender Menschen. Man hörte nur die Flugzeuge starten und landen, doch gar nicht so laut, wie man es so nahe am Flughafen hätte vermuten können, und nach einem Fußmarsch von einer knappen Stunde achtete man nicht mehr darauf, weil aus dem Wald plötzlich andere, unheimliche, nicht zu definierende Geräusche drangen und von Schritt zu Schritt lauter wurden. Bald schimmerte grelles Licht durch die Bäume, die gerodete Fläche wurde von Schweinwerfern erleuchtet, man sah Silhouetten von Demonstranten in diesem Gegenlicht, und dann sah man den Betonzaun, der das Baustellengelände einfasste, den Stacheldraht darauf, die Wachtürme am Tor, die Masten mit Scheinwerfern, gepanzerte Fahrzeuge, Wasserwerfer, Uniformierte in Rüstungen.

Finger, Lurch und Tom sagten lange nichts, sie spürten die bedrohliche Atmosphäre ebenso stark wie Freddy, achteten darauf, dicht beieinanderzubleiben, und wussten eigentlich nicht, was sie nun tun sollten. Keiner der anderen Demonstranten schenkte ihnen Beachtung. Also standen sie einfach da, Finger zog seinen Tabak aus der Tasche, drehte sich eine und gab ihn an Tom weiter, während Lurch, der nicht rauchte, eine Banane aß und Freddy, der meistens Aktive wechselnder Marken rauchte, weil die zu Hause überall herumlagen, eine HB aus der knittrigen Packung wurstelte. Die Andacht, die auf dem Weg hierher geherrscht hatte, wich einem Grummeln und Rumoren. Ausgelöst vom Anblick der

Uniformierten, die dicht an dicht hinter dem Zaun standen, als rüsteten sie sich zur Schlacht, und tatsächlich dauerte es nicht lange, bis aus der Menge etwas über den Zaun geworfen wurde, vielleicht Holzstücke, vielleicht Steine, man konnte es nicht genau erkennen.

Die Antwort darauf: Tränengas. Eine Granate nach der anderen wurde in die Menge der Demonstranten geschossen, unwillkürlich rannten alle davon, aber schon nach wenigen Metern blieb Freddy stehen, ging hinter einem Baum in Deckung, hielt sich den Ärmel vor Nase und Mund und verfolgte gebannt, was da vorne, auf der beleuchteten, jetzt von Schwaden durchzogenen Bühne, geschah. Demonstranten mit Helmen und mit Tüchern vorm Gesicht warfen die Tränengasgranaten über den Zaun zurück und ließen Steine folgen, andere rissen mit Wurfankern Stacheldraht vom Betonzaun. Ringsum herrschte jetzt lautes Stimmengewirr, und dann sah man auf dem Wachturm neben dem Tor einen Uniformierten durchs Megafon auf seine Leute hinabschreien, die sich hinter dem Tor drängten. Freddy begriff, dass die Polizisten heißgemacht wurden, dass ein Ausfall bevorstand. Er blickte sich nach seinen Freunden um und sah sie nicht mehr, doch bevor er sich noch sorgen konnte, sie verloren zu haben, war es so weit: Das Tor im Betonzaun ging auf, und die Uniformierten mit den weißen Helmen kamen herausgestürmt wie eine wilde Herde. Sie trugen Plexiglasschilde und Schlagstöcke, kurze schwarze aus Gummi oder lange aus hellem Holz, und Freddy beobachtete von seinem Versteck hinter dem Baum aus, wie sie damit auf jeden einschlugen, der sich ihnen entgegenstellte oder auch nur im Weg war, sie schlugen sogar solche, die stürzten. Als er hinter sich Hilfeschreie hörte, fuhr er herum. Auf der Erde lag eine Frau, die beide Hände schützend um den Kopf gelegt hatte und um Hilfe schrie, während ein Uniformierter ihr so heftig auf den Rücken schlug, dass sein heller Holzstock brach. Verdutzt erstarrte er, besah die Bruchstelle, ließ dabei den Schild sinken, während die Frau sich aufrappelte. In dem Moment erkannte Freddy, dass sie schwanger war, und stürzte sich unversehens auf den Uniformierten. Er packte den Schild mit beiden Händen, entschlossen, dem Polizisten oder Grenzschützer oder was immer es war, damit wehzutun, ihm mindestens den Arm zu brechen. Freddy keuchte, sein Gegner keuchte, sie befanden sich im Nahkampf, und es war ihnen ernst, sie wälzten sich auf der Erde, Freddy nahm aus dem Augenwinkel heraus wahr, wie die Schwangere mit den blonden Locken heulend davonlief, und die Wut schoss wie Lava aus ihm heraus, er riss am Riemen des weißen Helms, wusste nicht, ob er seinen Gegner würgen oder ihm den Kopfschutz herunterreißen wollte, er hatte keinen Plan, er dachte keine Sekunde daran, dass gleich andere Uniformierte ihrem Kollegen beispringen würden, um auf Freddy einzuprügeln, und diese Erfahrung blieb ihm nur deshalb erspart, weil Tom, Finger und Lurch ihn mit vereinten Kräften von dem unter ihm liegenden Gegner wegzerrten und tief in den Wald liefen, wo das Licht der Scheinwerfer nicht hinreichte.

»Ich bin dafür, dass wir den Abgang machen«, sagte Lurch schnaufend.

»Mir wird allmählich auch kalt«, meinte Finger.

Tom sagte nichts. Er schien die anderen gar nicht zu hören, sondern starrte unbewegt zwischen den Bäumen hindurch auf das erleuchtete Schlachtfeld. Es sah aus, als wäre etwas mit ihm passiert.

Freddy keuchte noch immer. »Gehen wir«, sagte er, als sich sein Atem beruhigt hatte. »Ohne Rüstung und Waffen haben wir hier nichts verloren.« Dann streckte er sich durch und machte sich entschlossen auf den Weg. Nach einer Weile merkte er, dass die anderen ihm folgten, aber er drehte sich nicht um und wartete auch nicht auf sie, sondern marschierte zielstrebig den Forstweg entlang.

Im Auto fingen sie nach und nach zu reden an. Sie standen unter Schock, sie fühlten sich zu jung, Freddy und Tom waren nicht mal volljährig, Lurch und Finger knapp über zwanzig. Sie hatten keinen Anschluss zu den anderen Demonstranten gefunden, die sich alle zu kennen schienen und älter waren als sie, manche doppelt so alt. Erst auf der Autobahn schob Tom die Kassette wieder ein, Lurch und Finger machten sich mit dem Feuerzeug Bierflaschen auf, und während David Bowie sang, erzählten sie sich gegenseitig, was sie gesehen hatten. Freddy ließ zunächst die anderen reden, dann berichtete er von der schwangeren Frau.

»Diese Schweine«, sagte Finger.

»Man muss gegen die kämpfen«, meinte Freddy.

»Nein, keine Gewalt«, widersprach Tom.

»Wir dürfen uns von denen nicht ihre menschenfeindlichen Prinzipien aufzwingen lassen«, bestätigte Lurch.

»Ich würde das nicht bringen, mich mit denen zu schlagen. Außerdem bin ich Pazifist. Aber ich kann schon irgendwie verstehen, dass sich Leute radikalisieren, wenn sie die Polizeigewalt sehen«, sagte Finger, und es klang in Freddys Ohren wie auswendig gelernt. »Das ist übrigens der beste Song auf der Platte. Oder der erste gute.«

Gerade war »Quicksand« angelaufen, und Finger stand auf alles, wo akustische Gitarren zum Einsatz kamen.

Freddy fuhr die anderen nach Hause. Keiner verlor ein Wort übers Benzingeld. Als er den Lada später in Dr. Hartmanns Werkstatt an seinen Platz stellte und kontrollierte, ob alles sauber war, sah er, dass die leeren Bierflaschen im Fußraum lagen. Freddy merkte, wie sehr ihn das ärgerte. Volle Flaschen hätten sie nicht zurückgelassen. Bedankt hatte sich auch keiner, nur Tom hatte ihm kurz auf die Schulter geklopft.

SPIELEN UND KÄMPFEN

Ein Gong ertönt, und gleich danach bricht Kindergeschrei aus. An die Siedlung der fleißig Kehrenden und Rechenden grenzt eine Schule. Der Schulhof ist von Blättern übersät, denn auf dem Gelände stehen hohe Bäume, zwischen denen Kinder in allen Größen umherrennen. Sie rennen und rennen, als wären sie tagelang eingesperrt gewesen.

Freddy fragt sich, ob er überhaupt noch rennen könnte nach seiner langen Haft, und das ist ein entsetzlich trauriger Gedanke. Im nächsten Moment sieht er die Kinder wie durch einen Schleier, wie durch eine Scheibe, über die Regentropfen rinnen.

Wie von selbst kommen die alten Gefühle hoch. Anscheinend ist nichts abgestorben. Er ist erleichtert. Und auf einmal hat er unbändige Lust, jemanden von früher zu sehen, Lurch auf die Schulter zu klopfen und »Mensch« zu sagen, »Mensch, Lurch, was hast du getrieben die ganzen Jahre«, aber das wird nicht einfach sein, denn er hat keinen Kontakt mit ihm, schon lange nicht mehr. Bestimmt war Lurch auf Fingers Beerdigung, aber da saß Freddy schon in Untersuchungshaft, und seinem Antrag, zur Beerdigung gebracht zu werden, wurde nicht stattgegeben, weshalb er es nicht mit Sicherheit weiß. Doch selbst wenn man ihn in Handschellen in die Nähe des Grabes gelassen hätte, wäre Lurch vielleicht gar nicht bereit gewesen, mit ihm zu reden. Freddy hätte ihm erklären müssen, dass er nicht schuldig im üblichen Sinn war, in der Hoffnung, Lurch möge ihm glauben, in der vergeblichen Hoffnung vermutlich, denn sogar Tom, immerhin sein ehemals bester Freund, hatte zunächst gezögert, ihn zu verteidigen. »Geld ist nicht das Thema«, hatte Tom beteuert. »Aber ich muss davon überzeugt sein, dass du die Wahrheit sagst, Freddy.«

Die Richterin hatte ihm geglaubt, er konnte es an ihrem Blick sehen, an ihrer Art, ihm forschend in die Augen zu schauen, an dem ganz leichten Kopfnicken, das vielleicht niemand außer ihm wahrgenommen hatte, aber das Gesetz war mächtiger als eine Richterin.

Nach der Verhandlung musste Tom gleich wieder nach Hamburg zurück, seitdem hat Freddy ihn nur zweimal gesehen. Gelegentlich ist Post von ihm gekommen, Amtliches, manchmal ergänzt von einem privaten Satz. Über die Freunde von früher scheint Tom wenig zu wissen, bei der letzten Begegnung hat er selbst von sich gesagt, er lebe inzwischen in einer anderen Welt.

In den ersten beiden Schuljahren waren Tom und Freddy unzertrennlich. Jeden Morgen kamen sie zur gleichen Zeit aus dem Gartentor und fingen ohne Begrüßung sofort an zu reden. Toms Mutter verachtete Freddys Vater, der sich einfach aus dem Staub gemacht hatte und nur gelegentlich aufkreuzte, zumeist im alkoholisierten Zustand, und sie verabscheute erst recht die Mutter, die mit einem neuen Mann zusammenlebte. Bei Freddys Brüdern war aus der Sicht von Toms Mutter Hopfen und Malz verloren, aber Freddy, der Nachzügler, tat ihr leid, darum verbot sie Tom nicht, sich mit ihm abzugeben. Bloß sollte er sich nicht im Haus gegenüber aufhalten, wo ständig der Fernseher lief und ihm auch sonst Dinge hätten zu Ohren kommen können, die nicht jugendfrei waren. Die Schulwege waren für Tom insofern interessant, als Freddy immer ein paar Münzen in der Tasche hatte, mit denen man in der Bäckerei für einen Pfennig das Stück Zauberkugeln und Brausestäbchen kaufen konnte. Mit einem silbernen Fünfziger konnte Freddy einen ganzen Schatz für sich und seinen Freund erwerben. Außerdem wusste er von Filmen zu erzählen, die Tom nicht sehen durfte. Das war die Währung, in der Freddy etwas bieten konnte, an das Tom nicht herankam. Als Gegenleistung bot dieser nachmittags, wenn sie nicht mit den anderen kickten, sondern sich zu zweit die Zeit vertrieben, Sachkenntnisse an, die man nur hatte, wenn Erwachsene einem etwas erklärten.

Spielten sie Baader-Meinhof-Bande, lieferte Tom die Geschichte dazu, erzählte, wie die Polizei in einen Hof mit Garagen vordrang, schilderte den Schusswechsel, beschrieb, wie ein dünner Mann, nur in Unterhose bekleidet, von Polizisten abgeführt und ein anderer, den ein Schuss in den Hintern getroffen hatte, über den Bürgersteig geschleift wird. Dafür steuerte Freddy die Waffen bei, allen voran die von einem seiner Brüder durchgebohrte Cobra, aus deren Lauf ein kleiner Funken schlug, wenn man abdrückte.

Während an den Nachmittagen die Waffen für Spannung sorgten, gab es den Nervenkitzel auf dem Schulweg ohne ihr Zutun. Da waren die langen Heckenreihen, hinter denen sich wer weiß was verbergen konnte, oder den seltsamen Mann, der sich auf dem Spielplatz herumtrieb und fragte, ob man mal was Besonderes sehen wolle; da gab es den Hof, in dem der Milchmann sein Pferd stehen hatte, das jeden Morgen angespannt wurde und den Wagen mit den Waren zog, und die Kaserne mit amerikanischen Soldaten, die morgens gelegentlich mit ihren Panzern aufs Übungsgelände fuhren; und da gab es das Haus mit den drei riesigen Hunden im Garten, eine schwarze und zwei braune Doggen, die jedes Mal laut bellend an den Zaun gerannt kamen, wenn Freddy und Tom vorbeigingen. Es war schauerlich, und man gewöhnte sich nicht daran, jeden Tag hatten sie aufs Neue Angst.

Einmal stand aus unerfindlichen Gründen das Gartentor offen. Als die Hunde die Erstklässler witterten, rannten sie los, entschlossen, die Öffnung im Zaun für den Angriff zu nutzen.

Tom blieb wie gelähmt stehen und schrie, Freddy warf den Ranzen ab, riss auch seinem Freund die Schultasche vom Rücken, zerrte ihn mit auf die andere Straßenseite und befahl ihm schreiend, über den nächsten Gartenzaun zu klettern. Dort kauerten sie schlotternd, nur durch das dünne Metallgitter von den bellenden Riesen getrennt, die immerzu Anläufe unternahmen, den Zaun zu überspringen. Die schwarze Dogge hätte es vielleicht geschafft, wäre nicht ihr Herrchen aus dem Haus gekommen, um sie in letzter Sekunde mit einem scharfen Pfiff davon abzuhalten, die orange bemützten Abc-Schützen zu zerfleischen.

Nachdem der Besitzer die Bestien eingesperrt hatte, nahm er sich die Jungen vor und beschuldigte sie, die Hunde geärgert zu haben, was Tom endgültig zum Heulen brachte. Auch Freddy musste sich beherrschen. Es gelang ihm, weil er sich vor dem ungerechten Mann keine Blöße geben wollte und weil er innerlich bereits beschlossen hatte, den Vorfall seinen Brüdern zu melden.

Eine Woche später waren die Doggen verschwunden. Es hieß, sie seien vergiftet worden.

Solche Szenen fallen Freddy ein, als er vor der Schule steht und die Kinder im Hof durchs Laub waten und kreuz und quer durcheinanderrennen sieht. In dem Alter merkt man noch keinem an, ob er mal nach links oder rechts abbiegen wird, heute noch weniger als damals, zu Beginn der Siebziger, als vierzig Kinder in einer Klasse saßen, die besten am Einsertisch, Tom als einer von ihnen, der einzige Junge zwischen fünf Mädchen, mindestens zwei davon schön. Nach der zweiten Klasse wechselte Tom auf eine *bessere* Schule, wie es hieß. Fortan saßen am Einsertisch nur noch Mädchen. Freddy hatte von seinem Platz aus einen guten Blick auf sie, der jedoch selten erwidert wurde, und wenn, dann mit einer Grimasse.

Auf dem Schulhof wurde Fußball gespielt, natürlich, wie auch nicht, immer wurde Fußball gespielt. Freddy kann sich nicht erinnern, dass es in seiner Kindheit eine Zeit ohne Fußball gegeben hätte: vormittags in den Pausen auf dem Schulhof, nachmittags daheim auf der Straße, beim Fußball sprangen Unterschiede nicht so ins Auge, auch dass man keinen eigenen Ball besaß, fiel nicht ins Gewicht, denn irgendein Kind hatte immer einen mit, aber dann erschien Tom eines Tages im blauen Trikot mit weißen Bündchen am Ärmel und weißem Halsausschnitt und mit der Nummer 7 auf dem Rücken. Dazu trug er kurze weiße Hosen und blaue Strümpfe mit weißem Bund.

»Die heißen Stutzen«, sagte er. »Stollenschuhe habe ich auch, aber die darf ich auf der Straße nicht anziehen.«

Sein Vater habe ihn im Verein angemeldet. Dienstags

und donnerstags Training, samstags ein Spiel. »Kommst du auch?«, fragte er Freddy.

Ohne fest mit Ablehnung zu rechnen, wie er es sonst vorsorglich tat, wenn er sich etwas wünschte, rannte Freddy ins Haus, um seine Oma zu fragen, darum traf ihn die Enttäuschung besonders schmerzhaft, als die aus reiner Gewohnheit Nein sagte.

Aber dann geschah ein Wunder. Wenige Tage später nur, an einem frühen Sommerabend, als sich alle Kinder auf der Straße und alle Erwachsenen in den Gärten aufhielten, fuhr ein Lkw mit offener Ladefläche und Kran hinter dem Fahrerhaus langsam die Straße entlang, beladen mit seltsamen, zylindrischen, etwa eins fünfzig hohen Behältern aus Beton, unterschiedlich verziert, alle mit gerundeten Türen versehen. Zwischen ihnen stand erhobenen Hauptes und stolz ein Mann, den Freddy schon lange nicht mehr gesehen hatte, jedoch sogleich erkannte: sein Vater. Freddy begriff, dass nun der große Auftritt bevorstand, den sein Vater vor Wochen angekündigt hatte. Es war ihm gelungen, über die Firma, für die er hin und wieder als Maurer arbeitete, formschöne Mülltonnenbehälter zu beschaffen, so günstig, dass mehr als die Hälfte aller Anwohner der Straße eine Bestellung aufgegeben hatte.

Der Lkw fuhr von Haus zu Haus, ein Behälter nach dem anderen schwebte von der Ladefläche, und Freddys Vater regelte alles: bediente den Kran, redete jovial mit den Empfängern, und nur an der Art, wie sie ihm die Geldscheine gaben und wie er sie einsteckte, merkte man, dass er keiner von ihnen war.

Nach der letzten Auslieferung hielt der Vater Einzug im eigenen Haus, nahm am Küchentisch Platz und musterte seine Kinder, soweit sie anwesend waren und sich in der Küche drängten. Oma stellte ihm ein Bier hin, Freddy durfte als der Jüngste auf seinen Schoß und kümmerte sich nicht darum, dass eine seiner Schwestern rief: »Du bist doch kein Baby mehr!«

Das stimmte, aber Freddy hatte etwas mit seinem Vater zu bereden. Er klagte ihm sein Leid, dass Oma ihm nicht erlaubte, in den Fußballverein einzutreten.

Der Vater hörte zu und nickte, winkte Rainer, denjenigen der älteren Brüder, der nie auf Montage musste, zu sich heran, drückte ihm ein paar der gerade erst verdienten Scheine in die Hand und beauftragte ihn, Freddy im Verein anzumelden und ihm die nötige Ausrüstung zu besorgen. Dann gab der Vater jedem anwesenden Sprössling noch einen Zwanzigmarkschein, stand auf und verabschiedete sich. Oma sah dem Schwiegersohn spöttisch und verächtlich hinterher. Sobald er zur Tür hinaus war, befahl sie den Kindern, das Geld bei ihr abzuliefern, aber niemand gehorchte. »Dann könnt ihr euch euer Essen selber kochen oder Hundsfürze fressen«, schrie sie aufgebracht.

Das Trikot, das Rainer einige Tage später nach Hause brachte, war blau, wie es sich gehörte, hatte einen weißen Halsausschnitt und weiße Bündchen, aber es fehlte die Nummer auf dem Rücken. Es war gebraucht, wie auch Hose, Strümpfe und Fußballschuhe. Rainer hatte alles vom Geld des Vaters besorgt, dabei allerdings einen guten Schnitt gemacht.

Egal. Über so etwas dachte Freddy nicht zweimal nach, so war das nun mal bei ihnen, Hauptsache, er konnte fortan mit Tom zusammen zum Training auf dem Sportplatz. Sobald sein Spielerpass eingetroffen war, durfte er am ersten

Punktspiel teilnehmen. Ungeduldig stand er zunächst als Ersatzspieler an der Seitenlinie im Nieselregen. Sein nummernloses Trikot war nass, als er endlich eingewechselt wurde, aber er merkte es nicht. Er hüpfte vor Anspannung auf der Stelle, die er als linker Verteidiger einzunehmen hatte, bis ihm der Ball vor die Füße sprang und er damit losrannte. Er peilte das Tor an, hatte nichts im Sinn als das Tor, lief zwischen Freund und Feind hindurch über den ganzen Platz bis zum gegnerischen Strafraum, schoss und traf die Latte.

Von Trainer und Mitspielern kamen lobende Zurufe. Nun wusste Freddy, dass er es mit den anderen aufnehmen konnte. Er bezog seine Position auf der linken Seite, fühlte sich stark und entschlossen und wurde sich jetzt des Regens bewusst, der inzwischen in Strömen fiel. Bald merkte er, dass sich viele Spieler auf dem Feld davon entmutigen ließen. Und so legte er sich erst recht ins Zeug, genoss es, im rotbraunen Matsch zu grätschen und bei jedem Kopfball zu wissen, dass die Tropfen, die einem vom nassen Ball ins Gesicht sprühten, ebenfalls rotbraun waren. Je mehr die anderen nachließen, desto mehr drehte Freddy auf und erzielte als linker Verteidiger in seinem ersten Punktspiel vier Tore.

Der Trainer klopfte ihm auf die Schulter. »Du bist mein neuer Fritz Walter«, sagte er.

Freddy sah ihn nur fragend an, weil er kein Wort herausbrachte.

»Der sagt immer, Regen wäre sein Wetter gewesen.«

Wer Fritz Walter war, wusste Freddy. Er hatte ihn in einem von Toms Fußballbüchern gesehen. Ein Mann mit großen Hosen, klobigen Schuhen und einem Trikot, das vorne Bändel hatte. Fernste Vergangenheit. Freddy kam ein guter Gedanke. Wenn ich kämpfe, kann ich gewinnen, dachte er.

Zwar schlug ihn seine Oma, als er schlammverschmiert nach Hause kam, doch Freddy grinste, als er sein gesprenkeltes Gesicht im Spiegel sah.

Zwischen Fritz Walters größtem sportlichen Erfolg und Freddys erstem Tor lagen nur achtzehn Jahre. In so kurzer Zeit war die Welt bunt geworden, bunt wie Waldi, das Maskottchen der Olympiade, bunt wie Toms T-Shirt mit den olympischen Ringen und der Aufschrift »München 1972«. In der Schule mussten sie den Sommerkanon lernen, den 3500 Kinder in gelben und hellblauen Hemden bei der Eröffnungsfeier gesungen hatten, »Sommer ist ins Land gezogen, singe laut, Kuckuck«, musste man immer wieder singen, es hörte gar nicht mehr auf. Ein seltsames Lied. Die Fernsehübertragung der Feier war nicht gerade kurzweilig, aber es war ein farbenfrohes Spektakel und ein gewaltiger Kontrast zu den Bildern, die Freddy aus Toms Büchern über die WM von 1954 kannte. Bei der Olympiade sah alles modern aus, Fritz Walter und seine Kameraden, aber auch ihre Zuschauer, die in Hut und Mantel eine bis unmittelbar an den Spielfeldrand reichende einheitlich graue Masse bildeten, wirkten dagegen hoffnungslos altmodisch. Mit dieser Schwarz-Weiß-Welt hatten Freddy und Tom nichts gemein, wenn sie im Garten kickten, Tom im olympischen T-Shirt, Freddy in seinem blauen Trikot, das er praktisch jeden Tag trug. Abwechselnd schossen sie, der andere versuchte, den Ball zu halten; hemmungslos hechteten sie auf dem weichen Rasen, bis Tom bei einer Glanzparade zu weit sprang und in der Rosenhecke landete. Damit war das Spiel beendet. Tom heulte, riss sich das T-Shirt vom Leib, blickte an sich hinab und heulte noch mehr, als er sah, dass sein ganzer Oberkörper mit Dornen gespickt war. Freddy gefiel das Heulen des Freundes nicht, und als Toms Mutter aus dem Haus gelaufen kam, um ihren Sohn zu trösten und ihm die Dornen aus der Haut zu ziehen, rannte Freddy davon.

Daheim lief, wie jeden Tag, die Übertragung der Olympischen Spiele. Diesmal sah man allerdings keine Wettkämpfer, sondern Männer in Trainingsanzügen, die auf Dächern lagen und Waffen im Anschlag hielten. Man sah einen Vermummten auf einem Balkon und einen anderen Vermummten, der eine schwarze Maske unter einem weißen Hut trug und sich mit nicht vermummten, normalen Männern unterhielt. Es fiel Freddy schwer, die Situation zu verstehen, und von den anwesenden Geschwistern hatte niemand Lust, es ihm zu erklären. Oma wollte nichts davon wissen. Er musste sich selbst einen Reim darauf machen. *Palästinenser* hatten israelische Sportler als Geisel genommen, fand er nach einer Weile heraus, nachdem er lange genug dem Kommentator zugehört hatte. Was waren Palästinenser? Und was hatten die gegen die Sportler aus Israel? Die Palästinenser drohten angeblich damit, die Geiseln umzubringen. Aber warum? Sie forderten *die Freilassung von palästinensischen Gefangenen in Israel* – und von Andreas Baader und Ulrike Meinhof. Sie hatten ein *Ultimatum* gestellt, das mehrmals verschoben worden war. Irgendwann begriff Freddy, was ein Ultimatum war, und merkte sich die Formulierung »ein Ultimatum stellen«. Die würde er vielleicht einmal gebrauchen können, zum Beispiel, wenn er mit Tom Baader-Meinhof-Bande spielte. Und kaum hatte er das gedacht, machte es klick, und er verstand, dass diejenigen, die freigepresst werden sollten, diejenigen waren, die Tom und er nachspielten, wenn sie mit der durchgebohrten Cobra durch die Gärten schlichen.

Als er am nächsten Tag die Bilder vom brennenden Hubschrauber sah und hörte, dass jemand das Ding absichtlich in die Luft gesprengt und damit alle Geiseln umgebracht hatte, wollte er nichts mehr verstehen. Das ging zu weit, das machte einen zappelig, man wusste nicht, wohin mit seinen Händen, und der Magen drehte sich einem um.

Der Magen.

Freddy legt die freie Hand auf den Bauch und kann für einen Moment nicht entscheiden, ob das mulmige Gefühl echt und akut oder nur eine flüchtige Begleiterscheinung der Erinnerungen ist, in denen er sich verheddert hat. Er steht noch immer vor der Schule, merkt er und beeilt sich weiterzugehen, denn er will nicht eine halbe Stunde nach der Haftentlassung den Verdacht erwecken, Kindern aufzulauern.

Wie zur Bestätigung knallt unmittelbar neben ihm ein Ball gegen den Zaun, und der Junge, der den Ball holen kommt, sieht den fremden Erwachsenen, der da von außen auf den Schulhof starrt, herausfordernd und, ja, von oben herab an.

Höchste Zeit, zum Bahnhof zu kommen.

Mit seiner Karriere im Fußballverein war es so schnell vorbei, dass er nicht einmal dazu kam, aus dem ersten Trikot hinauszuwachsen. Er liebte das Spiel, litt aber unter den ungerechten Entscheidungen der Schiedsrichter, heulte und tobte, wenn ein Foul nicht bestraft wurde. In der zweiten Saison, die er als Stürmer bestritt, lief er beim Spielstand von 1 : 1 in einem wichtigen Spiel mit dem Ball am Fuß aufs gegnerische Tor zu, vor sich nur noch ein Verteidiger und der Torwart, in voller Fahrt, überzeugt, er würde gleich das Siegtor schießen; ein Lupfer über den Abwehrspieler und dann der Schuss in die Ecke, er sah es genau vor sich, rannte allen Selbstzweifeln davon, lupfte den Ball, wie er es sich vorgenommen hatte; die Höhe stimmte, der Ball würde über den Gegenspieler hinwegfliegen, an der Strafraumgrenze einmal aufspringen, ideal, um ihn aus vollem Lauf per Vollspann unhaltbar zu versenken – da riss der Verteidiger beide Arme hoch und wehrte den Ball wie ein Torhüter zur Seite ab.

Freddy blieb abrupt stehen und blickte sich zum Schiedsrichter um. Der gönnte Freddy lediglich einen kurzen, herausfordernden Blick und pfiff dann Einwurf.

Jeder hatte das doppelte Handspiel gesehen, die Mitspieler protestierten, auch der Trainer und die Eltern am Spielfeldrand beschwerten sich lautstark beim Schiedsrichter, aber Freddy gab sich mit Schreien und Gestikulieren nicht zufrieden, sondern trommelte mit den Fäusten auf den Leib des ungerechten Regelwächters ein. Es musste ein kurioses Bild gewesen sein: ein Neunjähriger, der in blinder Verzweiflung auf den Mann in Schwarz einschlug und nur mit großer Mühe von seinem Trainer gebändigt werden konnte.

Sobald er die Hände nicht mehr benötigte, um sich zu schützen, zog der Schiedsrichter die rote Karte. Die Mitspieler erstarrten, der Trainer schwieg, Tom wirkte beschämt.

Als Freddy beim nächsten Training erfuhr, dass er zur Strafe bei den kommenden Spielen nicht aufgestellt werden sollte, trottete er grußlos nach Hause, fest entschlossen, den Sportplatz nie mehr zu betreten.

Jetzt trottet er nicht, sondern macht lange Schritte. Das zügige Gehen tut gut, die Magenkrämpfe lockern sich, es wird einem auch warm, vielleicht sollte ich mal ausprobieren, wie es mit dem Rennen klappt, denkt Freddy, die Tasche ist ja leicht, Schritt für Schritt scheint sie leichter zu werden.

Leichte Taschen, schwere Taschen, je nach Lebenslage; als er jung war, hatte er, wenn es irgendwohin ging, meist seinen grünen Armee-Seesack dabei, ein Geschenk des amerikanischen Liebhabers seiner Schwester Conny. Wo war der Seesack abgeblieben? Freddy überlegt vergebens, wann er ihn zum letzten Mal benutzt hat. An das erste Mal erinnert er sich genau: Vor der zweiten Fahrt zur Startbahn West hatte er ihn in Gebrauch genommen.

»Was ist in dem Riesending eigentlich drin? Fährst du in Urlaub?«, fragte Finger, nachdem sie am Waldrand aus dem Wagen gestiegen waren, einem karamellfarbenen Škoda diesmal, bei dem einem der knatternde Motor im Nacken saß.

Freddy, der es erneut übernommen hatte, das Fahrzeug zu beschaffen, antwortete nicht, sondern klickte den Karabinerhaken am Seesack auf. Anders als beim letzten Mal wollte er heute gerüstet sein, um in der Schlacht gegen die Polizei bestehen zu können, also hatte er sich das Nötige besorgt: einen Integralhelm und Motorradhandschuhe aus dem Besitz seines Bruders Jürgen, der gerade auf Montage war, mehrere Stücke doppelt gefalteter dicker Pappe, ausgeschnitten aus Kartons, in denen Ersatzteile an Dr. Hartmanns Werkstatt geliefert worden waren, eine Gasmaske vom Flohmarkt, einen Gummiknüppel aus dem Fundus seiner Brüder.

Seine Freunde sahen wortlos zu, wie er sich die Pappe vorne und hinten als Schutz gegen Schläge unter die Jacke schob, die Handschuhe anzog, den Helm aufsetzte sowie Knüppel und Maske am Gürtel befestigte. Als er dann wie ein geharnischter Krieger vor ihnen stand, wirkten sie verstört.

Finger musste sich erst mal eine drehen.

»Ich weiß nicht«, murmelte Lurch.

Tom war nicht anzusehen, ob er sich für Freddy schämte oder sich Sorgen um ihn machte.

Freddy nahm all das zur Kenntnis, ohne zu reagieren. Er zog noch eine massive Taschenlampe aus dem Seesack, warf diesen dann in den Wagen, schloss ab und sagte: »Gehen wir.«

Auch diesmal waren zahlreiche Leute im Wald, doch musste man sich keiner Gruppe anschließen, da Freddy, der nicht nur wie ein Krieger aussah, sondern auch mit kriegerischer Entschlossenheit in die Schlacht marschierte, eine eigene Stablampe hatte.

Betreten folgten ihm die Freunde, aufmunternde Sprüche fielen ihnen auf dem ganzen Weg zum Betonzaun nicht ein, wohl weil sie begriffen, dass es ihnen nicht halb so ernst wie Freddy war. Ihm kam es darauf an, im Kampf zu bestehen, während sie hierherkamen, weil ... ja, warum eigentlich? Um den Wald zu retten, natürlich, aber auch, weil es irgendwie nicht anders ging, es war eine Art Pflicht, man musste, wenn im Jugendcafé, im Caliburn oder in einer anderen Szene-Kneipe die Rede darauf kam, sagen können, dass man dabei gewesen war. Im Grunde gab es keine Entschuldigung dafür, zu Hause zu bleiben. Nur die Frauen waren wegen der drohenden Gewalt entschuldigt.

So mochten Finger, Lurch und Tom gedacht haben. Freddy dachte an Schlagstöcke, die auf dem Rücken von Wehrlosen zerbrachen.

Sobald sie das erleuchtete Gelände vor dem Bauzaun erreichten, gingen Finger, Lurch und Tom hinter Bäumen in Deckung, während Freddy zielstrebig eine Stelle ansteuerte, wo sich mehrere Männer verschanzten, die in ihrer Kampfmontur aussahen wie er.

»Man könnte meinen, er wäre ein Autonomer«, stellte Tom fest.

»Er *ist* ein Autonomer«, präzisierte Lurch, während Freddy sich so selbstverständlich zu den schwarz Gekleideten gesellte, als hätte er schon immer zu ihnen gehört. »Ich frage mich, ob es ihm überhaupt noch um den Wald geht.«

Finger zog stumm an seiner Zigarette.

Wenig später brach die Schlacht los. Von da an konnten sie Freddy kaum noch von den anderen Kämpfern in der vordersten Linie unterscheiden. Er gehörte zu denen, die Tränengasgranaten zurückschleuderten, die Silhouette eines von Rauch umhüllten Kriegers im Gegenlicht der Scheinwerfer; später, nach dem Ausfall der uniformierten Horde, war er einer von denen, die sich mit den Polizisten schlugen, als ginge es darum, eine feindliche Armee zu besiegen.

Die Freunde beobachteten aus der Deckung, wie er sich Polizisten in den Weg stellte, wie er Schläge einsteckte, fürchterliche, wütende Schläge, und sie sahen ihn zurückschlagen, sahen ihn mit seinem Knüppel weit ausholen. Der ganze Kampfplatz war von Lärm erfüllt, überall wurde gerufen und geschrien, und der Schlachtenlärm drang immer näher zu ihnen hervor, während die Demonstranten vor den Polizisten zurückwichen. Finger, Lurch und Tom bekamen es mit der Angst zu tun, sie verzogen sich tiefer in den Wald, verloren Freddy aus dem Blick und machten sich schließlich querfeldein auf den Rückweg zum Auto. Mehrmals verirrten sie sich, bevor sie den breiten Forstweg fanden, der zum Parkplatz führte.

Freddy hatte den Schlüssel, also warteten sie an den

Škoda gelehnt, aßen den Proviant aus ihren Rucksäcken, und schließlich, als sie längst froren, kam Freddy zurück. Er war so erhitzt, dass er dampfte, und fragte als Erstes nach einer Zigarette. Zögernd reichte ihm Finger den Halfzware Shag und sah mit zusammengepressten Lippen zu, wie Freddy die letzten Krümel zu einer Zigarette drehte, die leere Verpackung einfach auf die Erde fallen ließ und Finger die restlichen Blättchen zurückgab.

Freddy rauchte, wie ein Durstiger trinkt. Er hatte eingesteckt, schwer eingesteckt. Um das zu erkennen, musste man keine blauen Flecken sehen. Seine Körperhaltung verriet, dass er überall Schmerzen hatte. Aber er hatte auch ausgeteilt. Zugeschlagen. Davon blieben keine sichtbaren Spuren zurück, aber er fühlte sich, als hätte er ein neues, fremdes Hemd am Leib. Später im Auto saß er ungerührt am Steuer, schaute starr nach vorn und sagte nichts. Das war nichts Neues, aber jetzt fiel es auf, weil auch die anderen nichts sagten. Und dann fing er unvermittelt an zu reden.

»Könnt ihr euch an Ali gegen Foreman erinnern?«, fragte er.

Als Reaktion kam nur diffuses Brummen. Boxen war nichts, wofür man sich interessieren durfte, wenn man der *Szene* angehörte, Boxen war Circus Maximus, so etwas war abzulehnen, außerdem hatte der Kampf Ali gegen Foreman in Zaire stattgefunden, wo der Tyrann Mobuto herrschte. Aber natürlich wussten alle, wovon Freddy sprach.

»Man müsste mal zählen, wie viele Körpertreffer Ali in dem Kampf eingesteckt hat«, sagte Freddy. »Bestimmt Hunderte. Seite, Brust, Bauch, Leber, Rippen, Arme, Schultern, Hüfte. Und Foreman hatte Kraft. Ein Schlag von dem, und jeder von euch würde umfallen und nie mehr aufstehen.«

Keiner hatte Lust, dazu etwas zu sagen.

»Foreman hätte mit seinen Fäusten Wände einreißen können. Weißt du noch, Tom? So hat es dein Opa gesagt, als wir mitten in der Nacht bei ihm im Wohnzimmer hockten und den Kampf anguckten. ›Der könnte mit seinen Fäusten Wände einreißen‹, hat er gesagt.«

»Oder Ochsen totschlagen«, bestätigte Tom kleinlaut, denn auch das hatte sein Großvater damals gesagt.

»Foreman hatte Bärenkräfte«, übernahm Freddy wieder. »Alle glaubten, er würde gewinnen, weil er stärker und jünger als Ali war und bis dahin alle Gegner spätestens in der zweiten Runde k. o. geschlagen hatte.«

Freddy musste zwar das tschechische Auto durch den Verkehr lenken, aber deutlicher als die Straße sah er die nächtlichen Bilder aus Kinshasa vor sich, und es interessierte ihn überhaupt nicht mehr, was seine Freunde vom Boxen an sich und von Muhammad Ali im Speziellen hielten. Bislang hatte er sich bei dem Thema immer zurückgehalten, wenn sie in der WG zusammensaßen oder beim Bier im Caliburn oder wenn sie den Griechen nervten, weil sie stundenlang den größten runden Tisch blockierten, ohne mehr zu essen als Krautsalat. Dabei hatte Ali sich geweigert, als Soldat nach Vietnam zu gehen, insofern hätte er unter den Freunden durchaus als Respektsperson gelten können, aber er war eben ein Boxer, sein Metier die Gewalt, und Gewalt musste ohne Einschränkung abgelehnt werden – auch im Widerstand. Im Grunde müsse man denken wie Gandhi, fanden die anderen. Sollte das Land vom Ostblock her angegriffen werden, dann galt eben: *Lieber rot als tot*. Für jemanden wie Ali, das spürte Freddy, würden sich die Frauen, mit denen er an einem Tisch saß, nicht interessieren. Darum sprach er in ihrer Gegenwart nie über ihn, obwohl ihm ausgerechnet dann, wenn er merkte, wie der Oberschenkel einer dieser Frauen scheinbar zufällig seinen berührte, oft danach war. In solchen Momenten sah er ihn mit nacktem Oberkörper und erhobenen Armen vor sich, in der Pose des Stärkeren, ohne dass man ihm anmerkte, was er eingesteckt hatte.

Außerdem war Ali schön.

Was man aus irgendeinem Grund aber erst recht nicht laut sagen durfte.

»Also, wie Foreman auf Alis Körper eingeschlagen hat«, sagte Freddy, der gerade einen Laster überholte. »Wie auf einen Sandsack. Mit voller Wucht. Ali bekam Treffer ab, schwere Treffer. Im Gesicht, aber vor allem am Körper.«

»Das hast du schon mal gesagt«, knurrte Lurch, dem das Thema sichtbar auf die Nerven ging, doch Freddy ließ sich nicht beeindrucken.

»So ein Schwergewichtskampf heißt Leiden ertragen«, erklärte er und ließ den Satz eine Weile im winzigen Innenraum des Škoda 105 L stehen, bevor er weiterredete. »Überhaupt kommt es beim Boxen darauf an, dass ... Wisst ihr, worauf es beim Boxen ankommt?«

»Reg dich ab, Freddy«, versuchte Tom seinen Freund zu bremsen und legte eine Hand auf dessen Arm, die Freddy jedoch reflexartig wegschlug.

»Es kommt darauf an, dass man nicht aus dem Weg geht. Dass man sich zwar duckt, um einem Schlag auszuweichen, aber dass man nicht den Kopf einzieht. Kapiert ihr den Unterschied? Im Ring darfst du dich nicht klein machen wie ein ängstliches Kind, da musst du stehen bleiben und dich zeigen, in voller Größe, in voller Breite, du musst dem Gegner signalisieren, dass du bereit bist, einzustecken, bereit bist, zu leiden, darauf kommt es beim Boxen an, und Ali konnte das am besten. Ihm tat alles weh, aber er ließ sich nichts anmerken, er steckte es weg, und das machte Foreman fertig. Je länger der Kampf dauerte, umso frustrierter wurde er, er konnte einfach nicht glauben, dass dieser Kerl das alles aushielt. Und weil er es immer wieder und immer heftiger versuchte, verschoss er seine Kraft, und genau darauf hatte Ali gewartet, und in Runde acht war es dann so weit …«

»Pass auf!«

Das kam von hinten und klang panisch. Finger hatte gesehen, wie Freddy beide Hände vom Lenkrad nahm, um die entscheidende Schlagkombination vorzuführen, wodurch der Škoda, dessen Spindellenkung sowieso zu viel Spiel hatte, nach links driftete. Tom konnte gerade noch rechtzeitig ins Lenkrad greifen und den Wagen auf die rechte Fahrbahn zurückholen. Danach musste niemand mehr Freddy in der Spur halten. Den Rest der Strecke fuhr er stumm, auch die anderen sagten nichts, auch dann nicht, als Freddy vor Dr. Hartmanns Werkstatt anhielt und sie aussteigen ließ, anstatt einen nach dem anderen zu Hause abzusetzen.

»Nehmt diesmal eure Bierflaschen mit«, sagte er, während er das Hoftor aufschloss. »Das Benzingeld könnt ihr mir die Tage geben.«

Dann fuhr er den Škoda auf den Hof.

KLAUEN

Freddy erinnert sich an die Stille auf dem Werkstattgelände, nachdem die Schritte der Freunde verhallt waren. Er erinnert sich an die Hofbeleuchtung und daran, wie ihm die Frage durch den Kopf schoss, was wäre, wenn jetzt zufällig ein Polizeiauto vorbeiführe, aber so schnell, wie der Gedanke gekommen war, verflüchtigte er sich wieder.

Freddy hat genau vor Augen, wie er die Kofferraumklappe des 105 L öffnete, spürt noch die Körperspannung, die nötig war, um mit der einen Hand die Klappe nach oben zu stemmen, mit der anderen den Seesack mit der Kampfausrüstung herauszunehmen und den Kofferraum dann so leise wie möglich wieder zu schließen.

Als er den Seesack schulterte, knackte der Motor des kleinen Tschechen, und Freddy gab ihm einen Klaps, er weiß auch noch, dass er fast vergessen hätte, den Schlüssel in Dr. Hartmanns Büro an den Haken zu hängen. Als er es dann tat, musste er gegen eine plötzliche Übelkeit ankämpfen.

Es war das Gift der Lüge und des Betrugs, das nun, nachdem sich das Adrenalin in seinen Adern verflüchtigt hatte, Wirkung zeigte. Im selben Moment fasste Freddy den Entschluss, Dr. Hartmann nie wieder zu hintergehen. Er würde sich nicht mehr heimlich Autos aus der Werkstatt holen.

Lieber wollte er sich mit Erlaubnis seines Chefs nach und nach aus Schrottteilen einen eigenen Wagen zusammenbauen. Das würde nichts kosten, und bis er damit fertig wäre, hätte er auch den Führerschein.

Mit der Erinnerung an die Übelkeit von damals kehren die Magenschmerzen mit Macht zurück. Freddy legt einen Zahn zu. Wie gern würde er jetzt in den roten 1200er-Kombi steigen, den er sich dann tatsächlich über Monate hinweg zusammengeschraubt hatte. Der Wagen war prima gelaufen, hatte nie mehr als die üblichen Zicken gemacht und sich auch auf der langen Fahrt nach Griechenland trotz der Hitze als zuverlässig erwiesen. An dem Malheur mit den Reifen war ja schließlich nicht der Lada schuld gewesen.

Freddy spürt das dünne, harte Lenkrad in seinen Händen und sieht den rechteckigen Tachometer vor sich, auf dem die rote Nadel keinen Kreis beschreibt, sondern von links nach rechts wandert. Sein erstes eigenes Auto, ein roter Lada 1200 Kombi. Mit Verbundglasscheibe und Ozonvergaser, Stahlgürtelreifen und H4-Licht. Robust, praktisch und unkompliziert. *Solide Technik, reichhaltige Serienausstattung. Ein Auto, das in unsere Zeit passt.* So stand es auf dem Reklameplakat in Dr. Hartmanns Büro.

Wieso muss ich darüber jetzt schmunzeln?, fragt sich Freddy. Damals fand ich es nicht komisch. Und den Wagen würde ich immer noch nehmen. Früher hatten die Autos den Vorteil, dass man sie leicht kurzschließen konnte, was heute angeblich nicht mehr möglich ist – das hat er im Knast erfahren. Manche haben sogar behauptet, neuerdings mit dem Laptop zum Autoknacken zu gehen, wegen der Software, über die in den modernen Modellen alles läuft.

Und da bricht es endlich aus Freddy heraus, das Lachen, das sich bereits in diversen Varianten des Lächelns, Grinsens und Schmunzelns angekündigt hat. Es braucht dazu nichts weiter als die Vorstellung einer *Software* in seinem roten Lada.

Das Lachen tut ihm gut, Freddy kommt das Wort *Rachenputzer* in den Sinn, denn das Lachen wirkt so ähnlich wie ein klarer, scharfer Schluck aus dem Flachmann. Dann meldet sich die Ungeduld wieder, die sich aus den seltsamen Bauchschmerzen speist. Ein Fahrrad wäre gut, mit einem Fahrrad ist man fünfmal schneller als zu Fuß; unwillkürlich blickt er sich um, er reckt den Hals, um über einen Heckenzaun hinwegzublicken, ob da im Hof womöglich ein nicht angeschlossenes Rad steht. Wie früher, als das Klauen normal war. Reiß dich zusammen, Freddy, immerhin hast du ein weißes Hemd an, das du dir selbst gekauft hast!

Die schwarze Lederjacke, die er trägt, hat er sich allerdings nicht selbst gekauft.

Stehlen ist so einfach. Es ist so einfach, dass man es, wenn man ein wenig Übung hat, nicht einmal mehr aufregend findet. Man tut es, wie man eine Arbeit erledigt, für die man ausgebildet worden ist. Und wenn man es jahrelang tut, gewöhnt man es sich an und denkt sich nichts dabei, bis man erwischt wird oder aus anderen Gründen beschließt, damit aufzuhören.

Zum Beispiel, weil man einer ist, bei dem sich, trotz aller Routine, nach jedem Diebstahl ein kleines bisschen Schlacke absetzt, was dazu führt, dass man irgendwann das Gefühl hat, beim Ausatmen nach einer Mülltonne zu riechen, in der jemand eine tote Katze verbrannt hat. Und man sich nicht mehr leiden kann.

Es war richtig gewesen, im Wald gegen die prügelnden Polizisten zu kämpfen, befand Freddy, und klug, es in entsprechender Ausrüstung getan zu haben; er wäre auch bereit, wieder in die Schlacht zu ziehen, aber eben nicht mehr in einem entwendeten Fahrzeug.

Weil er keine Autos mehr organisierte, nahmen die Freunde vorerst nicht an weiteren Protesten gegen die Startbahn West teil. Sie erzählten sich nur noch gegenseitig, was sie in der Zeitung darüber lasen, empörten sich und unterdrückten nebenbei, was sich als Anzeichen von schlechtem Gewissen in ihnen regte.

Als sich Finger ein Jahr später den R4 kaufte und Freddy den 1200er zusammenschweißte, hatte sich bereits ein anderes Thema vor den Kampf gegen die Flughafenerweiterung geschoben, eines, bei dem es nicht nur um die Rettung eines Waldstücks in Hessen ging, sondern um die Rettung der ganzen Welt.

Ihr Ziel waren nun Raketenbasen, auf denen Pershing II stationiert werden sollten, weshalb sie immer häufiger zu Friedensdemonstrationen fuhren, auch das kommt Freddy wieder in den Sinn. Er versucht, die Ereignisse in eine Reihenfolge zu bringen, erinnert sich aber nur noch daran, seine Freunde in den Monaten nach dem Entschluss, Hartmann nicht mehr zu hintergehen, seltener gesehen zu haben. Er war früh zur Arbeit gegangen und abends müde nach Hause gekommen, vielleicht hatten auch Finger und Lurch nicht mehr so viel Zeit gehabt, weil sie mit ihrem Zivildienst anfingen. Tom verbrachte die Abende oft im Café der Jugendzentrale, in dem er freiwillig Thekendienst machte, all das weiß Freddy noch ungefähr, aber nicht bis in die Einzelheiten, es spielt auch keine Rolle, außerdem lässt ihm die Sache mit dem Klauen keine Ruhe, und eine Erinnerung, die in die Zeit nach dem Startbahn-Feldzug fällt, verlangt seine Aufmerksamkeit. Sie hat mit der schwarzen Lederjacke aus Amsterdam zu tun, die er noch immer trägt. Seine Einschätzung damals war richtig gewesen: eine hervorragende Jacke. Zwar abgewetzt und aufgeraut in dreißig Jahren Dienst am Mann, aber nicht aus dem Leim gegangen. Auch die stehende Luft im Lagerraum der JVA hat ihr nichts anhaben können.

Im Juni 1982 musste es gewesen sein, dass er das gute Stück in seinen Besitz brachte. Finger und Mechthild wollten wie immer per Anhalter zu einem Folkfestival in der Provinz fahren, und diesmal kam Freddy mit. Sie trampten getrennt, um die Chancen, mitgenommen zu werden, zu erhöhen, weshalb er das Festivalgelände allein erreichte. Und da er, im Gegensatz zu den anderen, keine Eintrittskarte hatte, musste er eine Stelle suchen, an der er den Zaun überwinden konnte.

Das gelang ihm auch bald, doch am vereinbarten Treffpunkt neben dem Mischpult traf er trotzdem nie ein, weil er nach dem Überklettern des Zauns von einer Frau zur Rede gestellt wurde, die es einerseits beschissen fand, dass er auf Kosten der anderen, die bezahlt hatten, seinen Spaß haben wollte, die jedoch andererseits seine Behändigkeit bewunderte und dementsprechend unumwunden sagte:

»Du kannst echt gut klettern, du Ego-Sau.«

Maike war eigentlich noch ein Mädchen, aber Freddy lernte schnell, dass er dieses Wort nicht benutzen durfte. Sie nahm es mit allem, was Männer und Frauen betraf, furchtbar genau, und als wichtigste Regel galt, kein *Chauvi* zu sein und nicht an den *patriarchalischen Rollenmustern* zu kleben, was sich als großartig erwies, weil sie Freddy nicht nur die

Peinlichkeit des ersten Satzes erspart und selbst die Initiative ergriffen hatte, sondern ihm auch noch in derselben Nacht auf dem Festivalgelände im Zuge autonom und authentisch ausgelebter weiblicher Sexualität ihren leuchtend weißen Mond hinhielt.

»Ich will dich spüren, du brauchst keinen Präser«, sagte sie zu seiner großen Verwunderung.

Als er später pinkeln ging, sah er, dass er rostrotes Blut an sich hatte. Er zuckte zusammen, aber das war nicht nur Ekel. Genau genommen war der Anteil des Ekels äußerst gering und wohl eher so etwas wie ein Reflex, der angesichts des Gedankens an eine Art Blutsverbundenheit verpuffte. Er hatte ihr Blut berührt, also musste er bei ihr bleiben, und als sie erfuhr, dass er nicht zu einer bestimmten Zeit zu Hause sein musste, lud sie ihn ein, mit ihr nach Amsterdam zu fahren.

Bald standen sie am Rand der Bundesstraße, bald lehnten sie an der Leitplanke einer Autobahnauffahrt, bald sprachen sie auf Raststätten Autofahrer an. Und immer wieder hatte Freddy das Wort *Amsterdam* auf den Lippen. Er würde es in seine Sammlung kostbarer Namen aufnehmen, die bisher nur aus einem Eintrag bestanden hatte, erzählte er Maike. Jetzt waren es zwei: *Amsterdam* und *Kinshasa*. Aber als Maike wissen wollte, wieso Kinshasa, wich er aus, weil ihm sein Instinkt sagte, dass es einen ungünstigen Eindruck auf die Frau mit dem Peace-Button machen könnte, wenn er von seiner Begeisterung für zwei Männer erzählte, die sich für fünf Millionen Dollar pro Kopf öffentlich geprügelt hatten.

Der weiße Hintern, das rostrote Blut, Amsterdam – da blieb kaum Kapazität, an die Freunde zu denken, die ihn auf dem Festivalgelände womöglich suchten. Vorübergehend vergaß er sie, bis Maike in der Nacht nach der Ankunft in Amsterdam im quietschenden Bett des Sleep-in nach dem Orgasmus auf ihm liegen blieb und mit sonderbar tiefer Stimme sagte, sie wolle ihn wieder in sich wachsen spüren. Mit schelmischem Lächeln, umrahmt von den herabhängenden Haaren, flüsterte sie: »Hab ich dir eigentlich schon gesagt, dass ich die Nichte von Ulrike Meinhof bin?« Sie fing an, ganz leicht mit dem Becken zu kreisen.

Kaum fiel der magische Name, war die Erinnerung an die Freunde schlagartig wieder da. Das würde Eindruck auf sie machen! Wenn er ihnen das erzählte, würden sie ihm gespannt zuhören, begierig, jede Einzelheit zu erfahren. Sie würden ihm Fragen stellen. Fragen, die nur er beantworten konnte!

Die Nichte von Ulrike Meinhof! Am größten wäre es, sie den Freunden persönlich vorzustellen. Er würde mit ihr zusammen in die WG kommen und sagen: Das hier ist Maike, die Nichte von Ulrike Meinhof. Ganz lässig würde er das sagen, so als wäre es nichts Besonderes, und er würde Maike dabei an sich ziehen, damit alle sahen, dass sie zusammengehörten.

»Woran denkst du?«, rief ihn Maike in die Gegenwart des Metallstockbetts zurück. Ihr Becken kreiste nicht mehr, sie befürchtete wohl, ihren Wunsch, er möge noch einmal in ihr wachsen, für dieses Mal begraben zu müssen. Weit gefehlt. Die gedankliche Abschweifung wirkte auf Freddy wie eine kurze Reise, und wenn man von einer Reise zurückkehrte, war die Wiedersehensfreude nun mal groß. Vor allem, wenn sie von der Vorfreude aufs Künftige befeuert wurde.

In Amsterdam gefiel ihm alles: die Backsteinhäuser, die Bäume an den Kanälen, die Fahrräder, in deren Sätteln die

Menschen so betont aufrecht saßen. Und natürlich Maike. Es hätte ihm genügt, mit ihr im Park zu liegen und ihr ab und zu die Hand unters Hemd zu schieben. Für ihn wäre das genug *Amsterdam* gewesen. Aber Maike hatte noch etwas anderes vor. Sie zog einen Zettel mit einer Adresse aus der Tasche, fragte sich auf Englisch durch, was Freddy grenzenlos bewunderte, bis sie vor einem Hausboot standen, das unter einem großen Laubbaum am Ufer einer Gracht befestigt war.

Eine steile Treppe, die eher einer Leiter glich, führte in den Schiffsbauch. Freddy fiel die Lederjacke am Haken auf, deren angenehmer Schustergeruch kurz die Vorstellung in ihm wachrief, dass man sich in einer solchen Jacke unverwundbar fühlen müsse. Vergiss es, sagte er sich gleich darauf, so eine Jacke wirst du nie besitzen.

Der Dealer fragte Maike als Erstes, warum sie einen minderjährigen Aufpasser mitgebracht habe. Ob sie scharf auf einen Dreier sei. Falls ja, würde er allein es ihr für drei besorgen.

»Das wäre ja dann ein Vierer«, gab Maike zurück, was den dünnen Kerl in der engen Lederhose jedoch nicht davon abhalten konnte, ein paar Bewegungen mit Hand und Becken zu vollführen, wie Freddy sie gelegentlich bei seinen Brüdern gesehen hatte.

Maike verdrehte die Augen und zog ein paar zerknüllte Geldscheine aus der Geheimtasche ihres Gürtels.

»Ich schlage vor, wir schicken das Bürschchen raus, haben ein bisschen Spaß, und du kriegst das Zeug für die Hälfte.«

Obwohl es klang, als würde ein deutscher Komiker einen Holländer imitieren, schoss in Freddy die Lava hoch. Wenn du sie jetzt anfasst, garantiere ich für nichts, dachte er. Zum Glück feuerte Maike ein paar geschliffene Formulierungen aus ihrem Anti-Macho-Arsenal ab, wodurch der Lüsternheit des Dealers die Luft entwich, er sich auf seine Profession besann und die Beutel mit der Ware aus dem Kühlschrank nahm.

Wieder an Land, hörte sich Freddy zunächst mit Genugtuung Maikes Schimpftirade auf den *Chauvi-Arsch mit dem Rudi-Carrell-Akzent* an, dann, als sie schon den Hauptbahnhof vor sich sahen, die Lava aber noch immer nicht abgekühlt war, sagte er: »Geh schon mal vor auf Gleis 4, setz dich da auf eine Bank und warte auf mich.«

»Wieso auf Gleis 4?«

»Es kann auch ein anderes Gleis sein.«

»Dann nehme ich Gleis 3.«

»Okay. Aber warte auf mich!«

»Was hast du vor?«

»Das sag ich dir dann.«

Freddy fand auf Anhieb zum Hausboot zurück. Er hob die Luke an, langte nach der Lederjacke, löste sie vom Haken und rannte los.

Maike saß nicht auf einer Bank, sondern mit mehreren anderen im Schneidersitz auf dem Boden und hörte einem Typen, der lange Haare und überall bunte Bänder hängen hatte, beim Singen und Gitarrespielen zu. Umstandslos zog Freddy sie hoch.

»Spinnst du?«, rief sie. »Bin ich vielleicht dein Eigentum?«

»Wo geht's zur Autobahn?«, wollte Freddy wissen.

»Wieso das jetzt?«

»Weil wir wegmüssen.«

»Du führst dich auf wie ein Macker. Ich lasse mich nicht herumkommandieren! Und wo hast du auf einmal die Jacke her?«

Kaum hatte sie das gefragt, blieb sie stehen und starrte Freddy entsetzt an. Über den Zaun eines Festivalgeländes klettern – okay. Mal was Kleines in einem Laden mitgehen lassen, so wie am Tag zuvor das Päckchen Kaugummi – das geschah den Kapitalisten, die vom Konsumzwang, den sie den kleinen Leuten eingeimpft hatten, lebten, nur recht. Aber einfach so eine teure Lederjacke abgreifen – das war zu viel, das war unheimlich.

»Ich fahre mit dem Zug nach Hause«, sagte sie. »Allein.«

»Ich dachte, du hast keine Kohle.«

»Ein bisschen was hab ich in Reserve«, gab sie zurück und hielt triumphierend einen Hunderter in die Höhe.

Sie hatte auf frei und arm gemacht, in Wahrheit aber einen Batzen für das Shit im Gürtel versteckt und zusätzlich einen großen Schein in petto gehabt. Für alle Fälle.

Als Freddy das klar wurde, warf er ihr ungefiltert alles an den Kopf, was ihm an Beleidigungen in den Sinn kam, und riet ihr so laut schreiend, dass es im ganzen Bahnhof widerhallte, ihren Arsch in Zukunft Gitarrenspielern und Dealern hinzuhalten, aber nicht mehr ihm. Dann ließ er sie stehen, obwohl er damit sich selbst die schlimmsten Schmerzen zufügte. Er begriff es noch im selben Moment, stapfte aber trotzdem davon, ohne sich noch einmal umzudrehen. Die sollte ihm gestohlen bleiben, diese Tochter aus gutem Hause, die sich vom Papa Reisegeld als eiserne Reserve zustecken ließ. Die Nichte von Ulrike Meinhof. Pah. Darauf war doch geschissen. Falls es überhaupt stimmte.

Wäre allerdings schön gewesen. Er gab die Vorstellung nur ungern auf, seinen Freunden diese Frau zu präsentieren. Mist. So eine Geschichte würde er so schnell nicht wieder zu bieten haben.

Trotzig schob er die Hände in die Taschen der Lederjacke und stieß mit der Rechten auf etwas Eckiges, Leichtes, das in Folie gewickelt war. Er zog es heraus und sah auf seinem Handteller ein Piece von der Größe eines Schokoriegels liegen.

Ein Riegel Haschisch. Was war so etwas wert? Genug jedenfalls, um den Dieb nicht einfach entkommen zu lassen. Intuitiv blickte sich Freddy nach allen Seiten um. Wegen Maike hatte er ganz vergessen, dass der Dealer mit Sicherheit nach ihm suchte.

Das Piece war eine harte Währung, mit der man zwar keine Fahrkarte am Schalter kaufen, jedoch sonst einiges bewirken konnte. Keine Stunde später war es Freddy gelungen, zwei langhaarige Abiturienten aus Trier zu überreden, ihn in ihrem 2 CV mit nach Deutschland zu nehmen. Die beiden glaubten, das Geschäft ihres Lebens gemacht zu haben, waren dann aber zu feige, das Zeug über die Grenze zu schmuggeln, weshalb sie es brüderlich teilten und während der Fahrt aufaßen, genauer gesagt, herunterwürgten, was sich als sehr vorausschauend erwies, denn die Kombination von Ente mit einschlägigen Aufklebern und Insassen mit langen Haaren provozierte eine gründliche Grenzkontrolle, und die dabei entdeckte Haschpfeife aus Glas genügte als Grund für eine Leibesvisitation mit allem Drum und Dran. Eine echte Herausforderung für Freddy. Während er sich nackt nach vorne beugte und die Gesäßbacken auseinanderzog, wie es der Grenzbeamte von ihm verlangte, schrie jede Zelle seines Körpers: Lass dir das nicht gefallen

Ein Wunder, dass er sich nicht wehrte.

Kein Wunder hingegen, dass die Trierer Abiturienten sich nicht wehrten, denn die Wirkstoffe des geschluckten Rauschmittels wurden von der Magenwand rasch und gründlich absorbiert und verrichteten an anderen Stellen des Organismus wunschgemäß ihre Arbeit, was den Zollbeamten nicht verborgen blieb, weshalb sie besonders fuchsig wurden, als sie selbst in den Körperöffnungen nichts fanden. Für Freddy hatte das zur Folge, dass er noch einmal ohne Führerschein Auto fahren musste, denn nachdem die Grenzer dem langhaarigen Fahrzeughalter in die Augen geschaut und gesagt hatten, in dem Zustand könne er nicht fahren, blieb Freddy nichts anderes übrig, als sich den Schlüssel zu schnappen. Er tat es mit einer so selbstgewissen Geste, dass keiner der Zöllner auf die Idee kam, ihn nach der Fahrerlaubnis zu fragen.

Auf den nächsten hundert Kilometern lachten sich die Trierer auf der Rückbank kaputt, sie warfen sich so hysterisch hin und her, dass die Ente wackelte, was auf der Autobahn zu Huporgien anderer Verkehrsteilnehmer führte und für heikle Situationen sorgte, etwa als sie ein kaum schneller fahrender Sattelschlepper überholte, der für sein Manöver mehrere Minuten brauchte.

Ernst wurden die beiden erst, als Freddy weder auf die B51 abbog noch am Kreuz Wittlich die A1 nach Trier nahm, sondern quer durch den Hunsrück weiterfuhr, bis zur A 61 bei Rheinbölln, von wo aus er es nicht mehr weit bis nach Hause hatte.

»Wo fährst du hin?«, fragte der Besitzer der Ente schließlich kleinlaut.

»Ich fahr mich heim«, erwiderte Freddy grimmig.

Der Sprit reichte allerdings nicht ganz. Zufälligerweise kamen sie gerade noch bis zu dem Städtchen, in dem das Folkfestival stattgefunden hatte, sodass sich der Kreis schloss – leider ohne Maike und auch ohne die Freunde, dafür mit zwei frischen Feinden aus Trier. Freddy drehte sich nicht einmal nach ihnen um, nachdem er die bis auf den letzten Tropfen leer gesaugte Ente hatte ausrollen lassen und ausgestiegen war.

Auf dem Festivalgelände wurde abgebaut. Die Händler hatten ihre Pluderhosen, Teetassen, Energiebällchen, Räucherstäbchen, Raubdrucke und sonstigen Tand eingepackt, städtische Angestellte entfernten den Zaun. Freddy schwitzte höllisch in der schwarzen Lederjacke. Er zog sie aus und wollte sie kurz entschlossen einem der Arbeiter schenken.

»Hier«, sagte er. »Die hat jemand liegen lassen. Ihr habt doch bestimmt ein Fundbüro.«

Der Mann in der orangefarbenen Hose zögerte. Freddy zwinkerte mehrmals mit einem Auge, erreichte damit jedoch nur das Gegenteil. Der andere ahnte wahrscheinlich, worum es sich handelte, und hatte keine Lust, später vom wahren Besitzer der Jacke zur Rede gestellt zu werden. Schließlich schüttelte er energisch den Kopf und wandte sich ab.

Wegschenken ließ sich der Scheiß, den man gebaut hatte, also nicht, lernte Freddy in diesem Moment.

PROBLEMATISIEREN

Jacke gewonnen, Frau verloren. Soll er sich nun, weil der Weg durch diese Siedlung mit ihren hohen Hecken und breiten Garagen nicht enden will, zum Zeitvertreib aufzählen, wie und wann ihm die Liebschaften seines Lebens abhandengekommen sind? Lieber nicht. Sein letzter Körperkontakt mit einer Frau liegt Jahre zurück. Viele Jahre! Um ein Haar hätte er es laut ausgerufen.

Vielleicht sollte er sich stattdessen vor Augen führen, was er in seinem Leben schon alles geklaut hat. Das würde länger dauern, also mehr Zeit vertreiben. Ob es leichter verdaulich wäre, steht auf einem anderen Blatt. Zumal Zusammenhänge bestehen. Er merkt es bereits beim ersten Posten auf der Liste, einem Walkman, im Kaufhaus abgegriffen, nachdem ein Mädchen ihm eine Kassette mit Lieblingsliedern aufgenommen hatte. Es musste sein, es ging nicht anders. Erstens wollte er hören, was sie mochte. Zweitens wollte er nicht zugeben, dass er keinen Kassettenrekorder besaß. Drittens war es nicht irgendein Mädchen, sondern Toms Freundin Marianne, und natürlich hatte sie als letztes Stück auf der B-Seite »So long, Marianne« gewählt, weil sie zuvor gesagt hatte: »Entweder wir machen es offen, oder wir lassen es bleiben.«

Offen aber ging für Freddy nicht, weil Tom sein Freund war. »Solange er's nicht weiß, tut's ihm nicht weh«, fand er.

»Freddy, das ist Pseudomoral«, lautete Mariannes Kommentar, und was Freddy daran störte, war nicht der Einwand selbst, sondern die Tatsache, dass Marianne den belehrenden Satz mit der Voranstellung seines Namens eingeleitet hatte. So machten sie es oft, wenn sie etwas an seiner Einstellung auszusetzen hatten. *Freddy, das kannst du so nicht sagen. Freddy, das sind die falschen Argumente,* und so weiter und so fort, plötzlich hatte er sie alle parat und erschrak vor der Fülle solcher Sätze.

Der Walkman fällt ihm als Erstes ein, was aber gehörte wirklich an die erste Stelle der Liste? Die Comics, die er für sich und Tom im Zeitschriftenladen unters Hemd gesteckt hatte? Die Kaugummis, die er, wenn er zum Einkaufen geschickt wurde, beim Anstehen an der Kasse in seine Hosentasche wandern ließ? Die kleinen Fläschchen für die Brüder, die gleich neben den Kaugummis im Regal standen? Die Kosmetikartikel für die Schwestern, für deren Beschaffung er schwarz mit der Straßenbahn in die Innenstadt fahren und sich dann im Erdgeschoss eines der Kaufhäuser unsichtbar machen musste? Den Klosterfrau Melissengeist für die Oma, den man in die Einkaufstasche plumpsen lassen konnte, während der Apotheker mit dem Rezept für das Blutdruckmittel in der Hand im Hinterzimmer verschwand? Die diversen Fahrräder, die man sich am einfachsten im Sommer vor dem Freibad holte, wo immer welche standen, die nicht abgeschlossen waren?

Schon auf den ersten Metern kommt eine Menge zusammen, und Freddy schlägt den Ordner mit der Aufschrift »Eigentumsdelikte« schnell wieder zu. Aber vor der Lederjacke kann er die Augen nicht verschließen. Die lässt sich nicht weghefte̲n, und die kann er auch nicht weggeben, denn ohne die wäre die Novemberkälte nicht auszuhalten.

Als er aus Amsterdam zurückkam und, wie immer ohne anzuklopfen, die WG-Küche betrat, verlor niemand ein Wort über die schwarze Jacke, die man bis dahin noch nicht an ihm gesehen hatte, aber Freddy spürte, dass die Aufmerksamkeit aller an dem guten Stück hängen blieb. Wahrscheinlich suchten sie nach plausiblen Erklärungen, um nicht auf die Idee zu kommen, dass man so etwas stehlen konnte, etwa dass er sie von einem seiner großen Brüder geerbt hatte. Die Stimmung war betreten, es wurden Zigaretten gedreht, es wurden Knie nach oben gezogen und gegen die Tischkante gelehnt, es wurde sich durch die Haare gefahren, es wurde Tee nachgeschenkt.

Freddy war hier immer willkommen, das gehörte zum Konzept: kein Anklopfen, offenes Haus für Freunde und Gleichgesinnte. Als Tom, der Finger und Lurch vom Schülercafé und vom Jugendtreff kannte, seinen Kindheitsfreund Freddy zum ersten Mal mitgebracht hatte, war es ihm so vorgekommen, als wären die Mitglieder der WG geradezu stolz darauf, einem wie ihm Gastfreundschaft zu gewähren. Sie schienen ihm einen Ehrenplatz am Frühstückstisch zu geben, schoben Brötchen, Käse, Wurst vor ihn hin sowie ein braunes Ei in einem Becher, der mit Hahn und Henne verziert war. Freddy verriet nicht, dass es sich um das erste Frühstücksei seines Lebens handelte.

Während er es noch betrachtete und überlegte, wie er es öffnen sollte, hörte er Tom etwas von *schwierigen Verhältnissen* sagen.

Alle nickten. Dann wurde er freundlich befragt.
»Und was machst du so?«
»Lehre als Kfz-Mechaniker.«
»Und deine Eltern?«
Schulterzucken.
»Hast du Geschwister?«
Kopfnicken.
»Älter oder jünger?«
»Alle älter. Zwölf Stück.«
Aus dem Augenwinkel glaubte Freddy zu sehen, wie Tom den Kopf einzog, als hätte er etwas Falsches gesagt. Die anderen schluckten nur.
»Und wo stehst du so politisch?«
Hier genügte nun kein Blick aus den Augenwinkeln mehr. Freddy musste sich mit unverhohlen fragendem Gesichtsausdruck an Tom wenden, der auch prompt an seiner Stelle antwortete:
»Darum geht es ja gerade. Dass Freddy die Chance bekommt, alternative Lebensentwürfe kennenzulernen und das richtige Bewusstsein aufzubauen.«
Alle am Tisch nickten hochzufrieden. Die Männer hatten lange Haare, die Frauen kurze. Die Männer saßen normal auf ihren Stühlen, die Frauen umständlich verknotet. Sie sahen gut aus, aber das merkte man erst auf den zweiten Blick. Ihre Kleidung unterschied sich von allem, was Freddy von seinen Schwestern kannte, und das galt auch für die Art, wie sie ihn ansahen. Freddy fühlte sich anfangs außerstande, diese Art zu schauen zu verstehen. Ihre Blicke drückten aus, dass sie es gut mit ihm meinten, trotzdem erinnerten sie ihn an Kameras, die alles und jedes aufzeichneten. Er kam sich vor wie ein seltenes Tier.

Weil er Toms Erklärung nichts hinzuzufügen vermochte, wandte er sich wieder dem braunen Ei zu, nahm aufrechte Haltung an, legte die linke Hand um die warme Schale und griff mit der rechten Hand nach dem Messer. In dem Moment, in dem er ausholte, stutzte er, weil er spürte, dass die anderen den Atem anhielten. Aber nun war es zu spät, sich eine andere Methode auszudenken. Er schlug zu, glaubte, ein kollektives Zucken um sich herum wahrzunehmen, und blickte erst wieder auf, nachdem er das Ei ausgelöffelt hatte.

Er hatte damals nicht gewusst, was mit *alternativen Lebensentwürfen* gemeint war. Er hatte geglaubt, er würde einfach die Leute besuchen, die Tom neuerdings als seine Freunde bezeichnete und mit denen er demnächst zusammenziehen würde, gegen den Willen seiner Eltern, stolz, weil sie ein paar Jahre älter waren als er und in einer Wohngemeinschaft lebten.

Mittlerweile wusste er Bescheid, aber die Art, wie sie ihn jetzt ansahen, verunsicherte ihn mindestens ebenso sehr wie damals. Er zog die Lederjacke aus und atmete erst mal tief durch.

»Wir haben auf dem Festivalgelände auf dich gewartet«, stellte Finger fest.

»Wir haben uns irrsinnige Sorgen gemacht«, ergänzte Mechthild.

Es folgte eine mehrstimmige Salve diverser Vorwürfe, die Freddy mühelos wegsteckte, wie er es immer in Schulzeiten getan hatte, wenn er wieder einmal wegen unentschuldigten Fehlens zur Rede gestellt worden war. Er ließ seine Freunde ihr Pulver verschießen, bis nur noch die Neugier übrig war und sie wissen wollten, wo er gesteckt hatte.

Da warf er ein Päckchen Tabak auf den Tisch, das ausschließlich niederländisch beschriftet war, und dazu ein pistaziengrünes Briefchen mit Blättchen, die man in Deutschland nicht kaufen konnte. Er drehte sich eine, was eine Weile dauerte, weil er ja normalerweise Aktive rauchte und nicht so viel Übung mit dem Drehen hatte, zündete sich die Zigarette mit holländischen Streichhölzern an, spürte, wie sein Herzschlag schneller und lauter wurde, und sagte nach dem ersten Zug so lässig wie möglich:

»Ich war mit der Nichte von Ulrike Meinhof in Amsterdam.«

Er bemühte sich, nicht triumphierend in die Runde zu blicken, behielt jedoch die Gesichter der anderen im Auge. Jedes hatte einen anderen Ausdruck, aber jedes zeigte eine deutliche Reaktion. Jetzt kam es darauf an, den richtigen Ton zu treffen.

»Wir haben uns ziemlich gut kennengelernt«, hörte er sich sagen.

Finger grinste großbrüderlich. »Willst du damit sagen, dass du mit ihr gepennt hast?«

Freddy nickte mit dem ganzen Oberkörper.

»Und darauf bist du jetzt stolz, oder was?«

Marianne war es, die diesen Pfeil auf Freddy abfeuerte.

»Hat sie was über Ulrike erzählt?«, wollte Finger wissen. Seine blauen Augen leuchteten.

»Ich finde, das ist jetzt erst mal nicht das Thema«, keilte Lioba dazwischen. »Wir reden davon, dass Freddy hier reinschneit und damit angibt, mit einer total fremden Frau Schwanzficken praktiziert zu haben.«

Jetzt hob Freddy den Kopf. Dieses Wort hatte er sogar in dieser Runde noch nicht gehört.

»Ich finde, wir sollten das ernsthaft problematisieren«, fügte Mechthild an.

»Wie war sie denn so, die Nichte von Ulrike?«, hakte Finger nach, ohne auf Mechthilds Bemerkung einzugehen.

»Na ja …«

»Vielleicht sagst du erst mal, wie sie überhaupt heißt«, warf Lioba ein. »Ist ja mal wieder typisch. Es wird von einer Frau geredet, aber keiner interessiert sich für ihren Namen. Scheint für Männer keine Rolle zu spielen. Hauptsache, sie …«

»Maike heißt sie«, fiel ihr Freddy ins Wort.

»Und wie sieht sie aus?«, wollte Finger wissen.

»Aha. Jetzt wird sich nach der Handelsqualität erkundigt. Als Nächstes fragst du dann, ob sie gute Titten hat …«

»… und ein gebärfreudiges Becken.«

Freddy staunte ein wenig darüber, wie wenig sich Finger vom Chor der Frauen aus der Ruhe bringen ließ.

»Wie habt ihr's gemacht?«, wollte Finger wissen. »Und wo eigentlich? Und wieso überhaupt Amsterdam?«

Das mit Amsterdam ließ sich leicht erklären, denn alle wussten, was *Amsterdam* bedeutete. Jeder war schon mal dort gewesen oder tat zumindest so, als wüsste er genau, wie es dort zuging. Das andere brachte ihn zum Stottern.

»Wer Gemeinschaft leben will, muss lernen, mit intimen Sachen offen umzugehen«, erklärte Tom.

»Weil die politische Befreiung halt auch über die Sexualität läuft«, fügte Lurch mit einem kurzen Seitenblick auf seine Freundin Lioba hinzu.

»Und die Selbstfindung sowieso«, meinte Marianne, die bereits weniger aggressiv klang.

»Freddy, das ist letztlich eine Frage der Selbstthematisierungskompetenz«, ergänzte Tom mit einem seiner typischen Tom-Wörter.

Freddy dachte an Maikes weißen Hintern.

»Du kannst total ehrlich sein«, ermunterte ihn Finger.

Er hatte ihre Arschbacken gepackt, seinen Schwanz langsam reingeschoben und dann erst mal so etwas wie einen Stromfluss verspürt, der seinen ganzen Körper zum Erzittern brachte, bevor er anfing, sie zuerst langsam und dann immer schneller zu stoßen.

»Es geht darum, die eigene Problematik im politischen Kontext zu verarbeiten.«

»Ich hab keine Problematik«, platzte es aus Freddy heraus.

»Du hast einen stehen«, stellte Mechthild mit einem Seitenblick fest.

In der Tat, er hat einen stehen, und daran lässt sich auf dem Bürgersteig dieser Vorortsiedlung so schnell nichts ändern. Plötzlich sehnt er sich nach einem Zimmer für sich allein. Nach einer weichen Matratze und einer warmen Decke. Nach einer Tür, die er auf- und zumachen kann, wann er will. Nach einem Raum ohne fremde Stimmen. Er stellt sich vor, wie es wäre, den Schlüssel für seine eigene Wohnung in der Hand zu spüren und zu wissen, welchen Weg er einschlagen müsste, um an den Ort zu gelangen, wo er ungestört von Maikes Hintern träumen könnte.

»Jeder sollte sich kritisch mit seiner Sexualität auseinandersetzen und sich zum Beispiel fragen, wie weit er noch an alten Rollenmustern hängt oder was die konsumkapitalistische Sexualisierung der Frauen durch die Bewusstseinsindustrie bei ihm angerichtet hat.«

Lurch gab dieses Statement mit sanfter Stimme ab. Er hatte kürzlich eine Männergruppe gegründet und lief nun zur Hochform auf.

»Sprich einfach über die Gefühle, die du als Mann hattest, als du mit Ulrikes Nichte zusammen gewesen bist. Was waren da für männliche Identitätsnormen im Spiel? Mal abgesehen von deinem Schwanz.«

An der Stelle mussten die anderen ein bisschen lachen, wenn auch verschämt. Lurch wirkte beleidigt. Sogleich schaltete sich Lioba mit einer Zurechtweisung ein. Sie warf ihrem Freund vor, *schwanzfixiert* zu sein, und als Lurch sich dagegen wehrte und Lioba ihm anhand von mehreren Situationen aus den letzten Wochen nachwies, warum ihre Einschätzung zutraf, begriff Freddy, dass es gar nicht mehr um ihn ging.

»Ene, mene, miste, es rappelt in der Kiste«, sang Finger prompt dazwischen.

Lurch gab sich Mühe, die Aufmerksamkeit wieder auf Freddy zu lenken.

»Hätte Freddy deiner Meinung nach seine Lust unterdrücken sollen?«, fragte er Lioba, nun gar nicht mehr sanft.

»Das habe ich nicht gesagt«, erwiderte sie. »Aber es kommt darauf an, wie man sie auslebt.«

»Du weißt ja gar nicht, wie er sie ausgelebt hat!«

»Womit wir wieder bei meiner Frage wären«, warf Finger ein, der es nicht mochte, wenn zu große Spannungen entstanden.

»Mich interessiert nicht, wie er es gemacht hat, sondern mit welchem Bewusstsein«, sagte Lioba laut. »Ich habe nämlich keine Lust, mit einem Phallokraten an einem Tisch zu sitzen.«

»Was ist ein Phallokrat?«, fragte Freddy, bevor er sich besinnen konnte.

Da lachten alle, außer Tom, der nur unter sich blickte.

Maikes weißer Mond ist untergegangen, und damit lässt die drängende Brisanz unterhalb der Gürtellinie nach. Das macht das Weitergehen erträglicher. Allerdings meldet sich nun der Magen wieder. Zum Teil muss Hunger dafür verantwortlich sein. Er hat an diesem Morgen nicht viel zu sich genommen, kein Wunder also, dass ihm flau ist. Er sollte einen Imbissstand oder ein Lokal ansteuern, da hätte er wenigstens ein vorläufiges Ziel.

Er trottet weiter, etwas kraftlos nun, nachdem er vorhin vor Ungeduld am liebsten losgerannt wäre, und fragt sich, ob Rosa kochen kann. Ob sie kocht. Ob sie mehr macht, als Gemüse für ihre Kinder zu pürieren.

Es ist schwer, sich eine Person, die man noch nie als Erwachsene in ihrem eigenen Haushalt gesehen hat, als jemanden mit Antworten auf die vielen kleinen praktischen Fragen des Lebens vorzustellen, zum Beispiel als eine, die weiß, wie man ein komplettes Mittagessen mit Fleisch, Kartoffeln und Rotkohl zubereitet.

Wieso Rotkohl? Weil es genau in diesem Augenblick danach riecht. Aus dem gekippten Küchenfenster des Hauses, das Freddy gerade passiert, quillt aromatischer Dunst. Und durch die Zauberkraft dieses Dufts schrumpft Freddy erneut zum Abc-Schützen, der an der Seite von Tom nach Schulschluss die Straße entlangtrottet. Die Bücher im Ranzen rumpeln bei jedem Schritt, und Tom sagt »Mach's gut«, und Freddy sagt »Kommst du nachher raus« und Tom sagt »Klar«, und dann biegt Tom nach links ab, wo es nach Rotkohl riecht, und Freddy bleibt kurz stehen, weil er sich am liebsten mit dem Freund an den gedeckten Tisch setzen würde, anstatt nach Hause zu gehen, wo keine Mutter mit umgebundener Schürze die Teller mit dampfendem Essen füllt.

Die letzte Mahlzeit, die seine Mutter zubereitete, bevor sie die Schürze ablegte und sagte, sie habe *jemanden kennengelernt*, bestand aus unförmigen Weckklößen und eingemachten Mirabellen. Ein gutes Essen. Dass es nur deshalb so oft auf den Tisch kam, weil es fast nichts kostete, bedachte er nicht, und selbst wenn, wäre der Gedanke von der Süße des Mirabellensafts, der aus den Schlitzen der aufgeplatzten Früchte sickerte, aufgelöst worden.

»Ich hab jemanden kennengelernt«, sagte die Mutter, nicht zu Freddy, sondern zur Oma, aber Freddy, der am Küchentisch saß, sollte es hören, wie auch die Geschwister, von denen einige an der Fensterbank und am Türrahmen lehnten.

»Wen?«, wollte Anita wissen und verschwand sofort, nachdem sie die Information erhalten hatte.

»Dann geh halt zu deinem Stecher«, spuckte Manuela verächtlich aus, bevor auch sie die Küche verließ, und Freddy duckte sich über seinen Teller, fragte sich, was *Stecher* bedeutete, und nahm mit dem Löffel ein Stück Kloß und eine Mirabelle zusammen auf, sodass sich Warm und Kalt vermischten.

»Ich komme einmal die Woche vorbei«, erklärte die Mutter.

»Und den Bankert lässt du hier?«, fauchte Oma.

Damit, wusste Freddy, war er gemeint, der Kleine, der Kleinste, der mit Verspätung und aus Versehen als Nachzügler eingetroffen war. Das Wort *Bankert* hatte er schon häufiger gehört, zuerst aus dem Mund seines Vaters, als dieser sich am Küchentisch in unbezähmbare Wut hineingetrunken, auf alles und jeden geschimpft, schließlich den Blick in den erschrockenen kleinen Freddy gebohrt hatte und schwankend aufgestanden war, um mit unkontrolliert rudernden Armen auf den *Bankert* einzuschlagen, immer wieder rief er es, *du Bankert*, und schlug dabei zu, bis die Brüder ihn retteten, indem sie den Vater packten und hinauswarfen, und später hatte er das Wort aus dem Mund seiner Oma gehört, aber was es genau bedeutete, wusste er noch immer nicht, außer dass es nichts Gutes sein konnte.

»Mitnehmen kann ich ihn nicht«, gab die Mutter bündig zurück, dann hängte sie die Schürze an den Haken und gab Freddy einen Kuss auf den Kopf. Der brannte sonderbar. Aber an den Tagen danach ging er noch sparsamer mit dem Wasser um als sonst und wischte sich lediglich morgens mit feuchten Fingern den Schlaf aus den Augen. Erst als die Lehrerin ihm auftrug, sich zu waschen, fügte er sich und stieg an einem Samstagnachmittag zu seiner Schwester Bärbel in die Wanne.

Durchaus möglich, dass die Mutter einmal die Woche vorbeikam, durchaus möglich, dass die Intervalle größer waren. Kinder besitzen kein kalendarisches Zeitgefühl. Sie tauchte jedenfalls gelegentlich auf. Brachte Süßigkeiten mit, stritt sich mit Oma, ließ sich von den Brüdern Geld abpressen, schrie meistens etwas, in dem das Wort *Saustall* vorkam, und ging meistens, kurz nachdem Oma etwas wie *Schrapnell* und *Schlampe* gerufen hatte.

Die Schürze band sie sich nicht mehr um. Es gab keine Weckklöße mehr, und wenn es auf dem Heimweg von der Schule aus Toms Elternhaus nach Essen roch und aus Freddys Omahaus nicht, spürte er, dass er nicht gern hinging, wo er hinmusste, und als Freddy jetzt wie in Zeitlupe die Rotkohlschwade durchschreitet, setzt ihm diese Erkenntnis zu wie ein tückischer Schmerz.

RÄDER WECHSELN

In der Einfahrt vor dem Haus mit dem Essensgeruch hat ein Mann mit weißen Haaren seinen offenbar frisch gewaschenen Wagen aufgebockt. Er nimmt ein Rad ab, rollt es in die Garage und kommt kurz darauf mit blitzsauberem Ersatz zurück. Aha, einer von denen, die sich das Geld für die Werkstatt sparen, stellt Freddy fest. Wegen solcher Geizkragen musste Dr. Hartmann seine Werkstatt schließen. Allerdings machten viele Besitzer von russischen und tschechischen Autos sowieso alles selbst. Sie kauften sich die Marken ja, gerade weil man das meiste mit Hammer und Zange in Ordnung bringen konnte. Warum sollten sie sich ausgerechnet beim Reifenwechsel helfen lassen? Aber dieser Rentner hier fährt einen Koreaner der gehobenen Mittelklasse, preiswerter als deutsche Fabrikate, aber mit besserer Ausstattung; dieser Rentner, der seine Winterreifen wäscht, bevor er sie einlagert, hält sich für besonders schlau, weil er glaubt, das Maximum herauszuschlagen und dabei besonders günstig wegzukommen.

Freddy spürt den teuflischen Impuls, dem Wagenheber einen schnellen Tritt zu verpassen.

Sieht er einen Reifenwechsel, schießt ihm immer leicht Adrenalin ins Blut, weil er an den Autoput denken muss, an die Fahrt nach Griechenland im Sommer 1982, zwei Monate nach der Episode mit Ulrike Meinhofs Nichte. Sein neuer Führerschein aus dünnem Wachstuch fühlte sich herrlich an.

Eigentlich hatten sie vorgehabt, im Morgengrauen aufzubrechen, aber es dauerte länger als gedacht, das Gepäck von sieben Personen zu verstauen, und auch die Fahrt zog sich hin, nicht zuletzt, weil ständig jemand eine Zigarette rauchen, sich die Beine vertreten oder aufs Klo musste. Erst spät am Abend erreichten sie den Wurzenpass und machten auf dem Parkplatz vor dem Grenzübergang Rast. Nach der nervenaufreibenden Serpentinenfahrt auf die Passhöhe, bei der es mehr als ein Mal so ausgesehen hatte, als müssten sie vor den achtzehn Prozent Steigung kapitulieren, weil bei ihren Fahrzeugen das Verhältnis von Pferdestärken und Gesamtgewicht nicht stimmte, atmeten sie durch und versuchten sich innerlich darauf einzustellen, dass sie nun *den Westen* verließen. Es ging nach Jugoslawien, immerhin Volksrepublik, also *Ostblock*, da wusste man nicht, was einen erwartete, denn das war alles in allem – linke Gesinnung hin oder her – doch ein bisschen unheimlich.

Freddy kamen Dr. Hartmanns Erörterungen über die kommunistischen Staaten in den Sinn. »Solange der Kommunismus starke Männer braucht, ist er nicht ausgereift«, hatte er einmal festgestellt, »denn ein starker Mann ist leicht der falsche.« Über Tito hatte er jedoch nie ein schlechtes Wort verloren. »Tito versteht die Menschen und die Völker«, war seine Einschätzung gewesen, als Tito noch lebte. »Wenn man will, dass die Menschen an den Kommunismus glauben, darf man ihnen nicht die Landesfahnen und schon gar nicht die Religion verbieten.«

Wie üblich hatte Freddy dazu nichts beizutragen gehabt, aber jetzt war er dank Dr. Hartmanns Ausführungen derjenige, der mit positiven Vorurteilen die Grenze nach Jugoslawien überquerte. Außerdem war da noch Oblak. Kaum fiel Freddy der Name ein, wandte er sich auch schon an Tom: »Weißt du noch? Du wolltest beim Bolzen immer Branko Oblak sein.«

Tom nickte, grinste aber sonderbar gequält. Ihm war das Thema peinlich, jedenfalls im Beisein seiner Freundin Marianne, die weder den kommerzialisierten Leistungssport noch das Machogehabe von Fußballspielern und schon gar nicht die Exzesse der Fans ausstehen konnte. Tom versuchte abzulenken und machte lehrerhaft darauf aufmerksam, dass das Gebirge, in dem sie sich befanden, die Karawanken seien, worauf Lurch den Ball aufnahm und etwas mit wankender Karawane dichtete.

Was die Karawane betraf, lag er richtig. Der Verkehr war unangenehm dicht, und viele Autos kamen einem bekannt vor, wegen der Aufkleber und der Kleidung und der Haare der Insassen. Zwar sah man keine Ladas zwischen den Lieferwagen, Unimogs und Bussen, die zu Wohnmobilen umfunktioniert und bunt angestrichen worden waren, dafür aber mehrere R4-Kastenwagen.

Einerseits wirkte es beruhigend, von Gleichgesinnten umgeben zu sein, andererseits litt der Glanz der eigenen Unternehmung, wenn so viele andere ebenfalls die Idee gehabt hatten, unter dem Himmel Griechenlands das freie Leben auszuprobieren. Wer aber wollte dem Abenteuer der Freiheit im Konvoi entgegenfahren?

Sie beschlossen, in der Nähe von Ljubljana zu übernachten und dann zu versuchen, in einem Rutsch bis Thessaloniki zu kommen, doch schätzten sie den Autoput falsch ein. Dieser erwies sich als schmächtig ausgebaute Asphaltbahn in miserablem Zustand, auf dem voll beladene Transits im Schneckentempo dahinkrochen und von Lkw-Fahrern überholt wurden, denen es vollkommen egal zu sein schien, ob ihnen jemand entgegenkam. Sie nahmen es offenbar in Kauf, hin und wieder einen Pkw zu zermalmen.

Finger sah bei der ersten Zigarettenpause kreidebleich aus. »Die sind wahnsinnig. Das sind Verrückte«, murmelte er unaufhörlich vor sich hin.

Freddy fuhr vorneweg, er versuchte, die Nerven zu behalten und die Etappe mit möglichst wenigen Stopps durchzuziehen. Er hatte sich mehrere Päckchen jugoslawische Zigaretten gekauft – *Opatija*, weil die blaue Packung mit der weißen Zeichnung einer Meeresbucht mit Häusern, Sonne und Segelboot so gut aussah – und Finger eins davon abgegeben, damit er nicht allzu oft anhielt, um sich eine zu drehen.

Gegen Abend mussten sie einsehen, dass sie es vor Anbruch der Nacht nicht bis Griechenland schaffen würden. Da sie auf keinem der verdreckten Rastplätze an der Transitstraße übernachten wollten, beschlossen sie, den Autoput hinter Skopje zu verlassen. Auf einer kleinen Straße fuhren sie ein Stück in die karg bewachsene Hügellandschaft und bogen schließlich in einen Feldweg ein, der zu einem Olivenhain führte. Dort wuchs zwischen den Bäumen hohes Gras, es sah nicht so aus, als würde hier oft jemand vorbeikommen. Sie stellten die Autos am Rand des Hains ab und gingen ein Stück den Hang hinunter, bis sie eine flache Stelle zum Zelten fanden. Freddy wagte es, ein Feuer zu machen, auf dem sie Nudeln kochten, und als Finger die Gitarre auspackte, waren sich alle wieder einig, dass diese Tour eine richtig gute Sache und nichts weniger als Freiheit und Abenteuer war. Wer hätte vorher geglaubt, dass sie zwischen Olivenbäumen in Mazedonien *wild* campen würden.

Am nächsten Morgen wurde Freddy von einem Schrei geweckt. Er fuhr hoch, weil er sofort dachte, Finger hätte etwas gemerkt, aber Mechthild lag nicht mehr neben ihm, sie musste in der Nacht in ihr Zelt zurückgeschlichen sein. Als Freddy den Kopf nach draußen streckte, sah er Finger völlig verkatert und ganz und gar unfähig zu irgendeiner Lautäußerung aus ebendiesem Zelt kriechen. Es folgte weiteres Schreien, das, wenn man genau hinhörte, nichts als ein übermäßig lautes Fluchen war, begleitet von Schlägen auf Blech. Schließlich dröhnte die Erde, als näherte sich ein tonnenschweres Tier. Aber es war nur Lurch, der zum Lagerplatz gestampft kam. Alle Blicke richteten sich auf ihn. Er sah aus wie eine Comicfigur, die vor Wut und Empörung kochte. Lioba sprang sogleich auf und fuhr ihrem Freund mitfühlend durchs störrische Haar.

»Was plagt dich denn?«, fragte sie ihn, als wäre er ein Kleinkind.

»Die Reifen!«, rief Lurch.

Alle tauschten fragende Blicke.

»Die Autoreifen sind weg!«

Jetzt runzelten alle die Stirn.

»Die haben am Lada die Reifen abmontiert, mit den Rädern!«

Im Nu war Freddy aus dem Zelt und rannte nackt und barfuß den flachen Hang zwischen den Olivenbäumen hinauf.

Der R4 stand noch so da, wie sie ihn abgestellt hatten, aber die Karosserie des Ladas ruhte radlos auf vier Stapeln Backsteinen.

Jemand musste bemerkt haben, dass sie hier kampierten, wegen des lauten Singens oder wegen des Feuers, und war in der Nacht gekommen, um zu sehen, ob es etwas zu holen gab. Vielleicht sogar von vornherein in der Absicht, die Räder zu klauen, sonst hätte er die Backsteine nicht parat gehabt. Vollkommen lautlos und mit viel Geschick war der Diebstahl ausgeführt worden. Freddy nickte anerkennend.

Als er zu den Zelten zurückkam, heulten zwei der drei Frauen bereits. Freddy wunderte sich über so viel Hysterie und darüber, wie schnell sie die Situation als aussichtslos erklärten. Er zog sich an und forderte Finger auf, ihn ins nächste Dorf zu fahren. Doch bevor dieser etwas sagen konnte, setzte ein heftiges Fechten der Frauenstimmen ein.

»Finger kann noch nicht«, sagte eine, »der hat letzte Nacht zu viel getrunken.«

»Woher willst du wissen, wo das nächste Dorf ist?«, wandte die andere ein. »Was versprichst du dir davon?« Und: »Wieso fährst du nicht selbst?«

Er wollte gerade erklären, dass er einen zweiten Fahrer brauchte, da meldete sich Mechthild:

»Ich kann fahren.«

Sie strich sich eine Haarsträhne hinters Ohr, warf einen auffordernden Blick auf Finger, dessen Gesicht aussah wie eine zerknüllte Brötchentüte. Er brauchte einen Moment, bis er begriff, was er zu tun hatte. Umständlich kramte er in der Tasche seiner oberhalb der Knie abgeschnittenen Jeans, in der er offenbar geschlafen hatte, und fischte den Autoschlüssel heraus.

»Mach keinen Scheiß«, sagte er zu Freddy.

»Was hast du vor?«, wollte Lioba wissen.

»Wenn wir weiterfahren wollen, brauchen wir vier Räder. Die versuche ich aufzutreiben. Und weil die nicht an Bäumen wachsen, muss ich dahin, wo man welche kaufen kann.«

Während der Fahrt auf dem Feldweg betrachtete Freddy Mechthilds Profil und ihre Art, die rechte Hand auf den Revolverschalthebel zu legen, während sie mit der linken lenkte. Sie sagte nichts, konzentrierte sich, und als er ihr den Nacken streichelte, spannte sie die Muskeln an, wie jemand, der sich wappnet oder wehrt. Als sie die schmale asphaltierte Straße erreicht hatten, hielt Mechthild an. Sie sah Freddy in die Augen, verzog das Gesicht wie bei einem kurzen Schmerz und küsste ihn auf eine Weise, die sie aus der Nacht in den Tag herübergerettet zu haben schien. Dann brach sie abrupt ab.

»Es kann so nicht weitergehen«, sagte sie.

»Wieso nicht? Ihr habt doch eine offene Beziehung.«

Sie seufzte, schüttelte leicht den Kopf und wollte dann wissen, ob sie rechts oder links fahren sollte. Freddy deutete nach rechts, weil er das Dorf in der Senke vermutete, und tatsächlich lag unten am Fluss eine Ortschaft. Sie war gar nicht mal so klein, groß genug jedenfalls, dass es einen Markt gab, auf dem neben Obst, Gemüse, Fleisch und lebenden Hühnern auch allerhand Gebrauchsgegenstände angeboten wurden: Rohre, Kabel, Werkzeug, Windschutzscheiben, Kotflügel, Reifen mit Felgen.

Mechthild hielt am Rand des Marktes an, und Freddy schärfte ihr ein, im Wagen zu bleiben und die Türen von innen zu verriegeln. Er stieg aus, schlenderte mit den Händen in den Hosentaschen zwischen den Ständen umher, besah sich mit scheinbar beiläufigem Interesse das Angebot, kam dann zurück und setzte sich wieder auf den Beifahrersitz, um Mechthild weitere Anweisungen zu geben.

»Siehst du den Typen neben dem hellblauen, verbeulten Pick-up? Der bietet meine Autoreifen an«, sagte er ruhig.

Mechthild riss die Augen auf.

»Die kaufe ich ihm jetzt ab. Sobald du siehst, dass wir sie bei ihm aufladen, fährst du zu den anderen zurück. Und dann packt ihr alles zusammen und macht euch startklar.«

Mechthild nickte. Noch bevor sie nachfragen konnte, stieg Freddy aus und ging lässig auf den Mann neben dem Pick-up zu. Sie sah ihn mit gespielter Skepsis gegen den Reifenstapel kicken, worauf der Mann gestikulierte und einen unerbittlichen Gesichtsausdruck an den Tag legte. Freddy sagte etwas, ohne die Hände aus den Taschen zu nehmen, worauf der Mann erstarrte und unmittelbar danach umso heftiger zu gestikulieren anfing. Mechthild wurde klar, dass die beiden feilschten. Sie konnte Freddys Gesicht nicht sehen, aber im Gesicht des Mannes spiegelte sich Freddys Unverschämtheit. Einmal griff der Händler sogar zu einem schweren Schraubenschlüssel, warf ihn aber sogleich zum anderen Werkzeug zurück, und Freddy zündete sich eine Zigarette an. Er hielt dem Händler die Packung hin, wobei er etwas sagte, was diesem überraschenderweise einen Ausdruck eifriger Dienstbereitschaft ins Gesicht zauberte.

Wenig später war es so weit. Freddy gab dem Mann mehrere Geldscheine, der Händler reichte Freddy die Hand, klopfte ihm noch einmal auf die Schulter und ließ dann einen lauten Pfiff los. Ein Junge mit kurz geschorenen Haaren kam herbeigelaufen, um die Ware aufzuladen und anschließend den Händler an seinem Stand abzulösen.

Freddy ging um den Pick-up herum, und bevor er einstieg,

blickte er kurz zum R4, worauf Mechthild den Motor anließ und losfuhr.

Am Olivenhain angekommen, begrüßte der Händler die anderen mit großen Gesten, schüttelte den Kopf über das Auto, das auf Backsteinen stand, und lud die Reifen ab. Er half, die Reifen anzusetzen, steckte sich eine Zigarette an und sah zu, wie die drei jungen deutschen Männer die Radmuttern aufschraubten und den Wagenheber ansetzten, wobei er versuchte, mit den Frauen zu scherzen, was ihm jedoch nicht recht gelingen wollte, weil die vor Beklommenheit den Mund nicht aufbekamen.

Als der Lada wieder mit vier Rädern auf festem Boden stand und die Radmuttern mit dem Kreuzschlüssel festgezogen waren, verabschiedete sich der Mann. Freddy gab ihm die Hand, drückte zu, drückte fester zu, drückte so lange zu, bis er fähig war, zu tun, was er tun zu müssen glaubte, und bevor er es sich anders überlegen konnte, versetzte er ihm einen Kopfstoß. Der andere fasste sich unwillkürlich an die blutende Nase, worauf ihm Freddy einen Leberhaken verpasste. Die Frauen schrien auf. Der Mann krümmte sich, hielt sich mit beiden Händen den Bauch, blieb aber auf den Beinen, weshalb noch ein Schlag ins ungedeckte Gesicht nötig wurde. Erst danach sank er ohnmächtig zu Boden. Freddy griff in die Hosentasche des Mannes, zog das Portemonnaie heraus, entnahm ihm einige Scheine und warf es ins Fahrerhaus des Pick-ups. Dann packte er den Mann, stemmte ihn auf die Ladefläche, setzte sich ans Steuer und fuhr das verbeulte hellblaue Fahrzeug rückwärts den Hang hinunter zwischen die Olivenbäume.

Als er zurückkam, standen die anderen noch immer wie gelähmt da. Fingers Zigarette war erloschen.

»Schnell jetzt!«, rief Freddy, stieg in den Lada und ließ den Motor an.

Während der Fahrt schaute Marianne unablässig aus dem Fenster, Freddy sah es im Rückspiegel. Erst als sie den Autoput wieder erreicht und sich in die Schlange der überladenen Gastarbeiterautos eingereiht hatten, riskierte er einen Seitenblick auf Tom. Dieser weigerte sich demonstrativ, den Blick zu erwidern.

Freddy spürte Wut in sich aufsteigen. Sie hatten die Lösung ihres Problems ihm überlassen, und jetzt schmollten sie. Das passte nicht zusammen.

»Was hätte ich deiner Meinung nach denn tun sollen?«, fuhr er Tom an, erhielt aber keine Antwort. Dafür ergriff Marianne das Wort.

»In welcher Sprache hast du eigentlich mit dem Händler gefeilscht?«, wollte sie wissen.

»Keine Ahnung«, gab Freddy zurück. Er wusste es wirklich nicht. Man brauchte keine Sprachkenntnisse, wenn beiden Parteien die Situation klar vor Augen stand. Und um Zahlen darzustellen, gab es fünf Finger an jeder Hand.

Im Rückspiegel sah er den R4 mit Lichthupe und Blinker Zeichen geben.

»Soll er doch das Fenster aufmachen und beim Fahren rauchen«, murmelte Freddy vor sich hin, setzte den Blinker links und überholte einen grauen Transit, dessen hintere Stoßstange fast auf dem Asphalt schleifte.

»Was glotzt du so blöd?«

Erst als die Zigarette brennt, begreift Freddy, dass die Frage ihm gilt.

Was soll man darauf antworten? Ich glotze nicht blöd. Ich

glotze nicht. Was geht es Sie an, wie ich gucke? Oder wie in dem Film über den Taxifahrer: Redest du mit mir? Laberst du mich an? Oder im Stil seiner Brüder: Sag das noch mal! Sag das noch *ein* Mal, und ich schlag dir die Zähne in den Hals, dann kannst du mit dem Arsch Klavier spielen!

»Was gibt's da zu grinsen?«

Lächeln und Grinsen ist nicht das Gleiche, aber manchmal kommen sich beide nah, so wie jetzt, beim Gedanken an die Brüder, an diese Phalanx von Eierdieben mit ihren unausrottbaren Gewohnheiten, immer auf dem Weg in den nächsten Schlamassel, zu jeder Dummheit bereit, mit einer Vorliebe für gewagte Geschäftsideen, die zum Scheitern verurteilt sind, weil immer irgendwann Probleme mit der Finanzierung auftauchen, derentwegen man dann untertauchen muss, was aber nicht heißt, dass die Probleme damit aus der Welt wären, im Gegenteil; und wenn es ungünstig läuft, fährt man für ein paar Monate ein. Es gibt allerdings Schlimmeres. Wer schon öfter gesessen hat, der weiß sich zu behaupten, und Kumpels hat er drinnen sowieso; manchmal ist es purer Zufall, ob man sich draußen oder drinnen trifft.

Freddys Grinsen will gar nicht mehr aufhören, wahrscheinlich weil es das beste Mittel ist, die Mundwinkel oben zu halten, denn in Wahrheit könnte er ebenso gut heulen beim Gedanken an die ewigen Eierdiebe. Er hängt an ihnen, er achtet sie, im Gegensatz zu diesem wildfremden, feindseligen Mann, der in feierlicher Zeremonie seinen Radwechsel vornimmt. Der würde sie verachten, so wie er jeden, der aus der JVA kommt und an seinem Haus vorbeigeht, verachtet. Freddy nimmt einen letzten Zug und schnippt die Kippe direkt vor den Grauhaarigen hin, der ihn gerade gefragt hat, warum er so blöd glotzt.

Nun muss er nur noch einen kleinen Schritt nach vorne machen, und der Radwechsler versteht, was Sache ist. Er erhebt sich, wischt sich die Hände am neuen, mit Sicherheit anlässlich des Radwechsels im Baumarkt erstandenen Overall ab und sagt: »Äh.«

Und dann sagt er: »Also.«

Freddy muss nun gar nichts mehr sagen und schon gar nicht die Frage des Mannes beantworten. Der Mann, der gerade noch überheblich gewesen ist, weil er bloß einen verachtenswerten Häftling vor sich gesehen hat, steht jetzt einem übermächtigen Muhammad Ali gegenüber und wird von der Erkenntnis durchzuckt, dass ihm nichts anderes übrig bleibt als die Taktik der totalen Beschwichtigung.

Freddy macht einen weiteren Schritt nach vorn, und schon steht im Gesicht des anderen die Bereitschaft, jeden Dienst zu erfüllen, jedem Befehl zu folgen. Freddy könnte sich etwas Schönes einfallen lassen, etwas schön Gemeines, aber er sagt bloß: »Die Räder müssten mal wieder gewuchtet werden. Wenn man eine Unwucht drin hat, zittert das Lenkrad so unangenehm. Ich würde meinen Radwechsel grundsätzlich in der Werkstatt machen lassen. Schon aus Sicherheitsgründen. Da kann man sich wenigstens darauf verlassen, dass die Radmuttern fest sitzen.«

Der Mann sieht nun so aus, als bereue er bitter, das Haus in der Nähe der Justizvollzugsanstalt so günstig erworben zu haben. Geiz rentiert sich am Ende eben doch nicht immer, könnte Freddy ihm unter die Nase reiben, aber er lässt es bleiben und geht weiter, denn was soll er sich unnötig mit einem Menschen aufhalten, der sich zur Feier des Radwechsels einen neuen Overall zulegt?

Obwohl gegen den Overall an sich nichts einzuwenden ist.

Wer mit Autos zu tun hat, sollte unbedingt einen tragen, man glaubt gar nicht, wo überall Schmiere hingerät, wenn man sich über einen Motor beugt oder auch nur ein Rad abmontiert. Ein guter Overall mit Gummizug an den Armbündchen schützt perfekt. Man kann darunter sogar ein weißes Hemd tragen, so wie es Dr. Hartmann getan hat, jeden Tag. Nie hat Freddy ihn anders als im makellos weißen Hemd gesehen, das stets zum Vorschein kam, wenn der Chef den oberen Teil des Overalls abstreifte und sich an den Schreibtisch im Büro setzte oder wenn er sich in der Mittagspause zu Freddy an den Resopaltisch mit den schwarzen Metallbeinen gesellte, um eines seiner kleinen, symmetrisch geschnittenen Brote aus der Aluminiumdose zu nehmen und die Thermoskanne aufzuschrauben.

Und um sich mit Freddy zu unterhalten. Als wäre Freddy nicht bloß Freddy.

Dr. Hartmann konnte Fragen stellen. Überraschende, unberechenbare Fragen. Er konnte zum Beispiel fragen, zu welchem seiner Brüder Freddy das meiste Vertrauen hatte. Oder er konnte sich schlichtweg erkundigen, wie es Oma ging. Jedes Mal hatte Freddy das Gefühl, sich die Antwort genau überlegen zu müssen, und sobald er das tat, fiel ihm alles Mögliche ein, auch Abseitiges, das gar nicht zum Thema zu gehören schien. So kam ihm auf die Frage nach dem Befinden seiner Oma als Erstes in den Sinn, dass er noch nie darüber nachgedacht hatte, wie es ihr ging. Als Nächstes fiel ihm ein, dass sie abends, nachdem sie den Tisch abgeräumt und das Geschirr gespült hatte, stets in der kleinen Kammer hinter der Küche verschwand und bis zum nächsten Morgen nicht mehr zum Vorschein kam. Und schon stand vor seinen Augen das Bild, wie sie allein in der Kammer die

Kittelschürze ablegte, die sie an dreihundertfünfundsechzig Tagen im Jahr trug, und den Dutt öffnete. Und als er sich vorstellte, wie die weißen Haarsträhnen auf ihre Schultern fielen, sah er seine Oma auf einmal als Mädchen, und bevor ihn das vollends verwirrte, wandte er den Blick von dem Bild ab und quittierte Dr. Hartmanns Frage mit der Antwort: »Ich glaub, ganz gut.«

Worauf Dr. Hartmann, ohne eine Miene zu verziehen, erwiderte: »Ich glaube nicht.«

Hartmann war sein Lehrherr, blickte jedoch nicht auf ihn herab und wäre schon gar nicht auf die Idee gekommen, ihn mit plötzlichen Schlägen zu bestrafen, wie das sein Klassenlehrer in der Hauptschule mit dem Lederhandschuh seines Holzarms getan hatte. Hartmann traute Freddy Verstandeskraft zu, auch wenn es um Themen ging, die über die Grenzen der Kraftfahrzeugmechanik hinausreichten. Als er zum ersten Mal zusah, wie Freddy an einem 1500er die Winterräder montierte, gab er plötzlich ein Gedicht zum Besten, in dem einer am Straßenrand saß und seinem Fahrer beim Radwechsel zusah und sich wunderte, dass er ungeduldig wurde, weil er nicht gern war, wo er herkam, und nicht gern, wo er hinfuhr. Nachdem Hartmann das Gedicht aufgesagt hatte, wollte er von Freddy wissen, was der von der Sache hielt.

Freddy zuckte mit den Schultern und fing an, die Radmuttern festzuziehen.

»Muss ein Scheißgefühl sein«, sagte er schließlich, weil Dr. Hartmann das Schweigen nicht brach.

»Kennst du das nicht?«, gab der Chef zurück, und das war dann wieder so eine Frage, die alles ins Rutschen brachte, weil man prompt darüber nachdachte, wo man gern war und wo nicht.

»Woran denkst du, Freddy?«, fragte Hartmann, weil er keine Antwort bekam.

»Ich denke, dass ich eine eigene Wohnung brauche«, antwortete Freddy, und somit hatte ein Gedicht zusammen mit einer von Dr. Hartmanns kleinen Fragen dafür gesorgt, dass sich in seinem Kopf eine richtige und wichtige Erkenntnis bildete.

Dass schlichte Fragen große Wirkung entfalten konnten, merkte Freddy auch im umgekehrten Fall, wenn er sich bei seinem Chef nach etwas erkundigte. Einmal gab er der Neugier nach und überwand sich, Hartmann zu fragen, warum dessen Pausenbrote so bescheiden seien. Die Antwort lautete:

»Das ist meine Rationierungsneurose aus Sibirien.«

Nicht dass Freddy die Bedeutung dieser Worte verstanden hätte. Er ahnte jedoch, dass sie auf etwas verwiesen, was hinter Dr. Hartmanns weißem Hemd steckte und was ihn veranlasste, sich für Gedichte und ähnliche Dinge zu interessieren.

Den leichten Groll über den feigen Radwechsler schüttelt Freddy nach wenigen Schritten ab, aber bald darauf bleibt er abrupt stehen, ohne dass ihn erneut jemand aufgehalten hätte. Ihm wird lediglich bewusst, wie lange er nicht mehr an Dr. Hartmann gedacht hat und wie wohl ihm bei der Erinnerung an die Zeit in dessen Werkstatt wird. Unwillkürlich schaut er an sich herab. Er öffnet den Reißverschluss seiner Lederjacke ein Stück. Die Vorliebe für weiße Hemden hat er von seinem Meister übernommen. Sie hatten Freddy von Anfang an gefallen, weil sie ihren Träger unverwundbar aussehen ließen.

Noch im ersten Lehrjahr legte er sich mit Herzklopfen eines zu. Er kaufte es von seinem eigenen Geld und wurde von seinen Brüdern dafür verspottet. Auch seine Freunde in der WG machten zunächst große Augen, witzelten ein bisschen und stellten dann unschöne Fragen, mit denen er nicht gerechnet hatte. Was er damit ausdrücken wolle, fragten sie. Ob er Sehnsucht nach Reinheit habe oder einfach danach, einer höheren gesellschaftlichen Klasse anzugehören. Er konnte solche Fragen nur mit Schulterzucken und ratlosem Gesichtsausdruck beantworten. Das weiße Hemd gefiel ihm halt, das war alles.

Tom wollte sich damit nicht zufriedengeben, sondern erklärte, wer ein weißes Hemd trage, wolle demonstrieren, dass er erstens eine Position innehabe, bei der er sich nicht schmutzig mache, und es sich zweitens leisten könne, jeden Tag ein frisches Hemd anzuziehen. Es sei also als Statussymbol zu verstehen.

Je mehr die anderen mit vereinten Kräften an einer Theorie von Freddys neuem Stil feilten, desto klarer wurde Freddy selbst, was hinter der Kleiderwahl steckte: erstens das mit der Unverwundbarkeit. Zweitens fühlte man sich im frischen weißen Hemd sauber und versorgt. Knöpfte man es zu, konnte man sich dabei vorstellen, mit gemangelter Bettwäsche zugedeckt zu werden.

Aber das brauchten seine Freunde nicht zu wissen.

Freddy öffnet den Reißverschluss der Jacke ganz und bietet der Welt die blütenweiße Brust.

Wüsste er, wo Dr. Hartmann heutzutage wohnt, würde er ihn aufsuchen. Die Werkstatt existiert schon lange nicht mehr, die Ladas sind aus dem Straßenverkehr verschwunden, die tschechischen Autos haben sich gemausert und werden in Autosalons verkauft. Dr. Hartmann muss ein alter Mann sein, falls er überhaupt noch lebt. Wann habe ich ihn aus den Augen verloren?, fragt sich Freddy. Warum verliert man jemanden aus den Augen, der einem so wichtig gewesen ist?

Nein, es ist nicht einfach, zu entscheiden, wohin man gehen soll. Hartmann ist aus seinem Leben verschwunden, das Omahaus hat vor Jahren schon den Besitzer gewechselt, Finger lebt nicht mehr, Lurch und Lioba haben sich hinter ihrem Musterleben verschanzt, Tom besteht von seiner Hamburger Kanzlei aus auf Distanz zwischen Anwalt und Klient, und im Osten, wo Freddy jahrelang gehaust hat, vermisst ihn kein Mensch. Was bleibt da übrig? Wer?

Keiner außer Rosa.

AUFS HERZ SCHLAGEN

Sieben junge Menschen schauten auf die Morgenbläue der Ägäis. Einer von ihnen konnte es nicht fassen: echte Schiffe auf dem echten Meer!

Seine Freunde fanden die Aussicht nicht schlecht, aber da sie ihr eigentliches Ziel noch nicht erreicht hatten, war die Freude darüber verhalten und von den Folgen der Reisestrapazen gedämpft. Sie hatten weder Badeurlaub noch eine Erkundung des Landes im Sinn, sondern die Vorstellung von einem Zustand unbeschwerter Freiheit, für den die Insel, die sie ansteuerten, angeblich die idealen Voraussetzungen bot.

Freddy hatte sich ihnen aus vier Gründen angeschlossen:

Weil sie ihn fragten.

Weil sie ein zweites Auto brauchten.

Weil er wissen wollte, was sich hinter diesem *Griechenland*, von dem alle schwärmten, verbarg.

Weil er das Mittelmeer sehen wollte.

Im Gegensatz zu den anderen hatte er nicht gewusst, dass sich auf gewissen griechischen Inseln Freaks trafen, um in der Wärme des Südens für begrenzte Zeit das Leben zu erproben, das sie in ihren Herkunftsländern dauerhaft führen wollten: selbstbestimmt, authentisch, gemeinschaftlich, frei von falschen Zwängen, mit der Natur verbunden, friedlich.

Das Meer begünstigte das alles, weil es einem den Blick nicht verstellte, sondern in vollkommener Offenheit vor einem lag. Es verkörperte die Möglichkeit an sich, ohne störende Begrenzungen. Das Inbild der Freiheit. Tom und Marianne, Lurch und Lioba, Finger und Mechthild waren nach Griechenland gefahren, um sich von dieser Atmosphäre und von Gleichgesinnten inspirieren zu lassen.

Sieben junge Leute hoch über dem Thermaischen Golf. Auf ihren Autos klebten Sticker mit der Aufschrift: *Wir sind die Leute, vor denen uns unsere Eltern immer gewarnt haben.* Doch gefährlich wirkten sie nicht, und insgeheim wussten sie das auch. Sie waren die Generation, die lange nach der Revolte kam. Von den Wogen der Proteste und Erneuerungen spielten ihnen nur noch letzte kleine Ausläufer um die Füße.

Als Benno Ohnesorg erschossen wurde, waren sie im Kindergarten.

Als die ersten Frauen öffentlich erklärten, abgetrieben zu haben, wurden sie eingeschult.

Als Ton, Steine, Scherben *Keine Macht für niemand* sangen, stand bei denen, die katholisch waren, die Erstkommunion an.

An autofreien Sonntagen fuhren sie mit ihren Eltern Fahrrad auf der Autobahn.

Während in Hamburg und Berlin Häuser besetzt wurden, durften sie sich neue Tapeten für ihre Kinderzimmer aussuchen.

Als Ulrike Meinhof sich das Leben nahm, kamen sie in die Pubertät.

Ihre Eltern waren in der Nazizeit Kinder gewesen oder

erst im Krieg geboren worden – man konnte ihnen nichts vorwerfen. Sie beneideten die Älteren, deren Väter Opfer oder Täter gewesen waren. Die Älteren indes redeten mit ihnen nicht auf Augenhöhe, sondern ließen sich von ihnen als Betreuer in Jugendzentren und als Gründer von Kollektiven bewundern, vermieteten ihnen Wohnungen für WGs, verkauften ihnen auf Festivals Raubdrucke unverzichtbarer Theorien oder ließen sich von ihnen für die neue *grün-alternative* Partei in die Landtage und schließlich in den Bundestag wählen.

Sechs der sieben jungen Menschen, die oberhalb von Saloniki standen und auf das blaue Meer blickten, hatten durchaus das Gefühl, etwas Wesentliches versäumt zu haben. Die Generation der Revolte hatte Neues gedacht und Neues entwickelt, ihnen hingegen fiel nichts Neues mehr ein. Der Fluch der späten Geburt lastete auf ihnen. Trotzdem wollten sie die Welt verändern und vorführen, wie das ging, indem sie sich selbst als Modell der besten Lebensform zur Schau stellten. Alle sollten sehen, wie sie lebten, miteinander umgingen, sich kleideten, ernährten, fortbewegten.

Weil sie aber unablässig an die bessere Welt dachten, drohte ihnen die vorhandene fremd zu werden. Sie fühlten sich von vielen Zeitgenossen missverstanden, gar belächelt. Tatsächlich schlugen ihnen hier und da Hohn und Hass entgegen, nicht wenige *anständige Bürger* empfahlen ihnen, *nach drüben* zu gehen oder gleich in die Sowjetunion, zumindest aber zum Friseur. Darum mussten sie sich immer wieder gegenseitig versichern, dass sie sich auf dem richtigen Weg befanden und somit zu Recht anders waren. Sie brauchten Gleichgesinnte, Leute ohne Selbstzweifel, die zur Szene gehörten, in Kommunen wohnten, in Genossenschaften arbeiteten und auf griechischen Inseln die freie Liebe lebten.

Sie kannten die Theorie, sie kannten das Konzept, doch mit der Verwirklichung haperte es. Ständig mussten sie Kompromisse machen, sosehr sie sich bemühten, auf allen Ebenen des Lebens ihren Ansprüchen zu genügen. An jeder Stelle gab es etwas zu verbessern, in Dutzenden Details des Lebens, Liebens, Wohnens, Essens, Spielens, Arbeitens. Doch wo es viel zu verbessern gab, lauerten auch viele Gelegenheiten, Fehler zu machen. Allzu oft musste man Unzulänglichkeiten hinnehmen, und die Frage nach dem Verhältnis von Theorie und Praxis stellte sich in einem fort. Pausenlos musste man sein Leben überdenken. Das galt für alle, für Männer wie für Frauen, außer für Freddy, der die Praxis seines Lebens nicht an theoretischen Anforderungen maß.

»Fahren wir runter«, sagte er, ohne weiter nachzudenken, und das war keine Frage, sondern ein Aufbruchsignal. Er wollte nach Thessaloniki, in die Stadt hinein, sich die Griechen anschauen, wie sie durch die Straßen und über die Uferpromenade schlenderten, wie sie Kaffee tranken, Eis aßen, redeten, lachten, auf Fremde blickten.

Freddy war bereits auf dem Weg zu den Autos, als er bemerkte, dass die anderen sich nicht vom Fleck rührten.

Immerhin machten sie nun reihum den Mund auf.

»Ich hab irgendwie keine Lust auf Stadt.«

»Was sollen wir da? Will vielleicht jemand ins Museum?«

»Stadt heißt halt immer auch Kaufen und Verkaufen. Ich will mich aber nicht schon am ersten Tag zum konsumierenden Touristen degradieren lassen.«

»Außerdem sind wir keine Touristen. Im klassischen Sinn.«

»Wahrscheinlich findet man da unten auch gar keinen Parkplatz.«

»Und selbst wenn – wir können das Gepäck nicht einfach in den Autos lassen. Und mitschleppen geht nicht.«

»Bewachte Parkplätze sind teuer. Ich sehe nicht ein, dass wir dafür Geld zum Fenster rausschmeißen.«

»Man muss nicht jede Stadt gesehen haben, an der man zufällig vorbeikommt.«

Freddy konnte sich über den Klagegesang dieses gemischten Chors nur wundern. Man hätte meinen können, seine Freunde litten unter dem wolkenlosen Himmel, der vormittäglichen Wärme und der grandiosen Aussicht. Sie hörten sich an, als hätten sie ein Jahr Sklavenarbeit hinter sich. Dabei waren sie am Morgen lediglich etwas unsanft geweckt worden.

Die Episode mit den Rädern hatte die Euphorie verfliegen und den Drang nach Süden erlahmen lassen. Vor allem Finger schienen die Vorkommnisse an die Nieren gegangen zu sein. Er war kaum fähig gewesen, Auto zu fahren, hatte noch öfter anhalten müssen als sonst und sich dann nicht damit begnügt, eine Zigarette zu rauchen, sondern sich hingelegt, den Kopf in Mechthilds Schoß, und mit Schmerzensmiene den Zuspruch der anderen herausgefordert.

Weil sie so langsam vorangekommen waren, hatten sie es am Vortag gerade bis über die Grenze geschafft und fünfzig Kilometer vor Thessaloniki neben einem Feld, auf dem massenweise Melonen herumlagen, die Zelte aufgeschlagen.

Freddy schlief im Auto, um sich die Enttäuschung zu sparen, dass Mechthild, die Finger zu trösten hatte, nicht zu ihm ins Zelt kommen würde. Klappte man im Lada die Rückbank um, konnte man sich fast ausstrecken, und es lag sich gar nicht so schlecht. Trotzdem fand er keinen Schlaf. Durch das halb offene Seitenfenster hörte er die anderen. Sie saßen vor den Zelten und flüsterten. Er spürte, dass es um ihn und um die Sache mit den Rädern ging, obwohl er nicht verstand, was sie sagten. Plötzlich war Tom, der offenbar vor Ärger vergaß, im Flüsterton zu bleiben, deutlich zu vernehmen:

»Wir müssen aufpassen, dass die destruktiven Kräfte bei ihm nicht überhandnehmen und er total auf die falsche Spur gerät«, verkündete er.

Danach kehrte Stille ein. Freddy wartete mit angehaltenem Atem, ob sie noch mehr über ihn sagen würden, aber es kam nichts mehr, und irgendwann fielen ihm die Augen zu.

Am nächsten Morgen wollte Lioba mit ihm reden. Er ahnte, dass sie von den anderen geschickt worden war. Nach dem Motto: *Rede du mal mit ihm*, und sie hatte gesagt: *Also gut, wenn ihr meint*. Und dann hatten sie sich gemeinsam etwas zurechtgelegt, das sie ihm jetzt mitteilen würde. Freddy gefiel das nicht. Es kam ihm vor, als sollte Lioba ihn einlullen und ablenken, damit man ihm hinterrücks eine Spritze gegen Tollwut in den Hintern rammen konnte.

Lioba fasste ihn an der Schulter, damit er sich ihr zuwandte, aber bevor sie ihm zureden konnte, wurde ihre Aufmerksamkeit von einem Mann beansprucht, der wie aus dem Nichts auf dem Melonenfeld auftauchte. Er blieb in fünfzig Metern Entfernung stehen, stieß Rufe aus und gestikulierte. Unwillkürlich sammelten sich die sieben jungen Reisenden zum kompakten Grüppchen. Sie sahen der beweglichen Vogelscheuche eine Zeit lang zu, dann begriffen sie, dass sie es waren, die verjagt werden sollten.

»Früher hätte es das nicht gegeben«, stellte Lurch fest.

»Früher hätte der Bauer den Fremden eine Melone geschenkt. Sieht so aus, als wäre der Urgrieche mit seiner legendären Gastfreundschaft ausgestorben.«

Tom fing an, den Begriff *Urgrieche* einer kritischen Beleuchtung zu unterziehen und über die Auswirkungen der vor weniger als zehn Jahren zu Ende gegangenen Militärdiktatur auf die Mentalität der Einheimischen zu philosophieren. Sehr weit kam er aber nicht, denn Finger wollte dem Bild des Schmerzensmannes, das er am Vortag kultiviert hatte, etwas entgegensetzen und zeigen, dass auch Kühnheit und anarchisches Potenzial in ihm steckten, weshalb er vor den Augen des Bauern drei Schritte aufs Feld machte und sich anschickte, die Melone, die sie nicht geschenkt bekamen, einfach zu nehmen.

Noch bevor er sich bücken konnte, trat Freddy dem Mundraub so energisch entgegen, dass Finger sofort klein beigab.

Was Diebstahl anbelangte, hatte Freddy mehr auf dem Kerbholz als alle seine Freunde zusammen, doch es kam darauf an, wen man beklaute. Griechische Kleinbauern, die Melonen anbauten, gehörten nicht dazu.

Nachdem er Finger gezügelt hatte, stapfte Freddy auf den Bauern zu, aber nicht, um ihm zu trotzen, sondern um ihm ein paar Melonen abzukaufen. Der Grieche hatte aus Furcht Abstand zu den wilden Campern gehalten. Als Freddy nun auf die Melonen deutete, glaubte er offenbar, dreist angebettelt zu werden, und brauste erneut auf. Doch als Freddy die Geldbörse zog, wendete sich das Blatt. Der Mann gab mit beiden Händen zu verstehen, sie sollten warten, dann eilte er davon und kam nach einigen Minuten mit einem Pick-up zurück, von dessen Ladefläche er zwei enorme Wassermelonen nahm, die nicht kugelrund waren, sondern länglich, und überreichte sie den jungen Deutschen.

Eine Bezahlung lehnte er ab.

Eigentlich hätten sich alle über das Geschenk freuen müssen, aber stattdessen herrschte angespanntes Schweigen, als Freddy die mehrere Kilo schweren Früchte zu den Autos schleppte. Keine Spur von Dankbarkeit. Nur seltsam verkniffene Blicke.

Im Auto machte Tom als Erster den Mund auf und tat seine Verwunderung über das paradoxe Verhalten des Griechen kund. Freddy fiel auf die Schnelle nicht ein, was *paradox* hieß, doch bereitete es ihm nicht die geringste Mühe, den Bauern zu verstehen.

Die Melonen lagen noch immer unangetastet in den Autos, als sie auf Saloniki blickten.

»Hier wurde übrigens Atatürk geboren«, sagte Tom unvermittelt. Freddy hörte den Klang der Bedeutsamkeit heraus, als wäre der Satz von einem akustischen Filzstift unterstrichen worden. Worin die Bedeutung bestand, wusste er allerdings nicht. Atatürk hatte dem Namen nach etwas mit den Türken zu tun, sie aber befanden sich in Griechenland.

»Tatsächlich?«, fragte Marianne. »Wie das?«

Tom kniff die Augen zusammen und wollte zur Erklärung ansetzen, da unterbrach Freddy ihn.

»Sag erst mal, wer das überhaupt ist.«

Diese Bitte hätte er besser nicht geäußert, denn sie führte dazu, dass die anderen die Augen verdrehten oder gar das Gesicht verzogen und sich leicht von ihm abkehrten, damit er es nicht sah. Tom, der gerade dazu angesetzt hatte, mit seinen historisch-politischen Kenntnissen zu punkten, reagierte besonders gereizt.

»Freddy, wenn du keine Ahnung hast, dann halt doch einfach die Klappe und hör zu, anstatt blöd dazwischenzufragen«, sagte er allen Ernstes, und diese Sätze klangen nicht unterstrichen, sondern neongelb vergiftet.

Freddy starrte seinen Freund an, flehte mit den Augen: Gib zu, dass du es nicht so gemeint hast! Dass dir das bloß rausgerutscht ist!

Tatsächlich reagierte Tom auf die lautlose Anrede – doch keineswegs so, wie Freddy es sich wünschte.

»Freddy, bei dir läuft gerade gewaltig was schief.«

Freddys Drang, sich in den lebhaften Betrieb der Stadt dort unten hineinrollen zu lassen, potenzierte sich schlagartig, er spürte den unwiderstehlichen Sog, in eine laute Menschenmenge einzutauchen, wo man keine gemeinen Einzelsätze hörte.

»Los«, sagte er trotzig, »fahren wir runter.«

Er bot an, die Kosten für einen bewachten Parkplatz zu übernehmen, aber vergebens, die anderen hielten geschlossen an ihrem Standpunkt fest, und so blieb ihm nichts anderes übrig, als sich dem Mehrheitsbeschluss zu fügen.

Wenn es seinen Freunden nicht um das Geld für den sicheren Parkplatz ging, mussten die wahren Gründe woanders liegen. Konnte es sein, dass sie Angst hatten? Dass sie sich vor den vielen Fremden fürchteten? Niemals würden sie das zugeben. Trotzdem konnte es nicht anders sein. Ihr Unbehagen war größer als ihr Interesse – oder sie waren bloß müde oder faul.

»Ich bin dafür, dass wir uns irgendwo bei Volos ein ruhiges Plätzchen am Strand suchen, vielleicht in einer einsamen

Bucht, und morgen nehmen wir dann die Fähre nach Skiathos«, erklärte Lurch schließlich als Sprachrohr der anderen und erntete Zustimmung von allen Seiten.

Bevor sie in die Wagen stiegen, verlangte Freddy aber noch eine Antwort von seinem ältesten Freund: »Was läuft bei mir falsch?«

»Du denkst nicht mit. Und du scheinst neuerdings dein Gehirn in die Fäuste verlagert zu haben«, antwortete Tom mit einem Ton, der ankündigte, dass er das Thema für bündig abgeschlossen hielt, aber der Zeigefinger, mit dem er den Punkt hinter seinem Satz in die Luft stach, traf Freddy an einer empfindlichen Stelle. Ohne dass er es geplant hatte, schnellte seine linke Faust wie auf Knopfdruck in einer ansatzlosen Geraden nach vorne und traf Tom direkt auf dem Herzen.

Erst nachdem er Tom erwischt hatte, erschrak Freddy und erinnerte sich an das, was er über die Wirkung von Herztreffern wusste. Sie konnten kurzfristige Rhythmusstörungen bewirken und Ohnmachten auslösen.

Entsetzt stürzten die anderen zu dem Zusammengesunkenen. Für einen Moment schien alles auf dem Spiel zu stehen. Die Reise, die Freundschaften, das Leben eines Gefährten. Ihre Welt drohte in dem Augenblick aus den Fugen zu brechen, in dem Tom mit geschlossenen Augen auf dem Boden lag. Doch bevor noch jemand einen Laut ausstoßen konnte, kam Tom wieder zu sich und richtete den Blick auf den erschrockenen Freddy.

Eine Kolonne Sattelschlepper schneidet die Erinnerung mit Lärm und Luftzug ab, Freddy kann Toms Blick nicht mehr sehen und auch nicht hören, was der Freund damals sagte, er hat eine breite, verkehrsreiche Straße erreicht, steht vor einer Wand aus Lärm und ist kurz davor, die Fassung zu verlieren, weil ihm der Weg versperrt zu sein scheint. Wie es aussieht, hat ihn der Busfahrer in die falsche Richtung geschickt, nämlich zum Bahnhof der Nachbarstadt anstatt zu der Bahnstation des Städtchens, auf dessen Gebiet das Gefängnis steht. Ob es Schikane war oder nicht, kann man nicht wissen, fest steht, dass Freddy nun zwei, drei Kilometer Fußmarsch entlang der Bundesstraße absolvieren muss, vorbei an Gewerbehallen, Autohäusern, Lebensmitteldiscountern, chinesischen und italienischen Lokalen und an einer Spielothek, vor der einer steht und raucht, der Mesut täuschend ähnlich sieht. Er mustert Freddy, als wüsste er genau, wo der Mann mit der Lederjacke und der alten Sporttasche herkommt. Und kaum fühlt sich Freddy erkannt, schlägt ihm der andere auch schon vor, das Überbrückungsgeld am Automaten zu verdoppeln. Freddy beschließt, Rast zu machen und eine zu rauchen, aber auf keinen Fall die Spielothek zu betreten und einen großen Schein in Münzen zu wechseln.

Er öffnet den Reißverschluss der Lederjacke, um seine Zigaretten aus der Innentasche zu nesteln, da hält ihm der andere eine offene Schachtel hin und schüttelt sie leicht, sodass eine Zigarette um wenige Zentimeter nach vorne rutscht. Wie eine Geste aus alten Zeiten kommt Freddy das vor, als man im Fernsehen noch für Zigaretten werben durfte.

»Wie heißt du?«, will der junge Mann wissen.

»Freddy.«

Prompt lacht der andere.

»Was gibt es da zu lachen?«, fragt Freddy scharf zurück.

»Peace, Mann! Bleib geschmeidig. Alte Männer heißen nicht Freddy. Aber was ist? Machst du ein Spielchen?«

»Keine Zeit«, murmelt Freddy.

»Verstehe«, quittiert der andere mit dem Gesichtsausdruck eines Sachverständigen. »Du hast dringend was vor.« Er klemmt die Zigarette zwischen die Lippen, um mit der flachen linken Hand die wie bei Schere, Stein, Papier zum Brunnen geformte rechte Hand abzudecken und diese Geste rhythmisch dreimal zu wiederholen. »Da will ich dich natürlich nicht aufhalten.«

Dann tippt er unvermittelt mit dem Zeigefinger auf die Brusttasche von Freddys Hemd, wo sich unter dem dünnen weißen Stoff das Foto abzeichnet.

»Ist sie das?«, fragt der junge Mann.

Freddy schüttelt den Kopf und tritt die Zigarette aus. »Bist du Türke?«, fragt er noch.

»Nein, Grieche«, gibt der andere zurück. »Wieso?«

Freddy winkt ab, bedankt sich kurz und geht weiter in Richtung Stadt.

Passt wie die Faust aufs Auge, dass er auf einen Griechen stößt, wo er in Gedanken gerade in Griechenland gewesen ist.

Oder wie die Faust aufs Herz.

Wann haben wir die Melonen eigentlich gegessen?, fragt er sich. War das noch auf dem Festland oder schon auf der Insel? Er kann sich nicht erinnern. Stattdessen fällt ihm ein, wie er Jahre später Rosa zum ersten Mal ein Stück Wassermelone abschnitt. Es reichte dem Kleinkind von einem Ohr zum anderen, und schon nach dem ersten Bissen tropfte ihr Saft in die Ohrmuscheln. Nach dem Essen klebte das ganze Gesicht. Gut möglich, dass er damit eine Leidenschaft in ihr geweckt hat, denn einer der Briefe, die sie ihm später schickte, ist leicht gewellt und hat einen großen Fleck. Am Rand erklärt Rosa mithilfe eines Pfeils, worum es sich handelt: *Wassermelonenfleck*. Der Fleck zeigt fast keine Färbung, man ahnt das blasse Rosa eher, als dass man es sieht.

SCHUHE VERBRENNEN

Wo andere sich intuitiv auffällige Seitenblicke verkneifen und den Schritt beschleunigen, drosselt Freddy das Tempo und sieht sich gründlich um. Das Spielcasino kündigt die Bahnhofsgegend an, so ist das überall, ob in kleinen oder großen Städten. Hier findet man Etablissements, die es sonst nirgendwo gibt, und Leute wie Freddy, Leute mit einschlägiger Erfahrung, die wissen, was sich in den Hinterzimmern der Spielcasinos, Import-Export-Läden, Wettbüros und Massagepraxen tut, sehen in Bahnhofsgegenden weitaus mehr als die Unbedarften, die der Zone des Obskuren hastig zu entkommen suchen – falls sie sich nicht gerade einen kleinen Kitzel holen wollen.

Freddy merkt, wie er unwillkürlich in dieses ganz spezielle Schlendern mit leicht vorgeschobenem Becken verfällt, das signalisieren soll: *Ich habe keine Angst vor euch, ganz gleich, wer ihr seid.* Er muss nicht tief im Gedächtnis kramen, um sich zu erinnern, in welche Kalamitäten er auf diese Weise schon hineinstolziert ist. Er weiß ganz genau, dass die Experten der Bahnhofsgegenden auf den ersten Blick erkennen, wer da kommt, wie viel er in der Tasche hat und wo es ihn am meisten juckt. Freddy kennt die Gefahren, darum tritt er auf die Bremse, bevor der eigentliche Brennpunkt dieses Bahnhofsviertels kommt, falls es in dieser doch ziemlich kleinen Stadt überhaupt eines gibt. Er steuert auf den Kiosk an der Straßenecke zu, der wie ein Relikt aus alten Zeiten mit Zigaretten, Zeitungen, Süßigkeiten sowie Spirituosen in handlichen Kleingebinden lockt. *Wasserhäuschen* nannte sein Bruder Werner den Kiosk in ihrem Viertel, wo er Stammkunde war, ohne freilich je Wasser zu sich genommen zu haben. Sein bevorzugtes Getränk gab es in eckigen grünen, an der Schmalseite geriffelten Fläschchen. Wenn Freddy mit Tom auf dem Weg zur Schule am Wasserhäuschen vorbeikam, lehnte Werner oft schon am Brett neben der Luke und trank seinen Morgenjäger. Erblickte er die Jungen, leerte er flugs das Fläschchen, schraubte es zu und warf es Freddy hin: »Für deine Sammlung.«

Im Gedenken an seinen Bruder will sich Freddy schon einen Jäger bestellen, aber weil ihm kalt ist, überlegt er es sich anders und nimmt einen Asbach.

»Du hast Nerven«, brummt die Frau hinter der Luke, als Freddy einen Fünfziger hinlegt, wechselt ihn aber anstands-, wenn auch freundlichkeitslos.

Immerhin hat sie *Du* gesagt.

Als wäre er hier richtig. Als gehörte er hierher. Wie Werner. Ein Trinker in zu dünner Jacke.

Der Verschluss des Fläschchens knackst beim Aufdrehen. Wenn man lange keinen Weinbrand getrunken hat, schafft man es, kleine Schlucke zu machen. Dann wärmt er am besten.

Werner macht garantiert keine kleinen Schlucke mehr. Ob seine Leber durchgehalten hat? Er muss im Rentenalter sein. Man wird unruhig, wenn man an den eigenen Bruder denkt, ohne zu wissen, ob er noch lebt. Wer zwölf Geschwister hat, bleibt nicht unbedingt sein Leben lang mit allen in Kontakt, schon allein wegen der Telefonrechnung. Oder weil er kein Telefon hat. Oder weil die Münzen für die Telefonzelle nie reichen. Und weil die Telefonnummern auch nirgendwo notiert sind. So eine Familie zerfällt verblüffend leicht und schnell in ihre Einzelteile, denkt Freddy und beschließt zu versuchen, sich die Namen seiner Geschwister ins Gedächtnis zu rufen. Vor seinem inneren Auge stellt er sie dem Alter nach in einer Reihe auf – soweit er sich erinnern kann. Einfach ist es nicht, und es dauert eine Weile, aber am Ende gelingt es ihm:

Anita.

Werner.

Conny.

Rainer.

Manni.

Bärbel.

Manu.

Helmut.

Herrmann.

Christa.

Jürgen.

Uta.

Freddy prostet sich zu. Die Geschwister hat er noch parat.

Er sagt die Liste ein weiteres Mal auf. Diesmal setzt er seinen eigenen Namen ans Ende und macht eine Feststellung: Er unterscheidet sich von den anderen. Zwar gibt es Conny, Manni und Manu, aber das sind Abkürzungen von den richtigen Namen. Für Freddy gilt das nicht. Freddy ist einfach Freddy. Man könnte meinen, seine Eltern hätten sich bei ihm keine Mühe mehr gegeben.

Die *Eltern*. Sonderbar, das auch nur zu denken. Er kann sich nicht vorstellen, dass seine Eltern jemals gewagt hatten: Wir sind Freddys Eltern. Wahrscheinlich haben sie das Wort überhaupt nie ausgesprochen.

Darauf einen Dujardin, hätte Werner gesagt und knacksend einen weiteren Jäger aufgeschraubt. Freddy nippt am Asbach.

Die Mutter wohnt, soweit er weiß, noch immer in der Wohnung des Kerls, den sie damals *kennengelernt* hatte, auch wenn der Kerl selbst inzwischen unter der Erde liegt. Das Revier des Vaters kennt Freddy nicht. Als Penner kannst du dich überall herumtreiben – oder schlagartig aufhören zu existieren. Du musst nur im Winter besoffen in einen Graben fallen und nicht mehr herauskommen, oder du versteckst dein Zuckerbein so lange, bis es eines Tages zu spät ist, oder du fängst dir morgens um drei beim Streit um den letzten Schluck Doppelkorn eine Messerklinge ein und blutest innerhalb einer Viertelstunde aus, oder, oder, oder. Kurz: Gut möglich, dass sein Vater sich nirgendwo mehr herumtreibt.

Freddy nimmt einen weiteren Schluck und schüttelt sich. Das Zeug schmeckt abscheulich, wenn man es genau nimmt. Aber angenommen, sein Vater wäre noch am Leben und käme jetzt an diesem Wasserhäuschen vorbei, dann hätte er nur Augen für das Fläschchen und würde seinen Sohn lediglich als Verbindungsstück zu den darin enthaltenen vier Zentilitern Alkohol wahrnehmen, das kann Freddy mit Gewissheit sagen.

Auch beim letzten Schluck wird der Weinbrand nicht besser. Trotzdem löst er die Lust nach mehr aus. Freddy schüttelt sich noch einmal, schraubt das leere Fläschchen zu und wirft es in den Mülleimer. Käme Rosa mit ihrem roten Auto vorbei und sähe ihn am helllichten Vormittag kleine Fläschchen leeren, wäre sie sicher nicht begeistert. Höchste Zeit, weiterzugehen.

Schnell zeigt sich, dass die Stadt zu klein ist, um über ein echtes Bahnhofsviertel zu verfügen. Freddy erblickt keinen einzigen Puff, nur einen Handyladen, eine Dönerbude und ein paar undefinierbare Ladenlokale. Bevor er den Bahnhof erreicht, passiert er ein Einkaufszentrum, das in einer ehemaligen Werkhalle aus Backstein untergebracht ist. Jedes Mal, wenn die automatische Schiebetür aufgeht, entweicht dem Gebäude, das von der Bauweise her Ähnlichkeiten mit Dr. Hartmanns Werkstatt aufweist, verlockender Backstubenduft. Freddy fällt wieder ein, dass er Hunger hat.

Weil Dr. Hartmann das Einteilen der kargen Essensrationen, das er sich in Sibirien notgedrungen angewöhnt hatte, nicht loswurde, verwandelte er es in selbst gewählte Askese. Nahrung nahm er nur in kleinen Portionen zu sich, und wenn Kaffee gekocht wurde, begnügte er sich mit einer halben Tasse ohne Milch und Zucker.

Oft hatte Freddy während seiner Lehrzeit Bruchstücke aus Dr. Hartmanns Leben gehört, doch war es ihm nie gelungen, sie zu einer schlüssigen Geschichte zusammenzusetzen. Alles klang widersprüchlich. Nach dem Krieg war Hartmann in den Osten gegangen, um *das neue Deutschland* aufzubauen. Er schien sich dabei gut angestellt zu haben, denn bald hatte man dem jungen Mann die Gelegenheit gegeben, in Moskau zu studieren. Aber irgendetwas wurde ihm zum Verhängnis, Freddy fand nie heraus, was genau, und es fiel ihm schwer, sich die dazugehörigen Begriffe einzuprägen: *konterrevolutionäre Aktivitäten*, *Trotzkismus* …

Wer konnte schon wissen, was das heißen sollte. Das Resultat war jedenfalls Lagerhaft in Sibirien, und das passte einerseits zu Hartmanns Vorliebe für Ladas und andererseits auch wieder nicht.

Was die Geschichte seines Lebens betraf, sprang Dr. Hartmann von Bruchstück zu Bruchstück, aber als Lehrmeister stellte er lückenlos Zusammenhänge her. Er wusste zu jedem Problem etwas zu sagen, ohne geschwätzig zu werden. Geduldig führte er Freddy sämtliche Handgriffe vor, ließ ihn anschließend in Ruhe üben und kam nach einer Weile wieder hinzu, um sich von seinem Lehrling zeigen zu lassen, welche Fortschritte er gemacht hatte.

Gelegentlich philosophierte er. Jede Geringfügigkeit konnte dazu den Anlass geben: eine Meldung in der Zeitung, die mit dem aktuellen politischen Geschehen oder mit der wirtschaftlichen Entwicklung zu tun hatte, es konnte sich aber auch um einen Radiobeitrag zum Thema Sport handeln. Nichts war Hartmann zu gering, denn alles, was passierte, hatte damit zu tun, wie die Menschen sich die Welt einrichteten, und das war es, was ihn vor allem interessierte. Den Boykott der Olympischen Spiele in Moskau fand er richtig, aber bedauerlich; das Vorrundenspiel zwischen Deutschland und Österreich bei der WM in Spanien nahm er zum Anlass, über die Geschichte und das Schicksal Algeriens zu sprechen, was ihn auf einen französischen Schriftsteller brachte, der in Algerien geboren worden war und sich am Kolonialismus wie am Kommunismus abgearbeitet habe und dessen Bücher man nicht lesen könne, ohne Schmerzen zu verspüren. Sogar übers Boxen wusste er zu reden. Als Freddy am Tag nach Alis Niederlage gegen seinen ehemaligen Sparringspartner Larry Holmes vor Traurigkeit, Wut und Enttäuschung nur mühsam die Tränen zurückhalten konnte, erklärte Dr. Hartmann ihm das Verhalten von Holmes. Dieser sei nicht gemein gewesen, sondern rücksichtsvoll, ja edel, denn er habe sein früheres Vorbild nicht k. o. geschlagen, um es nicht zu demütigen.

»Er konnte Ali aber auch nicht gewinnen lassen«, erläuterte Hartmann, »denn jeder hätte es gesehen, und dann wäre die Demütigung noch größer gewesen, verstehst du?«

Freddy nickte und zog die Nase hoch.

»Erinnerst du dich an den Kampf in Kinshasa? Siehst du die letzten Sekunden vor dir?«

Freddy nickte zögerlich, während er sich die Szene vor Augen führte, auf die Hartmann anspielte.

»Foreman sinkt zu Boden, langsam, fast unnatürlich langsam, und Ali hält die Rechte im Anschlag, um dem fallenden Gegner den finalen Treffer zu versetzen, aber er verzichtet auf den tödlichen Schlag, man konnte es genau sehen, er ließ Foreman würdig niedersinken, ohne einen letzten schmutzigen Hieb. Damit zeigte er seine Größe. Larry Holmes hatte das auch gesehen und nicht vergessen. Es war ein Grund, den Champion zu verehren. Darum verzichtete er darauf, Ali einen Treffer zu verpassen, der ihn unwürdig niedergestreckt hätte.«

Zufrieden mit seiner Analyse, setzte sich Dr. Hartmann ans Steuer des Wagens, bei dem Freddy gerade die Zündkerzen gewechselt hatte, und startete den Motor. Er sprang sofort an. Hartmann lauschte auf das Geräusch, gab im Leerlauf leicht Gas, versuchte zu hören, ob an der Maschine alles in Ordnung war. Nachdem er den Motor abgestellt hatte und ausgestiegen war, klopfte er Freddy auf die Schulter, und in diesem Moment hätte sich Freddy am liebsten an den Mann im Overall gedrückt, es wäre der wahre Moment für eine Umarmung gewesen, er spürte es ganz deutlich, aber er ließ ihn verstreichen. Immerhin brachte er den Mut auf, eine Frage zu stellen, die ihn schon als kleiner Junge beschäftigt hatte.

»Warum hat Ali den Namen gewechselt?«, stieß er ohne weitere Einleitung heraus.

Hartmann sah ihm in die Augen und stellte eine Gegenfrage:

»Wann würdest du deinen Namen ändern?«

Freddy zuckte mit den Schultern. »Vielleicht, wenn ich ein anderer werden will.«

Hartmann nickte nachdenklich. »Oder …«, sagte er und wartete kurz ab, »oder weil du du selbst werden willst.«

Das klang ein bisschen rätselhaft – im Gegensatz zu der Erklärung, die Hartmann nachschob: »Cassius Clay wollte seinen Sklavennamen ablegen.«

Freddy nickt lange und nachdenklich. Es sieht so aus, als bestaunte er die elektrische Schiebetür des Einkaufszentrums, aber tatsächlich stimmt er Dr. Hartmann zu. Er ahnt, was sein Lehrherr meinte, als er vom Verzicht Alis auf den tödlichen Schlag sprach. Das mit dem Namen allerdings erscheint ihm weiterhin rätselhaft, und dann muss er wieder an seinen eigenen Namen denken und daran, dass Mesut und der junge Grieche vor der Spielhalle ihn darauf angesprochen hatten.

Schließlich ergibt er sich dem Duft, der aus der Schiebetür weht, und betritt das Einkaufszentrum.

Die meisten Geschäfte, stellt er fest, verkaufen Kleidung. Er könnte einen warmen Pullover gebrauchen, aber was an den Ständern hängt und auf den Tischen liegt, sieht aus, als wäre es für andere Leute bestimmt. Seit Jahren hat er sich nichts zum Anziehen gekauft. Auch draußen nicht. Er ist nie ein Mensch der neuen Dinge gewesen. Was er gebraucht hat, ist immer irgendwo aufgetaucht, jemand hat es beschafft, besorgt, organisiert, er kann sich nicht erinnern, als Kind je in einem Kaufhaus gewesen zu sein, um etwas zu *kaufen*.

Allerdings ging er an manchen Nachmittagen mit Tom in das Schuhgeschäft, in dem es eine Holzrutschbahn gab, die vom Erdgeschoss in die Kinderabteilung im Untergeschoss führte und dabei eine so scharfe Kurve beschrieb, dass man in der Rinne lag wie ein Rodler im Eiskanal. Sie rutschten, rannten die Treppe hinauf, rutschten wieder, verkniffen sich dabei jede Lautäußerung, um nicht aufzufallen, wurden aber natürlich dennoch bald von einer Verkäuferin im Nylonkittel ertappt und aufgefordert, den Laden zu verlassen. Schafften sie es, bis zur Verbannung zehn Mal zu rutschen, kannte ihre Euphorie keine Grenzen.

Zum Schuhkauf hatte Freddy den Laden nie betreten. Schwer zu sagen, woher seine Schuhe damals eigentlich stammten. An einzelne Paare erinnert er sich noch, besonders an ein Paar Kordschuhe, das zwar neu war, dem aber schon nach wenigen Tagen die Bänder fehlten.

Die Angst, einmal ohne Schnürsenkel in den Schuhen auf die Straße gehen zu müssen, kannte er seit der Kindergartenzeit. Risse in der Hose und Mottenlöcher im Pullover ließen sich kaschieren oder als Resultat eines Missgeschicks beim Überklettern eines Zauns erklären, aber leere Schnürösen erinnerten an die Augen von Hungerkindern.

Die hellen Kordschuhe hatte seine Schwester Conny mitgebracht. Sie arbeitete im Esbella-Markt im Lager und bekam dort angeblich manchmal etwas umsonst. Freddy mochte die Schuhe. Sie waren leicht und bequem, auch die breiten Schnürsenkel fühlten sich gut an – zu gut, denn eines Morgens waren sie nicht mehr da, und Freddy musste mit offenen Schuhen zur Schule schlurfen. Tom sah darüber hinweg, aber die Mädchen in der Klasse hänselten ihn so hemmungslos, dass er in der Pause jeder Einzelnen die Buntstifte durchbrechen musste.

Freddy sah genau, dass sich die Lehrerin, nachdem sie die Frage an die Klasse gerichtet hatte, wer das getan habe, bemühte, nicht sofort auf ihn zu blicken, aber er sah auch, dass es ihr nicht gelang. Schon drehten sich die Köpfe der Mitschüler in seine Richtung, und die Lehrerin forderte ihn auf, nach vorne zu kommen.

Nun wurden auch noch die Letzten auf sein Malheur aufmerksam. Man hörte es auch, denn in der angespannten Stille klatschten die Kunststoffsohlen der lose sitzenden Stoffschuhe bei jedem Schritt auf das Linoleum.

Noch am selben Tag entdeckte er seine Schnürsenkel in den Turnschuhen seines Bruders Jürgen. Er zog sie heraus, fädelte sie sorgfältig durch die Ösen der Kordschuhe, ging ins Wohnzimmer, wo mehrere Brüder mit Freunden vor dem Fernseher saßen und rauchten, stibitzte ein Feuerzeug vom Tisch, ohne dass es jemand merkte – und zündete im Flur Jürgens Turnschuhe an. Dann ging er auf die Straße, um nachzusehen, ob schon einer der Nachbarsjungen mit Ball draußen war.

Als er später nach Hause kam, war Oma gerade damit beschäftigt, sämtliche verkohlten Treter in einen Müllsack zu stecken.

Freddy schlief in dieser Nacht mit Schuhen an den Füßen.

Kordschuhe, denkt Freddy. Ob es so etwas noch gibt?

Er steht unschlüssig vor dem einzigen Schuhgeschäft des Einkaufszentrums, dann wagt er hineinzugehen. Und siehe da: eine Rutschbahn! Aus hellem Holz, außen geriffelt, hohe Seitenwände, Linkskurve auf dem Weg ins Untergeschoss! Freddy schüttelt den Kopf, um das Trugbild loszuwerden, aber als er die Augen wieder öffnet, ist die Rutschbahn immer noch da. Tastend nimmt er die Treppe ins Untergeschoss, schreitet dort die Regale mit den Kinderschuhen ab, entdeckt nichts, was ihm bekannt vorkommt, und geht schnell wieder nach oben, bevor sich ihm eine Verkäuferin andienen kann.

RICHTUNGEN WÄHLEN

Schuhgeschäft, Sportplatz, Schule – Freddy sieht vor sich, wo sie gemeinsam hingingen, er und Tom, besonders deutlich sieht er, wie er das Haus verlässt und Tom, der aus seinem Haus kommt, auf der Straße trifft.

Als die Siedlung gebaut wurde, glichen die beiden Häuser einander bis in die Einzelheiten, doch vierzig Jahre später, Anfang der Siebzigerjahre, unterscheiden sie sich in jedem Detail: Das eine hält mit der Zeit Schritt, das andere bleibt zurück. Den beiden Jungen, die gemeinsam zur Schule gehen, sieht man auf Anhieb an, wer in welches Haus gehört: an der Kleidung, an den Zähnen, an den Fingernägeln und daran, wer gekämmt ist und wer nicht.

»Du brauchst Klassenbewusstsein, Freddy«, hatte Dr. Hartmann gesagt, »Klassen- und Selbstbewusstsein.«

Dazu fiel Freddy nichts ein, weshalb Hartmann weitersprach.

»Du musst wissen, wer du bist und wo du hingehörst, verstehst du?«, sagte er mit Nachdruck.

»Wissen Sie denn, wer Sie sind und wo Sie hingehören?«, gab Freddy zurück und erschrak ein bisschen, weil diese Frage so unkontrolliert aus ihm herauskam, und dazu noch so schroff. Er fühlte sich wie einer, der beim Boxtraining bloß zuschauen wollte, sich dann aber unversehens als Sparringspartner im Ring wiederfand.

Dr. Hartmann ließ ihm den Ton durchgehen, vielleicht, weil ein guter Sparringspartner auch einstecken können musste. Er nickte sogar anerkennend.

»Bei mir war es so«, sagte er. »Kaum hatte ich gelernt, wo ich hingehöre, musste ich lernen, dass man mich dort, wo ich hinzugehören glaubte, nicht haben wollte«, antwortete er.

Das klang unverständlich, aber ernst.

»Immerhin haben Sie die Autos«, versuchte Freddy ihn aufzumuntern.

»Die haben's auch nicht leicht. Die will hier wie dort keiner haben.«

»Wo dort?«

»Wo sie gebaut werden. Da sind die Straßen voll davon, aber alle träumen von den Modellen, die bei uns herumfahren.«

»Ich wäre froh, wenn ich einen Lada hätte. Am liebsten einen Kombi. In dem kann man schlafen, wenn man die Rückbank umklappt.«

»Und wenn mal was sein sollte, kannst du es notfalls selbst reparieren. Außerdem wirst du nie erleben, dass ein Lada im Winter nicht anspringt. Was in Sibirien läuft, läuft hier erst recht.«

An dieser Stelle brach Dr. Hartmann das Pingpong plötzlich ab.

»Man soll junge Leute nicht indoktrinieren«, murmelte er. »Hält dir dein Vater auch solche Vorträge?«

Wieder steht Freddy nickend da, wie eben vor der elektrischen Schiebetür.

Damals wandte er sich wortlos seiner Arbeit zu, um nicht zu zeigen, dass er an einem wunden Punkt getroffen worden war. Jetzt steuert er entschlossen den Bahnhof an, um endlich wegzukommen aus dem Dunstkreis der JVA.

Die Leute glauben, im Gefängnis hätte man Zeit nachzudenken, aber man denkt nicht nach. Die Gedanken kommen nicht in Bewegung, wenn man nicht ins Freie darf. Und die Erinnerung stumpft ab, beschränkt sich auf wenige Bilder, die man immer wieder anstarrt, als wären die Zellenwände damit tapeziert. Darum schwirrt Freddy nun der Kopf von dem Erinnerungsstrudel, in den er immer wieder hineingerissen wird. Er muss stehen bleiben, die Gedankenbewegung stoppen, sich im Hier und Jetzt orientieren.

Der Bahnhof sieht aus wie ein Amtsgebäude aus den Siebzigern. Ein paar schmächtige Bäume stehen davor, dünne Fahrräder, dürre Penner. Keine Aura von Fernweh umgibt diese Verschiebestation für Pendler. Und weil die morgendliche Stoßzeit vorbei ist, herrscht auffällige Stille.

Einmal pro Stunde fährt ein Zug nach Frankfurt, immer um achtzehn nach. Noch hat sich Freddy nicht entschieden, wo er hinwill, welchen Weg er wählen soll. Bis Frankfurt kann er die Entscheidung aufschieben, von dort aus geht es in alle Richtungen weiter. Auf dem Bildschirm des Fahrkartenautomaten steht Frankfurt an erster Stelle der Vorauswahl von Reisezielen. Freddy berührt das Feld und zuckt zurück, als befürchtete er einen Stromstoß. In den letzten Jahren hat er keinen Umgang mit Automaten gehabt. Eigentlich ein Wunderding, so ein Apparat, wenn man es genau bedenkt. Eine Menge Wissen und Können ist erforderlich, um ihn zum Funktionieren zu bringen, man braucht Ingenieure, Computerfachleute, Elektriker, Schlosser, Feinmechaniker und wer weiß was noch alles, man müsste die spaßeshalber mal neben so einem Automaten antreten lassen, denkt Freddy, und dieser Gedanke amüsiert ihn so, dass er sich umblickt, ob da nicht jemand wäre, mit dem er ihn teilen könnte, aber da ist niemand. Also betastet er weiter den Automaten und schafft es tatsächlich, sich eine Fahrkarte zu ziehen. 11,95, kommentarlos schluckt der Automat den Zwanziger und lässt wenig später eine Handvoll Münzen ins Auffangbecken prasseln.

Freddy kann sich daran erfreuen, wenn etwas funktioniert. Schon als Kind hat er sich an der lakonischen Folgsamkeit der Apparate ergötzt: Man steckte einen Groschen hinein, drehte den schwarzen Griff, dann knarzte und klackerte es; die Klappe aus Aluminium war verblüffend leicht und fiel mit einem Klick zurück, nachdem man der Öffnung dahinter die Kaugummikugeln entnommen hatte. Später waren es dann die Zigarettenautomaten, die ihn faszinierten. Für eine Sekunde dachte man immer, das Zweimarkstück fällt nicht durch, sondern bleibt hängen, sodass man ohne Geld und Zigaretten dasteht, aber in Wahrheit war das nur der lautlose Schluckvorgang des Automaten, denn kurz darauf hörte man den Zwickel im Magen landen, und wenn man dann die richtige Lade aufriss, fand man darin tatsächlich eine makellose Packung Zigaretten.

Freddy weiß noch, wie er und Tom es zum ersten Mal wagten, sich ein Päckchen zu ziehen. In der stillen Mittagszeit eines Ferientages, als kein Mensch auf der Straße war, fuhren sie auf der Suche nach einer ausgefallenen Marke mit dem Fahrrad durch die Gegend: John Player Special in der schwarzen Schachtel, weil Tom ein Poster von Emerson Fittipaldi an der Wand hängen hatte, dessen schwarzes Rennauto die goldene Aufschrift *John Player* trug. Beim nächsten Mal schon brachte Freddy eine lange, spitze Zange mit. Wieder warfen sie ein Zweimarkstück ein, zogen die Lade jedoch nur so weit auf, dass sie das Zigarettenpäckchen mit dem langfingrigen Werkzeug herausfischen konnten, drückten sie vorsichtig zu, ohne sie einrasten zu lassen, zogen sie ein weiteres Mal auf, nahmen mit der Zange die nächste Schachtel heraus und so weiter, bis das Fach leer war. Auf diese Weise legten sie sich einen Vorrat von sechs Packungen JPS zum Preis von nur zwei Mark an, und Freddy war mächtig stolz, weil er sich das ganz allein ausgedacht hatte. Tom zitterte bei dem Coup vor Aufregung und kicherte, nachdem sich die Spannung gelöst hatte, minutenlang. Irgendwann erklärten Freddy seine Brüder, wie man einen Automaten im Schnellverfahren knackt. Manche machten es mit Eisspray und Hammer, aber im Grunde brauchte man lediglich ein Brecheisen. Wenn man das richtig ansetzte, wurde man doppelt belohnt: mit einem Vorrat an Zigaretten und zwei Handvoll Silbermünzen. »Ideal«, hatte Herrmann das zum Abschluss des Kurzlehrgangs zusammengefasst.

Auf dem Bahnsteig steht ein einzelner Mann. Er raucht, trinkt Bier aus der Flasche und sieht von Weitem tatsächlich wie Herrmann aus. Freddy nähert sich diesem erstaunlichen Zufall mit langsamen, ungläubigen Schritten, bis er erkennt, dass es doch nicht sein Bruder ist, der sich in dem für Raucher vorgesehenen gelb eingefassten Geviert breitbeinig aufgepflanzt hat. Freddy überschreitet den dicken Strich, der Mann wendet sich ab und bläst den Rauch in die andere

Richtung. Freddy stellt fest, dass die Raucherzone kleiner ist als die Zelle, in der er die letzten Jahre verbracht hat. Es kommt ihm lächerlich vor, sich auf dem menschenleeren Bahnhof selbst einzusperren. Er steigt aus der Einfriedung und schlendert rauchend auf und ab. Nach höchstens einer Minute kommt die Durchsage mit dem Hinweis, das Rauchen sei »in diesem Bereich« nicht erlaubt.

Freddy blickt zu dem Mann im Viereck. Aber der kehrt ihm weiterhin den Rücken zu, wahrscheinlich, weil er sich schon denken kann, wo ein Fremder mit Lederjacke und alter Sporttasche um diese Zeit am Vormittag herkommt.

Ich war nicht gern, wo ich herkomme, denkt Freddy. Aber ich möchte gern sein, wo ich hinfahre. Welche Richtung muss ich einschlagen, damit das klappt?

Er stellt sich vor, dass Dr. Hartmann ihm das Fragen abnimmt: Hast du jemals selbst ein Ziel gewählt, Freddy? Oder bist du immer nur mitgefahren?

Moment mal. Könnte das stimmen? Könnte das auf verquere Weise stimmen? Dass er immer nur mitfuhr, sogar dann, wenn er selbst am Steuer saß?

Wie zum Beispiel in Griechenland, wo er nicht nach Thessaloniki hinunterfuhr, obwohl die Stadt am Meer ihn mächtig anzog, sondern in einem Bogen daran vorbei und weiter nach Volos, weil seine Reisegefährten es so wollten.

Immerhin lag auch Volos am Meer und konnte nicht umfahren werden, weil dort die Fähre nach Skiathos, ihrem Reiseziel, ablegte. Da sie bis zum Ablegen des Schiffes mehrere Stunden zu überbrücken hatten, musste Freddy seine Freunde nicht einmal dazu überreden, vor einem der Lokale an der Uferpromenade Platz zu nehmen. In der Kleinstadt fühlten sie sich offenbar sicherer als im großen Thessaloniki, zumal es ihnen gelang, die Autos so zu parken, dass man sie von der Taverne aus im Auge hatte.

Beim Griechen zu Hause gab es Ouzo in Schnapsgläsern, hier kam er im Wasserglas. Dazu wurde ein Zinkeimerchen voller Eiswürfel auf den Tisch gestellt. Mit einer spitzzähnigen kleinen Zange füllte man sein Glas immer wieder mit Eis auf – das hatten sie sich bei den Einheimischen an den Nebentischen abgeschaut –, und sobald man tat, was die Griechen taten, fühlte man sich gleich selbst ein bisschen griechisch. Freddy, der seine Opatija aufgeraucht hatte, kaufte sich am Kiosk eine mit griechischen Buchstaben beschriftete Schachtel, die man wie eine Zigarillopackung aufklappte, worauf man zwei Lagen Zigaretten erblickte, die dank ihrer weißen Filter so kostbar aussahen, dass einem ein Schauer über den Rücken lief.

Kaum hatte er sich eine dieser herrlich glatten Aktiven angesteckt und den ersten Zug gemacht, ging eine Verwandlung mit ihm vor. Plötzlich trug er einen Hut, einen hellen Anzug und ein weißes Hemd, dazu Bartstoppeln wie ein Grieche. Er verstand, was um ihn herum gesprochen wurde, schlug voller Behagen die Beine übereinander, und schon hatte er einen Kellner herangewinkt und mit lässiger Geste einen Teller mit kleinen Fischen bestellt, wie er ihn auf dem Nachbartisch sah.

Die Freunde starrten ihn an. Sie wollten sich gar nicht vorstellen, was so ein Teller mit Fischen kosten mochte, und sie staunten über Freddys Gebärden. Weltmännisch reichte er dem Kellner einen Drachmenschein und warf sich anschließend das erste Fischchen samt Schwanz und Flossen in den Mund.

Marianne kicherte.

Später, im Schiffsbauch, schlug Freddy stolz die Fahrertür zu, nachdem er den Lada in der Enge des Autodecks eingeparkt hatte. Es war ein erhebendes Gefühl, etwas auf Anhieb gut und richtig zu tun, aber als die Fähre ablegte, verblasste sogar dieser Stolz, weil ihn ein noch besseres Gefühl erfüllte, nämlich Ergriffenheit angesichts der Tatsache, dass er von einem großen Schiff in majestätischer Langsamkeit übers blaue Meer befördert wurde. Er! Freddy!

Begeistert blickte er sich nach den Freunden um, die ihn auf diese Reise mitgenommen hatten. Wenn er das Verhalten der drei Pärchen an der Reling richtig deutete, die Umarmungen, das Lachen, ließen auch sie die unschönen Momente endlich hinter sich. Das Panorama aus Meer und Hügeln und weißen Dörfern schien ihnen als Kulisse für die wechselnden Stellungen, die sie an der Reling einnahmen, zu gefallen. Ob sie sich dabei ähnlich erhaben fühlten wie er, wusste er nicht. Anstatt ihnen weiter zuzusehen, machte er sich mit den Gerätschaften an Bord vertraut, mit Kränen, Flaschenzügen, Tauen, Trossen, Kurbeln, damit er nötigenfalls mit anpacken und sich nützlich machen könnte. Als genügte es nicht, dass er ein gültiges Ticket für die Überfahrt in der Tasche hatte.

Ein Zug ist kein Schiff, aber in der oberen Etage sitzt man immerhin ein gutes Stück über dem Erdboden. Die leere Bierflasche, die in jeder Kurve auf dem Kunststoffboden des Großraumabteils ins Rollen gerät, untergräbt allerdings das bescheidene Gefühl der Erhabenheit. Sie erinnert an weniger edle Facetten des menschlichen Daseins.

Freddy hat den Regionalzug nach Frankfurt bestiegen. Auch der andere Mann näherte sich der Bahnsteigkante, stieg aber nicht ein, sondern nahm den letzten Schluck Bier, stellte die leere Flasche mit der Öffnung nach unten in die offene Tür und trat dann einen Schritt zurück. Sobald der Zug anfuhr, kippte die Flasche um. Seitdem rollt sie durch den Waggon, man hört die boshafte Flaschenpost bis ins obere Abteil hinauf, aber Freddy beschließt, sich nicht nervös machen zu lassen, sondern darüber nachzudenken, wohin er von Frankfurt aus weiterfahren soll.

Wie er es dreht und wendet, es bleibt nur Rosa übrig.

Tom würde ihn nicht abweisen, aber auch gewiss nicht mit offenen Armen empfangen.

Lurch und Lioba führen, wie er von Tom gehört hat, ein lückenlos getaktetes Leben ohne Schadstoffe und Verpackungsmüll, da würde er sich schon deshalb wie ein Feind vorkommen, weil er Zigaretten rauchte, deren Packung von dünner Plastikfolie umhüllt war.

Mechthild kommt nach Fingers Tod ebenfalls nicht infrage, auch wenn sie nur die geschiedene Witwe ist. Vorwerfen kann sie ihm nichts, schließlich hat er nur Fingers Wunsch entsprochen. So wie früher. So wie er auch die Wünsche von Mechthild erfüllt hatte – zum Beispiel den, bei Rosas Geburt dabei zu sein. Bis zur Erfüllung von Fingers letztem Willen war das der Höhepunkt seiner freundschaftlichen Folgsamkeit gewesen.

Nach der Ankunft auf Skiathos orientierte er sich weiterhin an den anderen, die zunächst in Erfahrung bringen wollten, wo der berühmte Strand mit den Freaks zu finden war. Weil sie nicht wussten, mit welchen Worten sie die Einheimischen danach fragen sollten, setzten sie sich im alten Hafen vor ein Café, blickten auf die kleinen Inseln, die der großen

Insel vorgelagert waren, und auf die Bergkette des Festlands im Hintergrund und warteten, bis Leute vorbeikamen, die Deutsch oder Englisch sprachen und so aussahen, als wüssten sie, wo man kostenlos in Strandnähe kampieren konnte.

Es war Fingers Vorschlag gewesen, so zu verfahren. Er überstürzte nicht gern etwas, sondern ließ die Dinge lieber auf sich zukommen. Diesmal führte seine Strategie zum Erfolg. Bald schon fuhr ihnen ein Pärchen aus Belgien im VW-Bus bis zur Westspitze der Insel voraus, wo es nicht nur mehrere Buchten mit Stränden, sondern gleich hinter dem weitläufigsten Strand, und von diesem nur durch einen Waldstreifen getrennt, einen See gab. An dessen Ufern standen zahlreiche Zelte und Wohnmobile, und als die sieben jungen Leute, die Tage zuvor mit zwei Autos in ihrer Heimatstadt losgefahren waren, das sahen, wussten sie, dass sie ihr Ziel erreicht hatten.

Rauch stieg auf, es roch nach Grill und Gras, Gitarrensaiten vibrierten, man sah nackte Oberkörper und lange Haare. Das Hitzeflimmern nahm den Konturen die Schärfe, und alles schien sich in träumerischer Bewegung zu befinden. Eine Atmosphäre der weichen Umhüllung, in die man sich gern hineingleiten ließ.

Die besten Plätze waren jedoch besetzt, und auf den schlechten, mit denen sie sich schließlich abfanden, hielten die Heringe kaum im sandigen Boden. Was die Zeltnachbarn betraf, so breiteten diejenigen, die links von ihnen kampierten, nicht etwa zum Empfang die Arme aus, sondern schielten argwöhnisch herüber. Die Nachbarn rechts saßen auf hochkant drapierten Bierkisten der Marke Mythos, sodass sie nur zwischen die Beine zu greifen brauchten, um eine Flasche herauszuziehen, und schalteten ein großformatiges

Radio an. Ein Lied ertönte, das so hartnäckig in den Gehörgängen haften blieb, dass man bald nicht mehr unterscheiden konnte, ob es im Radio lief oder im eigenen Kopf: »Moonlight Shadow«.

Kommerzieller Pop. Finger verzog vor Schmerzen das Gesicht. Er sah aus, als würde er es keine zehn Minuten an diesem Ort aushalten.

»Wenn man bedenkt, dass derselbe Mensch vor zehn Jahren *Tubular Bells* rausgebracht hat«, stöhnte er unter echtem Entsetzen und fand die Zustimmung von Tom, der etwas von einem seriellen künstlerischen Konzept erzählte, das seine kompositorischen Stacheln gegen den Mainstream der Plastikkultur aufgerichtet und dabei trotzdem Schönheit produziert habe – das sei das, was Oldfield immer für ihn repräsentiert habe, bis zu diesem Sommer, bis zu diesem Hit, mit dem sich der Mann letzten Endes an die Musikindustrie verkauft habe.

Freddy verstand gar nichts, außer dass besagter Song über die Eigenschaft verfügte, ihm zuerst unwahrscheinlich gut zu gefallen und im nächsten Moment unwahrscheinlich auf die Nerven zu gehen.

»Ich frage mich, ob das nicht symptomatisch ist«, sagte Tom und klang, als wäre er im Begriff, eine besonders spektakuläre Erkenntnis zu formulieren, »dass sich diejenigen, die Widerstand geleistet haben, plötzlich anpassen und ihre Talente in den Dienst der Bewusstseinsindustrie stellen. Weil ihnen Geld und gutes Leben am Ende doch wichtiger sind als Ideale und Prinzipien.«

»Es gibt kein gutes Leben, wenn man seine Ideale verkauft«, knurrte Lurch, stand auf und ging zu den Nachbarn hinüber.

»Könnt ihr vielleicht mal das Radio ausmachen?«, bat er sie, mit dem Erfolg, dass er sich eine Gegenfrage einhandelte:

»Kannst du uns vielleicht mal am Arsch lecken?«

Daraufhin ließen alle den Kopf so tief hängen, dass Freddy schon glaubte, die Initiative ergreifen und mit den Radiohörern Klartext reden zu müssen. Aber bevor er aufstehen konnte, um die Nachbarn der Reihe nach von ihren Bierkisten zu holen, erteilte Lioba den Marschbefehl:

»Wir ziehen um.«

So packten sie wieder zusammen und zogen zum Strand, wo sie sich unter freiem Himmel niederließen, ohne die Zelte aufzubauen. Mit Regen war nicht zu rechnen, man konnte ohne Weiteres draußen schlafen, außerdem ging am Wasser ein leichter Wind, der nicht nur kühlte, sondern auch Stimmen und Musik verwehte.

Auf dem warmen Sand fanden sie endlich zur Ruhe. Tom wickelte das Piece, das er erfolgreich über alle Grenzen geschmuggelt hatte, aus der Alufolie, Finger stimmte die Gitarre, Lurch und Lioba gruben sich in eine Zweierkuhle ein. Nur Freddy wusste nicht, was er tun sollte. Was machte man normalerweise so am Strand?

Dösen?

Lesen?

Ein Buch hatte er sogar im Gepäck. Finger hatte es ihm geliehen und ihm davon vorgeschwärmt: »Der beste Roman, den ich je gelesen habe. War total wichtig für mich. Die Frage *Wer bin ich?* stelle ich mir seitdem vollkommen neu.«

Schon am ersten Abend der Reise hatte Freddy das Buch mit dem sonderbaren Titel *Stiller* aufgeschlagen und im Licht der Taschenlampe mehr als zwei Stunden lang darin gelesen, bis er auf einen sonderbaren Bruch mitten im Satz stieß, den er sich nicht erklären konnte. Er las den Übergang von der einen Seite auf die andere mehrmals und versuchte den Zusammenhang zu verstehen, aber es gab keinen. Der Satz, der unten links begann, bildete mit dem, was auf der nächsten Seite oben rechts stand, keine logische Einheit.

Er wollte schon wütend auf den Schriftsteller werden, da fiel sein Blick auf die Seitenzahlen: Dem Buch fehlten genau zweiunddreißig Seiten. Der auf Seite 48 beginnende Satz setzte sich auf einer Seite fort, die gar nicht da war. Falls es nicht Finger war, der die Seiten herausgetrennt hatte, hieß das, dass sein Freund, vorausgesetzt, er war nicht einfach von Seite 48 auf Seite 71 gesprungen, nicht weiter als bis zu dieser Stelle gelesen hatte. Womöglich hieß es sogar, dass Finger von den fehlenden Seiten gar nichts wusste, er das Buch also *überhaupt* nicht gelesen hatte. Dies wiederum würde besagen, dass er Freddy, was die Bedeutung des Romans betraf, etwas vom Pferd erzählt hatte.

Was aber hatte das dann zu bedeuten?

»Ich geh Feuerholz sammeln«, teilte Freddy mit und stand auf.

Wenn man am Strand lag, nahm man das Rauschen des Meeres schon nach kurzer Zeit nicht mehr wahr. Es wurde einem erst wieder bewusst, wenn man sich entfernte, auf die Geräusche aufmerksam wurde, die man selbst verursachte, und hören konnte, wie einem die Luft zuflüsterte: Du bist allein.

Wie kam er bloß auf solche Gedanken?, wunderte sich Freddy. Im Wald war es relativ still, obwohl doch vom Freak-Lager wie auch vom Strand Geräusche hereindrangen. Freddy richtete sich auf und sah sich von außen: ein großer, schmaler Kerl mit einem Armvoll Brennholz. Was würde seine Oma sagen, wenn sie ihn so sähe? Er musste grinsen. Sie würde sagen: Was stehst du rum und guckst Löcher in die Luft? Bring das Holz dorthin, wo es hingehört, und zwar dalli.

Wenig später entzündete er am Strand ein Feuer, schleppte zwei Kanister Wasser heran und fing an zu kochen, und als sich nach dem Essen die Frage nach den Toiletten stellte, schlug er vor, einen Donnerbalken zu bauen. Bestimmt würde sich unter den Campern am See einer finden, der ihm eine Schaufel borgte. Also machte er sich erneut auf den Weg zu den Hippies, aber als er durch das Camp streifte und Ausschau nach gut ausgerüsteten Landsleuten hielt, bekam er plötzlich schlechte Laune. Er ärgerte sich und kämpfte dagegen an. Was sollte das? Er hatte keine Ahnung, woher die Verstimmung kam. Bis er von hinten wortlos angerempelt wurde, weil er einem Wuschelhaarigen, der zwei Eimer Wasser trug, im Weg stand.

Freddy blickte dem Rüpel hinterher, und da meldete sich auf einmal der Verdacht, sein Missmut könnte etwas mit den Leuten hier zu tun haben.

Er zog sich an den Waldrand zurück, lehnte sich an einen Baum und nahm von da aus entschlossen die Szenerie in den Blick.

Die meisten Männer trugen kein Hemd, so wie er selbst, die meisten Frauen liefen im Bikini-Oberteil herum, manche auch ohne. Viele Leute saßen in Kreisen zusammen. Es brannten Feuer, an mehreren Stellen war das Gras verkohlt, der Boden schwarz. Manche hatten ihre Lagerplätze mit Girlanden und Lampions geschmückt, an Schnüren hingen Wäschestücke, weiße und bunte, es roch nach Haschisch, Zigaretten, Essen. Alles war gut, was also störte ihn?

Er brauchte eine Weile, bis er darauf kam: Ihn störte der Müll, der sich an verschiedenen Stellen und vor allem an den Rändern des Lagers türmte. Ihn störte der Geruch, der aus dem Wald drang, weil es keine Toiletten gab. Müll und Scheiße. Das hier war kein offizieller Campingplatz, hier kampierten alle umsonst, ohne um Erlaubnis gefragt zu haben. Sie hatten sich das Land einfach genommen, zahlten nichts und nahmen dafür in Kauf, dass es keine Entsorgung gab. Es war ihnen egal, wie sie dieses Stück Erde zurückließen.

Freddy schüttelte sich. Er wollte sich die Laune nicht verderben lassen.

Er schüttelte sich noch einmal, rief sich in Erinnerung, was er ursprünglich vorgehabt hatte, und sah sich ein weiteres Mal gründlich um. Schließlich steuerte er einen rosa Unimog an, weil diese Fahrzeuge normalerweise außen eine Halterung für Klappspaten hatten.

Die Insassen des Gefährts waren dabei, auf einer stattlichen Feldküche Essen zuzubereiten, er sprach sie erst gar nicht an, sondern ging um den Unimog herum, nahm den Spaten aus der Halterung und verschwand damit im Wald, um eine geeignete Stelle für eine Sickergrube zu suchen.

Gerade als er den Spaten in den Boden gerammt und den linken Fuß daraufgesetzt hatte, sah er Mechthild, Marianne und Lioba vom Strand her in den Wald kommen. Sie trugen weite Röcke und Bikini-Oberteile. Regungslos beobachtete er, wie sie sich umsahen und dann auf einen umgekippten Baum zugingen. Lioba nahm auf dem Stamm Platz wie auf einer Bank, Mechthild setzte sich neben sie, jedoch so, dass sie den Stamm zwischen den Beinen hatte. Marianne aber stellte sich hinter Lioba und wartete, bis diese ihr Oberteil abgenommen hatte.

Liobas Brüste hatte Freddy noch nicht gesehen. Nun duckte er sich und schlich so dicht heran, dass er einen guten Blick von der Seite hatte. Der warme Stamm einer Kiefer gab ihm Deckung.

Lioba Brüste waren kleiner und fester als Mechthilds, es waren noch Mädchenbrüste, und das Oberteil hatte sie abgelegt, damit es nicht schmutzig wurde, begriff er. Marianne tauchte gerade einen Pinsel in die kleine Plastikschüssel in ihrer linken Hand und holte etwas von der spinatgrünen Paste darin heraus, um sie Lioba in die Haare zu streichen. Es schien mühsam zu sein, wegen der zähen Konsistenz der Masse, und Marianne konnte nur langsame, kurze Pinselstriche machen. Mechthild schaute eine Weile zu, dann schlug sie das Buch auf, das sie mitgebracht hatte.

»Wow!«, rief sie aus. »Die nächste Geschichte heißt ›Marianne‹!«

»Lies vor!«, verlangte Marianne sogleich.

Wenn sie sich aufs Vorlesen konzentrierten, würde er sich unbemerkt entfernen können, dachte Freddy, doch der sonderbar neckische Ton, mit dem Mechthild zu lesen anfing, machte ihn neugierig. Er legte die Hände als zusätzliche Schallfänger an die Ohrmuscheln, damit er jedes Wort verstand.

»Ich sah immer nur seinen Körper vor mir, seinen schönen, steifen Penis«, las Mechthild vor.

Freddy glaubte sich verhört zu haben, und aufgrund der lauten Verwirrung seiner Gedanken hörte er die nächsten Sätze nicht. Sein Echolot funktionierte erst wieder, als die Frauen kicherten, Mechthild kurz unterbrach und nach einem theatralischen Räuspern weiterlas.

»Je passiver und unbeteiligter er sich verhielt, desto mehr

sehnte sie sich danach, ihm Gewalt anzutun. Ja sie träumte davon, seinen Willen zu bezwingen.«

Wieder wurde Freddy von seinen eigenen Gedanken abgelenkt. Was war das? Da wurde darüber fantasiert, Gewalt anzuwenden, und niemand erhob Einspruch?

»Dann verlor sie schließlich die Beherrschung und fiel vor dem stocksteifen Ständer auf die Knie. Sie berührte ihn nicht, sie verschlang ihn nur mit den Augen. Sie flüsterte: ›Wie schön er ist!‹«

Mechthild ließ das Buch sinken.

»Was ist los mit dir?«, fragte Marianne lachend. »Du siehst aus, als hättest du eine Erscheinung.«

»Ich weiß, woran sie denkt«, erklärte Lioba und rollte die Augen zur Seite, ohne den Kopf zu bewegen.

»Nämlich?«

»An einen Schwanz.«

»Was du nicht sagst.«

»An einen ganz bestimmten. Und der gehört nicht Finger.«

Freddy zuckte zusammen wie bei einer Impfung.

»Stimmt«, gab Mechthild mit mädchenhaftem Schulterzucken zu.

Bevor Freddy ausloten konnte, was dieses einsilbige Bekenntnis in ihm bewirkte, verlangte Marianne, dass Mechthild weiterlas.

»Da er sich nicht bewegte, rutschte sie näher, die Lippen leicht geöffnet, und zart, ganz zart berührte sie die Spitze des glänzenden Schafts mit der Zunge …«

Marianne sog hörbar die Luft zwischen den Zähnen ein.

»Sie leckte ihn sanft mit der Behutsamkeit einer Katze. Dann nahm sie ein Stück in den Mund und umschloss es fest mit den Lippen. Es bebte.«

»Hör auf!«, rief Lioba, aber nicht streng, wie es ihre Art war, sondern von glucksendem Lachen umrankt. »Das hält frau ja nicht aus.«

»Stillhalten«, wurde sie von Marianne ermahnt. Aber Lioba drehte nun den Kopf in Mechthilds Richtung und sagte etwas, das Freddy nicht verstehen konnte, weil es in die von ihm abgewandte Richtung gesprochen wurde. Es schien eine Frage zu sein, denn Mechthild nickte langsam und ließ ein zweideutiges Grinsen sehen. Marianne gab einen kurzen Laut erotischen Entzückens von sich.

Worüber tuschelten die? In Freddys Kopf rotierte es. Was war das für eine merkwürdige Geschichte, die Mechthild vorlas? Wieso hatten die drei einen solchen Spaß daran, zu hören, wie eine Frau einen Kniefall vor einem Phallus hinlegte? Wo es doch sonst immer darum ging, mit der *Anbetung des Phallus* ein für alle Mal Schluss zu machen. Wenn sie einen Mann bis ins Mark beleidigen wollten, nannten sie ihn *Phallokrat*.

»Er ist schön«, stellte Mechthild im Ton einer Zusammenfassung fest, die keinen Widerspruch duldet, und die beiden anderen gaben Laute von sich, die verrieten, dass sie verstanden, was sie meinte.

Liobas Haare waren inzwischen vollkommen von der grünen Paste bedeckt.

»Fertig«, sagte Marianne.

Lioba stand auf. Mit dem Gesichtsausdruck eines Kindes, das einen Streich im Schilde führt, hob sie den Rocksaum an, steckte ihn zwischen die Zähne, griff mit einer Hand in die Plastikschüssel und schmierte sich eine Portion Spinat auf die Schamhaare, was Mechthild und Marianne grell auflachen ließ.

Die Sonne perforierte den Schatten im Wald. Die Körper der Frauen waren von Lichtflecken gepunktet. Freddy fragte sich, was passieren würde, wenn er sich den dreien in der Verfassung präsentierte, die sie sich gerade ausgemalt hatten, doch er wagte es nicht, sich zu rühren, bis sie gegangen waren; zurück zum Strand, zurück zu ihren Männern.

Schließlich stand er auf. Er hatte keine Lust mehr, eine Sickergrube zu graben, er warf den Spaten weg, befriedigte sich schnell, rauchte ein paar Zigaretten und ging dann zum Strand, wo sich die anderen inzwischen mit den Umständen arrangiert zu haben schienen. Lurch und Lioba spielten Backgammon, Tom baute mit Sachverständigenmiene einen Joint, Finger spielte die gleiche Musik wie zu Hause.

Freddy schlug vor, die nähere Umgebung zu erkunden, aber keiner mochte ihn begleiten – heute nicht mehr, morgen vielleicht –, und Freddy verstand: Die werden ihren Hintern keinen Meter von der Mulde wegbewegen, die eben diese Hintern in den Strand gedrückt hatten. Seine Freunde waren Sesshafte, die im Grunde immer an ihrem Platz klebten, egal, wo sie sich gerade aufhielten. Die hatten ihre heimische Umgebung auch bis hierher mitgenommen. Im Vergleich zu ihnen kam er sich wie ein Zigeuner vor.

Die erste Nacht auf Skiathos verbrachte er allein, ein wenig abseits von den anderen. Marianne lag bei Tom, Lioba bei Lurch, Mechthild bei Finger. Er hörte ihre Pärchengeräusche, während er die Sterne betrachtete, und beschloss, sich am nächsten Tag die Orangen- und Zitronenbäume anzuschauen, von denen Tom auf der Fahrt gesprochen hatte.

Kein Zitronengelb und kein Orange, auch kein Blau des Meeres beim Blick aus dem Zugfenster. Novembergrau hüllt die Landschaft ein. Immerhin wellt sie sich, und es sind darin noch Reste von Farbe enthalten, Herbstlaubgelb und hier und da noch Grün. Die Bierflasche rollt weiterhin über den Boden und stößt in unregelmäßigen Abständen gegen eine Sitzbankhalterung. Gut eine Stunde dauert die Fahrt bis Frankfurt, wie viel davon ist beim Träumen bereits vergangen?

Er versetzt Mechthild vom griechischen Sand in den Gerichtssaal. Mechthild, das schwarze Haar von grauen Fäden durchzogen, die geschiedene Witwe, die aussieht, als wäre sie viel zu viel allein.

»Ich will nie allein sein müssen!«, rief sie einmal aus, Freddy weiß nicht mehr, bei welcher Gelegenheit. Es genügte ihr nicht einmal, zu zweit zu sein. Sie hatte Angst, sich *in einer Paarbeziehung zu verlieren.* Oder wie drückte sie sich aus? Freddy weiß auch das nicht mehr genau, aber er kann sich noch an den Moment erinnern, in dem sie gemeinsam mit Finger den Übertritt in die offene Zweierbeziehung verkündete und dabei aussah, als würde eine Schiffbrüchige ein rettendes Ufer ansteuern – ohne zu wissen, dass dort ein Schild mit der Aufschrift »Vorsicht, Lebensgefahr!« stand.

OFFEN LIEBEN

Finger und Mechthild tauschten einen langen Blick, dem man ansah, dass er für die anderen bestimmt war. Alle am WG-Küchentisch sollten erkennen, dass etwas Bedeutsames bevorstand. Als Finger dann zum Tabak griff, um sich feierlich eine zu drehen, kehrte erwartungsvolle Stille ein.

»Soll ich?«, fragte er Mechthild, sobald die Zigarette brannte. »Oder willst du?«

»Mach du«, sagte Mechthild. Dabei senkte sie die Lider und lächelte mild wie eine Mutter, die ihr Kind ermuntert, der versammelten Verwandtschaft ein Gedicht vorzutragen.

Finger blickte mit extra weit geöffneten Augen in die Runde.

»Mechthild und ich«, verkündete er, »haben beschlossen, eine offene Zweierbeziehung zu führen.«

Mit diesem Satz gab er sich zufrieden. Er schien davon auszugehen, dass damit alles gesagt war und keine Unklarheiten mehr bestanden.

Freddy merkte, wie sein Herz schneller zu schlagen begann.

Über die *offene Beziehung* war gelegentlich diskutiert worden, aber eher theoretisch, als wäre diese Lebensform Leuten vorbehalten, die in San Francisco oder zumindest in

Berlin lebten, in einer Welt, von der nur ein schwacher Abglanz in die Provinz vordrang.

Alle schwiegen, und Freddy musste an eine Kirche denken.

»Ab wann?«, fragte Tom schließlich. Es klang, als wollte er den genauen Zeitpunkt in Erfahrung bringen, ab dem es offiziell erlaubt war, Mechthild mit anderen Augen zu betrachten. Vielleicht schlang Marianne deshalb fest den Arm um ihn.

»Ab sofort«, antwortete Finger.

»Beziehungsweise …«, klinkte sich Mechthild ein.

»Beziehungsweise seit vorgestern«, korrigierte sich Finger. Sein großäugiges Drogenlächeln hatte sich aufgelöst, und als er nun Mechthild ansah, erkannte man, dass sein Blick niemandem als ihr galt.

Alle warteten auf eine Erläuterung. Alle außer Freddy, der sich mit zitternden Fingern eine Zigarette aus der Packung pulte. Er wusste, was vorgestern passiert war. Er hatte Mechthild zur Wohnung ihrer verstorbenen Großmutter gefahren, wo sie ein paar Sachen holen wollte, und auf dem Stuhl vor der Spiegelkommode gesessen, während Mechthild Bettwäsche aus dem Schrank nahm und in einen Plastikkorb stapelte. Als sie damit fertig war, trat sie vor ihn, streckte die Hand aus, fuhr ihm durchs Haar, umfasste seinen Hinterkopf, hob mit der anderen Hand den Rock hoch und drückte Freddy an sich. Bis dahin hatte es in dem Schlafzimmer nach Rosen, Kölnischwasser und alter Frau gerochen, nun roch es nur noch nach Mechthilds Dschungel, und Freddy brauchte nicht lange, um sich darin zu orientieren.

Auf diese Erinnerung nahm er einen zu tiefen Zug aus der filterlosen Roth-Händle und musste husten.

»Wir sehen nicht ein, warum wir uns gegenseitig fesseln

sollen«, kam dann die Erklärung von Mechthild. »Wir sind ein Paar und bleiben ein Paar, aber das heißt doch nicht, dass wir uns gegenseitig einengen müssen.«

»Genau«, pflichtete Finger ihr bei. »Warum die Lust unterdrücken? Wem soll das nützen? Das sind doch bloß überkommene Moralvorstellungen.«

»Wer in einer offenen Beziehung lebt, kann nicht betrogen werden«, erklärte Mechthild triumphierend.

Worauf Finger verkündete: »Für mich kommt es darauf an, dass die Frau, mit der ich zusammen bin, glücklich ist. Aber das muss sie nicht ausschließlich mit mir sein.«

»Letztlich geht es um Selbstbestimmung«, ergänzte Mechthild. »Finger ist ein autonomer Mensch. Und ich finde, ich habe kein Recht, darüber zu bestimmen, mit wem er schlafen darf.«

»Das Wertvollste, was sich zwei Menschen schenken können, ist die Freiheit«, fasste Finger schließlich zusammen, und dagegen konnte niemand etwas einwenden. Allerdings wurde es nun wieder still, bis Lurch sich räusperte.

»Also, ich möchte euch gratulieren«, sagte er.

»Ich mach mal das Fenster auf«, sagte Lurchs Freundin Lioba. »Freddys Zigarette stinkt wie die Pest.«

»'tschuldigung«, nuschelte Freddy und drückte die Roth-Händle auf dem Teller aus.

»Igitt«, sagte Lioba.

»Es geht darum«, nahm Mechthild den Faden wieder auf, »destruktiven Gefühlen die Macht zu entziehen.«

Sie sprach noch weiter, aber das kam bei Freddy nicht mehr an, weil ihn der Bilderstrom von vorgestern mit sich riss, Mechthilds unverblümte Art, ihn anzuspornen, die ihm alle Hemmungen nahm, obwohl er dabei den Gedanken gehabt hatte, dass eine wie Mechthild es eigentlich anders wollen müsste, ohne Härte, ohne Unterwerfung. *Es ist nicht egal, wer oben liegt*, hatte er sie einmal sagen hören, und nun hatte sie sich auf den Rücken fallen und von ihm nehmen lassen.

Er gab sich einen Ruck und richtete den Blick auf sie. Warum sah sie ihn nicht an?

Dann folgten seine Augen Finger, der aufgestanden war, um Wasser aufzusetzen.

Sein Freund Finger. Der inzwischen Tom als besten Kameraden abgelöst hatte. Der freundliche, ein bisschen feige, ein bisschen faule Freund, der so gut Gitarre spielen konnte. Der sich immer freute, wenn Freddy zur Tür hereinkam. Der immer bereit war, etwas mit ihm zu rauchen. Der zur Sentimentalität und zu großspurigen Sätzen neigte, der sogar schon einmal zu Freddy gesagt hatte, dass er ihn liebe: *Weißt du, Freddy, ich hab mir überlegt, dass ich dich eigentlich liebe*, und dabei hatten seine Augen ein bisschen geglänzt. Freddy war die Szene peinlich gewesen, aber als Finger ihn dann auf die übliche Art umarmte, war alles wieder wie sonst.

Und jetzt bot ihm dieser Freund die eigene Freundin zum Gebrauch an. Und nicht nur ihm, sondern aller Welt!

»Habt ihr neulich den Artikel im *Spiegel* gelesen?«, fragte Lioba vom offenen Fenster aus in die Runde. »Über diese tödliche Seuche, die durch Geschlechtsverkehr übertragen wird?«

Nun richtete Mechthild unvermittelt den Blick auf Freddy.

Über dem Bett ihrer toten Oma hatte ein ovales Marienbild gehangen, unmittelbar daneben war unablässig das Wort *Verhütung* wie eine Neonreklame aufgeleuchtet. Mechthild hatte sich alle Mühe gegeben, beides zu übersehen.

»Ich dachte, die Seuche kriegen nur Schwule«, wagte Freddy zu sagen.

»O Mann, Freddy«, kam es prompt von Tom, worauf Freddy auf die Uhr sah und meinte, er müsse langsam mal los.

Wie unwillig Tom sein konnte. Immer dann, wenn ich ihn enttäuschte, denkt Freddy jetzt. Die Frauen habe ich nie enttäuscht. Sie haben von ihm bekommen, was sie wollten.

Mechthild, Marianne, Lioba.

Jede Einzelne von ihnen hat ihn überrascht. Mechthild machte mit dem Vorstoß im Schlafzimmer ihrer Großmutter den Anfang. Jede trug ein Geheimnis in sich und brauchte ihn, Freddy, um es zum Klingen zu bringen.

Könnte das sein? Dass er ihnen etwas gab, was sie von ihren Freunden nicht haben konnten? Hat er ihnen kleine Abenteuer beschert? Nein, das ist nicht das richtige Wort, entscheidet er. Aber mit Gefahr hatte es zu tun. Etwas gefährlich Neues suchten sie bei ihm, wohl wissend, dass er selbst ihnen nicht gefährlich würde.

Hieß das, dass sie ihn ausnutzten? Benutzten sie ihn?

Bis auf den heutigen Tag kann er ihre Körper in allen Einzelheiten spüren, die Linien der Hüften und Brüste, er sieht alles genau, Achselhaare bei der einen, rasierte Achseln bei der anderen, Schamhaare, Muttermale und vor allem ihre Gesichter, das Schließen der Augen und die Hingabe, die ihre Körper ihm von Kopf bis Fuß darboten, die stumme Aufforderung, ihnen gutzutun.

Sie haben alles von mir genommen. Aber was haben sie mir gegeben?, fragt er sich.

Die Landschaft, die er vom Zug aus sieht, gibt keine Antwort. In seinem Kopf wirbeln Satzfetzen herum wie das braune Herbstlaub am Bahndamm: *Gib's mir, nimm mich*, solche Sachen. Vielleicht hat er sie ihnen in den Mund gelegt, vielleicht auch aus ihren Mündern gehört, aber wie die Sätze so kreuz und quer durcheinanderschwirren, machen sie ihm einen Gedanken anschaulich: Geben und Nehmen sind nicht zu trennen. Geben und Nehmen ist eins, wie bei einem Geschenk, das nur dann eines ist, wenn es auch angenommen wird. Geben allein genügt nicht.

Über Nacht war Liobas Schopf rot geworden. Freddy kapierte, dass die spinatgrüne Paste das bewerkstelligt hatte. Kokett wie ein Mädchen präsentierte sie sich ihm, drehte den Kopf hin und her und wollte wissen, wie er ihre Henna-Haare fand. Seit der Ankunft auf der Insel hatte sie fast pausenlos an Lurch gehangen, geradezu demonstrativ, aber nun, da Lurch losgegangen war, um Getränke zu kaufen, wandte sie sich Freddy auf eine Art zu, die den Schluss nahelegte, dass sie etwas von ihm wollte. Und dann forderte sie ihn auch schon zu einem Spaziergang auf, was immer ein sicheres Zeichen war. Wenn eine Frau sagte: »Lass uns einen Spaziergang machen«, war damit wesentlich mehr gemeint.

Sie stiegen einen mit Sträuchern bewachsenen Hang hinauf, bis sich der Blick auf das Meer westlich der Insel auftat. Anders als oberhalb von Saloniki war nun auch Lioba von dem Anblick begeistert und wollte zur Bucht, wo das blaue Wasser zum Strand hin zuerst grün und dann durchsichtig wurde. Freddy wies auf einen Pfad, der steil nach unten führte, Lioba sprang von dem Stein, auf den sie sich gestellt hatte, kam mit den Ledersohlen ihrer Riemchensandalen aber ins Rutschen, sodass Freddy sie festhalten musste.

Das war es, was sie sich, vielleicht ohne es selbst zu wissen, gewünscht hatte. Das wurde ihm in dem Moment klar. Sie war eine, die nicht einfach etwas wollte, sondern sich immer zuerst fragte, was sie wollen durfte. Womöglich hätte sie sich auch gern schön gemacht, wagte es aber nicht, sich die Beine zu rasieren und Kosmetika zu benutzen, weil sie es unnatürlich fand. Nur Henna war erlaubt, darum schmückte jetzt Goldrot ihren Kopf. Sie war streng mit sich und wurde auch nicht müde, aufzuzählen, was sie an anderen Leuten störte. Außerdem war Freddy aufgefallen, dass sie immerzu Bücher in der Hand hatte, in deren Titel Häutungen oder tote Märchenprinzen vorkamen, die allein deswegen Schmerz und Leid vermuten ließen, aber jetzt lachte sie, weil sie ins Rutschen geraten war, und machte ihren Vorschlag, nach unten zu gehen, kurzerhand rückgängig.

»Hier oben sind wir für uns«, sagte sie und ließ sich nieder.

Sie lehnte sich an ihn, der kein Hemd trug, und strich über seinen Unterarm.

»Kommst du dir wie das fünfte Rad am Wagen vor?«, fragte sie.

»Wieso?«

»Weil du mit drei Pärchen unterwegs bist?«

»So ist es doch immer.«

»Aber auf einer Reise fällt es vielleicht mehr auf.«

Freddy zuckte mit den Achseln, jedoch nur leicht, weil Liobas Wange auf seiner linken Schulter lag.

»Fühlst du dich manchmal einsam?«, fragte Lioba weiter und fuhr mit dem Finger seinen Arm entlang nach oben und dann mit der ganzen Handfläche über seine Brust. »Also, ich meine so im größeren Sinn.«

»Weiß nicht«, sagte er schluckend.
»Ich mich schon.«
»Aber du hast doch Lurch.«
»Klar, aber ich weiß nicht immer, was ich ihm bedeute.«
Gedankenverloren strich ihre Hand über seinen Bauch, dann brach die Berührung plötzlich ab, weil sich Lioba auf den Rücken sinken ließ. Sie winkelte die Beine an, sodass der Saum ihres Kleids auf die Hüfte rutschte. Sie trug nichts darunter.
»Wie jetzt?«, fragte Freddy verwirrt. Er sah nur noch den hennarot leuchtenden Busch und dachte, dass er kein Kondom eingesteckt hatte.
»Ich komme bei ihm nicht auf meine Kosten, und er hat nichts dagegen, wenn ich mich auslebe.«

Bis sie wieder bei den anderen waren, hatte Lioba ihren aufgeschürften Rücken vergessen und zog unbefangen das Kleid aus, um ins Meer zu gehen. Erst durch das Salzwasser spürte sie das Brennen wieder und dachte, dass Lurch die Rötung gesehen haben musste. Beim Abtrocknen am Lagerplatz beobachtete sie ihn bange und gespannt. Sie sah ihm deutlich an, dass er mit sich rang.
Tatsächlich wusste er nicht, ob er der Traurigkeit oder der Wut freien Lauf lassen sollte, und bald mischte sich beides zu einer explosiven Stimmung, die einen Ausbruch von Verzweiflung und Gehässigkeit auslöste. Freddy hörte Wörter aus Lurchs Mund, die er von seinen Brüdern kannte, Wörter, die immer schneller aufeinanderfolgten und dabei immer schärfer wurden, bis sie in einen entscheidenden Satz mündeten.
»Dumm fickt gut, was?«, schrie Lurch hysterisch, und

Freddy verstand gar nichts mehr. War das auf ihn gemünzt? Hielt Lurch ihn für dumm? Hatte er doch etwas dagegen, dass Lioba *sich auslebte*?

Die Spucke des schreienden Freundes sprühte ihm ins Gesicht. Er wusste, er könnte dem Anfall mit einer gezielten Geraden ein Ende setzen, aber statt Bizeps und Brustmuskeln pumpte er die Lunge auf und schrie zurück:

»Fick sie doch selbst, anstatt mich anzuscheißen! Ist es vielleicht meine Schuld, dass du es ihr nicht richtig besorgst?«

Im selben Moment lernte er die Schlagkraft von Sätzen kennen, denn Lurch ging zu Boden. Er krümmte sich, hämmerte mit den Fäusten in den Sand, heulte und schrie, raufte sich die Haare, trommelte auf dem eigenen Kopf herum. Es brauchte den Zuspruch von Marianne und Mechthild, damit seine Zuckungen aufhörten. Endgültig beruhigte er sich jedoch erst, als sich Lioba neben ihn legte und fest umarmte.

Freddy betrachtete kurz das Bild, das sich ihm darbot, dann raffte er seine Sachen zusammen und beschloss, von nun an im Lada zu schlafen.

Diese Widersprüchlichkeiten. Er kann sie bis heute nicht verstehen. Man sollte frei sein, und dann durfte man es doch nicht. Man wollte offen lieben, aber wehe, man tat es. Jetzt, da sich im Hintergrund bereits die Silhouette von Frankfurt abzeichnet, jetzt, da das Gefühl entsteht, der Schatten der Hochhäuser greife bereits in die Landschaft, nimmt in Freddys Gehirn die Annahme Gestalt an, dass es für den Menschen nicht günstig ist, wenn er sein Leben mit zu vielen Wegweisern vollstellt.

Aber eine Leitlinie, an der man sich orientieren kann, wäre nicht schlecht.

Das denkt er, weil ihm den ganzen Tag schon Mesuts Aufforderung im Kopf herumspukt. *Such dir draußen einen neuen Namen.* Ein mysteriöser Auftrag. Und doch kommt es ihm so vor, als hätte er nur darauf gewartet, dass er ihm irgendwann erteilt wird.

Er schaut aus dem Zugfenster auf die Landschaft, auf die Skyline der Stadt, auf den dunkelgrünen Streifen Kiefernwald daneben, auf die Flugzeuge darüber. Im Halbminutenabstand kreuzen sie das Bild. Viele, wahrscheinlich die meisten, sind von der Startbahn West abgehoben, die am Ende doch gebaut wurde, trotz aller Proteste. Oder weil die Proteste erlahmten. Freddy wunderte sich damals, wie klaglos sich seine Freunde in den Umstand fügten, nicht mehr zur Baustelle im Wald fahren zu können, um die Bäume zu retten und die lebensfeindlichen Auswüchse des Kapitalismus zu bekämpfen, nachdem Freddy erklärt hatte, er wolle sich nicht mehr heimlich Autos von seinem Chef ausleihen. Womöglich bedeutete ihnen das Ganze am Ende doch nicht so viel, wie sie behaupteten, und sie waren froh, einen Vorwand zu haben, nicht mehr aufs Schlachtfeld zu müssen.

Es ist tatsächlich erstaunlich, wie viele Flugzeuge hier starten und landen, stellt er fest. Je näher er kommt, desto größer und beeindruckender werden sie. Er ist noch nie geflogen und bislang nur ein Mal mit dem Schiff gefahren, oder zwei Mal: Volos–Skiathos, hin und zurück. Heute müsste man wahrscheinlich erst recht gegen das Fliegen sein, wegen der Klimakatastrophe, die es damals, Anfang der Achtziger, noch nicht gab. Jedenfalls hatte sie keinen Namen. Damals sprach man höchstens von saurem Regen, aber nicht von Orkanen und schmelzenden Gletschern. Wie auch immer: Er würde gern einmal fliegen. Allein deshalb, um nicht weit und breit der Einzige zu sein, der noch nie in einem Flugzeug gesessen hat. Sogar Mesut behauptete, schon mehrmals geflogen zu sein: nach Istanbul und auf *Party-Inseln*.

Freddy fragt sich, ob er den Wunsch zur Zeit der Startbahn-Proteste insgeheim auch schon hatte, denn eigentlich handelt es sich ja um einen typischen Kindheitstraum. Das Fliegen war damals teuer und Geschäftsreisenden und reichen Leuten vorbehalten gewesen. Alle anderen konnten leicht dagegen sein, weil es meist außerhalb ihrer Möglichkeiten lag, mal schnell eine Flugreise zu machen. Niemand wäre 1981 auf die Idee gekommen, zum Feiern nach Ibiza zu fliegen, wie Mesut das angeblich getan hat.

Vielleicht kapitulierten die Gegner der Startbahn auch deshalb, weil die Flughafenerweiterung eine größere, ja eine weltweite Entwicklung erahnen ließ, die mit einem Hüttendorf im Wald nicht aufzuhalten war.

Und er? Warum hat er sich damals entschlossen, nicht mehr weiterzukämpfen? Wo er sich doch gerade erst sachgerecht ausgerüstet hatte. Weil ihm der eigene Antrieb fehlte? Weil er immer nur aktiv wurde, wenn seine Freunde die Initiative ergriffen? Oder war er insgeheim erleichtert, keine Gelegenheit mehr gehabt zu haben, in die Rüstung des Kriegers zu steigen? Damit er seine Freunde nicht noch mehr irritierte oder sich durch allzu brutales Gebaren gar ihre Verachtung zuzog?

Ein Jahr später, fällt ihm plötzlich ein, war er doch noch einmal als Kämpfer aktiv geworden, allerdings nicht an der Startbahn, sondern bei einem Raketendepot, dafür aber auf eigene Initiative und ganz allein, ohne zaudernde Freunde.

Gerade als die Bilder dieser überraschenden Entdeckung aus dem Gedächtnis aufsteigen wollen, neigt sich der Zug in eine Kurve, und die Bierflasche rollt von einer Wand zur anderen. »Die Scheißflasche macht mich fertig«, schreit jemand geradezu hysterisch.

Dieser kleine Ausbruch der Verzweiflung katapultiert Freddy wieder nach Griechenland zu dem schreienden Lurch zurück, weshalb die Bilder, in denen er sich kurz als Einzelkämpfer mit eigener Idee sah, in den Hintergrund rücken.

Am Morgen nach der Nacht im Lada fiel es ihm schwer, zu den anderen zurückzukehren. Er setzte sich neben dem Wagen auf die Erde, lehnte sich ans Blech, trank Wasser, rauchte. Die sonstigen Lebensmittel befanden sich am Strand. Mit seinem Hunger wuchs die Hoffnung, jemand würde kommen und ihn holen. Tom zum Beispiel, sein alter Freund. Oder Lioba, deren Geruch noch an seinen Fingern klebte. Aber es kam niemand. Als die Sonne über den Hügel stieg und die Tageshitze andrehte, stand er auf. Seine Füße bewegten sich nicht von selbst, sie brauchten einen Entschluss, um in Bewegung zu geraten. Er musste sich überlegen, wohin er gehen wollte. Und da entschied er sich nicht für den Strand, sondern für die Gegenrichtung, ging ein Stück die Straße entlang und an der ersten Abzweigung nach links, den Hang hinauf, wo Bäume standen, die Schatten versprachen. Nach kurzer Zeit schon hörte er sich atmen. Die Augen brannten, weil Schweiß hineinrann, was ihn daran erinnerte, dass Schweiß Salz enthielt. Beinahe stolz nahm er den Gedanken zur Kenntnis, als hätte er in der Schule eine richtige Antwort gewusst, was in der Hauptschule selten der Fall gewesen war, in der Berufsschule schon öfter, dank Hartmanns Art, ihm zu erklären, worauf es ankam. Dann, nach und nach, mit abflachender Steigung, fing er an zu sehen. Er hatte seine Umgebung auch vorher wahrgenommen, aber nun sah er sie wie neu. Die Palmen zum Beispiel. Sie gaben dem Ganzen ein unverwechselbares Gesicht, sie zeigten einem, wo man war, und jetzt zeigten sie es *ihm*.

Er im Süden. Freddy unter Palmen!

Da musste man erst mal durchatmen.

Wie die anderen Gewächse hießen, wusste er nicht. Alle Gräser, Blumen, Sträucher, Bäume haben Namen, die ich nicht kenne, dachte er, bis er einen Olivenhain erreichte. Gedrungene, knorrige Stämme, längliche silbrig-grüne Blätter, die für guten Schatten sorgten – all das kannte er, seit sie in der Nähe von Skopje in dem Olivenhain übernachtet hatten. Wenig später führte ihn die schmale Straße in eine Senke, in der es auffallend laut zirpte und zwitscherte. Außerdem hörte man das Geräusch von Bewässerungsanlagen. Weiter ging es zwischen Gärten und Feldern hindurch, bis er plötzlich einen Baum mit dunklem Laub erblickte, an dem Orangen hingen. Es sah aus, als hätte sie jemand dort befestigt, wie die Kugeln an einem Weihnachtsbaum.

Er ging langsamer, schielte nach rechts und links und schätzte die Höhe des Zauns ab, der das Grundstück mit dem Orangenbaum einfasste. Woran erkannte man, dass eine Orange reif war? Den linken Fuß aufs Mäuerchen, den rechten über den Maschendraht geschwungen, ein paar schnelle Schritte, und er griff nach einer Frucht, die ganz und gar makellos aussah.

Die Straße führte in ein Dorf, wo auf dem zentralen Platz alte Männer an einem Tisch vor einer schwarzen Türöffnung saßen. Er nickte ihnen zu, und sie hoben grüßend die Hände. Ermuntert von dieser Freundlichkeit, machte er mit den Armen eine Schwimmbewegung, was dazu führte, dass alle Männer in eine Richtung zeigten.

Am Strand stellte er fest, dass hier, auf der Nordseite der Insel, die Wellen höher, die Felsen schroffer und die wilden Camper weniger zahlreich waren. In der Bucht lagen ein paar Boote vor Anker, weiter draußen verfolgten Möwen ein Fischerboot.

Freddy ließ sich auf einem Stein nieder, um die Apfelsine zu schälen. Seit einer halben Ewigkeit hatte er keine mehr gegessen, und er versprach sich etwas Paradiesisches, wurde jedoch enttäuscht, denn sie schmeckte weniger süß und war weniger saftig als erwartet. Aber was zählte, war, dass er, Freddy, sie eigenhändig vom Baum geholt hatte.

An der Stelle, wo die Bucht sich öffnete und ihr Grün mit dem Blau der offenen See zerlief, schlug ein junger Mann unablässig etwas gegen den Felsen. Freddy versuchte vergeblich zu erkennen, was. Unermüdlich folgte ein Schlag auf den anderen. Es sah nicht verbissen aus, nicht einmal aggressiv, obwohl die Handlung ja doch eine gewaltsame war.

Freddy warf die Orangenschalen weg und ging näher heran. Der Mann registrierte ihn nur kurz; es schien ihm gleichgültig zu sein, ob man ihm zusah, also konnte es sich um nichts Verbotenes handeln, folgerte Freddy. Erst als ihn nur noch wenige Meter von dem anderen trennten, erkannte er, was dieser tat. Er hielt den Tentakel eines Tintenfischs in der Faust und schlug das Tier in regelmäßigem Rhythmus gegen den Felsen. Es schien anstrengend zu sein.

In dem Moment kam ein kleines, rot gestrichenes Boot mit einem älteren Mann an Bord um die Ecke. Der junge Mann warf den Tintenfisch, dessen Tentakel sich noch bewegten, auf den Stein, fing die Leine auf, die ihm der ältere Mann zuwarf, und zog das Boot auf den Kies.

Der Ältere ging an Land, sah den zuckenden Tintenfisch auf dem Felsen liegen, schüttelte kurz den Kopf, griff nach dem Tier, dessen Tentakel verblüffend lang herabhingen, und biss ihm kurzerhand zwischen die Augen. Blitzschnell ging das. Die Bewegungen des Tintenfischs hörten schlagartig auf, der junge Mann wandte sich ab und übergab sich. Freddys Herz pochte. Auch er wandte sich ab, als er den älteren Mann ins Boot greifen und einen weiteren Tintenfisch herausnehmen sah.

Lachend schüttelt Freddy den Kopf. An diese Szene hat er seit mindestens zwanzig Jahren nicht mehr gedacht. Fast zweifelt er an der Echtheit der Erinnerung. Kann es wirklich sein, dass jemand so einen Kraken mit einem Biss zwischen die Augen tötet? Damals hätte er eine Menge dafür gegeben, zu sehen, wie seine Freunde auf die Szene reagieren, die Frauen vor allem. Ein sonderbarer Schauer hatte ihn durchfahren, vielleicht, weil ihm bewusst wurde, dass er fähig wäre, das Gleiche zu tun, was der alte Grieche getan hatte. Die Frauen hätte er damit vermutlich nicht beeindruckt. Jedenfalls nicht im erwünschten Sinn.

Instinktiv tastet er nach den Zigaretten, bis ihm einfällt, dass man in Zügen nicht mehr rauchen darf, und dann spürt er wieder den Hunger.

Auch die Apfelsine damals hatte den Hunger nicht gestillt. Also verließ er die Bucht bald wieder, um sich etwas zu essen zu besorgen. Im Dorf fragte er die alten Männer mit einer Geste, wo man etwas kaufen konnte, worauf sich einer entfernte und wenig später mit einer Plastiktüte zurückkam, die mehrere Fische enthielt.

Freddy rieb Daumen und Zeigefinger gegeneinander und machte ein fragendes Gesicht.

Der alte Mann winkte mit einem Rückhandschlag ab, als würde er eine Fliege vertreiben.

Freddy bedankte sich und machte sich auf den Rückweg, voller Eifer nun, weil er etwas zum Braten und etwas zum Erzählen im Gepäck hatte. An die schlechte Stimmung vom Vorabend mochte er nicht mehr denken, er wollte nur so schnell wie möglich den anderen die Fische zeigen und ihnen die frohe Botschaft überbringen, dass der Urgrieche mit seiner sagenhaften Gastfreundschaft doch noch nicht ausgestorben war.

Doch als er den Strand erreichte, sah er, dass vom gemeinsamen Lager nur noch die Sitz- und Liegemulden übrig waren.

MITGEHEN

Zunächst versuchte er sich selbst zu beruhigen: Es war heiß geworden unter dem wolkenfreien Himmel, der Strand bot keinen Schutz vor der Hitze, darum waren sie erneut umgezogen, in den Schatten, in den Wald, der so groß nicht war. Gewiss dachten sie, er werde sie schon finden, wenn er eine Weile zwischen den Bäumen umherstrich, vielleicht hielt sogar eine der Frauen am Waldrand Ausschau nach ihm, doch er konnte den Blick nicht von den Mulden im Sand abwenden.

Ringsum bevölkerten Menschen den Strand, trotzdem kamen ihm die Abdrücke, die Tom und Marianne, Finger und Mechthild, Lioba und Lurch zurückgelassen hatten, wie Monumente der Leere vor, ein Mahnmal, das ihn aufforderte, die Wirklichkeit anzuerkennen: Sie waren gegangen, ohne auf ihn zu warten. Als käme es auf ihn nicht an.

Dass jemand, der zu einem gehörte, ohne ein Wort verschwand, oder bestenfalls mit der Erklärung, *jemanden kennengelernt* zu haben, kannte er. Aber das hieß nicht, dass er es besser verkraftete. Auch wenn man etwas gewohnt war, gewöhnte man sich nicht unbedingt daran.

Da war es wieder, das *Paradoxe*: ein Widerspruch in sich und doch die reine Wahrheit. Man spürte es am eigenen Leib.

Dreißig Jahre später, im Regionalexpress, der den Rand des Taunus hinter sich gelassen hat und Frankfurt-Höchst ansteuert, erinnert er sich daran, und während er auf Gewerbehallen, Farbwerke, Schlote, Tanks und Röhren statt auf Wälder mit letzten Herbstgelb-Sprenkeln blickt, versteht Freddy endlich, was ein Paradox ist, während im Waggon die leere Bierflasche hin und her rollt. Wie früher daheim, denkt Freddy. Niemand fühlte sich zuständig, wenn etwas herumlag, und sei es mitten im Weg, und es lag immer etwas herum, ein Strumpf, eine Unterhose, ein Kronkorken, eine Streichholzschachtel, ein Stück Brotrinde, das dünne Zellophan einer Zigarettenverpackung – bis sich Oma bückte und das Objekt schimpfend entsorgte.

Freddy grinst, als er sich das Sortiment ihrer Kraftausdrücke ins Gedächtnis ruft, aber dann weicht etwas von innen heraus das Grinsen auf, etwas, das er die letzten Jahre mit viel Disziplin in Schach gehalten hat, ein Gefühl, dessen Namen er niemals in Gegenwart seiner Kumpels oder anderer Männer aussprechen würde. Kaum ist er frei, hat er Sehnsucht nach seiner Oma, die seit einer halben Ewigkeit nicht mehr lebt.

Bei den Freunden von damals hätte er mit dem Wort *Sehnsucht* punkten können, vor allem bei den Frauen. Es gehörte zu den guten Wörtern, mit denen man Umarmungen ergatterte oder, wenn man Glück hatte, sogar eine ganze Nacht lang Zuspruch. Damals, allein am Strand, war er ganz und gar erfüllt gewesen von dem, was das Wort bezeichnete. Mit der Fischtüte in der Hand blickte er über den Strand hinweg aufs Meer und sehnte sich nach den anderen, und er sehnte sich nach seiner Oma, die ihn zweifellos anschreien würde, käme er jetzt nach Hause – *Wo hast du dich rumgetrieben, du Bankert* –, ihn aber auf keinen Fall in den Arm nähme, das hatte sie noch nie getan, es gehörte nicht zu ihrem Repertoire. Am Strand von Skiathos, verlassen von den Freunden, war ihm das egal. Er sehnte sich nicht nach ihrem Trost, er sehnte sich nach ihrer Nähe.

Ich fahr heim, dachte er.

»Ich fahr heim«, hörte er sich sagen.

Mehr war nicht nötig. Er ließ die Tüte mit den Fischen in eine der leeren Mulden fallen, kehrte dem Meer den Rücken und machte sich entschlossen auf den Weg zum Lada.

Kaum hatte er den Zündschlüssel ins Schloss gesteckt, wurde seine Entschlossenheit brüchig. Wie kämen Tom und Marianne ohne Lada heim? In den R4 passten keine sechs Leute mit Gepäck.

Er stieg aus und suchte mit dem Blick den Waldrand ab. Die anderen wussten, wo der Lada stand, wahrscheinlich würden sie ab und zu nachschauen, ob ihr Freund zurückgekehrt war. Er steckte sich eine Zigarette an und wartete, steckte sich noch eine an und wartete länger, aber schon während der dritten Zigarette begann er das Nötigste in seinem Seesack zu verstauen, und nachdem er die vierte Zigarette ausgetreten hatte, schlug er die Tür des Ladas zu und machte sich mit leichtem Gepäck auf den Weg zum Hafen.

Den Zündschlüssel ließ er stecken.

Freddy schmunzelt über die Entschlossenheit des jungen Mannes, der er damals war. Es ist gut, wenn man weiß, wo man hinwill. Das heißt aber noch lange nicht, dass man ohne fremde Hilfe den Kurs halten kann. Schwer zu sagen, ob er es geschafft hätte, wäre nach einer halben Stunde Fußmarsch nicht laut bellend ein großer Hund auf ihn zugelaufen.

Schon von Weitem redete Freddy besänftigend auf das bernhardinergroße Tier ein, denn er hatte Angst. Doch als der Hund bei ihm angelangt war, hörte er auf zu bellen und wedelte mit dem Schwanz. Freddy kraulte ihn eine Weile, dann machte er Anstalten, weiterzugehen. Nach kurzem Nachdenken schloss sich der Hund an. Während der gesamten Wanderung durch die Wälder, über die Strände und entlang der Straßen der Insel wich er nicht von seiner Seite. Mal lief er voraus, mal blieb er zurück, und immer, wenn Freddy glaubte, ihn verloren zu haben, hörte er wieder das Hecheln. Als er Rast machte, merkte es der Hund zunächst nicht. Wenige Minuten später kam er zurück, um ihn, der noch die halbe Zigarette zwischen den Fingern hielt, abzuholen.

Freddy fiel auf, dass sich der Hund auf ganz kurze Blicke aus seinen zwei unterschiedlich gefärbten Augen beschränkte, als wäre da eine Scheu oder als wollte er nicht aufdringlich wirken. Auch schien der Hund von ihm lediglich zu erwarten, dass er da war und Schritt hielt, mehr nicht. Er hatte sich, wie es aussah, ohne weitere Bedingungen für ihn entschieden.

Sobald Freddy zu dieser Erkenntnis gelangt war, traf er seinerseits eine Entscheidung: Blieb der Hund bis zum Hafen bei ihm, würde er die Insel nicht verlassen, sondern zu seinen Freunden zurückkehren und den vierbeinigen Begleiter später im Auto mit nach Hause nehmen.

Er sagte es dem Hund, der ihn darauf kurz ansah.

Sie rasteten im Garten eines kleinen Klosters, wo es einen

Trinkbrunnen gab. In der Kirche wurde gebetet, man hörte den Singsang aus der offenen Tür.

Freddy musste sich zusammenreißen, um sich nicht in den Schlummer singen zu lassen. Entschlossen stand er auf, schulterte den Seesack und ging weiter. Es dauerte eine Weile, bis er den Hund hinter sich hecheln hörte. Wahrscheinlich war es ihm schwergefallen, den Schatten des Klostergartens zu verlassen. Freddy atmete auf. Er marschierte nun voran, wechselte, wann immer möglich, von der Straße auf den Strand, und sobald er die Stadt erblickte, malte er sich aus, wie er vor einer Taverne Platz nahm, Ouzo mit Wasser trank und anschließend mit dem Hund im Bus zurück in den Westen der Insel fuhr, zu den anderen. Dann könnten sie sich gemeinsam einen Namen für den neuen Gefährten ausdenken. Er würde Ali vorschlagen, Tom vielleicht für Che plädieren, Finger sich für den Namen eines Gitarristen starkmachen – Al, John, Paco, Pat –, Lurch eine in anderer Hinsicht vorbildhafte Person ins Spiel bringen, Ernesto beispielsweise.

Bevor sie die Stadt mit den weißen Bauklötzen erreichten, durchquerten sie ein Areal mit Gärten, die bewässert wurden. Nun sah Freddy wieder Orangen- und Zitronenbäume mit dunklen Blättern, widerstand aber der Verlockung, ein paar Früchte zu ernten, obwohl er Durst hatte. Seine Laune hoben sie trotzdem.

Am Ortseingang drehte er sich nach dem Hund um, den er schon eine Weile nicht mehr gesehen hatte.

Er rauchte eine Zigarette.

Er pfiff mehrfach.

Er setzte sich auf ein Geländer und rauchte noch eine.

Dann hatte er ein Einsehen.

Zehn Minuten braucht der Regionalexpress von Frankfurt-Höchst nach Frankfurt Hauptbahnhof; der Main wird überquert, danach geht es im Bogen am Kraftwerk vorbei auf den Kopfbahnhof zu, unzählige Gleise münden dort unter einem Tonnengewölbe aus Stahl und Glas, vor dem ein Wald aus Signalen, Ampeln, Lampen, Masten für Senkrechten zwischen den horizontalen Linien der Gleise und Oberleitungen sorgt.

Freddy drückt den Kopf an die gewölbte Scheibe, um die Einfahrt in die Bahnsteighalle zu verfolgen. Jetzt, einige Stunden nach seiner Entlassung, ist er erstmals aufgeregt, denn da vorne, an einem der größten Verkehrsknotenpunkte des Landes, wird er die Weichen stellen müssen.

Im Hafen von Skiathos gab es nur zwei Richtungen: weiter zur nächsten Insel oder zurück nach Volos. Als die Fähre kam, genügte es, mit dem Finger darauf zu deuten und zu einem der alten Männer, die am Kai herumstanden, »Volos?« zu sagen.

Er hatte Geld, konnte jedoch nicht abschätzen, wie lange er für die Rückreise ohne Auto brauchen würde, darum beschloss er, von Anfang an möglichst wenig auszugeben und sich als Erstes die Kosten für die Überfahrt zu sparen. Er sah, welch unübersichtliches Durcheinander vor der aufgeklappten Ladeluke der Fähre herrschte: Lastwagen mussten rückwärts in den Schiffsbauch fahren, derweil warteten auf dem Pier in krummen Reihen Lieferwagen und Pkws. Die meisten Fahrer standen in Grüppchen zusammen und unterhielten sich rauchend oder sahen den Rangiermanövern der Lkws zu.

Freddy erkannte seine Chance. Er schlenderte an der Reihe der Lieferwagen entlang und probierte unauffällig, ob die seitlichen Schiebetüren verschlossen waren. Bereits beim dritten Fahrzeug hatte er Glück – die Tür ging auf. Er sah Styroporkisten, die bei Weitem nicht den ganzen Laderaum einnahmen, schlüpfte hinein und zog die Tür hinter sich zu. Nur wenig Licht drang durch die Ritzen, aber noch bevor sich seine Augen an die Dunkelheit gewöhnt hatten, identifizierte seine Nase das Frachtgut des Fahrzeugs.

Kaum erinnert er sich daran, umgibt ihn auch schon der Geruch von damals. Genau genommen *stank* es nach Fisch. Wenn er einatmete, hatte er das Gefühl, die Luft sei glitschig. Er hielt die Arme an den Körper gepresst, um nicht aus Versehen eine schleimige Schuppenhaut in den Styroporkisten zu berühren. Was Dunkelheit mit einem Menschen anstellt, überlegt er jetzt, denn eigentlich hatte er weder zu jener Zeit noch heute eine Abneigung gegen Fische, doch wenn es dunkel ist und man den Raum, in dem man eingesperrt ist, nicht überblicken kann, wachsen die Ungeheuer von allein.

Auch diese Erinnerung überrascht ihn mit ihrer Deutlichkeit. Sie hat offenbar all die Jahre in ihm gesteckt, ohne sich bemerkbar gemacht zu haben. Jetzt reizt es ihn, ihr zu folgen, denn er sieht bereits, wie die Geschichte damals weiterging, und diesen Film will er noch einmal sehen. Am liebsten würde er, obschon der Zug nun in den Bahnhof eingefahren ist, einfach sitzen bleiben und flugs dem blinden Passagier im Fischtransporter folgen, aber er sieht, dass sich auf dem Bahnsteig bereits Leute auf die Türen zubewegen; offenbar fährt der Zug nach kurzem Aufenthalt wieder zurück. Rasch schnappt er seine Tasche, um auszusteigen, muss aber an der Treppe nach unten den Einsteigenden ausweichen, die rücksichtslos hineindrängen, weil sie bereits bestimmte Sitzplätze ins Visier genommen haben.

Auch auf diesem Bahnsteig gibt es gelb markierte Rauchergevierte. Freddy begibt sich in eines davon, weil es ihn vor dem Menschenstrom schützt, und fühlt sich nach mehreren Zügen aus der Zigarette fast schon ein bisschen heimisch.

Während der Fahrt von Skiathos nach Volos kauerte er zwischen den Fischen und fror von Minute zu Minute mehr. Der Lieferwagen war kein Kühlfahrzeug, darauf hatte er vor dem Einsteigen geachtet, aber die Styroporkisten schienen mit Eis gefüllt zu sein. Er kauerte im kalten, dunklen Fischgestank, stellte sich vor, von riesigen Kraken umgeben zu sein, die mit Bissen zwischen die Augen getötet worden waren und sich jeden Moment in Bestien verwandeln würden, um sich am erstbesten Menschen zu rächen. Hätte er den Hund bei sich, hätte er einen Beschützer, an dessen Fell er sich außerdem wärmen könnte. Und kaum stellte er sich das vor, wimmerte er auch schon wie ein kleiner Junge vor sich hin.

Wie er als kleiner Junge.

Bis die Fähre in den Hafen von Volos einlief, heulte er; noch als die Schiebetür aufgerissen wurde und ihm grelle Helligkeit entgegenschlug, liefen ihm Tränen über die Wangen, was bei den Männern, die den Wagen entladen wollten, allerdings keinerlei Mitleid auslöste. Mit Beschimpfungen und Tritten jagten sie ihn fort, und er floh vor ihrer Wut, hörte auch außerhalb des Hafengeländes nicht auf zu rennen.

Als er ein Gleis sah, das aus dem Hafen herausführte, folgte er ihm, und schließlich erreichte er erschöpft und mit brennender Lunge ein kleines Bahnhofsgebäude, das in vollkommener Stille in der Sonne lag. Das Vordach überspannte einen einsamen Bahnsteig, wo Bänke im Schatten standen. Freddy ließ sich auf eine davon fallen, streckte alle viere von sich, legte den Kopf in den Nacken, schloss die Augen und verschnaufte laut schluchzend, weil er glaubte, von niemandem gehört zu werden.

Als er sich beruhigt hatte, nahm er einen starken, süßlichen Geruch in nächster Nähe wahr. Er öffnete die Augen und blickte in das Gesicht einer Frau.

Ein heißer Schmerz an Zeige- und Mittelfinger lässt Freddy zusammenzucken, die Zigarette fällt zu Boden, abgebrannt bis auf den Filter. Er müsste sich dringend setzen, er bräuchte auch etwas zu essen, aber alle Bänke am Bahnsteig sind besetzt, und auf Bahnhöfen kauft man sich nichts zum Essen, viel zu teuer, daran wird sich kaum etwas geändert haben. Also raus hier, wo sich ohnehin zu viele Menschen in zu viele Richtungen bewegen, den Blick starr nach vorne oder suchend nach oben gerichtet, nichts als das eigene Ziel im Sinn. Wer jahrelang gezwungen gewesen ist, ohne Ziel und Richtung zu existieren, wer immer nur Werkstatt, Dusche, Hof, Besuchsraum angesteuert hat, den kann es durchaus nervös machen, den vielen fremden Zielstrebigen ausweichen zu müssen. Draußen verschnauft er kurz und will sich schon auf der Eingangstreppe niederlassen, da begreift er, dass zu viele Leute durch die Türen drängen, außerdem sind die Stufen gefleckt von Speichelpfützen. Er lässt sich vom Menschenstrom weiter bis zur Straße treiben, aber wo soll man die überqueren? War hier schon immer so viel Verkehr? Straßenbahn um Straßenbahn, lang, mit mehreren Gelenken,

Autos, Räder, Fußgänger, dazu jede Menge Absperrungen. Man muss die Furt finden, und erst wenn man das andere Ufer erreicht hat, das Stadtufer, kann man endlich durchatmen, weil niemand mehr von hinten schubst. Hier teilt sich der Strom in drei Richtungen: nach rechts, nach links, geradeaus, und Freddy weiß jetzt wieder, wie die Straßen heißen. Er wählt die linke Variante und biegt an der nächsten Ecke in die gute alte Taunusstraße ab, da geht es sich gleich sicherer, doch leider: Die Kneipe, die er als Ort zum Rasten im Sinn gehabt hat, ist weg. Und was ist stattdessen hier? Ein Schnellimbiss, in dem Asiaten Nudeln in Schachteln füllen. Die zweite Anlaufstation existiert ebenfalls nicht mehr. Dort hätte man zwar nichts essen können, aber die Gelegenheit gehabt, ausführliche Blicke auf und in Susis Dekolleté zu werfen. Doch Susi steht nicht mehr am Zapfhahn, denn ein Zapfhahn wird hier, wo jetzt Handys und Telefonanschlüsse verkauft werden, nicht benötigt. Verdammte Hacke, kaum ist man ein paar Jahre weg, muss man sich einen neuen Stadtplan zeichnen, nur auf die Türken ist Verlass. Wo sich ein Dönerladen einmal eingenistet hat, da bleibt er auch, komme, was da wolle, und wenn der Besitzer alt wird, übernimmt der Sohn oder der Neffe, und genau das scheint hier passiert zu sein, stellt Freddy fest, als er die Tür öffnet und die Einrichtung wiedererkennt – die Stühle und Tische mit den Metallbeinen, die Fotos mit dem Meerblick –, nicht aber den jungen Mann mit dem langen Messer, der auf Freddys Frage, wo Ali sei, zurückfragt: »Welcher Ali?«

»Na, Ali halt. Der hier vorher drin war.«

»Mein Vater?«, ruft der junge Türke aus, und nun glaubt Freddy auch eine gewisse Ähnlichkeit zu erkennen.

»Ja, ich glaube«, antwortet er, worauf der Junge nur sagt:

»Izmir.«

In dem einen Wort und in der Art, wie der junge Mann es ausspricht, steckt alles drin. Izmir ist das Größte, begreift Freddy und bestellt lächelnd eine Tellerportion komplett mit allen Soßen.

Beim Essen beobachtet er sich selbst: wie er jeden Bissen mit voller Aufmerksamkeit kaut, wie sich der Magen füllt, was es bedeutet, nach Jahren etwas zu essen, das einem wirklich schmeckt.

Izmir, denkt er.

Noch bevor der Teller leer ist, drängt sich Frankfurt wieder in den Vordergrund, und zwar in Form eines speckigen Gesichts mit Ziegenbärtchen, das sich über den Tisch zu ihm herüberbeugt, ihm grinsend in die Augen schaut und sagt: »Leck mich am Arsch.«

Wie auf Knopfdruck setzt Freddy die Antwort ab: »Morgen wieder.« Dann gibt er Moppes die Hand. Sie fühlt sich so lasch und weich an wie früher, kaum zu glauben, dass diese Rechte schon Nasen- und Kieferbrüche verursacht hat. Auch sonst hat sich Moppes nicht verändert, vermutlich wird er bis zu seinem Lebensende wie ein Dreizehnjähriger aussehen, der zu viel Schokolade isst, daran ändern weder der Ziegenbart noch die Kutte über der Lederjacke etwas, und als Freddy sich erkundigt, wie es ihm geht, glaubt er, auch die Antworten schon in identischer Form gehört zu haben – Frau mal wieder Monatsbeschwerden, das Eheleben auf Handbetrieb umgestellt, beruflich nichts als Ärger, vor allem mit den Pferdchen, *verstehstewasichmein*. Die Gestik ist ebenfalls die gleiche geblieben, die Bewegung, mit der Moppes zwei Bier bestellt, unnachahmlich, minimalste Fingerkinetik, aber effektiv. Freddy lehnt erst ab, als die Flaschen schon geöffnet sind, was nicht weiter stört, denn Moppes gönnt sich einfach die doppelte Ration und lässt nebenbei die Schnupftabakdose aufschnappen. Die allerdings enthält kein schwarzes, sondern weißes Pulver.

»Kleine Erfrischung?«

Wenn du nimmst, musst du irgendwann auch geben. Diese Regel hat Freddy nicht vergessen, wie auch, sie wurde im Knast mindestens so ernst genommen wie draußen. Will er seine Ruhe haben, lehnt er das Angebot besser ab, doch nach dem Essen fühlt er sich gefährlich stark, außerdem glaubt er, diese Stadt bald wieder zu verlassen, darum steckt er kurz den Zeigefinger in den Mund, tippt mit der feuchten Fingerkuppe etwas von dem Pulver auf und massiert es sich ins Zahnfleisch. Mit einem Nicken und einem Schlag auf die Schulter bedankt er sich bei Moppes.

»Willste mal 'nen Blick auf meine aktuellen Pferdchen werfen?«, fragt der jetzt und schnalzt dazu mit der Zunge wie ein Kutscher auf dem Bock.

Auf der Straße stolpern sie fast über eine Bettlerin.

»Scheißzigeuner«, zischt Moppes.

»Sinti und Roma«, berichtigt Freddy.

»Was?« Moppes versteht nicht, was er meint.

Schon kommt die nächste Bettlerin, und Freddy wundert sich. Das hat es früher nicht gegeben, denn zwischen Nutten und Junkies gab es im Bahnhofsviertel nichts zu holen. Wahrscheinlich hat sich das wegen der Touristen oder der Messebesucher geändert, jedenfalls wären die Bettler nicht hier, wenn es sich nicht rentieren würde.

»Schon gut.« Freddy hat keine Lust, Moppes zu erklären, dass er gerade an Finger denken muss, der auf der Rückfahrt von der Sitzblockade in Mutlangen in einem Dorfgasthaus ein Sinti-und-Roma-Schnitzel bestellt hatte, um die Bedienung zu provozieren.

Das Gesicht am Bahnhof von Volos gehörte einer Zigeunerin und war dunkel, aber anders dunkel als bei Griechen und gebräunten Urlaubern. Sie redete ihm auf eine Art zu, die ihn sofort wehrlos machte, obwohl er kein Wort verstand. Er ließ sich von ihr auf die Beine helfen und so lange mitziehen, bis sie eine Siedlung am Stadtrand erreichten, die einem Lager glich, weil sich darin Zelte, Baracken, Verschläge, Hütten, halbe Häuser drängten, zwischen denen bläulich graues Waschwasser über die Erde lief. Es roch nach dem, was der Mensch aufnahm und ausschied, es herrschte flächendeckende Unordnung, Männer standen in Grüppchen herum, und Frauen wischten sich die Hände an Schürzen ab.

Freddy kam das alles bekannt vor, sogar eine wütende alte Frau trat auf, schrie gestikulierend mehreren Jungen hinterher, die sich lachend aus dem Staub machten. Was sie angestellt hatten, war nicht zu erkennen, stattdessen erkannte er etwas anderes, nämlich dass ihn wieder die Sehnsucht packte.

Schön war es hier nicht, doch es fiel ihm leicht, sich auf dem Stuhl, der ihm angewiesen wurde, niederzulassen, die Limonade zu trinken, die man ihm hinstellte, die Blicke der Kinder und Erwachsenen zu erwidern. Was unterschied das Zigeunerviertel von dem Lager der Freaks auf Skiathos? Wieso konnte er hier vertrauensselig sitzen, wo ihn dort das Gefühl befallen hatte, die Flucht ergreifen zu müssen? Auch hier lag Müll herum, und doch war es etwas komplett anderes.

Wie Szenen aus einem Monumentalfilm sieht er das Zigeunerviertel von Volos nun vor sich, die Farben leuchten, weil das weiße Pulver die Erinnerung befeuert, während Moppes ihn an der Schulter zwischen Fußgängern und Autos hindurchlenkt.

Nicht eine, nicht zwei, nein, viele Frauen musterten ihn mit großen, dunklen Augen. Die älteren trugen schwarze Kleidung, die jüngeren bunte, alle hatten Tücher um den Kopf oder den Hals geschlungen. Er sah kleine Kinder, die auf Armen und an Händen gehalten wurden, größere Kinder, die umherrannten, flink wie Wiesel, kreuz und quer, und er tastete unwillkürlich nach seinem Geldbeutel. Er sah grinsende Männer und solche mit skeptischen oder ausdruckslosen Gesichtern, er roch, dass auf Holzfeuern gekocht wurde und dass viele rauchten, und er hörte Stimmen, die unverständliche Dinge sagten. Er konnte sich seinerseits auch nicht verständlich machen. Mit allem, was er sagte, löste er Gelächter aus, aber bevor er verzweifelte, gingen seine Gastgeber zu einer Sprache über, die leicht zu verstehen war: Sie gaben ihm zu trinken und zu essen und einen nassen Lappen, mit dem er sich Stirn und Nacken waschen konnte. Sein dankbares Lächeln verstanden sie auf Anhieb. Sie gestikulierten mit Händen und Füßen, und er tat es ihnen gleich. Als man ihm nach dem Essen eine Zigarette hinhielt, lehnte er sich zurück, genoss die Aufmerksamkeit der Frauen und empfand die flinken Kinder nicht mehr als Gefahr für sein spärliches Hab und Gut.

Die Männerhand auf seiner Schulter stoppt ihn, dreht ihn nach links und schiebt ihn durch eine Tür, hinter der sich ein in rotes Licht getauchter Gang auftut. Ein Laufhaus, begreift Freddy, Moppes führt ihn in einen Puff, und da erblickt er auch schon die *Pferdchen*, von denen die Rede war, die Frauen mit ihren Augen, ihren Lippen, ihrer Haut; sie schauen ihn an, öffnen die Münder, lösen sich von den Türrahmen. Sie zeigen sich, und Moppes lacht.

»Such dir eine aus«, sagt er.

Wer nimmt, der muss irgendwann auch geben, kommt es Freddy wieder in den Sinn, aber die Warnung kann sich nicht gegen die Reaktion seines Gehirns und seines Körpers auf die weiblichen Formen und Bewegungen behaupten. Du kannst nicht wegschauen, wenn du seit Jahren keinen Körperkontakt gehabt hast und dir nun gleich mehrere Frauen die kaum verhüllten Brüste präsentieren, ihre nackte Haut, vor allem die Haut. Und als ihn die erste Hand berührt, ist es um ihn geschehen, da gibt es nichts mehr auszusuchen. Er geht einfach mit, so wie in Volos, wo er sich, nachdem er zu Kräften gekommen war, auch einfach mitziehen ließ zu einem der Autowracks, die auf dem Areal herumstanden. »Corolla«, sagte die Frau, die ihn am Bahnhof aufgegabelt hatte, und dann zeigte sie auf sich selbst und sagte: »Melanie.«

»Wie heißt du?«, fragt Freddy die Blonde, die gerade ihr Oberteil ablegt. Sie antwortet mit dem Rücken zu ihm, sodass er es nicht versteht, und als sie den Tanga auszieht, will er es gar nicht mehr wissen. Dann darf er sich einen Gummi aus dem Körbchen aussuchen, und er entscheidet sich für einen in roter Verpackung. Von nun an muss er sich um nichts mehr kümmern, denn Moppes hat der Frau mit dem in die falsche Richtung gesprochenen Namen alles Nötige eingeflüstert. Sobald Freddy ihr so nah ist, wie es näher nicht geht, kommt sie ihm wahnsinnig weit weg vor, *paradox* ist das, denkt sein übersteuertes Gehirn, du steckst in ihr, und sie koppelt sich ab, du tust es nicht mit ihr, sondern mit allen anderen auf einmal, mit allen Liobas und Mechthilds und sämtlichen Nutten dieser Welt dazu. Du hast sie gehabt, doch keine gehörte dir, es ist immer das Gleiche gewesen, bloß bei Melanie nicht, nicht bei ihr.

Sie hatten es während der ganzen Fahrt nicht getan. Er kam gar nicht auf die Idee, einen Versuch zu wagen, obwohl sie in dem Corolla, der wie ein Wrack aussah, aber tadellos lief, die gesamte Küste Jugoslawiens hinauffuhren und sich allabendlich den Schweiß im Meer abwuschen, ohne einander den Rücken zuzukehren. Sie lernten rasch, sich mithilfe von Gesten und einzelnen Wörtern aus verschiedenen Sprachen zu verständigen, sie teilten Essen und Zigaretten – sobald sie die Grenze nach Jugoslawien passiert hatten, rauchte Freddy wieder Opatija aus der schönen blauen Packung –, und irgendwann hörte Freddy einfach auf, sich zu fragen, warum diese Frau, die sich Melanie nannte, einen wildfremden jungen Mann über den gesamten Balkan chauffierte. Nach gängigen Maßstäben war es nicht zu verstehen. Anfangs hatte er sich vor der Gegenleistung gefürchtet, die sie mutmaßlich verlangen würde, aber nachdem sie bis Split nicht die geringste Andeutung gemacht hatte, hielt er es für möglich, dass sie tatsächlich nichts von ihm verlangen würde, sondern die mit ihm geteilte Zeit als ausreichende Gegengabe betrachtete.

Die Blonde wird stutzig und setzt ab, verdreht die Augen, bringt Freddy aber mit ein paar routinierten Handgriffen wieder in Form und nimmt anschließend die Stellung ein, für die normale Freier Extrascheine zücken müssen. Freddy lässt sich nicht zweimal bitten.

Wenige Minuten später landet er bäuchlings auf dem fremden Bett, weil die Blonde sich sofort von ihm gelöst hat und aufgestanden ist. Als er die Augen aufmacht, hakt sie sich gerade den Büstenhalter zu. Beim Abziehen des Kondoms fallen Freddy diverse Sprüche seiner Brüder ein, aber er sagt nichts, sondern lässt den Inbegriff des Unterschieds von Vorher und Nachher in den Abfalleimer plumpsen.

»Ihr habt ja sogar rote Mülltüten«, sagt er ungewollt.

Die Blonde schiebt sich einen Kaugummi in den Mund, und Freddy kann überhaupt nicht mehr verstehen, wie er noch vor wenigen Minuten so wahnsinnig erregt sein konnte. *Spitz wie ein 80er-Rettich*, hätten die Brüder gesagt. Auch das weiße Pulver scheint seine Wirkung verloren zu haben. Umständlich knöpft er sich das Hemd zu, prüft mit der flachen Hand, ob das Foto von Rosa noch in der Brusttasche steckt, und als er auf den Rotlichtgang hinaustritt, empfängt ihn Moppes. Er legt ihm den Arm um die Schulter und erkundigt sich, ob das Miststück ihm auch gründlich *die Flinte geputzt und gefettet* habe, während er Freddy den Gang entlang zur Bar führt, wo eine schwarze Frau oben ohne Getränke ausschenkt. Und kaum haben sie mit ihren Whisky-Colas angestoßen, kommt es:

»Könntest du mir übrigens einen Gefallen tun?«, fragt Moppes.

Wer nimmt, der muss auch geben.

Auf der Fahrt entlang der jugoslawischen Küste, beim Blick auf alle Schattierungen von Blau, die ein Meer annehmen kann, gab der junge Mann, der er war, so gut es ging von sich aus etwas zurück. Er kaufte Brot, Salz und Tomaten, zahlte fürs Benzin, entfachte die Feuer, über denen sie die kleinen Fische grillten, die sie geschenkt bekamen, weil Melanie geschickt mit den alten Männern in den Häfen redete; sie zeigte ihm, wie man sie aß. Noch während sie kaute, tauchten in einem Mundwinkel die Gräten auf, die sie, wenn der Mund leer war, herausnahm, bevor sie den nächsten Bissen machte. Es sah komisch aus, und sie lachten zusammen. Sie sieht jung und alt zugleich aus, oder abwechselnd, dachte er, schwer zu sagen. Als er versuchte, sie nach ihrem Alter zu fragen, lachte sie nur.

Vielleicht wusste sie es nicht, fällt ihm jetzt ein.

»Also, wie sieht's aus?«, fragt Moppes. »Kann ich mit dir rechnen?«

Den Satz hat er oft gehört. Zu oft. Ein Satz wie gemacht für die Leere nach einer Haftentlassung. Er weiß das, denn dies ist das dritte Mal in seinem Leben, zum dritten Mal tritt er in dieses gefährliche Vakuum, und da rattern auch schon die Erinnerungen an die vielen kleinen Gefälligkeiten und krummen Dinger los, wie Kleingeld, das ins Auffangbecken eines Spielautomaten rasselt, ein Gewinn, von dem man weiß, dass er nur der Anfang neuer Niederlagen ist. Bilder früherer Kontakte zum Milieu rauschen ihm durchs Gehirn, Bilder, auf denen er keine gute Figur macht und die er eigentlich nicht sehen will. Er schließt das innere Auge und lässt die Münzen rasseln, bis der Behälter leer ist und ein elektronisches Dudeln dem tückischen Gewinn die Krone aufsetzt.

Gerade noch hat er an Melanie gedacht, jetzt denkt er an Rosa. Jedes Mal, wenn er sich selbst in ungünstigem Licht sieht, muss er an Rosa denken. Es würde ihr nicht gefallen, ihn mit einem wie Moppes am Tresen stehen zu sehen, bedient von einer halb nackten Schwarzen. Er hätte sofort umsteigen und weiterfahren sollen, zu ihr, zu Rosa, in Sicherheit. Stattdessen hat er sich dorthin begeben, von wo aus es am schnellsten wieder in den Kahn geht. Klar ist es Zufall, dass er auf Anhieb Moppes begegnet ist, aber wäre es nicht Moppes gewesen, dann ein anderer, kennst du einen, kennst du alle, so ist das in dieser Gegend.

»Um was für einen Gefallen geht's denn?«

»Wusste ich's doch, dass ich mich auf dich verlassen kann.«

Gleich werden wir ins Hinterzimmer gehen, prognostiziert Freddy, und ja: Moppes trinkt aus, stellt das Glas so entschlossen auf den Tresen, dass es wie der Hammer eines Richters in einem amerikanischen Film klingt, und macht eine Bewegung mit dem Kopf in Richtung einer Tür, an der ein Messingschild mit der eingravierten Aufschrift »Büro« prangt.

Schlechte Aussichten.

Gute Aussichten verhieß ein anderes Schild, ein banales Straßenschild, das ihn in Begeisterung versetzte, weil darauf ein Wort stand, das er kannte.

»Die Stadt heißt wie meine Zigaretten!«, rief er aus.

Als sie später durch die Parkanlage am Ufer promenierten und das Meer, von Palmen und Pinien eingerahmt, seidig schimmern sahen, glaubte er sich fast im Paradies, so unübertrefflich schön kam ihm alles vor – bis sich ihnen ein Uniformierter in den Weg stellte und Melanie mit ausgestrecktem

Arm, zitternder Fingerspitze und unerbittlicher Wörterflut des Parks verwies.

Sie wehrte sich nicht. Sie fügte sich einem Gesetz, das ihr schadete, und das konnte Freddy nicht fassen.

»Setz dich!«, sagt Moppes, lässt sich seinerseits auf den Chefsessel hinter dem Schreibtisch fallen und nimmt ohne Umstände eine Pistole aus der Schublade.

»Wäre gut, wenn die bis morgen von hier verschwinden würde, *verstehstewasichmein.*«

Aha. Jemand hat ihm was geflüstert. Und Moppes besitzt noch immer keinen Waffenschein. Schon gar nicht für Waffen mit Vergangenheit.

»Du nimmst sie einfach mit und bringst sie mir morgen Abend wieder vorbei. Das ist alles.«

Freddy muss die Pistole nicht in die Hand nehmen, um sie zu erkennen. Sie ist leicht an den Farbresten zu identifizieren, die sich in den Rillen des Griffs festgesetzt haben.

»Hallo! Träumst du noch von der kleinen Blonden, oder was?«

»Also gut«, sagt Freddy, der weiß, dass er gar keine Wahl hat. Liegt eine Waffe auf dem Tisch, werden die Spielräume eng. So ein Scheißding verändert alles.

»Bis wann genau?«

»Sagen wir, bis morgen Abend gegen zehn.«

»Alles klar.« Er steht auf, steckt die Glock in die Innentasche seiner Lederjacke, bemüht sich um einen halbwegs glaubwürdigen Kumpelspruch und verlässt das Etablissement. Wo er am nächsten Abend um zehn sein wird, weiß er nicht. Er weiß nur, dass er sich bis dahin nicht im Frankfurter Bahnhofsviertel herumtreiben darf, sondern zusehen muss, dass er fortkommt. Heimfahren wäre gut. Sich in den eigenen vier Wänden in Sicherheitsverwahrung nehmen.

Auf dem Weg nach draußen beachteten ihn die Frauen im Rotlichtgang nicht mehr. Wer sein Pulver verschossen und bezahlt hat, der ist Luft.

Auf dem Weg aus dem Park hinaus redete er auf Melanie ein, sie dürfe es sich nicht gefallen lassen, als Zigeunerin verjagt zu werden, aber sie ließ sich nicht aufhalten, sondern marschierte mit hoch erhobenem Kopf und stur nach vorne gerichtetem Blick zu ihrem Auto, und als sie den Corolla erreichten, erlaubte sie Freddy nicht, einzusteigen. Stattdessen deutete sie mit energischer Geste nach Norden: Dort lag sein ursprüngliches Ziel. Während der Fahrt an der Küste entlang hatte er es wegen ihr aus den Augen verloren, jetzt rief sie es ihm in Erinnerung.

Sie schickte ihn heim, begriff er und sah sich erneut von einer Trennung bedroht, die er nicht verstand und schon gar nicht wollte.

Er fing an zu lamentieren, doch sie stoppte ihn mit einer brüsken Handbewegung. Da ging er dazu über, sich zu bedanken. Aber wieder schnitt sie ihm mit der Handkante das Wort ab. Darauf versuchte er es mit praktischer Vernunft, sprach von Verschleißkosten und Sprit, flehte sie an, ihr etwas für die Rückreise mitgeben zu dürfen. Er bedeutete ihr, im Wagen auf ihn zu warten, und als er nach einer Viertelstunde zurückkam und ihr Geldscheine hinhielt, funkelte sie ihn zornig an. Sie ahnte, dass sie nicht aus einer Wechselstube stammten.

Das stimmte, aber Freddy hatte nun mal auf die Schnelle keine andere Lösung gesehen, und die Dame, die mit der hellen Handtasche aus dem Hotel am Park gekommen war, würde mit Sicherheit auf Reserven zurückgreifen können.

Er bekniete Melanie, das Geld anzunehmen, und kurz bevor er anfing zu heulen, lenkte sie ein. Sie strich Freddy, der halb kniend am Seitenfenster des Corolla hing, übers Haar und sagte betont deutlich etwas in ihrer Sprache, das er nicht verstand.

Er nickte trotzdem, stand auf, stieg auf der Beifahrerseite ein und ließ sich von ihr zur E61 bringen. Dort verabschiedete sie sich von ihm, indem sie ihm die Finger küsste. Alle zehn.

Er blickte dem Corolla nach, bis er außer Sichtweite war, dann erst nahm er den Lärm wieder wahr und wurde sich seiner Lage am Randstreifen der Fernstraße bewusst. Er drehte die Handflächen nach oben und dann nach unten. Saubere Finger, keine Reste von Schmierfett und sonstigem Werkstattschmutz rahmten die Nägel. Bald würde sich das wieder ändern.

Er wischte sich mit dem Handrücken über die Nase, dann hielt er den Daumen raus.

Schon fing es an, in seinem Körper zu ziehen, und Minuten später hätte er sich krümmen können vor Schmerzen. Er staunte, wie sehr man sich nach jemandem sehnen konnte. Er staunte auch darüber, wie fundamental sich eine Rückreise von einer Hinreise unterschied, obwohl der Weg der gleiche war.

Er musste nicht lange warten, Lastwagen nahmen ihn mit, er kam voran, fragte sich aber, wozu das gut sein sollte. Bei Einbruch der Nacht verkroch er sich im Gebüsch, erneut staunend, diesmal über die Angst, die sich wie selbstverständlich einstellte, nicht weil er allein war, sondern weil er sich einsam fühlte. Ob seine Freunde sich Sorgen um ihn machten? Ob sie ihn vermissten? Neben Melanie im Corolla war nichts fraglich gewesen, dachte er.

Melanie war wie eine Antwort, die keine Fragen brauchte. Die reine Gegenwart. Weder Vergangenheit noch Zukunft, die von den Rändern her das Hier und Jetzt anfraßen, schien es für sie zu geben.

Du dreckiger Zigeuner, hatte seine Großmutter ihn mehr als einmal gescholten, wenn er bis spätabends umhergestromert war. Vielleicht war er wirklich einer und hatte darum von Anfang an Melanies Vertrauen geweckt. Vielleicht hatte sie den unfassbar großen Gefallen, ihn bis in den Norden Jugoslawiens zu begleiten, einem der Ihren getan, einem überdies, den sie besonders mochte.

Dieser helle Gedanke führte ihn schließlich aus allen Fragen, Ängsten, Sehnsüchten hinaus. Die restliche Reise verging im Nu, als sorgte ein dienstfertiger Schutzengel mit Schwingenschlag für Rückenwind. Und so ging Freddy am Ende des folgenden Tages lächelnd auf das Omahaus zu. *Wo kommst du her, du Zigeuner*, würde Oma sagen, wenn er die Tür aufmachte, stellte er sich vor.

HEIMKEHREN

Nichts wie raus aus dem Bahnhofsviertel, wer weiß, auf wen er noch trifft, wenn er sich länger hier aufhält. Vor weniger als zwei Stunden ist er angekommen und hat bereits eine Wumme in der Tasche. Diese Gegend ist Gift. Wenn er sich gleich wieder in die Tinte setzt, wird ihm Rosa zu Recht Vorwürfe machen.

Er hasst Vorwürfe. Am schlimmsten sind sie, wenn sie einen bei der Rückkehr treffen und verhindern, dass sie zur Heimkehr wird.

Im Chor warfen ihm seine Schwestern Vorwürfe um die Ohren, sobald er das Haus betrat: *Wo hast du dich rumgetrieben? Wo kommst du her?* Als hätte er vor zwei, drei Wochen nicht laut und deutlich angekündigt, nach Griechenland zu fahren. Sie hatten nicht hingehört oder ihm nicht geglaubt, jedenfalls warfen sie ihm jetzt seine Abwesenheit vor.

Aber warum?

Weil Oma im Krankenhaus lag.

In den letzten Zügen.

Nicht einmal mehr sprechen konnte sie. Der zahnlose Mund ging auf und zu, als sie Freddy neben dem Klinikbett auftauchen sah. Ihre rechte Hand zuckte, wollte sich auf ihn zu bewegen, die runzlige, fleckige Hand, um sein Gesicht zu berühren, Freddy erkannte es genau, obwohl sie sich nur um wenige Zentimeter hob, weil ihr für mehr die Kraft nicht reichte.

Er bleibt stehen, weil er dringend rauchen muss, und kaum brennt die Zigarette, floht ihn einer an, wie könnte es anders sein in Bahnhofsnähe. Er gibt dem Filzbart, der auf Obdachlosenart alt aussieht, eine Aktive plus Feuer, und da fallen ihm auch schon seine Brüder ein. Durchaus möglich, dass ein paar von ihnen hier durch die Gegend streunen, um Geld und Kippen betteln und ebenfalls wie Straßengreise aussehen. Allerdings sind einige der Brüder inzwischen ja tatsächlich alte Männer – ein seltsamer Gedanke. Es muss mit diesem speziellen Tag zu tun haben, dass er über das Vergehen der Zeit sinniert. Schon am Morgen in der Zelle fing es an, als er plötzlich an den Zehnjährigen dachte, der seinen ersten Boxkampf im Fernsehen verfolgte, und jetzt, da sich das Gewicht der Glock bemerkbar macht, wird er daran erinnert, dass er sich die Lederjacke auch schon vor mehr als dreißig Jahren krallte, im Todesjahr der Großmutter.

Kurz lockt ihn die Idee, einen Blick aufs Omahaus zu werfen. Vierzig Minuten mit dem Zug, zwanzig Minuten mit der Straßenbahn, zehn Minuten zu Fuß – weit wäre es nicht, aber was gäbe es dort schon zu sehen? Eine sterile Spießerburg von fremden Leuten, die mit dem Original nichts mehr zu tun hat.

Trotz des Abstands von drei Jahrzehnten fällt es ihm nicht leicht, an Omas Tod zu denken und an die Hilflosigkeit, mit der er ihm damals gegenüberstand. Wie ein Zuschauer war er sich vorgekommen. Alles wurde ohne ihn, den Nachzügler, geregelt, und auf dem Friedhof wusste er nicht, wohin mit sich und seiner Trauer. Ringsum schluchzten die Geschwister, die Nachbarn hielten sich wie Schaulustige im Hintergrund, ganz vorne stand die Mutter, ohne Tränen, sie wirkte eher empört. Der Vater fehlte, das weiß er noch, und auch, dass er sich nicht darüber wunderte. Außerdem erinnert er sich, dass er bei der gesamten Zeremonie an Melanie denken musste.

Auf dem Weg vom Friedhof zum Lokal sah er vor dem Haus der WG den roten Lada stehen. Seine Freunde waren zurück! Jetzt schon! Sie mussten gerade erst gekommen sein, sonst hätten sie ihm das Auto längst gebracht. Oder sie hatten von Omas Beerdigung erfahren und wollten nicht stören.

Er blieb so lange beim Leichenschmaus, bis die Kaffeetassen durch Bier- und Schnapsgläser ersetzt wurden, dann machte er sich aus dem Staub und ging schnurstracks zur WG. Wie sich zeigte, waren die anderen bereits am Vortag angekommen. Tom behauptete, noch keine Zeit gehabt zu haben, den Wagen zurückzugeben.

»Wieso seid ihr schon zurück?«, fragte Freddy.

»Der Grund steht vor mir«, erwiderte Tom.

Dann folgten auch hier die Vorwürfe, weil er nicht Bescheid gesagt hatte, bevor er abgehauen war, weil er nicht einmal einen Zettel mit einer kurzen Nachricht hinterlassen hatte. Sie sparten nicht mit Schilderungen ihrer Sorgen und ihres Ärgers. Ein Wort des Danks dafür, dass er ihnen den Lada überlassen hatte, fiel nicht. Stattdessen war er derjenige, der Danke sagte, als Tom ihm den Wagenschlüssel übergab.

Freddy zündet sich eine neue Zigarette an der alten an und erinnert sich an seine Erstarrung damals. Erklärungen wären nötig gewesen, er hätte verraten müssen, warum er weggegangen war, aber er fand die Worte nicht. Vielleicht, denkt er sich jetzt, wollten sie es auch nicht wissen. Sie hielten ihn eben für unberechenbar oder unzurechnungsfähig. Immerhin erkundigten sie sich, wie er nach Hause gekommen sei, worauf er vage vom Trampen mit den Lkws berichtete. Über Melanie aber verlor er keine Silbe. Im Beisein seiner vorwurfsvollen Freunde kam sie ihm auf einmal unwirklich vor, so wie auch jetzt, vor dem Frankfurter Hauptbahnhof, wie ein Engel, den er sich eingebildet hat.

Er ist sich vollkommen sicher, dass sie ihn nicht nach dem Warum seines Aufbruchs fragten. Stattdessen erging sich Tom, ausgerechnet Tom, darin, zu schildern, wie anstrengend die Fahrt gewesen sei, für ihn vor allem, weil er ohne Ablösung am Steuer sitzen musste. Und da kam in Freddy, der fast auf der gesamten Hinfahrt, ohne zu murren, den Lada gelenkt hatte, verblüffend eindeutig und durchdringend ein überraschendes Gefühl auf: etwas wie Verachtung für den eigenen Freund, aber nicht von oben herab, sondern von unten herauf.

Die Einzige, die ihm damals keine Vorwürfe machte, war Marianne, fällt ihm ein, da er die Zigarette austritt und sich anschickt, erneut den Bahnhof zu betreten. Und für einen Moment fragt er sich, ob er nicht zu ihr fahren könnte, denn sie war es auch, die damals als Erste wieder Kontakt zu ihm aufnahm, nachdem er am Tag der Beerdigung seiner Oma von seinen enttäuschten Freunden weggegangen war.

Im Bahnhof steuert er einen Fahrkartenautomaten an, stoppt jedoch, bevor er ihn erreicht. Zuerst muss die Entscheidung fallen. Tom oder Rosa? Rosa oder Marianne? Wo wohnt Marianne überhaupt?

Er erinnert sich an die Lücken, die damals in seinem Dasein entstanden, weil er nicht mehr täglich in der WG auftauchte, und an die Verwunderung darüber, dass man Freunde ausgerechnet dann verlieren konnte, wenn man sie brauchte. Immerhin geschah in jenen Wochen mehr, als er allein verkraften konnte.

Ich habe nicht nur Oma verloren, sondern auch mein Zuhause, sagt er jetzt halblaut vor sich hin. Alle, die damals noch im Omahaus lebten, mussten es verlassen und krochen bei Geschwistern unter, die schon eigene Wohnungen hatten, aber das war kein Dauerzustand, weil alle auf engem Raum lebten. Genau genommen, sagt sich Freddy, war ich damals obdachlos, bis ich mich endlich Dr. Hartmann anvertraute und mit seiner Hilfe das Zimmer über dem Atelier des Bildhauers fand.

»Am schlimmsten ist es, vor den eigenen Leuten zu fliehen«, sagte Hartmann, nachdem Freddy ihm die Lage geschildert hatte.

BEZIEHUNGEN AUFNEHMEN

Wochenlang ging er nicht in die WG, trat frühmorgens seinen Dienst bei Dr. Hartmann an und dehnte den Arbeitstag bis in den Abend aus. Nur sein Chef und ein paar seiner Geschwister wussten, dass er umgezogen war.

Die Wiederaufnahme der Beziehungen begann mit einem an die Werkstatt adressierten Brief. Wortlos reichte ihm Hartmann den mit Tinte beschrifteten Umschlag aus grauem, grobem Papier.

Freddy staunte. Zum ersten Mal im Leben hielt er einen Brief in Händen, auf dem handschriftlich sein Name stand.

Mit dem Schraubenzieher öffnete er das Kuvert, entfaltete die Blätter und blickte als Erstes auf den Schluss, um zu sehen, wer sich die Mühe gemacht hatte, ihm eigenhändig zu schreiben.

Nicht Tom, sondern Toms Freundin Marianne.

In ungleichmäßiger, stolpernder, nach rechts und links wankender Schrift, als hätte das holzhaltige Papier den Schreibfluss behindert. Freddy stellte sich unwillkürlich das Kratzen der Feder vor. Es genügte ihm, die schreibende Marianne mit dem inneren Auge zu betrachten, ihre Art, im Schneidersitz den Rücken durchzustrecken, sodass man die Form ihrer Brüste erkennen konnte. Er sah sie gerne an, sah ihr gerne zu, wenn sie etwas mit den Händen tat, denn das konnte sie: backen, kochen, stricken, Geige spielen – alles ging ihr von der Hand, als hätte sie es niemals lernen müssen, und jede einzelne traditionell weibliche Tätigkeit wurde zusätzlich dadurch veredelt, dass sie mit feministischem Bewusstsein ausgeführt wurde. Die Bilder, die in ihm aufstiegen, hätten ihm als Wirkung des Briefes vollkommen genügt, aber er zwang sich trotzdem, den Text zu lesen, vor dem er sich fürchtete, weil er mit Vorwürfen rechnete. Er musste sich konzentrieren, um alle Sätze zu durchschauen, die Widersprüche, indianischen Weisheiten, Zeilen aus Liedern und Gedichten, psychologischen Deutungen. Marianne schrieb, sie verstehe Freddy, und sie schrieb, sie verstehe ihn nicht. Sie erlebe ihn als engen Freund, aber er sei ihr fremd. Ausführlich beschrieb sie, was in Griechenland, auf dem Weg dorthin und auch danach, in ihr vorgegangen war, dass sie sein Verhalten falsch fand und was daran sie irritiert hatte, doch erklärte sie dann auch, dass sie sich von ihm angezogen fühle, leider ohne eine Liste mit Gründen anzufügen, an der er sich hätte laben können. Am Schluss stand: »Freddy, Du bist roh. Aber ich vermisse Dich.« Da er noch nie einen Brief geschrieben hatte, wagte er es nicht, schriftlich zu antworten. Er entschied sich dafür, nach der Arbeit vor der Uni Posten zu beziehen und Marianne abzupassen. Am ersten Tag erschien sie nicht, aber am zweiten Tag hatte er Erfolg.

Sie umarmte ihn wortlos, und nach zehn Minuten Busfahrt und fünfzehn Minuten Fußweg saß sie in seinem Zimmer und trank mit ihm Kaffee. Eine weitere halbe Stunde später lagen sie nebeneinander auf dem Bett und streichelten sich.

Als sie endlich den Satz sagte, den er schon häufiger gehört hatte, nämlich, dass sie ihn *spüren* wolle, hielt er sich nicht länger zurück, bewegte sich aber langsam und behielt sie im Blick. Da fing sie an zu lachen, immer mehr, und Freddy dachte schon, sie lache über ihn, bis ihm klar wurde, dass sie einfach begeistert war über ein Gefühl, das sie schon lange nicht mehr oder gar nie gehabt hatte. Nach und nach erhöhte er die Schlagzahl, da brach das Lachen ab. Mit einem Aufstöhnen senkte sie die Lider, er aber behielt sie ganz genau im Auge, verfolgte, was er bewirkte, tat, was sie von ihm verlangte, machte ihr innerlich Vorwürfe, weil sie sich ihm an den Hals warf, obwohl sie die Freundin seines Freundes war, wurde immer gröber, als wollte er sie bestrafen, und je gröber er wurde, desto lauter wurde sie.

Es blieb nicht bei dem einen Mal. Sie kam öfter zu ihm, erwähnte aber mit keinem Wort die Möglichkeit, sich von Tom zu trennen. Dafür schenkte sie ihm eine Kassette mit Liedern, die sie für ihn aufgenommen hatte, weshalb er im Kaufhaus einen Walkman stehlen musste.

Dann kam der Tag, an dem sie trotz Freddys Einspruch beschloss, es Tom zu sagen.

So long, Marianne. Schon summt er das Lied vor sich hin, während er in der Halle des Hauptbahnhofes auf die Fahrkartenautomaten starrt. Er kann das Lied auswendig, singt es, als hätte es einen chinesischen Text, bildet die Laute nach, ohne die Bedeutung zu kennen.

Eines Samstagnachmittags stand Tom mit betont ernsthaftem Gesichtsausdruck vor seiner Tür, um ihn zur Rede zu stellen. Zwar ließ er nicht erkennen, ob sich an seiner prinzipiellen Einstellung zur offenen Paarbeziehung etwas geändert hatte, doch schien er wütend zu sein.

Freddy fielen zwischen Tür und Angel und auf die Schnelle keine Begriffe wie *Freiheit* oder *Selbstverwirklichung* als Rechtfertigungshilfe ein. Längere Erörterungen wurden durch den Umstand erschwert, dass er Tom nicht hereinbitten konnte, weil die Frau des Bildhauers in seinem Bett lag. Die Wochenenden verbrachte Marianne immer mit Tom, was Freddy akzeptierte und ihn für die Frau des Bildhauers verfügbar machte, wenn ihr Mann auf Achse war, um in einem der umliegenden Mittelgebirge nach interessanten Gesteinsvarianten zu suchen.

»Lass uns runtergehen«, schlug Freddy schließlich vor, und Sekunden später standen sie sich im Atelier des Bildhauers gegenüber. Tom und Freddy. Der eine fast nackt, der andere in Jacke und Schuhen, zwischen einem Wald von Skulpturen, die zwar abstrakt, aber doch weiblichen Körpern nachgebildet waren: manche glatt, manche rau. Freddy kann sich noch immer ins Gedächtnis rufen, wie sie sich anfühlten, wenn er auf dem Weg in sein Zimmer im Vorübergehen mit der Hand darüberstrich.

Tom fing an, über sich und Marianne zu reden, über sich und Freddy, über Formen der Liebe und Formen der Freundschaft, und Freddy merkte, wie er von Minute zu Minute unwilliger wurde. Die vielen Worte. Dieses Bemühen um Verständnis, das wie erzwungen klang. Die vielen schlauen Ausdrücke, von denen er kaum die Hälfte kannte. Alles falsch. Tom hätte sich auf ihn stürzen müssen, dann hätte er sich verteidigen können oder nicht, die Schläge einstecken, weil er sie verdient hatte, oder zurückschlagen, um sich zu wehren oder zu zeigen, wer der Stärkere ist. Je nachdem, das hätte sich aus der Situation ergeben, denn jeder Kampf ist anders.

Aber Tom dachte nicht daran, handgreiflich zu werden.

Freddys Wut wuchs und wuchs. Er dachte an den Schlag aufs Herz, an den Schrecken wegen der Ohnmacht des Freundes, darum ballte er nicht die Faust, sondern gab Tom bloß eine Ohrfeige mit der flachen Hand. Damit er endlich mit dem Gerede aufhörte. Damit er den Kampf aufnahm.

Ohne Erfolg.

Tom ließ den Kopf hängen. Und die Schultern. Und die Arme. Er winkte ab und trollte sich.

Freddys Wut auf den Freund, der sich nicht wehrte, hielt sich, bis Marianne das nächste Mal bei ihm auftauchte.

»Du kannst wieder gehen«, sagte er ihr noch an der Tür.

Nach wenigen Wochen hatte sich die Lage beruhigt. Marianne ging ihm aus dem Weg, Tom redete wieder mit ihm, wenn auch zögerlich. Es hatte den Anschein, als trete er zurück und übergebe Finger die Freundschaft mit Freddy. Wenn Freddy zu Besuch war, stand Tom oft nach wenigen Sätzen auf und ließ Freddy mit Finger und Mechthild allein.

Eines Abends, als Finger seine neuesten Kompositionen vorspielte, erkundigte sich Freddy vorsichtig, ob sie noch immer in einer offenen Beziehung lebten. Finger bestätigte es strahlend, und Mechthild steuerte die Informationen bei: »Sie heißt Christiane und studiert Erziehungswissenschaft.«

Nachdem Finger am selben Abend zur Bandprobe aufgebrochen war, nahm sie Freddy mit in ihr Zimmer, und sie knüpften dort an, wo sie in Griechenland aufgehört hatten.

Mechthild.

Mechthild, die nur wenige Jahre später Rosa zur Welt brachte.

Nach und nach drehen sich sämtliche Wegweiser in eine Richtung, Freddy spürt, dass nicht mehr viel fehlt, bis er weiß, welches Fahrziel er auf den Bildschirm des Fahrkartenautomaten tippen wird.

Wenige Monate vor Rosas Geburt endete sein Verhältnis mit ihrer Mutter. Als Mechthild ihm eines Morgens, bevor sie zur Vorlesung ging, von der Schwangerschaft erzählte und dass sie und Finger ihre offene Beziehung schließen würden, wusste Freddy nicht, was er sagen sollte. Etwas in ihm freute sich für sie, und es fiel ihm leicht, sie sich mit einem Baby auf dem Arm vorzustellen, doch konnte er nicht von einem Tag auf den anderen von ihr lassen. Sie hatte ihm die groben Sätze seiner Brüder ausgetrieben, und wenn er mit ihr schlief, rührte sich in ihm nichts Rohes, wie bei Marianne und der Frau des Bildhauers. Mit Mechthild fühlte er sich innerlich sauber, und das mochte er nicht aufgeben.

»Wir können Freunde bleiben, ohne miteinander zu schlafen«, schlug sie vor. Dann zerlief ihr ernsthafter Gesichtsausdruck zu einem mädchenhaften Lächeln: »Aber noch nicht gleich.«

Erst als ihr Bauch sich sichtbar wölbte, wollte Freddy nicht mehr und bat sie, auf Besuche bei ihm zu verzichten. Stattdessen schaute er fast täglich bei ihr vorbei, um zu sehen, wie sie an Umfang zunahm, und die Vorfreude mit Finger zu teilen.

Finger erklärte auf die ihm eigene weihevolle Art, wie froh er sei, dass sich Mechthild für Freddy als Liebhaber entschieden habe, worauf Mechthild ihm das Wort *Liebhaber* verbot und Freddy auf die Wange küsste. Und Freddy fragte sich, ob es für das, was er gewesen war, überhaupt ein passendes Wort gab.

Eine Freundin im herkömmlichen Sinne hatte er bislang immer noch nicht gehabt.

Wo waren eigentlich die anderen, wenn er die werdenden Eltern besuchte?

Innerlich durchwandert er den Kalender von damals, die Jahre zwischen Griechenland und Rosa, und stellt fest, dass die WG zum Zeitpunkt von Rosas Hausgeburt schon nicht mehr existierte. Marianne war zu Tom nach Bonn gezogen, wo sich ihre Spur verlor, Lurch erbte ein altes Haus mit großem Garten und machte mit Lioba in Sachen alternatives Leben Ernst, was dazu führte, dass man sich mit ihnen nur noch über biologischen Dünger und Solarzellen, Brauchwasseranlagen und Kompostklos unterhalten konnte.

Eine Menge geschah in jenen Jahren, stellt Freddy fest, während er sich von den zwei Sicherheitsleuten, die in diesem Moment von der Bahnsteighalle in die Empfangshalle einbiegen, abwendet. Er hat eine illegale Waffe in seiner Jackentasche, das darf er nicht vergessen, und sollte jeglichen Kontakt mit Ordnungshütern meiden. Also betritt er mit gespielter Zielstrebigkeit das *Reisezentrum*, wo ebenfalls eine Reihe Fahrkartenautomaten steht.

Wieso ist der Film in meinem Kopf auf einmal so schnell vorwärtsgelaufen?, fragt er sich und versucht zurückzuspulen, was nicht ohne Weiteres geht, das Band sträubt sich, bewegt sich nicht von der Stelle. Und tatsächlich steht er wie blockiert mitten im Reisezentrum des Hauptbahnhofs. Wenn er kein Aufsehen erregen will, sollte er schleunigst weitergehen, warum aber hängt der Film? Vielleicht, weil er ihn nicht von Mechthild zu Marianne zurückdrehen mag, obwohl er es Marianne zu verdanken hat, dass ihm nach Griechenland die Tür zur WG wieder offenstand. Und das traf sich schon deshalb gut, weil er bald mit etwas konfrontiert wurde, bei dem er die Hilfe seiner Freunde dringend benötigte und was am Ende allen half, die missglückte Tour nach Griechenland hinter sich zu lassen.

Wie der Brief von Marianne erreichte ihn die Post vom Kreiswehrersatzamt in Dr. Hartmanns Werkstatt. Kein Umweltschutzpapier, kein Füller, sondern weißes Amtspapier in einem Kuvert mit knisterndem Sichtfenster.

Was darin stand, konnte er zwar lesen, doch nur schwer verstehen. Vor allem wusste er nicht, wie er darauf reagieren sollte.

VERWEIGERN

»Der hat an der Startbahn wie wild auf Polizisten eingedroschen. Da kann er doch nicht hingehen und sagen, ich lehne Gewalt aus Gewissensgründen ab. Er lehnt sie nicht ab! Im Gegenteil. Er hat sozusagen aus Gewissensgründen mit der Gewalt angefangen.«

Lurch, für den Pazifismus oberstes Gebot war und der Freddy schon mehr als einmal erklärt hatte, wo der Spruch *Schwerter zu Pflugscharen* herkam und was man sich überhaupt unter Pflugscharen vorzustellen hatte, überraschte die anderen mit seinem Einspruch.

»Bist du dagegen, dass Freddy verweigert?«, fragte Finger ungläubig. »Soll er sich deiner Meinung nach in eine Uniform stecken und schikanieren lassen?«

»Niemand soll zum Bund gehen. Du weißt genau, dass ich gegen jede Form von Rüstung und Armee bin. Ich frage mich einfach, ob Freddy durch die Verhandlung kommt, wenn er lügen muss.«

»Wir haben alle gelogen«, kam es unvermutet von Tom.

»Ich nicht«, gab Lurch zurück, schon beinahe beleidigt.

»Doch, du auch«, insistierte Tom. »Wenn einer kommt und versucht, Lioba zu vergewaltigen, wirst du das verhindern, notfalls mit Gewalt.«

»Das ist Notwehr! Die ist auch Pazifisten erlaubt!«

»Ich weiß. Aber um Notwehr ausüben zu können, musst du bereit sein, effektiv Gewalt einzusetzen. Und zwar so lange, bis du den Angreifer unschädlich gemacht hast.«

»Du redest wie der Vorsitzende in meiner KDV-Verhandlung«, sagte Lurch wie ein missmutiges Kind. »Und der war ein Arschloch.«

»Und du suchst gerade gewaltlos Streit«, kommentierte Tom.

Spätestens an dieser Stelle hätten sich normalerweise die Frauen eingemischt, aber sie fehlten in der Runde. Lurch, Tom und Finger saßen zu dritt am Tisch, Finger mit der Gitarre auf dem Schoß. Die ganze Zeit hatte er darauf gezupft, aber jetzt legte er sie zur Seite, als wollte er sie vor dem aufflackernden Streit in Sicherheit bringen.

Lurch schmollte.

»Mir ist das irgendwie zu theoretisch, was du da gerade gesagt hast«, wandte sich Finger an Tom. »Ich dachte, es ist klar, dass jemand, der so denkt wie wir, den Kriegsdienst verweigert und Zivildienst macht.«

»Es ist auch klar. Aber Freddy kann nicht taktieren. Wenn er in der Verhandlung einen gnadenlosen Vorsitzenden kriegt, der ihn durch die Mangel dreht, kann es sein, dass ihm nicht die passende Formel einfällt.«

»Und was wäre die Alternative?«, wollte Finger wissen.

»Totalverweigerung.«

»Hä?«

»Dann müsste er sich nicht auf Gewissensgründe berufen, sondern könnte zum Beispiel sagen, dass er gegen Armeen und Rüstung ist, so wie Lurch. Und das würde ja auch stimmen.«

»Hat er dir gesagt, dass er dagegen ist?«

»Hat er nicht, aber ich geh doch mal davon aus, dass es so ist, schon allein dank unseres Einflusses.«

Lurch witterte die Chance, wieder einigermaßen ehrenvoll in die Diskussion einsteigen zu können. »Dann käme er aber mit Sicherheit in den Knast«, wandte er ein. »Das würde er nicht aushalten.«

»Er könnte sich von seinen Brüdern Tipps geben lassen, wie man drinnen klarkommt«, meinte Tom, und man konnte nicht eindeutig heraushören, ob er es sarkastisch meinte oder ernst. Finger lachte vorsichtshalber nur kurz und unbestimmt.

Ja, die Tür zur WG stand offen, er sieht es jetzt, da er sich vor den gelben Fahrplan gestellt hat, um nicht als einer aufzufallen, der *unbefugt* herumlungert, scharf umrissen vor sich. Er kam, wie üblich, über die Terrasse. Es war schon dunkel, drinnen brannte Licht, sie sahen ihn nicht kommen, und durch die offene Tür konnte er jedes Wort verstehen.

Sie sprachen ernsthaft über ihn.

Das tat gut.

Sie sprachen über ihn anstatt mit ihm.

Das tat weh.

Freddy erinnert sich an die Mischung seiner Gefühle. Er war stolz und zugleich beleidigt, das war nicht leicht unter einen Hut zu kriegen, aber ebenso schwer fiel es ihm, sich für das eine zu entscheiden und das andere zu vergessen, darum blieb er vorerst regungslos lauschend auf der Terrasse stehen.

Irgendwann griff Finger wieder zur Gitarre und spielte den anderen sein neuestes Stück vor. Freddy hörte eine Weile zu, wartete ab, bis die Musik die zuvor gesprochenen Sätze verwischt hatte, dann klopfte er an die offene Terrassentür und trat ein. Die anderen starrten ihn an und tauschten lange Blicke. Lurch stieß mit gespitzten Lippen Luft aus.

»Jetzt kannst du dein Geschoss wieder bremsen«, sagte Freddy zu Finger und warf ihm den Schlüssel für den R4 zu, den er nach Feierabend in Ordnung gebracht hatte.

»Was kriegst du?«, fragte Finger.

»Halt das Geld für die Teile.«

»Kann ich es dir in zwei, drei Wochen geben? Im Moment bin ich ein bisschen klamm.«

»Klar«, sagte Freddy. Obwohl er wusste, dass es ihm schwerfallen würde, das Thema in drei Wochen anzusprechen, falls Finger es vergessen würde.

»Klar«, sagt er vor sich hin. Er spuckt das Wort aus, versetzt ihm mit der Zunge einen Tritt, sodass es verächtlich aus dem Mund geschleudert wird. Immer war alles *klar*. Verdammt noch mal. Man muss nur Freddy fragen, weil der sagt immer: *Klar*. Kein Problem. Freddy tut alles für euch. Dafür ist er ja da, der Freddy. Kein Wunder, dass sie sich trauten, ihn um alles zu bitten.

Von Fingers dankbarem Blick ermuntert, hatte er sich auf einen Stuhl fallen lassen und eine Zigarette aus der Packung geklopft.

»Was rauchen wir denn heute?«, wollte Tom gleich wissen.

Freddy weiß es noch. Er schüttelt den Kopf, weil es ihm so vorkommt, als könnte er sich an jede einzelne Packung Zigaretten erinnern, die er in seinem bisherigen Leben geraucht hat. Auch an diese: Reval ohne.

»Die stinken«, stellte Lurch fest, sobald die Filterlose brannte.

»Das sind echte Arbeiterkippen«, meinte Tom.

Freddy nickte nur stumm. Dann legte Finger die Gitarre weg und fragte ihn, ob er sich eigentlich entschieden habe. Ob er verweigern wolle.

Freddy zuckte mit den Schultern.

»Klar.«

Die vorwurfsvollen Blicke häufen sich, vorhin hat ihn eine Frau gefragt, ob er am Schalter anstehe, und den Kopf geschüttelt, als er verneinte, jetzt recken zwei Männer vor dem Fahrplan die Hälse, sichtlich verärgert, weil er ihnen im Weg ist. Es wird zu eng in diesem sogenannten Reisezentrum, und er beeilt sich, hinauszukommen, aber nicht in die Empfangshalle, sondern nun in die Gleishalle dieses riesigen Kopfbahnhofs. Als er einen Flaschensammler entdeckt, der von einem Bahnsteig kommt und sogleich den nächsten ansteuert, bringt ihn das auf die Idee, sich auf einer Bahnsteigbank auszuruhen und dort zu entscheiden, wie er die Weiche stellt. Er sucht sich ein Gleis aus, an dem keine Menschen warten, und geht daran entlang, bis zu der Bank ganz am Ende des Bahnsteigs, wo das Dach der Halle nicht mehr hinreicht. Dort lässt er sich nieder.

»Klar«, hatte er auch gesagt, als sie ihm vorschlugen, ihn für die *Gewissensprüfung* zu präparieren, denn allein hätte er sich nicht auf etwas vorbereiten können, von dem er nicht einmal wusste, was es überhaupt war.

Und so saß er eines Tages auf dem Stuhl, auf dem er meistens saß, und sah zu, wie Tom und Lurch in betont erwachsener Manier und mit ernsten, offiziellen Mienen ihm gegenüber Platz nahmen, als hätten sie ihn zu verhören. Lurch legte einen Leitfaden für Kriegsdienstverweigerer auf den Esstisch, Tom hatte sich mit Recyclingpapier und Kugelschreiber gewappnet.

»Also«, fing Lurch an, und es klang, als würde er sich dabei genussvoll die Hände reiben. Er hatte Lust auf dieses Spiel, bei dem es um eine ernste Sache ging und das ihm, dem anerkannten Kriegsdienstverweigerer, außerdem die Gelegenheit bot, Tom, der seine Verhandlung noch vor sich hatte, die Rolle des Assistenten zuzuweisen, was diesen sichtlich wurmte. Ungeduldig klopfte er mit dem Kugelschreiber auf die Tischplatte, während Lurch auf der Suche nach einem Anfang bedächtig in der Broschüre blätterte. Bevor er loslegen konnte, kam Marianne zur Tür herein, erfasste die Konstellation mit einem Blick und sagte entschieden:

»So geht das nicht!«

Lurch und Tom sahen sie verständnislos und auch ein bisschen unwillig an, aber Marianne ließ sich nicht abweisen, sondern setzte sich an den Tisch, und zwar auf Freddys Seite, dicht neben ihn.

Bis in den gegenwärtigen Moment hinein spürt er die Wirkung dieser Geste. Ihm ist, als würden Heizdrähte die Bahnsteigbank durchlaufen, so warm wird ihm bei dem Gedanken

Im ersten Augenblick rechnete Freddy mit einem Ausbruch von Eifersucht, aber es blieb ruhig, es schien sogar, als wären die beiden ernsten jungen Männer auf der anderen Seite des Tisches erleichtert. Tom lächelte seine Freundin an, und Lurch sagte:

»Genau. Wir sind ja keine Kontrahenten, sondern sitzen in einem Boot.«

Danach fiel es ihm leicht, den Anfang zu finden.

»Warum können Sie es nicht mit Ihrem Gewissen vereinbaren, Dienst an der Waffe zu leisten?«, fragte er Freddy.

Dieser kam sich schlagartig wie ein Schüler vor, der mit einer Mathematikaufgabe konfrontiert wurde, deren Text er nicht verstand. Die Frage lähmte ihn so sehr, dass er nicht einmal mit den Schultern zucken konnte.

Tom und Lurch tauschten einen Blick.

Marianne duckte sich leicht und schielte vorsichtig auf den stocksteifen Jungen neben sich. Freddy registrierte es, und es half ihm kein bisschen weiter.

»Soll ich die Frage wiederholen?«, fragte Lurch vorsichtig.

Jetzt reichte es immerhin zu einem Zucken mit den Achseln, doch bevor Lurch Luft holen konnte, hielt ihn Tom mit einer Handbewegung zurück.

»Lass mich mal«, sagte er, und das klang auf einmal so, wie es geklungen hatte, als sie Abc-Schützen waren und an den Schießständen spielten und sich während des Spiels die Handlung ausdachten und abwechselnd weiterspannen. »Dir würde einer mit gezogener Waffe gegenüberstehen, und du hättest ebenfalls eine geladene Waffe in der Hand, und du wüsstest genau, den musst du jetzt umlegen, sonst bist du selbst dran, und du drückst ab und triffst ihn, und der andere geht zu Boden, Blut rinnt ihm aus dem Mund, er röchelt noch kurz, dann kippt der Kopf zur Seite, und er ist tot. Und du siehst, dass du schuld daran bist ...«

»... also, ich würde gleich noch mal abdrücken, ich würde das ganze Magazin leer schießen, weil der Scheißkerl mich gezwungen hat, ihn abzuknallen, und ich wegen ihm jetzt dieses Scheißgefühl hab ...«

»Das ist es!«, rief Lurch aus. »Das Scheißgefühl ist dein Gewissen! Jetzt musst du es nur noch genauer beschreiben.«

»Dir würde schlecht werden«, sagte Tom. »Du würdest dir Vorwürfe machen. Du würdest nicht mehr leben wollen. Du könntest dir nicht vorstellen, wie es weitergehen soll mit dir. Du wärst total verzweifelt, du hättest das Gefühl, wahnsinnig zu werden, würdest dich am liebsten selbst erschießen ...«

»Ich weiß nicht ...«, meinte Freddy.

»Doch!«, rief Tom. »Genau so wäre es. So musst du es dir vorstellen, so schlimm wie möglich, sonst klingt es nicht glaubwürdig!«

Und so brachte Tom ihm nach und nach bei, dass es nicht um die Wahrheit ging, sondern um die richtigen Antworten. Bis dahin hatte Freddy geglaubt, das sei nur in der Sphäre, in der seine Brüder agierten, der Fall; jetzt musste er lernen, dass es auch bei einer Amtshandlung wie der Gewissensprüfung eines Kriegsdienstverweigerers galt.

Mit vereinten Kräften bauten Lurch und Tom Sätze zusammen, die Tom aufschrieb und Freddy nachsprach, bis er sie auswendig konnte.

»Durch die Verweigerung des Kriegsdienstes will ich verhindern, in eine Situation zu geraten, in der mir befohlen werden kann, auf andere Menschen zu schießen«, buchstabierte er nach. »Meine innere Stimme gibt mir zu verstehen, dass mir die Anwendung von Gewalt nicht erlaubt ist«, erklärte er. »Ich bin schon als Kind Zeuge von Gewalt geworden und verabscheue sie daher zutiefst.« Und während er all das sagte, lächelte Marianne ihn aufmunternd an, berührte ihn am

Arm, und allmählich wurden ihm die Wörter, die er in seinem ganzen Leben noch nicht benutzt hatte und die ihm daher kantig und sperrig aus dem Mund kamen, vertrauter. Mit der Zeit klang der eine oder andere Satz schon fast so, als hätte er ihn sich selbst ausgedacht, und so übten sie stundenlang die Beantwortung der zu erwartenden kniffligen Fragen, bis Freddy sogar auf den Klassiker, was er tun würde, wenn er mit seiner Freundin spazieren ginge und einer käme, um seine Freundin zu vergewaltigen, und er zufällig eine Waffe dabeihätte, selbstständig antworten konnte:

»Erstens hätte ich gar keine Waffe dabei«, sagte er, »weil ich ja gegen Waffen bin. Zweitens würde ich natürlich meine Freundin verteidigen, so gut ich kann. Aber das wäre Notwehr. Und die ist jedem erlaubt.«

»Super«, lobte Tom.

»Klingt total glaubwürdig«, meinte Lurch.

»Ich bin stolz auf dich«, sagte Marianne.

Wenn er es sich jetzt überlegt, kommt es ihm vor, als hätte er auch nach diesem Training keine realistische Vorstellung davon gehabt, was bei der echten Verhandlung auf ihn einstürzen würde. Aber er fühlte sich gut nach dem gemeinsamen Küchentischseminar, das merkt er noch immer, die Heizdrähte der Bahnsteigbank glimmen. Noch besser fühlte er sich einige Wochen später, als ihn alle WG-Bewohner zum Kreiswehrersatzamt begleiteten, vor der Tür eine letzte Zigarette mit ihm rauchten, ihn mit freundschaftlichen Umarmungen hineinschickten und sich zum Warten in ein Café um die Ecke begaben. Mehr konnten sie nicht tun.

Er sah ihnen hinterher, bis sie um die Ecke verschwunden waren, dann betrat er das Amtsgebäude, stieg die Treppe hinauf, setzte sich vor die Tür mit der auf dem Ladungsschreiben angegebenen Nummer und war auf sich allein gestellt. Lurch hatte ihm die Abläufe genau beschrieben, trotzdem war Freddy überrascht, als man ihn in den Saal rief und er den Vorsitzenden mit seinen zwei Beisitzern auf einem Podest sitzen sah, so wie er es sich bei einem echten Gericht vorstellte. Er war gezwungen, zu ihnen aufzublicken.

Der Vorsitzende fing sofort an zu reden, spulte Amtstext ab, ließ sich von Freddy die persönlichen Angaben bestätigen, und Freddy sagte, was gesagt werden musste, ohne sich voll konzentrieren zu können. Der Beisitzer auf der linken Seite lenkte ihn ab, weil er ungeniert die *Bild*-Zeitung las und die Seiten mit großer Sorgfalt wendete, ohne die geringste Bemühung um Diskretion. Der Beisitzer rechts saß so apathisch da, als hätte ihm jemand den Strom abgeschaltet.

Sobald alle Angaben überprüft und alle Vorreden gehalten waren, legte der Vorsitzende seinen Kugelschreiber zur Seite, richtete sich auf und warf Freddy die erste Frage mit einer Verächtlichkeit hin, als ginge es ihm gar nicht um die Antwort, sondern ausschließlich darum, den Antragsteller zu traktieren.

Am liebsten wäre Freddy aufgestanden und hätte den Kerl auf der Stelle von seinem Podest geholt, aber er beherrschte sich. Es gelang ihm, nicht nur die erste, sondern auch die folgenden drei, vier Fragen wie geplant zu beantworten. Er wusste auswendig, was er sagen musste, die entscheidenden Begriffe fielen ihm ein, und es kam ihm gar nicht mehr komisch vor, als er sich Wörter wie *Gewissensgründe* und Formulierungen wie *irreparable seelische Schäden* aussprechen hörte.

Dann aber schlug der Vorsitzende des Prüfungsausschusses einen anderen Ton an. Er klang plötzlich listig und sah aus wie eine hinterhältige Figur aus einem Micky-Maus-Heft, während er etwas ganz und gar Greifbares beschrieb.

»Stellen Sie sich vor, Sie sind auf einem Schiff, das untergeht. Sie können sich retten und klammern sich an ein Holzbrett, das im Meer treibt. Da kommt ein anderer Schiffbrüchiger und will sich an dasselbe Holz klammern. Es kann aber nur eine Person retten. Was tun Sie?«

»Ich war erst ein Mal auf einem Schiff«, sagte Freddy. »Nein, zwei Mal«, korrigierte er sich. »Hin- und Rückfahrt. In Griechenland. Beim zweiten Mal ohne Fahrkarte.«

Das Lauernde wich aus dem Gesicht des Vorsitzenden und machte einem Ausdruck des Missmuts Platz.

»Was wollen Sie damit sagen?«

»Dass ich mich mit Schiffen nicht auskenne, aber dass die beiden, mit denen ich gefahren bin, nicht aus Holz waren.«

»Und weiter?«

»Wenn die untergegangen wären, hätte ich mich gar nicht an ein Stück Holz klammern können, weil ja alles aus Blech und Eisen war.«

»In jedem Schiff wird Holz verbaut«, gab der Vorsitzende zurück.

»Also, ich hab keins gesehen.«

»Kabinen, Wandverkleidungen, Schränke, Tische, Stühle und so weiter.«

»Aber das sind ja keine Sachen, an denen man sich im Meer festhalten kann.«

»Und wieso nicht, wenn ich fragen darf?«

»Haben Sie schon mal einen Stuhl im Meer schwimmen gesehen?«

Der Vorsitzende stutzte.

»Ich stelle hier die Fragen!«, rief er dann aus.

Der rechte Beisitzer drehte ganz leicht den Kopf und hob die linke Augenbraue.

»Anderes Thema«, sagte der Vorsitzende. »Stellen Sie sich mal vor, es ist schönes Wetter, und Sie gehen mit Ihrer Freundin im Park spazieren, und dann taucht plötzlich einer auf und will Ihre Freundin vergewaltigen. Zufällig haben Sie eine Waffe einstecken. Wie reagieren Sie? Schießen Sie oder nicht?«

»Also, da müsste ich jetzt erst mal wissen, woher ich weiß, dass der meine Freundin vergewaltigen will.«

»Sagen wir so: Er stürzt sich in eindeutiger Absicht auf sie.«

»Das würde ich nicht zulassen.«

»Wie, das würden Sie nicht zulassen?«

»Na ja, wenn er so dicht herankommt, dass er sie anfassen kann, warne ich ihn ja schon. Und zwar deutlich.«

»Und wenn er sich davon nicht aufhalten lässt und Ihre Freundin trotzdem anfasst?«

»Dann kriegt er eine auf die Zwölf.«

An dieser Stelle blickte der linke Beisitzer von seiner Zeitung auf und ließ den Blick wie einen desorientierten Suchschweinwerfer durch den Saal schweifen. Der Vorsitzende biss sich auf die Lippen.

»Aha«, sagte er. »Und was ist mit der Waffe?«

»Die bräuchte ich dann ja nicht mehr«, antwortete Freddy. »Weil er schon k. o. ist.«

Nun ahnte Freddy, dass es für ihn nicht lief, wie es laufen sollte.

»Wie können Sie es wagen, den Wehrdienst zu verweigern, wenn Sie jederzeit bereit wären, jemanden zu verprügeln?«, echauffierte sich der Vorsitzende.

So hatte Freddy es nicht gesagt, es war gemein, ihm das zu unterstellen. Er schwankte, verzweifelt versuchte er, wieder festen Stand zu finden. Gleich zählt er mich an, dachte er, und ausgerechnet dieser Gedanke flößte ihm neue Kraft ein.

»Ali hat's ja auch getan«, sagte er hastig.

»Könnten Sie sich etwas verständlicher ausdrücken?«

»Na, Ali halt.«

»Was Ali halt?«

»Ali. Muhammad Ali. Kennen Sie den nicht?«

»Natürlich kenne ich den. Aber glauben Sie mir, in diesem Raum ist der Name während meiner gesamten Amtszeit noch kein einziges Mal gefallen. Wie kommen Sie darauf?«

»Ali hat sich geweigert, als Soldat nach Vietnam zu gehen. Obwohl er Boxer war. Er war gegen Gewalt, obwohl er jeden Tag jemanden geschlagen hat. Im Ring.«

»Er hat sich aus politischen Gründen geweigert. Aber darum geht es hier nicht. Hier geht es um Gewissensgründe.«

»Dr. Hartmann, also der Meister in der Werkstatt, in der ich arbeite, der hat gesagt, Ali hätte …«

»Hören Sie mir endlich mit diesem Boxer auf!«

Dieser Satz kam so laut, dass beide Beisitzer seufzten.

Freddy verlor den Faden. Zu den folgenden Fragen fiel ihm nichts mehr ein, er stotterte, verhedderte sich und kam gegen den Vorsitzenden, der eindeutig beschlossen hatte, kurzen Prozess mit ihm zu machen, nicht mehr an.

Das Urteil lautete: abgelehnt.

Erschöpft von der durchlebten Erinnerung, zündet sich Freddy eine an. Es gibt Momente, in denen schmecken Zigaretten besonders gut. Mit dem Aroma hat das gar nicht viel zu tun, sondern mit dem tiefen Inhalieren und der darauffolgenden brustwärmenden Wirkung des Rauchs. Stößt man nach einem solchen Zug den Rauch aus und es herrscht gerade Novemberfeuchtigkeit, steht die Wolke, die man abgesondert hat, in der Luft wie eine Skulptur, die etwas sagen will – einem selbst oder den anderen.

Als er das Café, in dem seine Freunde auf ihn warteten, betrat, sahen sie ihm auf Anhieb an, dass er gescheitert war.

Ihre Enttäuschung wandelte sich in Entsetzen, als Freddy die Frage, ob er in die zweite Verhandlung gehen werde, mit Nein beantwortete.

»Das ist nix für mich«, sagte er.

»Aber die Bundeswehr ist was für dich, oder wie?«, fuhr ihn Mechthild an.

Freddy staunte, wie sehr sie außer sich geriet. Als hätte sie gerade dem Arschloch gegenübergestanden und nicht er.

»Da werden einem wenigstens keine idiotischen Fragen gestellt.«

»Freddy, ich fasse es nicht«, sagte Tom, und Freddy spürte, dass ihn gleich eine Lawine von Vorwürfen überrollen würde, aber Finger trat schützend vor ihn.

»Ich habe von Leuten gehört, die erst beim Bund verweigert haben, weil sie sich dann besser vorstellen konnten, was es heißt, als Soldat Menschen zu töten«, sagte er ruhig. »Dadurch waren sie glaubwürdig und sind glatt durch die Verhandlung gekommen.«

Das war ein Satz, den er Finger nicht vergessen hat. Momente wie dieser können den Ausschlag im Leben geben, denkt er jetzt. Außenstehende verstehen es nicht unbedingt, aber man selbst merkt, dass gerade etwas Besonderes passiert. Finger sagte noch, dass er auch zu einem Freddy in Uniform stehen werde, und das wirkte, denn nach einiger Zeit schwenkten alle auf Fingers Linie ein.

AKTIV WERDEN

Bevor er die Uniform anzog, fuhr er noch einmal mit den anderen ins Schwäbische, um an der Blockade der Raketenbasis teilzunehmen, einen Sticker mit Friedenstaube am Heckfenster des Ladas, als könnte er sich damit die Freundschaft der anderen sichern, im Rückspiegel Fingers R4, aus den Lautsprechern Toms seltsame Musik, ellenlange Stücke mit elektronischen Effekten, die keine richtigen Lieder waren, auch wenn zwischendurch mal gesungen wurde, egal, Hauptsache, *on the road*, und Hauptsache, wieder vereint. Lurch wollte unbedingt das ökumenische Friedenscamp unter dem Motto *Das weiche Wasser bricht den Stein* aufsuchen, Finger war vor allem darauf bedacht, Heinrich Böll zu sehen, den sie vor zwei Jahren in Bonn, bei der großen Friedensdemonstration, nur gehört hatten, weil sie nicht bis zum Ort der Kundgebung im Hofgarten vorgedrungen, sondern in der Poppelsdorfer Allee stecken geblieben waren, umgeben von wildfremden Menschen, die alle deutlich älter zu sein schienen, manche hätten ihre Eltern sein können. Ein bisschen unheimlich kam ihnen das vor, aber es faszinierte sie auch, bloß dass sie keinen Kontakt fanden, sondern inmitten der Masse für sich blieben, so wie zuvor bei ihren Protestabstechern zur Baustelle der Startbahn West.

Weder im Wald am Flughafen noch in den Straßen Bonns hatte jemand von ihnen Notiz genommen, in Mutlangen hingegen, wo es übersichtlicher zuging, nahm man sie sehr wohl wahr, indem man sie nämlich daran hinderte, an der eigentlichen Blockade der Raketenbasis teilzunehmen, weil man dafür ein spezielles Training in gewaltfreiem Widerstand absolviert haben musste. So blieb ihnen nur die Rolle der Spaziergänger. Wie Schaulustige streiften sie auf den Wiesen umher und blickten neidisch auf diejenigen, die auf der Zufahrtsstraße sitzen durften. Immerhin sah Finger unter den Blockierern einen Herrn mit schwarzer Baskenmütze herausragen, dem man die Benutzung eines Klappstuhls gestattete. Voller Ergriffenheit deutete er auf den Mann, der seinen Krückstock neben sich abgelegt hatte, und flüsterte: »Das ist Böll.«

Freddy registrierte, dass der alte Mann ein weißes Hemd unter der Jacke trug.

Sie verzehrten ihren Proviant, rauchten mehrere Zigaretten und sahen schließlich ein, dass nichts passierte und nichts zu tun war, also beschlossen sie, wieder nach Hause zu fahren, enttäuscht, mit ihrem Aktivitätsdrang ins Leere der Mutlanger Heide gelaufen zu sein.

Damit sich das nicht wiederholte, wurde noch am selben Abend in der WG beschlossen, eine Friedensgruppe zu gründen, um eigene lokale Aktionen zu machen. Mechthild hatte an einem Bücherstand vor der Uni einen *Leitfaden für den Aufbau von Friedensgruppen* erstanden, den sie triumphierend auf den Tisch warf. Es wurde eine Liste von Freunden und Bekannten erstellt, die als Mitglieder angeworben werden sollten, und als es an die Verteilung der ersten Aufgaben ging, merkte Freddy, dass er übergangen wurde. Niemand sprach es aus, aber es stand unabweisbar im Raum: Freddy kam nicht in Betracht, denn Freddy musste am nächsten Ersten zum Bund.

Als hätte ihn ein Schreck durchfahren, springt er von der Bank auf.

Die Uniform! Er hatte vergessen, was für ein Gefühl es war, sie anzuhaben. Jetzt fällt ihm ein, wie er am ersten freien Wochenende nach Hause fuhr und mit anderen Rekruten im Regionalzug trank. Das Bier schmeckte nach Wochen humorloser Grundausbildung auch aus der Dose unwahrscheinlich gut, und so hatte er mindestens anderthalb Promille, als er seine Freunde antraf, nicht in der WG, sondern vor der Volksbank, wo sie für eine erste Aktion ihr Lager aufgeschlagen hatten. *Fasten und Schweigen für den Frieden* stand auf einem Bettlaken, das dort aufgespannt war, und da Freddy nun vor sich sieht, wie er schwankenden Schrittes und in Uniform auf das Grüppchen zuging, das teils vor der grauen Wand des Bankgebäudes kauerte, teils Flugblätter an Passanten verteilte, möchte er sich auch jetzt noch krümmen vor Scham.

Er blieb in einigem Abstand stehen, stellte den Blick scharf und beobachtete, wie die Passanten an diesem Freitagnachmittag die lokalen Friedensaktivisten beäugten. Er sah spöttische, mitleidige, feindselige Blicke, er hörte jemanden *Geht doch rüber* rufen, er sah, wie Finger und Tom sich beim Verteilen der Flugblätter alter Männer erwehren mussten, die mit roten Köpfen auf sie einredeten und immer mehr in Rage gerieten, weil sie von den beiden Langhaarigen mit den Friedenstaubenansteckern keine Antwort auf ihre Argumente bekamen, da bei dieser Demonstration nicht nur gefastet, sondern eben auch geschwiegen wurde.

Es dauerte eine Weile, bis sie ihn erblickten, Mechthild winkte ihm als Erste zu, worauf er sich unbeholfen näherte, die brennende Zigarette in der Hand, und sich nicht einmal traute, Hallo zu sagen, weil er unsicher war, ob das schon eine Störung des Schweigens bedeuten würde. Tatsächlich richtete niemand das Wort an ihn, aber alle, die ihn kannten, nickten oder hoben die Hand. Tom gab ihm sogar ein Flugblatt, aber noch bevor Freddy es lesen konnte, zischte ihm ein fremder Mann im Vorbeigehen zu, er solle sich schämen, sich als Diener des Vaterlands bei diesem Gesindel aufzuhalten, das sei eine Schande für die Uniform.

»Wir sehn uns heute Abend«, flüsterte Tom, »wir sind bis sechs Uhr hier.«

Gut. Das gab ihm genug Zeit, sich umzuziehen und dem Alkohol mit starkem Kaffee einen Dämpfer zu verpassen.

Als er später am WG-Tisch Platz nahm, kam er sich nicht mehr ganz so unzugehörig vor. Weil der Kühlschrank in seinem Zimmer natürlich leer gewesen war, knurrte sein Magen nicht weniger als die Mägen der anderen, und das stiftete ein gewisses Gemeinschaftsgefühl. Anders als die Fastenden würde er allerdings später noch etwas essen. Vorerst aber glaubte er den Freunden die Gelegenheit geben zu müssen, sich zu erkundigen, wie er sich als abgelehnter Kriegsdienstverweigerer beim Bund bis jetzt geschlagen hatte.

Viel wollten sie nicht wissen. Matt und schlecht gelaunt vom Unterzucker, brachten sie kaum Interesse auf. Immerhin luden sie ihn zum Abschluss ihrer Aktion ein, einem Sonntagsspaziergang zu dem im Wald versteckten, mysteriösen Militärstützpunkt, über den viel gemunkelt wurde.

»Das wird eine größere Sache«, sagte Finger.

»Eine richtige Demo«, ergänzte Lurch.

»Da wird dann auch nicht mehr geschwiegen«, fügte Tom hinzu.

»Ich bin saumüde«, erklärte Finger als Nächstes.

»Ich erst«, meinte Lurch.

»Ist ja auch kein Wunder, nach so einem anstrengenden Tag«, fasste Tom zusammen.

Also stand Freddy auf und verabschiedete sich. Er hatte gewaltigen Heißhunger, aber bevor er sich auf den Weg in die Innenstadt machte, um ihn zu stillen, ging er zur Werkstatt von Dr. Hartmann.

Die Tür war versperrt, er musste den Schlüssel aus der Tasche ziehen und warf sich vor, nicht gleich vom Bahnhof aus hergekommen zu sein. Tatsächlich wusste er genau, warum er es nicht getan hatte: Er wollte seinem asketischen Chef nicht mit einer Dosenbierfahne entgegentreten.

Freddy sah sich in der stillen Werkstatt um. Die Reglosigkeit passte nicht zu ihr, alle Gerätschaften wirkten übermäßig schwer, wenn sie unbenutzt an ihrem Platz lagen oder hingen.

Sonderbar sauber und aufgeräumt sah die Halle aus, als wäre in den vergangenen Wochen nicht viel Arbeit angefallen, als hätte Hartmann weniger Aufträge angenommen, jetzt, da er allein war. Auf dem Hinterhof standen lediglich zwei neue Nivas, vier 1200er mit Stufenheck, die schon ewig auf Käufer warteten, und ein paar gebrauchte 742er. Und natürlich Freddys Kombi, den er abgemeldet hatte, weil er von seinem Sold die Steuer und Versicherung nicht bezahlen konnte.

»Da hätte ich es sehen müssen!«, ruft Freddy aus, der erneut von der Bank aufgesprungen ist. »Ich hätte kapieren müssen, dass Hartmanns Werkstatt am Ende ist!« Bei dieser Einsicht gestikuliert er heftig, lässt jedoch abrupt die Arme sinken, als ihm klar wird, dass er sich gebärdet wie einer von den Verrückten, die in der Öffentlichkeit vor sich hin faseln. Zum Glück ist der Zug, der inzwischen eingefahren ist, so kurz, dass kein Reisender an ihm vorbeikommt. Niemand sieht Freddy – außer der Kamera, die an einem Mast angebracht ist.

Er hatte es nicht kapiert, sondern war einfach davon ausgegangen, dass er in der Werkstatt weiterarbeiten könnte wie zuvor, wenn er seinen Wehrdienst absolviert hätte. Er war mit der Straßenbahn in die Altstadt gefahren, hatte Pizza gegessen, auf der Straße zufällig seinen Bruder Jürgen getroffen und sich von ihm in eine Diskothek mitschleifen lassen, in die seine Freunde nie im Leben einen Fuß gesetzt hätten. Dort war er auf seine Schwestern Uta, Christa und Bärbel getroffen, hatte mit ihnen getrunken und getanzt und ein bisschen mit ihren Freundinnen herumgemacht, obwohl die viel älter waren als er, bevor er schließlich mit schwerer Schlagseite den Heimweg antrat: zu Fuß durch die feuchte Novembernacht, die sonderbar stark nach Äpfeln roch, im Kopf Musik, wie sie in der WG nie und nimmer lief: *beat it, beat it*, hämmerte es in ihm, aber sobald sich am Ortsrand das Haus des Bildhauers in der Nacht abzeichnete, schlug die unkontrollierbare Jukebox in seinem Innern andere Töne an: *sweet dreams* und *every breath you take*, sodass er, als er in voller Montur aufs Bett fiel, noch ein bisschen vor sich hin heulte, bevor er einschlief.

Er kippt auf der Bank zur Seite und legt sich lang. Warum nicht kurz die Augen schließen? Wenn er einschläft, spürt er vielleicht die kalte Feuchtigkeit nicht mehr. Nein, ein blödsinniger Gedanke, er richtet sich wieder auf. Besser wäre es, sich zu bewegen, dann käme die Wärme in den Körper zurück, genau wie an dem Novembersonntag vor mehr als dreißig Jahren, als er, vom Freitagskater geheilt und bereits wieder in Uniform, weil er es sonst nicht rechtzeitig zum Zug schaffen würde, der Einladung seiner Freunde folgend, zum Sonntagsspaziergang in das Waldstück oberhalb der Stadt aufbrach, wo sich ein massiv eingezäuntes Areal der amerikanischen Streitkräfte befand, auf dem angeblich Raketen stationiert waren, Pershing IA.

Weil der Spaziergang als Demonstration angemeldet war, erhielt er Polizeibegleitung, außerdem schlossen sich ein paar Journalisten und sogar ein Kamerateam des Dritten Programms an, und das, obwohl alle Demonstranten zusammen in einen normalen Reisebus gepasst hätten.

Freddy wurde bewusst, dass er in seiner Bundeswehruniform mit neugierigen Blicken und gerümpften Nasen gemustert wurde und allmählich in den Mittelpunkt der höchst übersichtlichen Veranstaltung geriet. Manche klopften ihm auf die Schultern, lobten ihn für seinen Mut, andere hielten ihm ungebeten Vorträge über Pazifismus. Es wurde ihm schnell zu viel, immerhin war er nur wegen seiner Freunde hier. Allerdings beschlich ihn das Gefühl, dass Tom, Lurch, Lioba, Marianne, aber auch Mechthild und sogar Finger ihn mieden. Sie wechselten kaum ein Wort mit ihm, schienen Abstand zu halten, wirkten verstockt, aber das mochte am Hunger liegen; schließlich fasteten sie bereits den dritten Tag für den Frieden.

Der Zug setzte sich in Bewegung, ohne dass Parolen gerufen wurden, man ging eben spazieren, und Presse und Polizei liefen einträchtig mit.

Am Zaun der Raketenbasis, hinter dem man nichts als Wald sah, machten die Leute von Rundfunk und Fernsehen Interviews mit Demonstranten, und ehe Freddy sichs versah, war das blendende Licht einer Kamera auf ihn gerichtet. Eine Frau mit rot geschminkten Lippen hielt ihm ein Mikrofon vor den Mund, weil sie wissen wollte, ob er antiamerikanisch sei.

Was für eine seltsame Frage, natürlich war er nicht antiamerikanisch, wie auch, die amerikanischen Soldaten mit ihren großen Pizzaschachteln, Lucky-Strike-Zigaretten und weißen Turnschuhen waren schließlich die Idole seiner Kindheit gewesen. Ein paar Mal hatte sie sogar einer zu Hause besucht. Freddy konnte sich sofort wieder daran erinnern, wie ihm das Herz bis zum Hals schlug, als der baumlange Schwarze zur Tür hereinkam, mit breitem Lachen etwas zu ihm auf Englisch sagte und dann mit seiner Schwester Conny im Zimmer der Mädchen verschwand.

»Was will die mit dem, die kann doch gar kein Englisch«, kommentierte Bärbel die Szene.

»Aber Französisch«, rief einer der Brüder, worauf alle lachten – außer Freddy, der den Witz nicht verstand.

Nachdem Conny die Tür des Schwesternzimmers von innen abgeschlossen hatte, murmelte Oma in der Küche immerfort vor sich her: »Ich sag nix. Von mir aus kann die da oben mit dem Neger machen, was sie will. Die kommt nach ihrer Mutter. Aber ich sag nix.«

Bei jedem seiner folgenden Besuche drückte der Amerikaner Freddy etwas in die Hand, meistens Kaugummi, einmal eine Patronenhülse und ein anderes Mal einen harten Baseball, dem man ansah, dass er noch nicht oft benutzt worden war. Wer sollte da antiamerikanisch werden? Außerdem gab es noch einen ganz speziellen Helden, der ebenfalls Amerikaner war.

»Wissen Sie, wer Muhammad Ali ist?«, fragte Freddy die geschminkte Journalistin, die mit irritierter Miene nickte.

»Na also«, sagte Freddy.

»Das verstehe ich jetzt nicht«, gestand die Frau.

»Ali ist der größte Sportler aller Zeiten. Und er ist Amerikaner. Wer Ali liebt, kann nicht antiamerikanisch sein. *I love Amerika!*«

Intuitiv blickte sich Freddy um, in der Hoffnung, seine Freunde hätten sein mutiges Statement gehört, und wie von selbst richtete er dabei den Rücken gerade.

Die Journalistin brauchte nicht lange, um sich zu fangen.

»Ist Ihnen eigentlich klar, dass Sie sich strafbar machen, wenn Sie in Uniform demonstrieren?«, fragte sie. »Wenn jemand im Verteidigungsministerium unseren Beitrag sieht, kann das Konsequenzen für Sie haben.«

Freddy richtete zunächst einen funkelnden Ali-Blick auf die roten Lippen, die streitlustig zuckten, und fasste als Nächstes die Kamera ins Auge.

Mechthild war es zu verdanken, dass die Situation nicht eskalierte. Sie hatte ihn beobachtet und eilte nun herbei, um Schlimmeres zu verhindern.

Am nächsten Abend rief er Mechthild von der Telefonzelle auf dem Kasernengelände aus an und fragte, ob er im Fernsehen gewesen sei.

»Ja«, sagte sie. »Leider.«

Zwei Tage dauerte es, bis die Reaktionen kamen. Man

verlangte eine Erklärung, man machte ihn zur Sau. Zum Glück hatte er sich positiv über die USA geäußert, darum beschränkte sich die Strafe auf eine Urlaubssperre, und zum Glück war er Kfz-Mechaniker und bereits für den Dienst in der Kasernenwerkstatt vorgesehen. Auf Leute wie ihn konnte man nicht so leicht verzichten.

Bald muss ich mir Zigaretten kaufen, stellt Freddy fest, als er schon wieder die Packung aus der Tasche zieht. Seine Lust zu rauchen ist so stark wie lange nicht, offenbar besteht eine Verbindung zwischen atemberaubender Erinnerung und dem Drang zu inhalieren.

Das Rauchen ist das Atmen der Einsamen, hört sich Freddy am Ende des Bahnsteigs am Frankfurter Hauptbahnhof laut denken, sobald die neue Zigarette brennt. Er staunt ein bisschen über den Gedanken, dreht ihn hin und her, sieht vor seinem inneren Auge Bilder aus seinem Leben, auf denen er alleine raucht, und dann bleibt er an einer Szene hängen, in der er sich gar nicht einsam fühlte, weil Mechthild bei ihm war, damals, an einem seiner freien Wochenenden nach der Grundausbildung.

Sie lagen nackt im Bett, er rauchte, und Mechthild fragte ihn, wie er klarkomme beim Bund. Sie fragte so zart, wie es einem nur möglich ist, wenn man keine Hintergedanken hat.

»Verrätst du mir, wie es dir geht bei den Schleifern dort?«

»Ganz gut eigentlich«, antwortete Freddy kleinlaut.

»Hast du keine gemeinen Vorgesetzten? So richtige Arschlöcher?«

»Doch, schon. Aber mit denen komme ich klar.«

»Und wie machst du das?«

»Indem ich mir Respekt verschaffe. Und indem ich mir sage, dass sie halt Arschlöcher sind.«

»Und das funktioniert?«

»Schon. Aber noch wichtiger ist, dass man sich auf das konzentriert, was einem Spaß macht.«

»Es gibt etwas, das dir Spaß macht? Was denn?«

»Die Fahrzeuge.«

»Die Panzer?«

»Nein. Die Fahrzeuge, für die ich zuständig bin. Kübelwagen, Unimogs, verschiedene Frontlenker, Zugmaschinen und so weiter. Die ich repariere und so. In Schuss halte. Und mit denen ich dann so rumfahre.«

»Mit denen darfst du fahren?«

»Ich hab jetzt alle Führerscheine, die man braucht. Alle!«

»Theoretisch dürftest du also zum Beispiel einen Lkw steuern, der Atomwaffen transportiert.«

»Schon, aber …«

»Was aber?«

»Die Bundeswehr hat keine Atomwaffen.«

»Ja, aber wenn sie welche hätte, dann dürftest du.«

»Okay, wenn, dann schon, aber …«

»Schon gut. Vergiss es. Hast du auch schießen lernen müssen?«

»Logisch.«

»Und wie ist *das* so?«

»Na ja …«

»Sag es ruhig. Ich kann verstehen, dass es belastend ist, das gezielte Töten zu trainieren.«

»Ich wollte sagen, dass … es irgendwie Spaß macht.«

Mechthild richtete sich erschrocken auf.

»Ist das dein Ernst?«

»Es ist wie Sport. Laden. Zielen. Abdrücken. Man will treffen. Möglichst gut und möglichst oft. Und dann vergleicht man sich mit den anderen.«

Mechthild ließ sich wieder zurück auf die Matratze sinken. Ihr gefiel nicht, was sie gehört hatte, aber sie verstand, was Freddy meinte.

»Ist so eine Waffe eigentlich schwer?«, wollte sie wissen.

»Die P1 wiegt knapp ein Kilo, das G3 fast viereinhalb.«

»Wie bitte?«

»Pistole und Sturmgewehr. Mit denen üben wir.«

»Wenn du da übst … Stellst du dir dann vor, dass du auf einen Menschen zielst?«

»Nein.«

»Auf ein Tier?«

»Auch nicht.«

»Auf was dann?«

»Ich muss mir nichts vorstellen. Ich sehe ja das Ziel. Das versuche ich zu treffen. Fertig.«

»Also könntest du jetzt schießen?«

»Ich könnte nicht, ich kann. Mit Gewehr und Pistole.«

Sie sah ihn nachdenklich an. Nachdenklich, aber nicht ablehnend, das spürte er genau. Die Tatsache, dass er Schießen gelernt hatte, stieß sie nicht ab, sondern war ihr nur ein bisschen unheimlich.

Anschließend machten sie einen Spaziergang, zuerst durch die Felder und dann den Hang hinauf zum Wald, in dem angeblich die Raketen stationiert waren, sprachen sogar von der Demonstration, bei der Freddy sich so ungeschickt vor der Kamera geäußert hatte, und Mechthild erzählte, wie sie sich an jenem Abend auf den Fernseher gestürzt und abgewartet hätte, was von ihrer Aktion käme, und da sei tatsächlich Freddy im Bild erschienen und habe *I love Amerika* gerufen. Tom sei sauer geworden, Finger habe die Augenbrauen gehoben und Lurch gemeint, er könne es schon irgendwie verstehen, finde es aber trotzdem scheiße. Als Freddy das hörte, lachte er, äffte kurz Finger und Lurch nach, worauf auch Mechthild lachte, ihn küsste und sagte: »Ach, Freddy.«

Sie drückte sich an ihn, er legte den Arm um sie, sie benahmen sich wie ein richtiges Paar. Und schließlich erreichten sie den Zaun, vor dem sie demonstriert hatten. Sie gingen daran entlang, hörten kaum ihre Schritte auf dem weichen Waldboden, rochen das feuchte Laub. Da die Bäume noch keine Blätter hatten, konnten sie das Gelände gut einsehen, und dann trauten sie ihren Augen nicht.

Dort standen Raketen!

Er kann seiner Erinnerung kaum glauben, gleichzeitig weiß er: Sie stimmt. Er hat die schlanken silbergrauen Flugkörper in startbereiter Position zwischen den Bäumen gesehen, vier, fünf Stück mindestens, nicht ganz senkrecht standen sie da, sondern leicht geneigt, aber exakt parallel zueinander.

»Das sind Pershings«, hauchte Mechthild und drängte sich so dicht an ihn, dass er ganz davon erfüllt war, wie sich ihr Körper anfühlte.

»Meinst du?«, fragte er und rieb langsam ihren Hintern.

»Ja«, flüsterte sie. »Pershing IA.«

»Kennst du dich mit den Dingern aus?«

»Einigermaßen.«

Wenn sie mir jetzt die Hand auf die Hose legt, kann ich mich nicht mehr beherrschen, dachte er, und in dem Moment tat sie genau das.

ALLEINGÄNGE MACHEN

»Du bist schon eine Sau gewesen, Freddy. Oder ein Hund«, murmelt er vor sich hin. »Oder gestört. Kein Wunder, dass die anderen dich nicht mitmachen ließen bei ihren Aktionen.«

Sie fragten ihn nicht einmal.

»Aber hättest du überhaupt mitmachen wollen? Fasten und Schweigen für den Frieden. Doppeltes Mundhalten. Was sollte das? Das brachte die Leute bloß zum Lachen oder Schimpfen, du hast es ja selbst gesehen. Deinen Freunden fehlte der Mut zur richtig großen Aktion.«

Er lacht. Spöttisch. Aber nicht über die Freunde von damals. Mit hängendem Kopf lacht er auf der Bahnsteigbank über sich selbst. Er hatte den Mut. Den Mut des Dummen. Den Mut dessen, der glaubte, den anderen etwas beweisen zu müssen.

Er wusste, wie es in einer Kaserne zuging, er kannte die Routinen der Bewachung, einschließlich der Lücken im System, und er hatte verstanden, womit man das größtmögliche Aufsehen erregen konnte, in der Öffentlichkeit wie bei den Freunden.

Mit Mechthild hatte er die Pershing IA gesehen. Die eigentliche Feindin aber hieß Pershing II. Und als ihm wieder Mechthilds Frage in den Sinn kam, ob er theoretisch einen Atomraketentransporter fahren könnte, fasste er einen Plan.

»Wie lange wollen Sie hier noch sitzen? Das ist ein Bahnhof und kein Campingplatz.«

Freddy, der beide Unterarme auf die Knie gestützt hat und den Kopf hängen lässt, öffnet die Augen. Als Erstes sieht er die Stiefel, dann die Hosen mit den Taschen an den Oberschenkeln, dann den Gürtel, an dem ein Utensil neben dem anderen hängt: Pfefferspray, Schlagstock, Ichweißnichtwas, dann richtet er sich abrupt auf und blickt in ein glatt rasiertes, blasses Wachmanngesicht mit roten Flecken auf den Wangen. Daneben sieht er das Gleiche noch einmal in etwas anderer Ausgabe.

Intuitiv nimmt er Haltung an, aber nicht zu sehr, es soll Respekt bezeugen, jedoch nicht so aussehen, als hätte er etwas zu verbergen. Zum Beispiel eine Glock in der Innentasche seiner gestohlenen Lederjacke. Freddy kennt solche Situationen. Ein einziges falsches Wort kann eine Eskalation auslösen. Er bräuchte nur zu sagen: *Ach, darum stehen hier so wenig Zelte herum, ich hab mich schon gewundert.* Oder: *Ich sehe nirgendwo ein Schild, auf dem steht, wie lange man hier auf einer Bank sitzen darf.* Nach so einem Satz würden sie sofort seinen Ausweis verlangen. Würde er sich weigern, ihn herauszurücken, würden sie die Polizei rufen. Die Polizisten würden seine Daten in ihr Apparätchen tippen und sofort sehen, mit wem sie es zu tun hätten. Worauf sie ihn rein routinemäßig auffordern würden, die Taschen zu leeren. Und das wäre es dann wieder.

Also besser keine vorlauten Bemerkungen riskieren, sondern aufstehen, sich höflich entschuldigen, erklären, er habe sich nicht gut gefühlt und sei deshalb aus der Bahnsteighalle hinaus an die frische Luft gegangen, aber nun sei ihm doch ziemlich kalt, außerdem fahre sein Zug bald, und er habe noch keine Fahrkarte.

Die Uniformierten weichen keinen Zentimeter zurück, er berührt sie um ein Haar, als er sich an ihnen vorbeidrückt, und natürlich verziehen sie keine Miene.

»Ohne Fahrkarte haben Sie sowieso nichts auf dem Bahnsteig verloren!«, ruft ihm einer der beiden nach. Es klingt etwas kläglich, findet Freddy, aber die Blicke, die er im Rücken spürt, schieben ihn trotzdem voran. Er marschiert den ganzen langen Bahnsteig zurück, reiht sich in den Menschenstrom ein, der die Gleishalle quert, steigt vor dem Eingang zur Imbiss-Zone aus und schiebt sich durch den Parcours aus Selbstbedienungsständen bis zu dem Areal vor, wo man sitzen kann. Auf einem Tisch hat jemand ein Tablett mit leer gegessenen Verpackungen zurückgelassen. Der hohe Pappbecher, aus dem ein langer Strohhalm ragt, enthält noch etwas Flüssigkeit. Perfekte Tarnung, denkt Freddy und lässt sich nieder. Solange Eiswürfel im Becher rappeln, kann mich keiner von hier verscheuchen.

Die Umsetzung des Plans begann damit, dass er sich an einem Freitag nach Dienstschluss nicht direkt von der Kaserne zum Bahnhof begab, sondern sich in der Stadt ein weißes T-Shirt in der Größe XXL und einen dicken schwarzen Filzstift kaufte und erst mit dem nächsten Zug nach Hause fuhr.

»Nur dieses eine Mal noch«, schwor er sich, als er am selben Abend heimlich in Dr. Hartmanns dunkle Werkstatt eindrang, von einem Niva, der offenbar zur Inspektion da war, die Nummernschilder abschraubte, an seinem Lada anbrachte und anschließend Vorschlaghammer und Bolzenschneider in den Kofferraum legte. Dann fuhr er in südliche Richtung in die Nacht hinein, in einem Wagen, der zwar ihm gehörte, jedoch nicht angemeldet und somit auch nicht versichert war.

Am Ziel angekommen, bog er in einen Waldweg ein, schrieb mit dem Filzstift in großen Blockbuchstaben *NO SHOOT* auf die Vorderseite des T-Shirts und zog es über den Parka. Dann machte er sich mithilfe einer Taschenlampe und der Bundeswehrkarte, die er einige Tage zuvor in seinen vorübergehenden Besitz überführt hatte, auf den Weg zum Kasernengelände.

In Sichtweite des Zauns lag er eine Stunde regungslos auf Beobachtungsposten und verzeichnete keinerlei Bewegung. Er kroch an den Zaun heran und wartete eine weitere Viertelstunde ab. Noch immer keine Wachen in Sicht. Innerhalb von zwei Minuten hatte er mit dem Bolzenschneider auf Bodenhöhe ein Loch in den Zaun geschnitten. Von nun an schlug sein Puls im ganzen Körper. Eine berauschende Mischung aus Entschlossenheit und Angst trieb ihn an, durch das Loch zu kriechen und gebückt einfach geradeaus ins Gelände hineinzulaufen.

Er hörte seinen Atem und das Knistern des gefrorenen Laubs unter seinen Stiefeln, als er den mit Bäumen bestandenen Hang hinauflief. Oben angelangt, warf er sich auf den Bauch und umklammerte mit beiden Händen den Vorschlaghammer. Vor ihm standen in mehreren Reihen Transportfahrzeuge der US-Armee. Sie waren mit Reif überzogen, weshalb es im spärlichen Licht aussah, als wüchse ihnen ein dünner Pelz. Eine Herde massiver, kantiger Riesentiere. Von keinem Scheinwerfer beleuchtet. Im Hintergrund erkannte Freddy die Umrisse von Gebäuden.

Er erhob sich und ging aufrecht weiter, damit im Falle eines Falles der Lichtkegel einer Stablampe sofort auf die Aufschrift seines T-Shirts fiel, schritt die Reihen der Fahrzeuge ab, bis er eine achträdrige Zugmaschine von MAN vor sich hatte, die dem Transport von Raketen zu dienen schien.

Inzwischen hatte die Angst so viel an Umdrehungen zugelegt, dass er nicht mehr die Kaltschnäuzigkeit hatte, auf Schritte von Wachsoldaten zu lauschen. Er rechnete damit, jeden Moment gestellt zu werden, es konnte gar nicht anders sein. Darum zögerte er nicht weiter, sondern holte aus und schmetterte den Vorschlaghammer gegen die Windschutzscheibe des Fahrerhauses. Verdutzt nahm er zur Kenntnis, dass der Hammer abprallte wie von elastischem Kunststoff. Er versuchte es an der Seitenscheibe, mit größerer Wucht, und beim zweiten Schlag hatte er Erfolg. Die Scheibe zersplitterte, er konnte die Tür öffnen, ins Fahrerhaus steigen und dort in Hochgeschwindigkeit das Armaturenbrett zerschmettern. Kurz leuchteten sämtliche Kontrollleuchten auf, Kunststoff brach und splitterte, Metall wurde verbogen und verbeult, von innen bezwang er endlich auch die Windschutzscheibe, und all das zusammen machte einen Lärm, der in jedem Wohngebiet sämtliche Anwohner an die Schlafzimmerfenster geholt hätte, hier aber ohne Folgen blieb.

Freddy sprang aus dem Fahrerhaus und rechnete damit, im nächsten Moment in blendendes Licht zu blicken, doch es herrschte die gleiche reglose Dunkelheit wie zuvor.

Er konnte es nicht fassen, er verspürte sogar den Impuls, laut zu schreien, damit verdammt noch mal jemand auf ihn aufmerksam wurde, aber dann entschied er sich doch dafür, so schnell wie möglich den Rückzug anzutreten.

Im Lada musste er mehrere Zigaretten hintereinander rauchen, bis das Zittern seiner Arme so weit nachgelassen hatte, dass er es wagte, den Motor zu starten. Nachdem er einige Kilometer gefahren war und sich gewiss sein konnte, dass niemand ihm folgte, schien er vor Erleichterung die Hälfte seines Körpergewichts zu verlieren. Einige Kilometer später stieg allmählich Euphorie in ihm auf. Jetzt fing er an zu jubeln und mit der Faust aufs Lenkrad zu hämmern. Er kurbelte das Fenster herunter, streckte beim Fahren den Kopf hinaus und schrie sich die letzten Reste von Anspannung aus dem Leib.

Auf der Autobahn übermannte ihn schließlich die Müdigkeit, sodass er an einem Rastplatz anhalten und die Augen zumachen musste. Als er die Rückenlehne des Fahrersitzes wieder in aufrechte Position brachte, ging es bereits auf den Morgen zu. Die restliche Fahrtzeit verbrachte er damit, sich auszumalen, wie er die WG betreten und von seinem Sabotageakt berichten würde. Seine Freunde würden staunen. Und wenn am Abend die ganze Republik per *Tagesschau* von der tollkühnen Aktion erfahren würde, wüssten seine Freunde, dass dafür kein anderer als er, Freddy, verantwortlich war.

Nachdem er den Wagen abgestellt, Bolzenschneider und Vorschlaghammer an ihren Platz geräumt und die Nummernschilder wieder an dem Niva angebracht hatte, musste er noch eine halbe Stunde zu Fuß nach Hause gehen. In seinem Zimmer schlief er vor Erschöpfung sofort ein, wachte aber nach wenigen Stunden schon wieder auf, weil er es nicht erwarten konnte, zur WG zu fahren.

Als er dort gegen Mittag eintraf, standen noch Reste vom Frühstück auf dem großen, ovalen Tisch. Freddy zog sich das XXL-T-Shirt mit der Aufschrift *NO SHOOT* über und rief laut »Hallo«. Nach und nach kamen die drei Pärchen aus ihren Zimmern, und Freddy machte sich so groß und breit, wie es nur ging. Zwölf Bühnenscheinwerfer strahlten ihn an, er stand im Rampenlicht, so kam es ihm zumindest vor, bis ihm bewusst wurde, dass sich lediglich sechs matte, verständnislose Augenpaare auf ihn richteten.

Mit einer Hand hält Freddy das Tablett mit den Abfällen fest, damit ihm die Frau, die fürs Abräumen zuständig ist, nicht die Rechtfertigung seines Aufenthalts an diesem wackligen, weiß beschichteten Tisch entreißt. Mit der anderen Hand hebt er den Becher und lässt die letzten dünnen Eiswürfelreste rasseln. Die Frau zuckt mit den Schultern und wischt den Nebentisch ab. Sie hat es hier schon mit ganz anderen Gestalten zu tun gehabt, vermutet Freddy. Er ist immerhin gewaschen und trägt ein weißes Hemd. Kein Chef der Welt kann der Frau vorwerfen, dass sie einem Penner Asyl gewährt. Eine sympathische Person eigentlich, diese Türkin. Oder Araberin. Die Unruhe des Großbahnhofs, die sie umgibt, scheint ihr nichts anhaben zu können, und das Kopftuch steht ihr gut. Er fragt sich, ob sie sich von ihm ansprechen lassen würde. Ihm ist danach, merkt er, mit jemandem zu reden und, ja, verstanden zu werden. Etwas zu sagen und dann zu hören: »Kann ich verstehen.« Oder einfach nur: »Verstehe.« Oder wie Mesut: »Hm.«

Seine Freunde sagten lange nichts.

Er hatte erzählt, sie hatten zugehört – verkehrte Welt und darum ungewohnt. Sie starrten ihn so lange schweigend an, dass er Zeit hatte, in ihren Gesichtern zu lesen und festzustellen, dass sie es nicht fassen konnten.

Es lag etwas in ihren Blicken, für das er nicht gleich eine Bezeichnung fand. Sie sahen ihn mit anderen Augen an, so wie nach dem zweiten Besuch an der Startbahn oder bei der ersten Wiederbegegnung nach der Griechenlandtour: ungläubig und befremdet.

Nicht weil sie ihm nicht glaubten, sondern weil sie es unglaublich fanden, dass er eine Grenze überschritten hatte, über die sie nie gehen würden.

Freddy merkte, wie seine Schultern schwerer wurden und ihn zu Boden zogen. Mühsam hielt er stand, enttäuscht, frustriert. Schließlich brach Tom das Schweigen, indem er lapidar feststellte: »Es heißt nicht *no shoot*, sondern *don't shoot.*«

Damit trug er sich eine Zurechtweisung durch Marianne ein.

»Das war lebensgefährlich«, sagte sie leise. »Weißt du das eigentlich?«

»Du darfst nicht einfach solche Alleingänge machen«, sprang Mechthild ihr bei, ebenfalls mit besorgter Stimme, wie Freddy registrierte, und ohne rügenden Unterton.

Auch Lioba fiel in den Frauenchor ein: »Du kannst von Glück sagen, dass du da heil rausgekommen bist!«

Freddy genierte sich ein bisschen, weil er schon diesen Zuspruch der Frauen als wohltuend empfand.

Lurchs Miene war in der Zwischenzeit grüblerisch geworden.

»Erstaunlich, dass du nicht erwischt worden bist«, sagte er, und die Art und Weise, wie er es aussprach – langsam, lauernd –, ließ Freddy aufmerken.

»Nicht nur erstaunlich, sondern unglaublich«, meinte Tom. »Die Presse wird uns diese Geschichte niemals abkaufen, auch wenn sie noch so wahr wäre.«

»Sie ist wahr!«, rief Freddy. »Sonst hätte ich sie doch nicht erzählt. Und schaut euch mal meine Hände an!«

Er zeigte die Handflächen mit den Schwielen vom Schwingen des Vorschlaghammers, erkannte aber selbst, wie wenig sie als Beweise taugten, denn seine Hände sahen immer so aus.

»Mal angenommen, die Geschichte stimmt, Freddy …«, ergriff nun Finger das Wort.

»Sie stimmt, verdammte Scheiße noch mal!«

»Also gut. Wie du willst. Aber wenn die Geschichte stimmt, dann macht sie mich ziemlich traurig.«

Zur Bekräftigung seiner Empfindung sah ihn Finger mit großen Augen an und bewegte den Oberkörper hin und her, bevor er sich eine drehte.

Die Frauen nickten im Takt. Auch sie schienen traurig zu sein.

Tom hingegen wollte sich vom Strom der Sentimentalität nicht mitreißen lassen. Darum schlug er mit der flachen Hand auf die Tischplatte.

»Gut. Gehen wir davon aus, die Geschichte stimmt, und bleiben wir von mir aus bei den großen Gefühlen. Dann würde mich mal interessieren, was dich dazu bewogen hat, Gewalt gegen Sachen anzuwenden.«

Freddy wunderte sich zunächst, weil sein Freund Tom wie der Vorsitzende in seiner KDV-Verhandlung klang, fand aber schnell eine Antwort, mit der er zufrieden war:

»Wieso? Es heißt doch: Macht kaputt, was euch kaputt macht«, erwiderte er. »Du hast selbst so einen Aufkleber auf deiner Tasche.«

»Das darf man doch nicht so wörtlich nehmen.«

»Wie soll man Wörter sonst nehmen, wenn nicht wörtlich?«, fragte Freddy postwendend, selbst erstaunt über seine Schlagfertigkeit. »Was hat so ein Spruch für einen Sinn, wenn er gar nicht so gemeint ist? Abgesehen davon finde ich, dass er wahr ist. Wenn man was Schlechtes kaputt macht, kommt was Gutes dabei raus.«

»Schwer philosophisch, Freddy«, lautete Toms Kommentar. Es klang gemein.

Freddy sah den Freund an. Im selben Moment wussten beide, was der andere dachte: Saloniki. Der Schlag aufs Herz. Beide blickten zeitgleich auf die Tischplatte und sagten im Duett:

»'tschuldigung.«

In der Runde wurde aufgeatmet. Die Frauen beugten sich nach vorn oder zur Seite, streckten die Arme aus und berührten die Duellanten.

Lurch verzog das Gesicht, weil er nicht angefasst wurde, und versuchte, die Diskussion weiterzuführen.

»Jetzt mal im Ernst. Was war das für ein Gefühl, das Ding zu zerstören? Ich meine, immerhin war es doch etwas, das Menschen mit ihren Händen hergestellt haben. Hat man da keine Ehrfurcht? Oder wenigstens Hemmungen?«

Was für eine Scheißfrage, denkt Freddy. Scheinbar schlau, in Wahrheit aber Schwachsinn, denn sind nicht alle Dinge, die es auf dieser Welt gibt, von Menschenhand gemacht, abgesehen von dem, was zur Natur gehört? Werden Atomraketen von Menschen gebaut? Ja. Sind sie etwas Gutes? Nein.

Er kann sich nicht erinnern, was er Lurch damals erwiderte, stattdessen fragt er sich nun selbst, was in ihm vorging, als er das Armaturenbrett der Zugmaschine zertrümmerte. Nichts. Nichts, woran er sich erinnern könnte. Angst und Anstrengung füllten ihn so vollständig aus, dass es keinen Platz für andere Empfindungen gab.

Andererseits ist Angst ja auch ein Gefühl. Heißt das vielleicht, dass Zuschlagen so etwas wie der Kampf gegen die Angst ist? Schlägt der Schläger auf seine Angst ein?

Die tiefschürfenden Gedanken schwächen sein Reaktionsvermögen, darum gelingt es der Abräumerin diesmal, ihm das Tablett und damit die Aufenthaltsgenehmigung an diesem Tisch zu entreißen. Sie meint es nicht böse. Freddy erkennt, dass sie einfach nur ihrer Arbeit nachgeht und ihm vielleicht sogar einen Gefallen tun will, denn eigentlich werden die Gäste von kleinen Schildern gebeten, ihre Tabletts selbst wegzubringen.

Am nächsten Tag wurde im Radio und im Fernsehen und am übernächsten in der Zeitung von einem Anschlag auf einen Raketentransporter berichtet. Niemand wusste etwas Genaues. Es gab nur das zerstörte Fahrerhaus einer Zugmaschine des Herstellers MAN und ein Loch im Zaun der Kaserne. Man werde die Bewachung des Geländes intensivieren, hieß es vonseiten der Amerikaner. Die Polizei bat um Hinweise aus der Bevölkerung, aber bald schon verlief das Ganze im Sand, bis drei Nachahmer eine ähnliche Aktion machten und vor Gericht gestellt wurden. Von Freddy war an keiner Stelle die Rede. Nicht einmal ein roter Lada wurde erwähnt.

Minuten später steht er wieder vor einem Fahrkartenautomaten.

Tom oder Rosa?

Genau genommen gibt es Tom gar nicht mehr, denn sein Freund von früher nennt sich nun Thomas und lebt in Hamburg. Trotzdem ist er für Freddy in die Robe des Verteidigers geschlüpft, weil es um den Tod ihres gemeinsamen Freundes Finger ging. Er übernahm die Aufgabe als Tom, führte sie als Thomas aus und ist von da an Thomas geblieben.

Einige Zeit nach der Urteilsverkündung erreichte Freddy ein Schreiben mit dem Briefkopf der Hamburger Kanzlei, in dem Thomas ihn aufforderte, sich zu melden, *sollten die Haftbedingungen dazu Anlass geben*. Ansonsten werde man sich nach der Haftentlassung miteinander verständigen – *zwecks Regelung der Folgemaßnahmen*.

Unter Berufung auf dieses Schreiben könnte er also durchaus zu Thomas fahren, in der Hoffnung, noch etwas von Tom anzutreffen und mit diesem einen Plan zu machen, wie es weitergehen soll mit ihm, Freddy.

Aber dann stellt er sich vor, wie Tom darauf besteht, Thomas genannt zu werden, und schüttelt den Kopf.

Es bleibt nur Rosa.

Er zieht das Foto aus der Hemdtasche, wirft einen kurzen Blick darauf, nickt und greift zur Geldbörse.

Dann zögert er. Er spürt das Gewicht der Waffe in seiner Tasche.

Soll er in einer Pension übernachten, sich bis morgen Abend in der Stadt aufhalten, Moppes die Wumme zurückbringen und sich dann erst auf den Weg zu Rosa machen?

»Wird das heute noch mal was?«, kommt es wie aus einem Megafon in seinem Rücken.

Freddy dreht sich um, sieht dem Mann in der schimmernden roten Jacke von schräg oben in die Augen, mit dem Blick, den ihm sein Bruder Manni beigebracht hat – *mit dem richtigen Blick schonst du die Fäuste* –, worauf der andere beteuert, keineswegs drängen oder gar drängeln zu wollen.

Freddy entschließt sich, mit der gezückten Geldbörse erst mal in den Tabakladen gegenüber zu gehen, um sich Zigaretten zu kaufen.

Auf der Packung prangt ein blutiges Stück Fleisch, an den Rändern schwärzlich angesengt, vermutlich eine Lunge. So genau muss er das gar nicht wissen, den Zusammenhang von Teer und Lungenkarzinomen kennt jeder, und er, Freddy, kennt einen, der mit nicht mal fünfzig an Lungenkrebs gestorben ist, nachdem er mindestens fünfundzwanzig Jahre lang jeden Tag mit einer selbst gedrehten Zigarette angefangen hat.

Zugegebenermaßen ist Finger am Ende nicht an Krebs gestorben, aber es wäre der Fall gewesen, wenn dem Krebs nicht Fingers letzter Wille und Freddys letzter Freundschaftsdienst zuvorgekommen wären. In den Gerichtsakten steht anstelle von *Freundschaftsdienst* freilich etwas anderes, aber die betreffende Formulierung will Freddy sich jetzt lieber nicht ins Bewusstsein rufen.

Lurch und Lioba begehrten als Erste dagegen auf, dass überall geraucht wurde, auch am Esstisch der WG. Sie wollten glücklich *und* gesund leben und fanden es absurd, morgens Thermogrütze und abends Grünkern zu essen, wenn man sich dazwischen systematisch die Lunge teerte.

Tom hatte nie mit echter Hingabe geraucht, sondern weil es eben dazugehörte, man konnte es an seiner ungelenken

Art, sich Zigaretten zu drehen, erkennen; er brauchte ewig, bis er eine fertig hatte, und immer war sie krumm.

Marianne war eine von denen, die mitrauchten, mal einen Zug machten, mal eine schnorrten, zum Beispiel, wenn Freddy gerade eine interessant aussehende Packung Aktive dabeihatte, wie man sie nicht jeden Tag zu Gesicht bekam: Eckstein oder Overstolz. Und Mechthild hatte in ihrem ganzen Leben noch keine Zigarette geraucht, nicht mal probiert. Sie begnügte sich damit, gelegentlich an einem Joint zu ziehen.

Freddy und Finger waren die einzigen echten Raucher gewesen, Finger hatte sogar diverse Weisheiten zum Thema Tabakkonsum auf Lager. Freddy erinnert sich an eine Diskussion, die damit begonnen hatte, warum es in moralischer Hinsicht richtiger war, sich seine Zigaretten selbst zu drehen, und die bald in die Frage mündete, was man in gesellschaftlicher und politischer Hinsicht vom Rauchen generell halten sollte. Finger ordnete die Zigarette denjenigen zu, die unten standen.

»Warum sind Zigaretten im Gefängnis und im Krieg die härteste Währung?«, fragte er in die Runde und fügte, ohne eine Antwort abzuwarten, hinzu: »Ohne ein bisschen sinnlose Vergeudung ist der Mensch kein Mensch.«

»Ist das von Böll oder von Frisch?«, fragte Tom spitz, ohne Finger damit beleidigen zu können. Der grinste nur und deutete mit dem Daumen auf sich.

Was die anderen von seinem Zigarettenkonsum hielten, war ihm egal, aber es war ihm ganz und gar nicht egal, was er rauchte. Jahrelang gab es für ihn nur Tabak aus Holland, Halfzware in dunkelblauen Packungen, bis der ihm zu mild wurde und er auf französischen schwarzen Schnitt im hellblauen Päckchen umstieg. Eine Weile roch er dann anders als zuvor, aber nach einer Woche hatte man sich daran gewöhnt.

Filter benutzte er bis zum Schluss nicht. Wer ihn rauchen sah, musste einsehen, dass es Menschen gab, denen Zigaretten tatsächlich schmeckten. So jedenfalls schien es. Wenn er sich eine drehte, steckte in jeder Fingerbewegung die Vorfreude auf die brennende Fluppe.

Was wohl Fingers Reaktion gewesen wäre, wenn er erfahren hätte, dass sich Freddy im Knast, wo Aktive rar waren und alle Tabak aus der großen Dose rauchten, die Kunst des einhändigen Drehens beigebracht hat? Es ist gar nicht so schwer und erinnert an die Fummelei, die gefragt ist, wenn man bei einem Škoda ein Glühbirnchen wechseln muss.

Zum Rauchen steuert Freddy wieder eine gelb eingefasste Raucherzone auf einem Bahnsteig an. Doch nach wenigen Zügen schon drückt er die Zigarette aus, weil ihm gerade klar geworden ist, wo er wirklich als Erstes hinmuss.

Tom oder Rosa, hat er sich vorhin gefragt. Jetzt weiß er die Antwort: Finger.

EINEN FREUNDSCHAFTSDIENST ERWEISEN

»Es gibt kein Grab auf den Namen Rüdiger Fischer«, teilt ihm der Friedhofsangestellte nach einem Blick auf den Bildschirm mit.«

»Es gibt kein Grab?«

»Es gibt kein sichtbares Grab.«

»Sondern?«

»Eine Wiese. Die Bestattung ist als Ascheverstreuung durchgeführt worden. Hier.«

Er zeigt auf den Plan und erklärt ihm den Weg.

Als Freddy das Areal erreicht, sieht er nichts als eine parkartige Anlage mit Rasen und lichtem Kiefernbestand.

Langsam geht er umher und versucht, darauf zu kommen, welchen Platz sich Finger ausgesucht hätte. In der Nähe eines Baums, stellt er sich vor, und entscheidet sich schließlich für eine Kiefer, die auf einer Anhöhe steht, weil Finger immer gern den Überblick hatte. Er begrüßt sie, indem er ihr die offene Hand auf die Rinde legt, und geht mit dem Rücken zu ihr in die Hocke. Die Erde ist zu feucht, um sich hinzusetzen, er hockt auf den Fersen, lehnt sich an den Stamm und zündet sich eine Zigarette an.

Asche zu Asche.

Sagte das nicht der Pfarrer bei Omas Beerdigung? Und

standen nicht einige seiner Brüder rauchend am Grab, weil sie es ohne Kippe nicht aushielten?

Finger war nicht tapfer. Im Leidenston sprach er von den Nebenwirkungen der Chemotherapie, und als ihm die Haare ausfielen, jammerte er über die Kälte am Kopf. Oft wusste man nicht, was man entgegnen sollte. Es war schlimm, ja, aber die ständige Beschwörung der Misere minderte das Mitgefühl.

Leg doch mal eine andere Platte auf, dachte Freddy manchmal bei sich, wenn er dem Kranken zuhörte, und wurde umgehend von schlechtem Gewissen geplagt.

Finger hatte sich seit der Scheidung von Mechthild mit losen Beziehungen begnügt. Als die Diagnose kam, erwies sich das als fatal, denn seine aktuelle Gefährtin fühlte sich ihm nicht eng genug verbunden, um die Leidenszeit mit ihm durchzustehen.

Rosa besuchte ihn, half auch mit, ihn zu versorgen, aber abends kehrte sie zu ihrer Mutter zurück, und Finger musste die Nächte allein ertragen.

Mit der Erkenntnis, dass der Tod nicht aufzuhalten war, nahmen die Schmerzen zu. Die Ärzte weigerten sich, genau zu prognostizieren, wie lange er würde leiden müssen. Finger wusste nicht, was er tun sollte, und in dieser Situation war Freddy mal wieder gefragt.

Freddy sieht ihn vor sich: dünn, mit gelber Haut und übergroßen Augen unter dem Rand der Strickmütze. Er sieht, wie Finger ihn eindringlich anblickt und ihn um eine Zigarette bittet. Und er sieht noch immer deutlich, wie er dem Lungenkrebskranken Feuer gibt, worauf dieser zu ihm sagt:

»Mir ist nicht mehr zu helfen. Aber du solltest damit aufhören.«

»Solange du rauchst, rauche ich mit dir«, erwiderte Freddy, und da kamen Finger die Tränen.

»Spielst du was?«, fragte Freddy, sobald sich der Freund wieder beruhigt hatte.

Darauf bekam er all die Stücke zu hören, die Finger zwanzig Jahre zuvor komponiert und für seine erste Platte, aus der nie etwas geworden war, vorgesehen hatte. Freddy kannte sie in- und auswendig. Sie schoben alles beiseite, was seitdem passiert war, und so blickte Freddy mit unverstelltem Blick zurück, wie auf das offene Meer. Finger spielen zu hören war, wie der Dünung zu lauschen.

Auch die Stille nach dem Spiel klang überwältigend, es dauerte, bis einer von ihnen sich traute, etwas zu sagen. Finger räusperte sich zuerst und erklärte Freddy, was er sich überlegt hatte.

»In der Schweiz helfen sie Menschen, die sterben wollen«, sagte er. »Sie spritzen dem Kranken ein Mittel gegen Erbrechen, dann lösen sie ein Pulver in Wasser auf und reichen ihm das Glas. Anschließend bleiben sie bei ihm, bis es vorbei ist.«

Freddy spürte, dass er darauf reagieren musste. Er suchte nach etwas Greifbarem.

»Was ist das für ein Mittel?«, fragte er unbeholfen.

»Eines, mit dem man Tiere einschläfert«, erwiderte Finger. »Hast du beim Bund nicht einen Erste-Hilfe-Kurs gemacht?«

Freddy nickte.

»Dann kannst du theoretisch eine Spritze setzen.«

Freddy nickte wieder. Er wusste sehr wohl, wie man eine Spritze setzte, nicht nur wegen des kurzen Kurses, den er vor unendlich vielen Jahren als Fahrer bei der Bundeswehr absolvieren musste, sondern auch, weil es eine Zeit gab, in der er sich selbst einiges reingedrückt hatte: während seiner ersten Haft und in den Monaten danach.

Finger schob den Ärmel seines Pullis hoch, hielt Freddy die rechte Armbeuge hin und sah ihn fragend an.

Freddy schüttelte den Kopf.

»Bitte«, flüsterte Finger.

Freddy schloss die Augen. Das Meer rauschte. Er öffnete die Augen und nickte ein Mal.

Finger schrieb zwei lange Fremdwörter auf einen Zettel.

»Kannst du die besorgen?«

Freddy nickte wieder. »Klar«, sagte er und machte sich wie immer sofort daran, die Bitte zu erfüllen.

Es sollte einfach gehen. Freddy zapfte Händler im Milieu an, von denen er wusste, dass sie auch mit fertig verpackten Substanzen handelten, aber keiner hatte das Passende im Angebot. In eine Apotheke einzubrechen, kam nicht infrage für einen, der sich mit Alarmanlagen nicht auskannte, also blieb nur die direkte, plumpe Variante. Zwar kam es ihm übertrieben vor, sich wegen ein paar Medikamenten ein Schießeisen zu besorgen, aber ohne ging es nicht. Zum Glück wusste er, wo ein ehemaliger Chef von ihm, dessen Firma im Frankfurter Milieu Kfz-Dienstleistungen anbot, den Schlüssel für sein Arsenal aufbewahrte. Er wusste auch, wann der Betreffende nicht im Büro saß, allerdings hatte er nicht damit gerechnet, dass ebendieses Büro renoviert wurde, weshalb er beim Tasten nach dem Lichtschalter einen vollen Handabdruck auf der frischen Wandfarbe hinterließ, der sich nur vertuschen ließ, indem er ihn überstrich.

Nachdem er ausführlich geflucht hatte, suchte sich Freddy

eine handliche Waffe aus und hebelte anschließend mit einem Schraubenzieher den Deckel des Farbeimers auf, ein wenig zu hektisch, weshalb der leichte, weil fast leere Eimer kippte und Hand und Pistolengriff mit Wandfarbe bespritzte. Kein gutes Omen, aber es gab auch kein Zurück. Außerdem war die Farbe abwaschbar – zumindest stand das auf dem Farbeimer.

Der Apotheker, der offenbar nicht zum ersten Mal in seinen Räumen bedroht wurde, zuckte nur mit den Schultern und legte das gewünschte Medikament auf den Tresen. Erst in dem Moment kam Freddy in den Sinn, dass er sich gar nicht erkundigt hatte, ob man die beiden Mittel nicht einfach rezeptfrei hätte kaufen können.

Er bat den Apotheker um Entschuldigung, dieser breitete die Arme aus und sagte: »Sie werden sicherlich verstehen, dass ich das trotzdem melden muss.«

Freddy lacht leise auf, als er sich an den Satz erinnert, dann hält er inne, weil er an dem, vielleicht sogar *auf* dem unsichtbaren Grab des Freundes lacht, aber plötzlich kommt ihm so manches sonderbar vor, sogar die Asche des Freundes, der ein starker Raucher war. Auch das Traurige hat etwas Komisches, scheint es ihm, die ganze Kette der Ereignisse, die dazu geführt hatte, dass er mit einer Pistole, deren Griff mit abwaschbarer Farbe besudelt war – abwaschbar nicht in dem Sinn, wie Freddy es interpretierte –, bei Finger aufkreuzte, was diesen in helle Aufregung versetzte, weil er, obwohl er doch sterben wollte, Angst vor der Waffe bekam.

Vor der Waffe, die jetzt in Freddys Jacke steckt.

Langsam erhebt er sich und blickt sich um. Gerade ist in diesem Teil des Friedhofs niemand zu sehen, er nimmt ein paar Strümpfe aus seiner alten Sporttasche, verpackt die Glock darin und vergräbt sie zwischen den Wurzeln der Kiefer, unter der mutmaßlich Fingers Asche bestattet wurde. Dank der feuchten, lockeren Herbsterde geht das Graben mühelos vonstatten.

Und wie herrlich leicht die Lederjacke ist, wenn man keine Waffe darin verbergen muss, die mehr als ein Pfund wiegt und an der zusätzlich das Gewicht all dessen hängt, was mit ihr angestellt worden ist, seitdem Freddy sie in Frankfurt an einen Rockerbruder von Moppes verkauft hat.

Freddy beeilt sich, den Friedhof zu verlassen, denn ihm ist weiterhin nach Lachen zumute, und er will andere Leute, die sich in der Nähe um die Gräber ihrer Angehörigen kümmern, nicht irritieren. Alles kommt ihm auf einmal grauenhaft komisch vor. Und fürchterlich traurig.

II

AUFS MEER BLICKEN

Jacke aus, Waffe weg, Ballast abwerfen und mit leichten Schultern in der Brise stehen, die Augen im Blau ausruhen lassen und auf den Widerhall lauschen, die der pausenlose Wellenschlag im eigenen Kopf erzeugt.

Freddy wünscht sich einen langen Blick aufs Meer.

Er wünscht sich Wind, der alles verweht, auch die hartnäckigsten Gedanken.

Er möchte den Blick über die Wasserfläche schweifen lassen, die so beruhigend wirkt, obschon sie sich an jeder Stelle ohne Unterlass bewegt.

Er weiß, dass ein solcher Blick allmählich Schwingungen erzeugt, dass er, sobald die schweren Gedanken zerstoben sind, den Drang zu singen auslöst und ein Gefühl der inneren Stärke wachsen lässt, sodass man sich unversehens fähig fühlt, die Welt im Ganzen zu umfassen, ohne dass es nötig wäre, alles, was Bedeutung hat, mit großen Worten zu benennen. Er weiß es, weil er in einem Sommer seines Lebens zwischen Thessaloniki und Opatija an mehreren Ufern des Mittelmeers gestanden und all das erlebt hat.

Er erinnert sich noch einmal an das Erhebende des ersten Anblicks, den seine müden Reisegefährten nicht mit ihm teilen konnten. Erst am Abend desselben Tages, an dem einsamen Strand bei Volos, an dem sie übernachteten, bevor sie am nächsten Tag zur Hippie-Insel übersetzten, wurden auch die Freunde vom Meer ergriffen. Er erinnert sich an Lurch, der neben ihm in die Dünung pinkelte und unvermutet einen prachtvollen Satz in die Nacht aufsteigen ließ: »Die ganze Schöpfung ist die Schönschrift Gottes, und in seiner Schrift gibt es nicht ein sinnloses Zeichen.«

Freddy weiß nicht mehr, von wem die Weisheit stammte, er weiß nur noch, dass er Penis und Joint in derselben Hand hielt, als Lurch das sagte, und er erinnert sich, dass sie anschließend über Armut redeten, weil Lurch ein weiteres Zitat brachte, in dem es irgendwie hieß, in der Armut liege ein Glanz verborgen, oder so ähnlich, das war ihm seltsam vorgekommen, und als Lurch damit anfing, sich über den Zusammenhang von Armut und innerer Freiheit auszulassen, ließ er den Freund einfach reden und hörte den Wellen zu.

So wie er es jetzt tun möchte, um gewisse weitere Erinnerungen übertönen zu lassen.

Allerdings ahnt er hier, auf Fingers Asche und weit weg von allen Ufern, dass er wohl für den Rest des Lebens auf Ozeane blicken müsste, bis sich die Last, die er mit sich herumträgt, in Seeluft aufgelöst hätte.

Um sich seiner gegenwärtigen Lage bewusst zu werden, braucht Freddy keinen Blick aufs Meer. Ihm ist auch so klar, dass er den einst verwehrten Abschied von seinem Freund mit einem einzigen Friedhofsbesuch nicht nachholen kann.

Er wird wiederkommen müssen. Nicht nur wegen der Glock.

Vor dem Friedhof stehen zwei Taxis, auch die Bushaltestelle ist in Sichtweite. Er müsste sich entscheiden, mit welchem Verkehrsmittel er nun zu Rosa fahren will, aber selbst eine so kleine Entscheidung kommt ihm übermächtig vor. Er hängt noch an den letzten Bildern von Finger – und an den großen Entscheidungen des Lebens, die mit den kleinen die Eigenschaft teilen, dass sie mitunter schnell getroffen sind. Der Unterschied liegt in der Dauer ihrer Folgen: Ein Entschluss und eine Handlung von wenigen Sekunden können darüber bestimmen, ob der eine Mensch leben darf oder sterben muss und für wie lange der andere Mensch seiner Freiheit beraubt wird.

Freddy lässt die Tasche los und blickt auf seine Hände: Tatwerkzeuge. Versehen mit zehn Fingern. Melanie hatte sie zum Abschied geküsst. Alle zehn. Er sieht es vor sich, und da wächst von unten her ein Schmerz, als ginge ein Riss durch ihn hindurch, er ballt die Hände, so fest er kann, sodass der ganze Körper zittert, dann nimmt er die Fäuste hoch, bereit, den Kampf gegen seinen Schatten aufzunehmen.

Wer etwas vom Boxen versteht, wird mit dem Missverhältnis von Aktion und Folgewirkung leichter fertig, weil es sich im Faustschlag anschaulich verdichtet: Wer einmal zugeschlagen hat, ist nicht mehr derselbe wie zuvor.

Für den, der niedergestreckt worden ist, gilt das Gleiche.

Freddy denkt an George Foreman, den die Niederlage gegen Ali so erschütterte, dass er sich lange außerstande sah, offizielle Profikämpfe zu bestreiten. Gleichzeitig ballte sich in ihm eine Verzweiflung, die ihn antrieb, in Schaukämpfen einen Kontrahenten nach dem anderen abzuräumen, und ihn sogar den Plan fassen ließ, sämtliche Gegner Alis der Reihe nach zu besiegen, um Ali auf diese Weise dazu zu zwingen, einer Revanche zuzustimmen.

Die Möglichkeit, einen Kampf zu verlieren, zog er nicht

in Betracht, und so wurde er zweieinhalb Jahre nach dem K.o. in Kinshasa erneut von einer Niederlage – diesmal im Kampf gegen Jimmy Young – aus der Fassung gebracht. Ein Schlag, in weniger als einer Sekunde ausgeführt, schickte ihn zu Boden.

Noch in der Kabine beschloss Foreman, sein Leben zu ändern, den Ring zu verlassen und Prediger zu werden.

Freddy grinst kurz, als er die Bilder von dem Muskelprotz im Predigergewand vor sich sieht, das sanfte Lächeln, wie es sich nur im Gesicht eines ehemaligen Schwergewichtsboxers bilden kann, dem es gelungen ist, seine Karriere zu beenden, bevor sich Schäden bemerkbar machen. Aber Freddys Grinsen zerfällt im Nu, denn unweigerlich schiebt sich nun Alis Gesicht ins Bewusstsein: die wie in Angst eingefrorene Miene des Parkinson-Kranken, und das will Freddy jetzt, da ihn schon die Bilder von Finger schwächen, nicht sehen.

Als er vor Jahren erstmals von Alis Krankheit erfuhr und lernte, was Parkinson aus einem Menschen machte, war ihm, als verlöre er einen Angehörigen, ohne sich von ihm verabschieden zu können.

Verluste sind schwer zu verkraften. Ohne anständige Abschiede kann man sie kaum ertragen.

Unter dem Firmament dieser Erkenntnis, vor dem Tor des Friedhofs, auf dem Fingers Asche verstreut wurde, sieht er nun eine Reihe abschiedsloser Verluste vor seinem inneren Auge vorbeiziehen:

Omas Tod ohne ein letztes Wort.

Toms und Mariannes umstandsloser Weggang in eine andere Stadt.

Lurchs und Liobas Umzug in die isolierte Zweisamkeit im Backsteinhaus, das Lurch geerbt hatte.

Die Verwandlung der offenen WG in Fingers und Mechthilds Wohnung, wo man anklopfen musste, um eingelassen zu werden.

Das Ende von Dr. Hartmanns Werkstatt.

In jedem Verlust steckte ein Stück Anfang, glaubt Freddy zu erkennen: ein Stück Anfang vom Ende.

Eines Morgens, nicht lange nach dem Ende des Wehrdienstes, zog er vor dem Spind seine Arbeitskleidung an und erschien kurz darauf in der Tür zum Büro, um zu fragen, was an diesem Tag als Erstes zu tun sei. Er wollte einen guten Morgen wünschen, hielt aber nach dem ersten Wort erstaunt inne, weil sein Chef in weißem Hemd und schwarzer Hose am Schreibtisch saß – ohne abgestreiftes Overall-Oberteil.

Hartmann bat Freddy nicht, sich zu setzen, sondern stand seinerseits auf, um ihm mitzuteilen, sie seien am Ende. Es habe, wie Freddy wisse, seit geraumer Zeit keine Verkäufe mehr gegeben, und Reparaturen und Inspektionen allein deckten die Kosten nicht.

Freddy wusste nicht, was er sagen sollte. Stumm folgte er mit dem Blick seinem auf und ab gehenden Chef.

»Man muss versuchen, in der Wahrheit zu leben«, erklärte Hartmann, »und das bedeutet eben auch, sich unschönen Tatsachen zu stellen. Niemand will einen Lada oder Škoda haben. Wir befinden uns im Kalten Krieg, da macht man sich mit einem Auto aus dem Ostblock verdächtig.«

Freddy sank auf den Kundenstuhl, er spürte, dass es dauern würde, bis der Mann im weißen Hemd ans Ende seiner Rede käme.

»Ich habe immer geglaubt, es könnte die Menschen in Ost und West einander näherbringen, wenn sie die gleichen Autos fahren, gemeinsam den Schlüssel links ins Zündschloss stecken, die gleiche Tachonadel auf einer Linie von links nach rechts wandern sehen, das gleiche Spiel der Lenkung spüren, mit dem gleichen langen Schaltknüppel in den Gängen rühren. Ich bildete mir ein, der Lada könnte zu einer Wiedervereinigung von unten beitragen: Die Menschen im Westen geben sich mit einem bescheidenen Wagen zufrieden, und die Menschen im Osten freuen sich, es immerhin bis zum 1200er geschafft zu haben.«

Freddy nickte wie von selbst, wie eine Wackelfigur, während in ihm alles ins Rutschen geriet.

»Ursprünglich hatte ich nur Ladas«, sprach Hartmann weiter, »doch als ich vom Prager Frühling erfuhr, bewarb ich mich sofort als Lizenzhändler für Škoda, weil ich dachte, wenn wir die Autos teilen, teilen wir auch die Hoffnung. Dann kamen die Panzer. Und heute duckt sich die Hoffnung unter dem Schatten von Atomraketen, und der kranke Václav Havel sitzt im Gefängnis, obwohl die halbe Welt verlangt, ihn freizulassen.«

Freddy nickte weiter, obwohl er nicht wusste, wer dieser Havel war, von dem Hartmann sprach.

»Havel ist ein Mann, der für die Wahrheit kämpft, weil er weiß, was es bedeutet, wenn eine Gesellschaft auf Lügen aufgebaut ist. In einem Staat, der auf Lügen aufgebaut ist, verlieren die Worte ihren Sinn. Verstehst du? Und wenn die Worte ihren Sinn verlieren, dann … Dann weiß der Mensch bald nicht mehr, wo vorne und wo hinten ist.«

An dieser Stelle nickte Freddy deutlicher als zuvor, weil er glaubte, etwas verstanden zu haben.

»Aber was rede ich so großspurig daher. Die Wahrheit, die uns beide betrifft, besteht schlicht und einfach darin, dass sich keiner für die großen Zusammenhänge, sondern nur für die eigene Bequemlichkeit interessiert. Niemand fährt aus Idealismus einen Lada oder aus Solidarität mit Václav Havel einen Škoda. Stimmt's, oder hab ich recht?«

Freddy grinste leicht verlegen.

»Außer dir natürlich«, fügte Dr. Hartmann augenzwinkernd hinzu. Dann setzte er sich an den Schreibtisch, schrieb seinen Namen auf ein Blatt Papier und drehte es in Freddys Richtung.

»Ich kann nicht anders«, flüsterte er. »Es ist nicht gegen dich. Ich muss den Laden schließen.«

Freddy schnauft mehrmals durch. Er fühlt sich schlecht, weil er damals, mit der Kündigung in Händen, nicht fähig war, etwas Tröstendes zu seinem Chef zu sagen.

Immerhin brachte er nach Ablauf der Kündigungsfrist ein Danke über die Lippen, als Hartmann ihm zum Abschied das Zeugnis aushändigte.

Er hätte Trost gebraucht. Doch weder die aufmunternden Worte des Bildhauers, den er jetzt, da er nicht mehr früh aufstehen musste, täglich antraf, wenn er sein Zimmer verließ und das Atelier durchquerte, noch die Avancen von dessen Frau, die ihm beweisen sollten, dass er noch immer ein ganzer Kerl war, taugten dazu, ihm zu helfen. Eine riesige Leere umgab ihn, als wäre die Welt um ihn herum abgebaut worden wie ein Wanderzirkus und zurückgeblieben wäre nur platt getretenes Gras und ein Rund aus Sägespänen, über das ein müder Wind strich.

Drei Jahre lang war er bei Dr. Hartmann in die Lehre gegangen, und noch als Geselle hatte er sich allerhand von seinem Chef abgeschaut. Nun musste er lernen, ohne geduldige Begleitung auszukommen. Er musste lernen, auf die Verlässlichkeit, das Wohlwollen und die Güte zu verzichten, die Hartmann nie mit Pauken und Trompeten aufmarschieren ließ, da er sie für selbstverständliche Bestandteile menschlichen Umgangs hielt.

Freddy hatte eine Weile gebraucht, bis er das verstand. Eine von Hartmanns Anekdoten half ihm dabei. Er sei, erzählte Hartmann, als Kind einmal an der Hand seines Vaters durch die Stadt gegangen, wo der einem Bekannten begegnet sei, mit dem er sich auf ein Gespräch einließ. Dabei habe der Bekannte die Rede auf einen Dritten gebracht und diesen als »anständigen Menschen« bezeichnet. Worauf Hartmanns Vater nichts weiter erwidert habe als: »Na und?«

Das war die ganze Geschichte. Dr. Hartmann lachte laut, nachdem er das, was die Pointe zu sein schien, erzählt hatte. Freddy lachte kurz mit, um nicht dumm dazustehen, obwohl er den Witz nicht auf Anhieb verstand. Erst Tage später, nachdem er die Anekdote ein ums andere Mal im Kopf hin und her gewendet hatte, kam er darauf.

Ohne derartige Gleichnisse und ohne philosophische Erörterungen auskommen zu müssen, stellte er sich vor wie das Fahren mit einem Auto, das nur auf drei Zylindern lief.

In den ersten Wochen vermied er es, in die nähere Umgebung der Werkstatt zu kommen, dachte jedoch pausenlos an sie. Er stellte sich vor, wie sie abgewickelt wurde, sah einen Autotransporter die unverkauften Fahrzeuge abholen, einen Trupp Mechaniker die Hebebühne demontieren, einen Altwarenhändler das Werkzeug einsammeln und am Ende einen Elektriker die Kabel aufrollen.

Schließlich machte er einen Besuch bei seiner Schwester

Anita, die noch immer mit dem Tätowierten in der kleinen Wohnung lebte, obwohl inzwischen weitere Kinder hinzugekommen waren, und warf bei der Gelegenheit einen Blick auf den Hof der Werkstatt: nur noch Ölflecken, kein Lada und kein Škoda mehr. Nichts regte sich. Aber die Leuchtreklame hatte bisher niemand abmontiert, sie brannte noch. Am helllichten Tag glühte der Name *Dr. Hartmann* nach.

Freddy sieht sich in Anitas Wohnung am Fenster stehen und den Kopf schütteln, weil ihm der leuchtende Schriftzug wie der Name auf einem Grabstein erschien. So ein Unsinn, dachte er damals, doch dann fiel ihm Dr. Hartmanns bekümmertes Gesicht ein, als er gestand, er müsse den Betrieb aufgeben, und da sah er seinen Chef auf einmal in der ehemaligen Werkstatt am Strick baumeln.

Während er mit Anitas Kindern spielte, ging ihm das Bild nicht aus dem Sinn. Darum machte er sich nach seinem Besuch nicht sofort auf den Heimweg, sondern schwang sich über den Zaun, fand den Ersatzschlüssel in der alten Mauernische und schloss das Werkstatttor auf.

Niemand hing am Balken. Das erste Wort, das Freddy einfiel, war: *besenrein*. Aufgeräumt und gefegt sah die Halle aus. Die Grube gab es noch, die Werkzeugschränke standen weiterhin an ihrem Platz, aber es lagen keine Schraubenschlüssel mehr herum, in der Ecke standen weder Pressluftflasche noch Feuerlöscher, die Reifenstapel fehlten. Einen lebendigen Überrest von Dr. Hartmanns Betrieb konnte Freddy dennoch ausmachen: den Geruch. Dieser behauptete sich trotzig, als wollte er sagen: Mich bekommt ihr hier nicht raus.

Das Zeugnis, das Dr. Hartmann ihm ausgestellt hatte, konnte man sich besser nicht vorstellen, trotzdem erwies es sich als wenig hilfreich. Man konnte keinen Arbeitgeber damit beeindrucken, seine Lehre in einem Kfz-Betrieb absolviert zu haben, der auf Lada und Škoda spezialisiert war.

Milchiges Licht erhellt nun überraschend das Novembergrau, kurz sieht es aus wie Dunst über dem Mittelmeer, Freddy sucht die Quelle hinter dem dünnen Nebel und entdeckt schließlich die weiße Scheibe am Himmel. Dieser Tag ist noch lange nicht um. Er könnte warten, bis der Bus kommt, aber es reizt ihn, in eines der Taxis zu steigen, und er weiß auch, warum. Unwillkürlich bewegt sich seine rechte Hand auf die Brusttasche des weißen Hemdes zu, die Rosas Foto birgt.

Den ersten Weg zu diesem Kind hatte er im Taxi zurückgelegt. Außerdem würde eine Taxifahrt zu der Abfolge der Erinnerungen passen, an denen er sich seit dem frühen Morgen entlanghangelt, denn als er nach Hartmanns Kündigung seinen Freunden von der vergeblichen Suche nach einer neuen Arbeitsstelle berichtete, ermunterte Finger ihn, den Taxischein zu machen.

»Für einen, der gern Auto fährt, ist das kein schlechter Job«, meinte Finger, der vielleicht selbst gern im Mercedes durch die Nacht geglitten wäre, wenn er nicht seinen Job in der Musikalienhandlung gehabt und zusätzlich durch Gitarrenunterricht und Auftritte mit Bands und Tanzkapellen genug verdient hätte, um über die Runden zu kommen.

Die Ortskenntnisprüfung war für Freddy, der schon immer gern durch die Stadt gestreunt war, kein unüberwindbares Hindernis, und so dauerte es nicht lange, bis er neben dem grauen auch den gelben Lappen in der Tasche hatte.

Er überschlägt, was eine Fahrt zu Rosa kosten würde – genug, um beim Fahrer keinen Unmut auszulösen, wenn er mit einem Fünfziger zahlte. In zwanzig, höchstens fünfundzwanzig Minuten wäre er am Ziel, Freddy sieht die Route genau vor sich; der Kollege hätte keine Chance, ihn mit einem umsatzsteigernden Umweg auszutricksen.

TAXI FAHREN

Freddy öffnet die Beifahrertür, weil er nicht herrschaftlich im Fond sitzen will. Reflexartig schiebt der Fahrer den Sitz nach hinten. Er ist *Ausländer*, wie man früher sagte, als es noch nicht die Regel war, dass Taxifahrer aus anderen Ländern stammten. Ein Kollege von Freddy, ein Türke namens Ali, berichtete damals von Damen, die sich weigerten, bei ihm einzusteigen, und von Betrunkenen, die ihn beleidigten, obwohl sie sich von ihm chauffieren ließen.

»Wenn du Muhammad Ali wärst, würde dir das nicht passieren«, meinte Freddy damals, worauf der Kollege erwiderte: »Wenn ich Muhammad Ali wäre, würde ich im Taxi hinten sitzen und nicht vorne.«

Weil er sich daran erinnert, dass es Ali auf die Nerven gegangen war, ständig gefragt zu werden, ob er Türke sei, hütet sich Freddy, den Fahrer, der ihn von Fingers Grab zu Rosas Haus bringen soll, mit Fragen nach der Herkunft zu behelligen, obwohl ihn interessieren würde, ob er es mit einem von Alis und Mesuts Landsleuten zu tun hat.

Mesut kann er sich gut als Taxifahrer vorstellen. Die Leute würden ihn mögen und mit dem Trinkgeld großzügig sein, weil er so einen unschuldigen Blick hat und sich für alles interessiert. Leider lässt sein polizeiliches Führungszeugnis keine Beschäftigung im Personentransport zu, und das gehört zu den Dingen, die er mit Freddy gemeinsam hat.

Ohne sich anmerken zu lassen, ob er die Straße, in der Rosa wohnt, kennt oder nicht, tippt der Fahrer die Adresse ins Navigationsgerät. Wahrscheinlich Routine heutzutage, vermutet Freddy. Er hatte damals einen Stadtplan im Handschuhfach, nach dem er aber nur im Notfall griff. Kannte er eine Straße nicht, versuchte er dem Kunden durch geschicktes Fragen die Lage des Zielortes zu entlocken. Erst wenn das zu nichts führte, schlug er den Plan auf und konterte misstrauische Bemerkungen mit der Feststellung: »Lieber nachgucken als teuren Umweg fahren.«

Zumeist entscheidet sich in den ersten Sekunden einer Fahrt, ob es zum Gespräch kommt oder nicht. Einer muss den Anfang machen, die belangloseste Bemerkung über die Wetter- oder Verkehrslage genügt. Dieser Kollege scheint an einer Unterhaltung nicht interessiert zu sein, und Freddy gehen zu viele Dinge durch den Kopf. Er denkt an Finger, dem er im Nachhinein recht gibt: Es war kein schlechter Job. In den Lederpolstern saß es sich bequem, dank Automatikgetriebe und Servolenkung ließ sich der Wagen lässig lenken, im Sommer funktionierte die Klimaanlage, im Winter die Heizung, alles Annehmlichkeiten, die Freddy von seinem Lada nur ansatzweise kannte. Anfangs fühlte er sich wie ein König und hätte jeden Kunden ermuntern mögen, sich mit ihm zu freuen, weil etwas so Großartiges wie das Droschkenwesen existierte.

Vor seiner ersten Fahrt musste er sich am Hauptbahnhof in die Schlange einreihen. Je weiter er vorrückte, umso größer wurde das Lampenfieber. Er beobachtete, was für Leute bei den Kollegen einstiegen, ob ihnen beim Einladen des Gepäcks geholfen und die Tür aufgehalten wurde, und als er an der Reihe war und sich eine Frau mittleren Alters mit kleinem Gepäckstück seinem Wagen näherte, sprang er diensteifrig aus dem Wagen und öffnete den Kofferraum.

Sie wollte zu einem Hotel am Rheinufer, was ihm lediglich eine Fahrt von zwei Kilometern bescherte, aber sie hatte schöne Knie, roch gut und gab Trinkgeld. Vom ersten Tag an lernte er es zu schätzen, wenn Kunden einen angenehmen Duft verströmten. Dann bemühte er sich, sanft zu beschleunigen und zu bremsen und weich in die Kurven zu gehen. Wer übel roch, wurde hingegen ruck, zuck abgeliefert, ohne Rücksicht auf den Fahrkomfort.

Zu seiner Überraschung fallen ihm auf Anhieb reihenweise Kunden ein, obwohl er seine Laufbahn bereits vor knapp dreißig Jahren beenden musste. Warum erinnert er sich an all die fremden Menschen, die bei ihm im Wagen saßen? Man könnte meinen, die flüchtigen Begegnungen wären bedeutungsvoll gewesen.

»Jeder Mensch, der dir begegnet, trägt zu dem bei, was du wirst«, hatte eine von Hartmanns Maximen gelautet, und wenn Freddy jetzt darüber nachdenkt, glaubt er zu verstehen, warum das tatsächlich so ist: weil man auf jeden reagiert. Weil jeder in einem etwas auslöst und etwas anderes nicht. Wenn immer nur übel riechende Zeitgenossen ohne Manieren bei dir einsteigen, wirst du irgendwann zu einem, der gar nicht mehr damit rechnet, dass auch mal eine Frau mit betörendem Duft neben dir Platz nehmen könnte.

Freddy ließ sich dazu überreden, nachts zu fahren. Abends um sechs übernahm er den Wagen, morgens um sechs übergab er ihn einem Kollegen und ging dann meist in eines der Lokale, die Sechs-Uhr-Stübchen oder Kaiser-Wilhelm-Eck hießen, wo sich die Nachtschichtarbeiter trafen, um Schnitzel zu essen und ihr Feierabendbier zu trinken.

Unmittelbar nach Dienstbeginn chauffierte er zumeist Reisende, die am Bahnhof ankamen, oder Leute, die eingekauft und zu viele Tüten zu tragen hatten; dann kamen die Theater- und Konzertbesucher, gefolgt von Feierabendtrinkern und bunt gemischtem Volk; bald darauf stiegen dann schon wieder die Theater- und Konzertbesucher ein, gesprächiger jetzt, da erleichtert, weil sie es überstanden hatten, oder gelockert vom Sekt im Foyer; es kamen die Nachtschwärmer, es kamen Angestellte der Gastronomie, die das Taxi nehmen mussten, weil die öffentlichen Verkehrsmittel nicht mehr fuhren, und schließlich alle diejenigen, die nicht rechtzeitig aus der Nacht hinausgefunden hatten: Einsame, Seltsame, Verstockte, Verrückte.

Nach ein Uhr häuften sich die Fahrten zu Lokalen, die erst um zwei Uhr Sperrstunde hatten, danach ging es in die wenigen, die erst um vier schließen mussten. Wer dann noch nicht genug hatte, fuhr zum Südbahnhof, in dessen Gaststätte eine soziale Mischung brodelte, wie man sie nirgendwo sonst zu Gesicht bekam. Dort jemanden abzuliefern, war kein Problem, aber wehe, man musste einen herausholen. Allein in dem Lärm gehört zu werden, war schwierig, und nicht jeder, der ein Taxi bestellt hatte, war sich dessen fünf Minuten später noch bewusst.

Der Fahrer sagt noch immer nichts. Allmählich wird es unbehaglich, so dicht neben jemandem zu sitzen und kein Wort mit ihm zu wechseln.

»Macht die Arbeit Spaß?«, fragt Freddy schließlich unbeholfen.

Der Kollege wendet ihm nicht einmal kurz das Gesicht zu, sondern blickt weiter starr nach vorn und brummt.

Freddy weiß, dass er eine idiotische Frage gestellt hat, was ihm der Fahrer im selben Moment bestätigt:

»Nachts kotzen dir Besoffene die Polster voll, tagsüber kutschierst du Omas zum Röntgen, die mit Gutscheinen bezahlen, kein Trinkgeld geben, aber eine Viertelstunde brauchen, bis sie ausgestiegen sind. Und das alles für fünf Euro die Stunde. Macht Riesenspaß.«

So einseitig negativ war es früher nicht. Und nie wäre Freddy auf die Idee gekommen, seinen Umsatz in Stundenlohn umzurechnen. Solange er mit dem auskam, was er verdiente, und sich den Kaffee an einer der 24-Stunden-Tanken, den heiligen Hallen der Nacht, sowie ab und zu ein Schnitzel morgens um halb sieben leisten konnte, war er zufrieden gewesen.

Er denkt an die Kulissen und Darsteller des Nachtlebens, an Hoffnung und Enttäuschung, hochhackige Euphorie und frustriertes Seufzen, an Schönheit und Hässlichkeit. Er denkt an die prüfenden Blicke der Frauen in den Spiegel der Sonnenblende samt letztem Lippenstiftstrich, und er denkt daran, dass dieselben Frauen Stunden später mit verrutschtem Make-up neben ihm saßen, nie und nimmer fähig, den Blick auf wenige Quadratzentimeter zu fokussieren.

Er denkt an das Blinken der Ampeln an leeren Kreuzungen morgens um vier, an die Reflexionen der Scheinwerfer, Lampen, Leuchtreklamen bei Regen, die das müde Nachtauge irritieren, und er denkt an den schönsten Moment: an die Stunde am Morgen, wenn es hell wird, aber die Nachtlichter noch brennen.

Finger hatte recht gehabt, es war kein schlechter Job und

außerdem in mancher Hinsicht anders als erwartet. Freddy wäre selbst nie auf die Idee gekommen, Geld für eine Taxifahrt auszugeben, stellte jedoch fest, dass keineswegs bloß reiche Leute seine Dienste in Anspruch nahmen. Einigen, die allem Anschein nach gerade so viel besaßen, wie sie zum Leben brauchten, hätte er am liebsten geraten, sich das Geld zu sparen. Er erinnert sich an eine Frau, die mit ihren drei Kindern vor einem Block mit Sozialwohnungen bei ihm einstieg und zum Gefängnis wollte, um ihren Mann abzuholen, morgens um acht, als Freddy an die Nachtschicht noch ein paar Stunden dranhängte, weil der Kollege von der Tagschicht als Unfallzeuge vor Gericht aussagen musste. Großes Hallo, sobald der Vater im Jogginganzug einstieg. Dann ging es zu einem Einkaufsmarkt, wo sie sich zwei Stunden später wieder abholen ließen, beladen mit Tüten und riesigen Spielsachen. In bester Stimmung unternahmen sie noch einen Abstecher zu einer Burgerschmiede, bevor die Fahrt endete, wo sie begonnen hatte. Freddy brachte die Summe, die auf der Uhr stand, kaum über die Lippen, aber der Vater zahlte umstandslos und gab reichlich Trinkgeld. Damit war die Überbrückungshilfe verpulvert.

»Warum haben Sie … gesessen?«, traute sich Freddy zu fragen, bevor der Mann ausstieg.

»Raub.« Der Familienvater lachte. »Zwei Tankstellen hintereinander. Ich war gerade dabei, mir den Bart abzurasieren, als die Bullen die Tür aufbrachen. Pech. Kannste nix machen.«

Schnell fand Freddy heraus, dass man als Taxifahrer Stammkunden haben konnte. Man musste gut und zügig fahren, man musste freundlich, aber unaufdringlich sein und einen guten Riecher dafür haben, wann jemand ein Gespräch brauchte und wann nicht. Manche hassten persönliche Fragen, andere sprangen sofort an, wenn man sich für sie interessierte. Die meiste Stammkundschaft fand Freddy im Milieu, weil er die Frauen, die er in den frühen Morgenstunden von diversen Dienststellen abholte, nicht mit zweideutigen Bemerkungen behelligte, sondern wie normale Kundinnen behandelte, auch wenn er in dem Moment, in dem sich eine Frau, die eine ganze Schicht lang mit wer weiß wie vielen Männern weiß Gott was getan hatte, auf dem Beifahrersitz niederließ, oft schlucken musste. Aus irgendwelchen Gründen wollten sie immer vorne sitzen, und dort, mit nur einer Handbreit Abstand, wirkte ihre Präsenz so ungeheuer stark auf Freddy, als säßen sie unbekleidet neben ihm.

Manche taten anfangs so, als beachteten sie ihn nicht. Andere testeten ihn, indem sie ihn zum Beispiel fragten, ob sie rauchen durften. Wieder andere reagierten lobend auf sein weißes Hemd, schnalzten mit der Zunge oder sagten etwas wie: »Hast dich ja richtig schick gemacht, Kleiner.« Und dann gab es diejenigen, die sich nach seinem Alter erkundigten, weil er so jung aussah, und dann milde lächelten, wenn er wahrheitsgemäß antwortete. Die Gleichaltrigen schalteten oft auf nächtliche Schicksalsgemeinschaft, die Älteren wurden auf ruppige Art mütterlich. Frivol gaben sich am ehesten die ganz Alten, aber wie ihre jüngeren Kolleginnen sprachen auch sie nie über Einzelheiten ihrer Tätigkeit.

Innerhalb weniger Wochen lernte er sämtliche Bars und Bordelle seiner Heimatstadt kennen, die schäbigen wie die gediegenen, die allen Schmuddel zu überplüschen versuchten. Jedes Mal, wenn ein Mann zustieg und wissen wollte, wo in der Stadt *etwas los* sei, *mit Frauen und so*, wählte Freddy ein Etablissement für ihn aus. Kam ihm der Kunde anmaßend vor, brachte er ihn ins Rotkäppchen, eine Bar, in der man, wie Freddy spitzgekriegt hatte, die Kunden bis auf den letzten Pfennig ausnahm, bevor man sie pro forma kurz ins Separee ließ. War ihm der Kunde sympathisch, fuhr er ihn zu dem Einfamilienhaus in der Nähe der Fernsehanstalt, wo ein älteres Ehepaar ein Bordell mit Stil betrieb. Dort durfte er, wenn er einen Gast brachte, im Salon eine Cola trinken, in Gesellschaft der Damen, die keine billige Reizwäsche trugen, sondern Abendgarderobe, wenngleich großzügig geschlitzt.

Eine von ihnen, eine Vierzigjährige mit langen Beinen und langem Haar, fuhr er regelmäßig in den Nächten von Donnerstag auf Freitag nach Hause. Nach viertägiger Arbeitswoche tauschte sie Seidenstrümpfe und hochhackige Schuhe gegen Jeans und Turnschuhe und kehrte übers Wochenende in ihren Bungalow am Rand des Odenwalds zurück, bevor ihr Ehemann, der werktags ebenfalls auswärtig tätig war, nach Hause kam. Freddy konnte es sich schon bei der ersten Fahrt, die immerhin vierzig Minuten dauerte und mit einem hübschen Betrag in der Kasse zu Buche schlug, nicht verkneifen, zu fragen, ob der Mann denn wisse, was seine Gattin von Montag bis Donnerstag tat.

»Er glaubt, dass ich in einer Bar arbeite, hinter der Theke«, antwortete sie mit einem Lächeln, das innerer Unabhängigkeit entsprang.

Am Ziel angekommen, bat sie Freddy ins Haus, kochte ihm Kaffee und verschwand in den Keller, aus dem sie wenig später mit mehreren Konservendosen zurückkam: Leberwurst, Bratwurst, Schwartenmagen.

»Die sind für dich«, sagte sie. »Hausmacher. Damit du mir nicht vom Fleisch fällst.«

Von da an war sie seine Stammkundin, und Freddy sang

auf der Rückfahrt ins Morgengrauen hinein ausgelassen sämtliche Songs, die er kannte.

Als er die Frau zum dritten Mal fuhr und sie bereits unbefangen mit ihm über ihre Lebensweise redete, erwischte er sich bei der Fantasie, sie würde ihn im heimischen Bungalow ins Schlafzimmer bitten, anstatt ihm, wie üblich, Kaffee aufzubrühen. Doch sah er ein, dass sie nach vier Tagen und Nächten im Bordell, und sei es eines der gehobenen Kategorie, keinen Bedarf haben konnte. »Außerdem ist sie zu alt für dich«, sagte er sich, wenngleich halbherzig, auf der Rückfahrt.

Heute ist er zehn Jahre älter, als die unerreichbare Vierzigjährige damals war. Er hat sie überholt, aber auch aus heutiger Sicht gefällt sie ihm noch. Er erinnert sich, eine der Wurstdosen am Küchentisch der WG geöffnet und dafür von Finger ein zustimmendes Nicken geerntet zu haben. Finger liebte Leberwurst, und kaum denkt Freddy das, fällt ihm ein, wie Finger einmal den Inbegriff des Sommers beschrieb: »Du steigst bei der Kirschenernte am Mittag vom Baum, setzt dich in den Schatten, siehst eine singende Feldlerche aufsteigen und beißt dabei in dein Leberwurstbrot.«

Aber sogar Finger zögerte, zuzugreifen, als er erfuhr, woher die Wurst stammte. Er steckte in einer Zwickmühle, und das galt auch für die anderen. Einerseits hätten sie gern mehr erfahren, nicht nur über die Spenderin der Dosenwurst, sondern über die ganze rot-schummrige Sphäre, aus der sie stammte, andererseits durften sie nicht den Eindruck erwecken, ihr Interesse fürs Verbotene übersteige die Abscheu vor der Ausbeutung des weiblichen Körpers.

Im selben Moment, in dem Freddy all die Wurstdosen vor sich sieht, taucht in seinem Gedächtnis die Person auf, mit der er sie schließlich teilte: eine Kollegin, eine Taxifahrerin. Unwillkürlich entfährt ihm ein Laut, in dem sich die Freude mit einem kleinen Schrecken mischt, weil er nicht gleich an sie gedacht hat.

Der Fahrer richtet jetzt für einen Moment den Blick auf ihn, doch Freddy merkt es nicht einmal, denn allzu deutlich sieht er die Dreißigjährige vor sich, die eines Nachts am Taxistand vor dem Theater an die Seitenscheibe klopfte und ihn um Feuer für ihre Selbstgedrehte bat. Ihr Chef hatte in ihrem Wagen den Zigarettenanzünder entfernt, um seinen Angestellten das Rauchen während der Fahrt zu erschweren.

Sie sah aus wie eine, die in einer WG wohnte, eine typische Studentin, allerdings eine mit untypischem Job. Während sie rauchten, fragte er sie, was sie so mache, worauf sie ihn mit einem tadelnden Gesichtsausdruck bedachte.

»Reicht es nicht, dass ich Taxifahrerin bin, so wie du Taxifahrer bist?«

Freddy grinste verlegen. Dann schenkte er ihr sein Feuerzeug und erkundigte sich nach ihrer Wagennummer.

»Die Neunzehn«, sagte sie.

Eine abrupte Vollbremsung, gefolgt von einer langen Girlande aus Flüchen, reißt Freddy aus der Erinnerung. Der Fahrer gestikuliert wütend, weil der Besitzer eines teuren schwarzen Autos angesichts der Fahrbahnverengung durch eine Baustelle nicht abwarten wollte, bis man ihn einfädeln lässt, sondern einfach nach rechts zog, was den Fahrer eines anderen schwarzen Wagens nicht zum Bremsen brachte, sondern zum Beschleunigen provozierte, weshalb es zur Kollision gekommen ist, die nun den Verkehr stilllegt.

Früher wären die beiden Männer sofort aus den Fahrzeugen gesprungen und aufeinander losgegangen, denkt Freddy. Hier fangen beide noch im Wagen an zu telefonieren und steigen mit dem Handy am Ohr aus. Sie werfen sich lediglich kurze, verächtliche Blicke zu, weil sie sich auf ihre Telefongespräche konzentrieren, sei es mit Polizei, Rechtsanwalt, Ehefrau, Versicherung, Geschäftspartner. Für die übrigen Verkehrsteilnehmer interessieren sie sich nicht. Es scheint ihnen kein bisschen peinlich zu sein, alle anderen aufzuhalten.

Sogar Freddys Taxifahrer verschlägt es die Sprache angesichts der Ignoranz der Unfallteilnehmer. Dann haut er mit Wucht aufs Lenkrad und lässt in seiner Muttersprache weiter eine Verwünschung auf die andere folgen.

Die beiden Männer geben einander Handzeichen, die besagen, warte ab, bis ich fertig telefoniert habe, und begutachten dabei die Schäden an ihren Fahrzeugen. Hinten wird gehupt, was den Taxifahrer animiert, ebenfalls auf die Hupe zu drücken. Daraufhin zeigt einer der Unfallteilnehmer dem Pöbel feierlich den Mittelfinger.

»Ich glaub's nicht«, sagt der Taxifahrer.

Freddy steigt aus und geht auf den Mann zu, der gerade sein Telefonat beendet hat und nun mit angewinkeltem Daumen über das Display scharrt, als wollte er getrockneten Vogeldreck entfernen.

Freddy baut sich nicht vor ihm auf, sondern tritt dicht neben ihn, wie man es tut, wenn man jemanden umarmen will.

»Was wollen Sie?«, fährt ihn der Mann an.

»Ich würde gern noch mal den Finger sehen, den du gerade gezeigt hast.«

Der Mann tritt einen Schritt zur Seite, unsicher, ob er den Schwanz einziehen oder das Schwert ziehen soll. Sein Kontrahent aus dem anderen Fahrzeug wird auf die veränderte Szenerie aufmerksam. Er lässt das Handy sinken und schaut herüber.

Die Entscheidung fällt zugunsten des Schwerts aus: Unmittelbar vor Freddys Gesicht erhebt sich erneut der ausgestreckte Mittelfinger.

Freddys Faust packt blitzschnell zu, und noch in derselben Sekunde sinkt der Besitzer des Fingers in die Knie. Freddy braucht nichts zu sagen, der Mann merkt es selbst: eine einzige Bewegung, und der Finger ist gebrochen – nein, abgebrochen. Erst als Freddy angefleht wird, loszulassen, öffnet er die Faust. Danach bedarf es nur noch einer winzigen richtungsweisenden Kopfbewegung, damit der Unfallteilnehmer in seinen Wagen steigt und den Weg frei macht. Hinter der Baustelle fährt er auf den Bürgersteig, springt aus dem Wagen und sieht das Taxi, in dem Freddy sitzt, vorbeiziehen.

Der Taxifahrer räuspert sich, sagt aber nichts.

»Fahren heutzutage eigentlich noch viele Frauen Taxi?«, will Freddy wissen.

Die Neunzehn trug entweder karierte Hemden oder geringelte T-Shirts und fast immer einen Pferdeschwanz. Sie hatte Sommersprossen und einen rötlichen Schimmer im widerspenstigen Haar, das wie ein Elsternest aufging, sobald sie das Haargummi abnahm und übers Handgelenk streifte. Sie hieß Elke, war zehn Jahre älter als Freddy und redete sich ein, als Taxifahrerin zufrieden zu sein. In Wahrheit wollte sie ihre Eltern ärgern, ihren Verlobten vergessen und der eintönigen Büroarbeit entgehen.

Nächtelang hielt Freddy nach dem Wagen mit der Nummer 19 Ausschau, bis er ihn endlich an der Tanke entdeckte. Alle vier Türen standen offen, die Fahrerin bückte sich in den Fond. Freddy ahnte, was das bedeutete.

Er fuhr neben sie und tat so, als wollte er eine Münze in die Staubsaugersäule werfen.

»Da ist wohl einem Fahrgast ein Fläschchen Bier aufgestoßen«, sagte er.

Elke kroch von der Rückbank, ließ den Schwamm in den Eimer mit dem Scheibenwaschwasser fallen und sagte: »Ich würde sagen, ein ganzer Kasten plus ein kaltes Buffet.«

Freddy öffnete den Kofferraum, nahm sein Wunderspray heraus und warf es ihr zu. Während sie den Geruch im Fahrzeug chemisch bekämpfte, vergaß er sich im Betrachten ihres Hinterns. Sie konnte es nicht sehen, aber sie schien es zu spüren, jedenfalls deutete Freddy ihren Gesichtsausdruck so, als sie ihm die Sprühflasche zurückgab: leicht genervt, leicht geschmeichelt, leicht amüsiert, mit der nachsichtigen Temperierung, mit der man Lausbuben bedenkt.

Freddy strich sich die Haare zurück. Dann hielt er ihr die Zigarettenpackung hin. Sie zögerte kurz, bevor sie zugriff. Nach dem ersten Zug las sie den kleinen, blassen grauen Aufdruck auf der filterlosen Zigarette, nickte und nahm den nächsten Zug.

»Wie lang bist du schon dabei?«, fragte Freddy.

»Vier Wochen. Aber die ersten zwei bin ich tagsüber gefahren.«

»Warum hast du auf die Nacht gewechselt? Ist doch viel zu gefährlich für eine Frau.«

»Wenn es Probleme gibt, setze ich meine Waffe ein.«

»Und die wäre?«

»Das Gaspedal.«

Sie erzählte von vier amerikanischen Soldaten, die sich von der Disco abholen ließen und frustriert waren, weil sie keine Mädchen abschleppen konnten. Um sich aufzumuntern, fingen sie an, mit Elke zu flirten, gingen dazu über, sie zu ärgern und schließlich zu bedrängen. Daraufhin habe sie abrupt den Fahrstil gewechselt, den Wagen per Kick-down mitten in der Stadt auf hundertachtzig gebracht und die Kerle damit schlagartig ruhiggestellt.

»Da war Schluss mit der Grapscherei, weil sie sich mit beiden Händen festhalten mussten«, resümierte sie stolz.

Freddy lachte eher pflichtschuldig als überzeugt. Daraufhin musterte sie ihn ernst, als suchte sie in seinem Gesicht nach der Bestätigung für die Vermutung, die gerade in ihr aufkam.

Freddy schluckte, bevor er fragen konnte, wann sie Feierabend machte.

»Um sechs.«

»Hast du Lust, dann ein Bier trinken zu gehen?«, fragte er.

Jetzt hört man die Sirene, und gleich darauf nähert sich auch schon das Blaulicht, vermutlich auf dem Weg zum Unfallort, den Freddy auf seine Art geräumt hat.

»Die Polizei hätte die Straße nicht so schnell frei gekriegt«, stellt der Taxifahrer anerkennend fest.

Freddy zuckt die Schultern.

»Das Arschloch hat geglaubt, gleich ist der Finger ab, und er kann ihn nie mehr in eine …«, redet der Fahrer weiter, aber Freddy unterbricht ihn:

»Ja, ja, schon gut.« Er spürt, dass der andere in Fahrt kommt und auf Kumpel machen will, aber ihm ist nicht danach, denn inzwischen grämt er sich. Was er gerade getan hat, gehört zu den Verhaltensweisen, die er sich abgewöhnen will.

Ohne Freddys Interesse für das Thema weicht bei dem Fahrer die Begeisterung über den Fingertrick wie die Luft aus einem Ballon. Er lässt die Schultern sinken und erinnert sich, wonach sich sein Fahrgast erkundigt hat.

»Es fahren kaum noch Frauen. Und wenn, dann tagsüber«, sagt er. Die Frage, warum Freddy das wissen will, verkneift er sich.

Sie trafen sich nach Schichtende zu Schnitzel und Bier im Sechs-Uhr-Stübchen, und Freddy redete, was das Zeug hielt, weil Elke jede Menge wissen wollte und sogar ihre einfachsten Fragen eine Herausforderung für ihn waren. Wo kommst du her, was machen deine Eltern beruflich, hast du Geschwister, wo wohnst du, womit vertreibst du dir außerhalb der Arbeit die Zeit, hast du keine Freundin, wie sieht es mit Freunden aus, und wo hast du eigentlich diese geile Lederjacke her?

Sie fragte tatsächlich: »Was machen deine Eltern beruflich?«

Noch bevor er aus seinen langen Vorreden, Erklärungen und Rechtfertigungen hinausgefunden und sich auf eine einigermaßen plausible Antwort zubewegt hatte, küsste sie ihn auf den Mund.

Sie wohnte in einer kleinen, aufgeräumten Souterrainwohnung, die Freddy in den ersten Minuten einschüchterte, weil es ihm vorkam, als verursachte er allein mit seiner Anwesenheit Schmutz, aber schon Minuten später stellte sich heraus, dass Elke zumindest nichts dagegen hatte, mit seiner Unterstützung die Bettwäsche zu versauen.

So wurde sie seine erste Freundin.

Meine erste eigene Freundin.

Auch wenn man das nicht sagen durfte, wie Freddy von Lioba, Mechthild und Marianne wusste, Formulierungen wie *meine Freundin* oder *meine Frau* waren verpönt, weil Sprachreste aus der Diktatur des Patriarchats.

Sie verbrachten die Morgen zusammen, aßen zum Frühstück Hausmacherwurst aus der Dose und tranken Bier oder Wein dazu, vögelten, schliefen. Danach führte jeder für ein paar Stunden sein eigenes Leben.

Hin und wieder half Freddy beim umweltgerechten Umbau von Lurchs und Liobas Backsteinhaus und beim Anlegen des dazugehörigen Gartens, alle paar Tage besuchte er Finger und die schwangere Mechthild.

»Du musst jemanden finden, Freddy. Jemanden, der zuerst an dich denkt«, hatte Mechthild einmal zu ihm gesagt, als sie bereits seit einigen Wochen nicht mehr miteinander schliefen und sich darauf geeinigt hatten, dass es Fingers Kind war, das in ihrem Bauch heranwuchs. Deshalb traute er sich schließlich, zu verraten, dass er *mit jemandem zusammen* war.

Ihm war ein wenig bange, weil er nicht wusste, ob sie Elke akzeptieren würden, die gelernte Bürokauffrau, die Taxi fuhr und nie über Politik redete, nicht einmal über Selbstfindung und weibliche Identität, jedenfalls nicht mit den Worten, die Freddy von der WG-Besatzung kannte. Aber Mechthild und Finger fragten ihn nicht einmal, wo sie politisch stand, sondern freuten sich für ihn. Sie schienen erleichtert zu sein, was ihn wiederum froh machte, und so freuten sie sich alle drei, und es kam Freddy vor, als wären sie noch einmal Freunde geworden.

Von da an machte er sich auch bei ihnen nützlich, half, einen Raum zum Kinderzimmer umzugestalten, und montierte Anhängerkupplungen an die Fahrräder. Schließlich stellte er ihnen eines Tages vor Schichtbeginn Elke vor. Sie fuhren in zwei Wagen hin, legten beide ihr Taxifahrerportemonnaie auf den Küchentisch, erzählten bei einer Tasse Kaffee leicht verdruckst, wie sie sich kennengelernt hatten, bewunderten Mechthilds Bauch und rauchten auf der Terrasse mit Finger eine Zigarette. Dann dampften sie wieder ab. Freddy war glücklich und musste Mechthild und Finger gleich am nächsten Tag sagen, wie toll er es fand, dass sie mit Elke so normal umgegangen seien.

»Ist doch selbstverständlich«, meinte Mechthild nur, und das klang, als wollte sie das Thema wechseln. Freddy wunderte sich darüber, aber dann sah Finger ihn ernst an und sagte, sie hätten ihm etwas mitzuteilen.

Finger schob eine Hand unter Mechthilds Bluse, um das Baby zu spüren, während Mechthild von den Besprechungen mit der Hebamme erzählte, den errechneten Geburtstermin nannte und ihm erklärte, wie eine Hausgeburt ablief.

Freddy bekam sofort Angst um das Kind, dem im Notfall nicht die medizinische Soforthilfe einer Klinik zur Verfügung stehen würde, aber die Freunde beschwichtigten ihn mit statistischen Werten. Für sie kam nichts anderes als eine Hausgeburt in Betracht, weil es die authentische Variante war, ohne die Entfremdungsaspekte der Apparatemedizin. Das Kind sollte nicht in einem sterilen Kreißsaal geboren werden, unter grellen Lampen. Und dann formulierten sie endlich die Bitte, die sie an ihn hatten.

Freddy seufzt und registriert aus dem Augenwinkel, dass der Fahrer fragend zu ihm herüberschaut. Sie bewegen sich aus der Innenstadt hinaus, noch vier, fünf Kilometer bis zu dem Neubaugebiet, in dem Rosa wohnt. Er fährt Rosa im Taxi entgegen, wie damals, als er Nacht für Nacht darauf wartete, zu Mechthilds und Fingers Adresse gerufen zu werden, denn so hatten sie es vereinbart: Sie würden bei der Zentrale ein Taxi bestellen und ihn verlangen.

ZUR WELT KOMMEN

»Da wären wir.«

»Was?«

»Wir sind da.« Der Taxifahrer klingt eher unsicher als ungehalten.

Freddy gerät beinahe in Panik. Das kann nicht sein. Das ist viel zu schnell gegangen. Er ist auf dem Weg zu Rosa gewesen und hat es doch nicht geschafft, sich auf den Besuch einzustellen.

Er möchte davonlaufen, und so bezahlt er die Fahrt, steigt aus und beschließt, wenigstens noch eine Runde zu drehen. Er geht in die Feuchtigkeit des anbrechenden Abends hinein, und nach wenigen Schritten schon dringt die Kälte des Novembernebels durch Lederjacke und Hemd.

Das ist der Vorteil im Knast: Du kannst nicht davonlaufen.

Wird dir zum Beispiel ein Brief ausgehändigt, der in dir den Drang auslöst, dich in Bewegung zu setzen, zu gehen und zu gehen, bis du dich beruhigt hast, bis du wieder denken kannst oder bis alles Denken lahmgelegt ist, dann kannst du diesem Impuls nicht nachgeben. Du bist gezwungen, es mit dem Brief in deiner weniger als boxringgroßen Zelle aufzunehmen.

Freddy hatte schon nicht mehr damit gerechnet, jemals

Post zu bekommen, als ihn Rosas Brief erreichte. Er warf einen Blick auf das Foto des Neugeborenen, das am Bettpfosten befestigt war, dann riss er den Umschlag auf.

Ohne Anrede ging es los:

Heute habe ich von meiner Mutter zwei Dinge erfahren. Ich habe erfahren, dass Du mal etwas mit ihr hattest und dass Du bei meiner Geburt dabei warst. Ziemlich heavy, wenn man bedenkt, dass Du derjenige bist, der meinen Vater aus dem Leben befördert hat. Ich habe zu meiner Ma gesagt, sie soll mir bitte mal erklären, was ich für eine Einstellung zu so einem Menschen haben soll. Ich habe sie auch gefragt, warum sie mir das überhaupt aufs Auge drückt. Wer will sich schon vorstellen, wie die eigene Mutter mit anderen Männern schläft.

Womit ich beim Thema wäre.

Sie hatte was mit Dir, machte dann mit Dir Schluss, wollte aber trotzdem, dass Du bei meiner Geburt dabei bist – da drängt sich die Frage auf, was das soll. Ob mehr dahintersteckt als ideologisches Zeug, von wegen kein Beziehungsknast, sondern Gemeinschaft, und alle lieben sich und so. Ich frage mich, ob Du nur wegen der Ideen vom alternativen Leben bei meiner Geburt dabei warst oder ob es auch einen triftigen Grund dafür gibt.

Ich denke mal, dass Du verstehst, was ich wissen will. Und dass Dir mein Wunsch einleuchtet. Auch wenn Du nie einer von den Schlauköpfen gewesen bist, die große Reden geschwungen haben, wenn sie bei uns zu Besuch kamen.

Sobald ich eine Antwort von Dir habe, stelle ich meiner Mutter die gleiche Frage. Ich will es zuerst von Dir hören. Damit ich etwas in der Hand habe, wenn ich sie zur Rede stelle.

Sie hasst Dich übrigens nicht, falls Du das glauben solltest. Zwar würde ich nicht unbedingt sagen, dass sie Dir dankbar ist, aber immerhin waren die beiden ja schon lange getrennt, als Du seinen letzten Willen erfüllt hast – falls es so gewesen ist. Ich glaube, Du tust ihr einfach leid.

Ob ich Dich hasse, weiß ich nicht genau. Du steckst in meinem Leben wie eine Axt, die jemand mit voller Wucht in einen Stamm geschlagen hat. Alleine krieg ich die nicht mehr raus. Vielleicht müsste ich Dir sogar dankbar sein, weil Du den Armen erlöst hast. Wer sonst hätte sich das getraut? Andererseits käme es mir abartig vor, mich dafür zu bedanken, dass Du mich zur Halbwaise gemacht hast.

Wieder andererseits wäre ich es ja sowieso geworden.

Normal ist das alles nicht.

Solange mein Vater noch lebte, kamst Du ab und zu vorbei und brachtest mir was mit, was mir meistens sofort abgenommen wurde, nachdem Du zur Tür hinaus warst. Sie waren nämlich nicht gerade pädagogisch wertvoll oder öko, Deine Mitbringsel. Kamen nicht besonders gut an. Ein Plüschhund aus Kunstpelz und so.

Aber ich durfte mit Dir spielen, und dabei hattest Du eine sagenhafte Geduld. Plus das Geschick, bei Brett- und Kartenspielen zu verlieren, ohne dass aufgefallen wäre, dass Du es absichtlich tust. Eine seltene Supereigenschaft bei Erwachsenen.

Ich hoffe, Du bist noch immer so geduldig. Im Gefängnis kann man Geduld gebrauchen, schätze ich. Und ich hoffe, Du bist keiner, der unabsichtlich verliert. Rosa.

Ich muss da jetzt rein, sagt sich Freddy. Er macht sich, wie schon am Morgen dieses Tages, verdächtig, wenn er sich als Fremder in einer Wohnsiedlung herumdrückt, und kaum meldet sich dieser Gedanke, holt ihn eine zweite Einzelheit des Morgens ein, denn eine Familie schiebt sich an ihm vorbei, deren zwei Kinder Laternen tragen. Ihm fällt auf, dass keine Kerze im Lampion aus Papier brennt, sondern ein elektrisches Lämpchen, das über ein dünnes, durch die Tragestange laufendes Kabel von einer im Plastikgriff enthaltenen Batterie gespeist wird. Der Griff, erkennt er, verfügt über einen Schalter. Damit ist jede Brandgefahr gebannt. Die Kinder können ihre Laternen bedenkenlos schwenken und schlenkern, aber aus irgendeinem Grund freut es ihn, dass sie es trotzdem nicht tun, sondern sie stolz und andächtig vor sich hertragen, so wie er es damals getan hat, als er neben Anita in der Prozession mitging.

Falls diese Familie auf dem Weg zum Martinszug ist, kann es gut sein, dass auch Rosa mit ihren Kindern daran teilnimmt. Erschrocken wendet er sich ihrem Haus zu. Wenn er sie nicht antrifft, weiß er nicht, wohin.

Er hatte noch nie einen Brief geschrieben und zögerte, bevor er zum Stift griff, als wäre er unsicher, ob er die linke oder die rechte Hand nehmen sollte. Er nahm die rechte und schrieb in einem Zug nieder, was er zu antworten hatte:

Was Du wissen willst: Ob ich Dein Vater bin. Deine Mutter sagt Nein. Ich glaube ihr. Weil sie die Mutter ist. Aber Du als Baby. So klein und schön. Kann nicht von mir sein. Hab ich gedacht. Freddy.

Und dann war sie auf einmal da, von seinem Brief herbeigezaubert. Als sie den Besuchsraum betrat, wirkte sie auf den ersten Blick scheu, aber nach einer Sekunde der Orientierung kam sie mutig auf ihn zu. Es war der Raum ohne Trennscheibe, darum konnte sie nach ihm greifen. Als Erstes sagte sie: »Du hast warme Hände.«

Immerhin das hatte er für die Dauer eines halbstündigen Besuchs zu bieten.

Was sie ihm zu bieten hatte, kommt ihm noch immer ungleich bedeutsamer vor: Rosa war die einzige weibliche Person, die ihn in den letzten Jahren angefasst hat. Beim ersten Besuch hatte es sich auf den doppelten Händedruck beschränkt, aber schon beim zweiten Mal gab es eine zaghafte Umarmung.

Zu erzählen hatte er wenig. Seine Tage verliefen gleichförmig, das Erfreuliche beschränkte sich auf kleine Erfolge in der Werkstatt, wenn eine Schweißnaht besonders gut gelang oder sein Augenmaß es an Genauigkeit mit der Schieblehre aufnehmen konnte. Das Unerfreuliche, zu dem es beim Hofgang oder unter der Dusche bisweilen kam, ließ er weg, damit sich Rosa keine Sorgen machte. Lieber berichtete er von dem Mithäftling, der ihm am ersten Tag ein paar Zigaretten geschenkt hatte, damit er nicht gleich Tabakschulden bei einem machen musste, der später das Vielfache zurückverlangen würde.

Rosa ermunterte ihn, dankbar, dass er sich nicht hängen ließ. Sie klang wie eine Mutter, die mit banger Spannung die Entwicklung ihres Sorgenkinds verfolgt, obschon sie ja eher *sein* Kind war, wenngleich auf die unübliche Art.

Auch ihre Mutter hatte seine warmen Hände gemocht, aber das sagte er Rosa nicht.

Was er ihr gern beschreiben würde, war ein Blick von Mechthild, den er nie vergessen würde. Ein Blick, den er nicht aus nächster Nähe auffing, sondern aus zwei, drei Metern Abstand. An vielen Tagen und in noch mehr Nächten sah er ihn vor sich, wenn er an die Decke seiner Zelle starrte, diesen bestimmten Ausdruck in ihren weit offenen Augen. Entsetzen lag darin, Angst, aber auch etwas Flehendes, womöglich eine Bitte um Hilfe und Verzeihung zugleich.

Ehe er es sich anders überlegen kann, drückt er die Klingel, an der ihr Name neben einem fremden Namen steht. In den Sekunden des Wartens plagt ihn die Vorstellung, dass man ihn nicht einlassen wird, dass ihm fortan der Zutritt zu allen Sphären jenseits von blauen Türen und roten Lichtern verwehrt bleibt. Aber dann öffnet sich die Tür doch noch, und er befindet sich mit Rosa auf ein und derselben Welt.

Sie hat mit ihm gerechnet, das sieht er gleich.

Das Baby, das sie auf dem Arm hält, und das Kleinkind, das ihr Bein umklammert – das sind die Gründe dafür, warum er sie so lange nicht gesehen hat und warum es ihr nicht möglich gewesen ist, ihn abzuholen.

Rosa ist die Einzige, die ihn hinter Gittern angefasst hat, und er wünschte, sie wäre die Erste, die ihn jetzt, nachdem er draußen ist, berührt, aber diesen Wunsch hat er selbst sabotiert, als er sich in Frankfurt von Moppes in die Vollzugskammer der Blondine schieben ließ. Nun fürchtet er, Rosa könnte ahnen, dass er wenige Stunden zuvor mit beiden Händen die Hüften einer käuflichen Frau gepackt hat, und hält Abstand von ihr, sodass sie ihn zur Begrüßung nur leicht am Oberarm streifen kann, was er wegen des Leders seiner Jacke nicht einmal spürt.

Mit einem Kind auf dem Arm und dem anderen an der Hand geht Rosa durch einen kurzen Flur ins Wohnzimmer, wo ein vom Boden bis zur Decke reichendes Fenster die Aussicht auf einen kleinen Garten im Dämmerlicht freigibt. Ein Heckenzaun trennt den Rasen vom Grundstück des Nachbarn.

Rosa setzt das kleinere Kind auf dem Teppich ab und ermuntert das größere, sich der Spielecke mit dem Puppenhaus zuzuwenden. Dann dreht sie sich entschlossen und in würdevoll aufrechter Haltung zu Freddy um und umarmt ihn fest.

In seiner Verwirrung erwischt sich Freddy bei dem Gedanken, dass durch den Druck ihres Körpers das Foto in der Hemdtasche Knicke bekommen wird. Aber Rosa lässt nicht los, und so zerlaufen dieser und alle anderen Gedanken wie Wasserfarben. Sie rinnen davon als formloser, blasser Strom, der jedoch gleich darauf neue, überraschende Gestalt annimmt: Plötzlich erinnert Freddy sich daran, wie es sich anfühlt, aufgenommen zu werden. Im Dämmerlicht des Wohnzimmers von Rosas Reihenhaus sieht er in untrüglicher Deutlichkeit vor sich, wie sie auf ihn zukamen und ihn umarmten: Lioba, Marianne, Mechthild. Auch Lurch und Finger nahmen ihn in den Arm, das war in der alternativen Szene üblich, aber die Umarmung der Frauen hatte eine spezielle Qualität. Nicht dass er es missverstand, aber ihre Körperformen registrierte er trotzdem. Sie ließen ihn einen Hauch von Intimität spüren, erlaubten ihm, wahrzunehmen, wie sie sich anfühlten, und gaben ihm somit zu verstehen, dass sie ihn aufnahmen: in die WG, in ihr Leben, in alles, was dazugehörte.

Wahrscheinlich hatte ihn seine Mutter als Kleinkind im

Arm gehalten, aber erinnern konnte er sich daran nicht. Darum waren die Umarmungen von Lioba, Marianne und Mechthild nichts weniger als die ersten seines bewussten Lebens.

Schließlich löst er sich vorsichtig von Rosa, um sie anzuschauen.

»Du siehst müde aus«, sagt er.

Sie gibt einen kurzen Laut von sich, der wie der Ansatz zu einem resignierten Lachen klingt, und hebt ein Plüschtier vom Boden auf.

»Seit drei Jahren habe ich nicht mehr durchgeschlafen.«

Schon reckt das Kleinkind beide Arme in die Höhe, worauf Rosa es erneut hochnimmt. Sie setzt sich auf die Couch und erzählt Freddy von den Kindern. Der hört ihr zu, quetscht sich neben sie und nimmt das Plüschtier, das sie auf den Tisch gelegt hat, in die Hand, um es zu betrachten. Es ist ein Maulwurf. Er kennt ihn als Zeichentrickfigur aus seiner Kindheit; unglaublich, dass noch heute Kinder damit spielen. Er sagt es laut, und Rosa staunt, dass die Figur eine so lange Geschichte hat.

»Ich hätte dir einen geschenkt, als du klein warst, wenn ich gewusst hätte, wo man die kaufen kann.«

»Weißt du noch, was du mir stattdessen geschenkt hast?«

Er nickt. Natürlich weiß er es noch, nicht nur, weil sie es in ihrem ersten Brief erwähnt hat. Als er das Stofftier aus Polyacryl überreichte, merkte er gleich, dass mit seinem Geschenk etwas nicht in Ordnung war.

»Ich hab ihn nach Papas Tod im Keller gefunden.«

Unwillkürlich blickt sich Freddy im Zimmer um.

Sie schüttelt den Kopf. »Er gehört mir, nicht meinen Kindern.«

Freddy merkt, wie seine Hände zittern, weil sie beiläufig den Tod ihres Vaters erwähnt hat.

»Ach, Freddy«, sagt sie, richtet den Blick zu Boden, als lese sie dort eine versteckte Handlungsanweisung, und drückt dann den Kopf an seine Schulter, während sie mit beiden Händen seinen Arm umklammert.

Als wäre er Gott weiß wer. Als taugte er zum legitimen Tröster.

»Tu mir einen Gefallen«, bittet sie. »Erzähl mir endlich die ganze Geschichte von meiner Geburt!«

»Was meinst du mit der *ganzen* Geschichte?«

»Alles halt. Wie es gewesen ist und wie es dazu kam, dass du dabei warst.«

»Wir waren Freunde«, sagt er, als würde das alles erklären.

Finger holte tief Luft. Es sah aus, als müsste er sein Gesicht aufräumen, um Platz für das umfassende Strahlen zu machen, mit dem er Freddy frontal anleuchten wollte. Er erklärte, Mechthild und ihm sei es wichtig, auch dem intimen Moment der Geburt einen Rahmen von Gemeinschaft zu geben und freundschaftlich zu teilen.

Da Freddy ihn mit offenkundig ratloser Miene ansah, kam er ohne weitere Umschweife auf den Punkt:

»Wir wollten dich fragen, Freddy, ob du dir vorstellen könntest, dabei zu sein.«

»Als Freund. Damit wir gegenüber Arzt und Hebamme nicht in der Unterzahl sind«, fügte Mechthild hinzu.

Freddy blieb die Spucke weg. Vorläufig verstand er nur eines: Es war eine enorme Auszeichnung. Er sollte dabei sei, wenn das Größtmögliche geschah.

»Wir würden uns echt freuen, wenn du Ja sagen würdest«,

fasste Mechthild zusammen und sah Freddy auf eine Art an, die ihm in Fingers Gegenwart peinlich war.

»Aber natürlich nur, wenn es für dich okay ist«, ergänzte Finger.

Freddy zog die Nase hoch, griff nach den Zigaretten, steckte sie aber gleich wieder ein, weil man drinnen nicht mehr rauchen durfte, und sagte: »Jetzt brauche ich erst mal einen Schnaps.«

Sofort holte Finger den Ouzo aus dem Schrank und goss sich und Freddy einen ein. Mechthild segnete es mit einem Lächeln ab. Sie stießen an.

»Also, wenn ihr meint«, sagte Freddy.

Den zweiten Schnaps musste er ablehnen, weil er eine Zwölfstundenschicht am Steuer vor sich hatte. Auf dem Weg zur Firma spürte er warme Wellen in sich hin und her schwappen, die nicht vom Alkohol kamen, und er überlegte, ob er sich jemals so wie in diesem Moment gefühlt hatte.

»Was für ein Gefühl war das?«, will Rosa wissen.

Freddy zuckt mit den Schultern. »Es war irgendwie … feierlich.«

Er sucht nach einem Wort, einem Bild, das alles erklärt, und findet es tief in einer Falte seines Gedächtnisses, in einer Geschichte aus dem Religionsunterricht. »Ich bin mir vorgekommen wie der Zöllner, der auf dem Baum sitzt.«

Rosa, die nicht getauft ist und nie eine Religionsstunde erlebt hat, sieht ihn fragend an.

»Wie der Zöllner in Jericho. Der Sünder mit dem schlechten Gewissen, zu dem Jesus gesagt hat, komm runter vom Baum, damit ich in deinem Haus einkehren kann.«

Rosa nickt unsicher.

Fortan herrschte, wenn er Mechthild und Finger besuchte, ein verschwörerisches Einverständnis zwischen ihnen, das an Glanz gewann, als die werdenden Eltern den anderen Freunden mitteilten, Freddy werde bei der Hausgeburt dabei sein. Lurch beglückwünschte ihn, Lioba blickte in den Schoß, Tom ging nach draußen, um zu rauchen.

Dann geriet das Thema eine Weile in den Hintergrund, bis Freddy neue Informationen erhielt: über die Vorkehrungen, die für eine Hausgeburt getroffen werden mussten, über den mutmaßlichen Ablauf, über Dammschnitt und Mutterkuchen. Diesen wollte Finger im Garten vergraben. Später sollte ein Baum an der Stelle gepflanzt werden. Vor dem Dammschnitt hatte Mechthild eine Heidenangst, und sie hoffte, ihn durch spezielle Übungen und Massagen vermeiden zu können.

»Und ich bin bei allem dabei?«, vergewisserte sich Freddy.

»Ja!«

»Und dann warst du also die ganze Zeit dabei«, sagt Rosa.

»Ja. Erst als der Arzt kam, um mit dem Nähen anzufangen, bin ich gegangen.«

»Wohin?«

»Zu meinem Taxi. Ich hatte ja noch Schicht.«

»Du hast danach weitergearbeitet?«

»Was hätte ich sonst tun sollen?«

Die Schicht hatte begonnen wie immer. Um achtzehn Uhr fuhr er vom Hof, und es lief von Anfang an gut. Ein älteres Ehepaar mit mehreren Einkaufstüten ließ sich zu seinem Haus in einen der besseren Vororte fahren. Dort bekam er eine Fahrt zum Theater, wieder gut situierte Leute, die geduscht hatten, Trinkgeld gaben und keine Quittung brauchten. Anschließend ging es ohne große Pausen zwischen Altstadt und Neustadt hin und her. Erst gegen elf stand er am Bahnhof und hatte Zeit, eine zu rauchen und Kaffee aus der Thermoskanne zu trinken. Die Spätzüge und die letzten S-Bahnen vom Flughafen lösten die Taxischlange bald wieder auf, und für Freddy fiel eine Fahrt bis über die Stadtgrenze hinaus ab. Das war gut für den Umsatz, und auf dem Rückweg konnte er es sich endlich erlauben, etwas lauter Musik zu hören. Darum reagierte er nicht auf Anhieb, als die Zentrale ihn anfunkte.

»Die Hundertsieben!«

Mehrfach musste die Zentrale seine Wagennummer rufen, bis er sich meldete. Er drückte das Knöpfchen und notierte die Angaben, die ihm genannt wurden, routinemäßig auf dem Block, der am Armaturenbrett klebte. Erst nachdem er den Auftrag quittiert hatte, erkannte er, dass er die Adresse der WG aufgeschrieben hatte.

Sofort vibrierten seine Hände. Kurz überlegte er, an einer Telefonzelle anzuhalten, um zu fragen, ob es so weit war, aber dann entschied er sich dafür, keine Zeit zu verlieren.

Vor dem Haus stand ein Kleinwagen, den er nicht kannte. Sobald die Wohnungstür aufging, wurde ihm klar, dass er der stämmigen Frau, die ihm öffnete, gehören musste. Sie stellte sich als die Hebamme vor, eilte dann aber sofort in Mechthilds Zimmer zurück. Sie beachtete Freddy von nun an nicht mehr, und dieser wagte es kaum, ihr bei der Arbeit zuzusehen, denn er kam sich nicht wie ein erlöster Sünder vor, der vom Maulbeerbaum herabgestiegen war, sondern wie ein Eindringling.

Finger empfing ihn mit einem kurzen, nichtssagenden

Blick, bevor er sich wieder dem Zentrum des Geschehens zuwandte. Mechthild hatte die Beine angewinkelt und starrte voller Entsetzen an sich herab. Finger hielt sie von hinten an den Schultern, während die Hebamme Mechthild unablässig Anweisungen zurief. Allmählich begriff Freddy, dass die Geburt schon in vollem Gange war. Er wagte es nach wie vor nicht, genauer hinzuschauen, was ihn in einen Zwiespalt brachte: Sie hatten ihn gerufen, damit er Zeuge wurde, aber nun fühlte er sich wie im falschen Film. Es gehörte sich nicht, dass er hier war, es war nachgerade unanständig. Die Hebamme, merkte er, fühlte sich durch seine Anwesenheit gestört, Mechthild schien ihn gar nicht wahrzunehmen, und Finger sagte kein Wort zu ihm.

»Wollten sie dich am Ende plötzlich nicht mehr dabeihaben?«, fragt Rosa.

»Doch, ich glaube schon, aber sie waren zu beschäftigt, um auf mich zu achten.«

»Und du? Hast du etwas gesagt?«

»Kein Wort. Die ganze Zeit nicht.«

»Du hast einfach stumm dagesessen und hingeschaut?«

»Gestanden hab ich. Und ich hab irgendwie hingeschaut und irgendwie doch nicht. Ich hab nicht gewusst, ob ich es tun darf, tun soll oder eben nicht. Aber dann.«

»Was dann?«

»Dann wurde es dramatisch.«

»Dramatisch?«

Freddy sah die Hebamme unwillig werden. Zuerst dachte er, *Wie kann sie die werdende Mutter nur so anfahren*, dann verstand er, dass sie es mit der Angst zu tun bekam. Es ging nicht voran, die Hebamme befürchtete Komplikationen. Sie forderte Mechthild zum Atmen und Pressen auf, immer wieder von Neuem, aber vergebens. Freddy erkannte, dass Mechthild mit ihren Kräften am Ende war, auch Fingers Zureden brachte nichts mehr, und da sagte die Hebamme plötzlich:

»Es hilft nichts, ich muss schneiden.«

In dem Moment hob Mechthild den Kopf und starrte Freddy mit weit aufgerissenen Augen an. Zum ersten Mal, seit er das Zimmer betreten hatte, sah sie ihn an.

Sie richtete noch einmal den Blick auf die Körpermitte, dann auf die Hebamme, die im Begriff war, etwas aus ihrer Tasche zu nehmen. Danach suchten ihre Augen wieder Freddy, der mit hilflos herabhängenden Armen im Zimmer stand. Sie sah ihn mit einer Mischung aus Entsetzen, Angst und flehender Bitte um Verzeihung an, die er seitdem nicht vergessen hat, und er erwiderte den Blick, hielt ihn fest, und nachdem sie Halt in seinem Blick gefunden hatte, holte sie Atem und bündelte alle Kraft zu einem ungeheuren letzten Pressen. Überrascht warf die Hebamme die Schere zur Seite.

»Der Kopf ist da«, rief sie eine Sekunde später.

Mechthild sah Freddy an. Er verstand es als Aufforderung und trat zwei Schritte nach vorn, damit er das Baby sehen konnte.

»Mich«, sagt Rosa leise.

»Deinen Kopf. Oder die schwarzen, nassen Haare. Das Gesicht konnte ich noch nicht sehen.«

Sobald das Kind in der Armbeuge der Mutter lag, ging die Hebamme in den Flur, um den Arzt anzurufen. Finger betastete das Neugeborene und weinte. Er hörte gar nicht mehr auf zu weinen, und Freddy fühlte sich nun so fehl am Platz wie noch nie zuvor in seinem Leben. Er stand herum und wusste nicht, ob er bleiben oder gehen sollte. Niemand schenkte ihm Beachtung. Eltern und Kind bildeten eine geschlossene Kapsel, die Hebamme hatte zu tun. Als der Arzt kam und sich anschickte, den Riss zu nähen, verabschiedete sich Freddy. Das Kind wagte er nicht zu berühren, er sah es nicht einmal genau an, gerade so, als stünde ihm das nicht zu. Immerhin gab Mechthild ihm ein Lächeln mit, und Finger hob zum Abschied kurz die Hand.

»Wann hast du mich zum ersten Mal genau betrachtet?«, will Rosa wissen. Obschon sie flüstert, klingt sie heiser. Das Kleinkind in der Spielecke horcht auf und dreht den Kopf.

»Ich weiß nicht. Ein paar Tage später. Ich wollte nicht gleich stören.«

»Und wie habe ich ausgesehen?«

»Du warst ein sauberes, duftendes Baby. Kein Neugeborenes mehr, das verschmiert und irgendwie verbeult aussah. Sondern zufrieden. Ruhig. Du hast geschlafen. Du sahst aus, als könnte dir nichts etwas anhaben.«

Rosa wendet den Blick ab, beugt sich über ihr Kind, sodass Freddy ihr Gesicht nicht sieht, und verlässt den Raum so geschwind, als hätte sie etwas auf dem Herd stehen, das überzukochen drohte, Milch oder Brei, und tatsächlich hört Freddy sie in der Küche hantieren. Aber er geht nicht zu ihr, denn er versteht, dass sie in diesem Moment allein sein will. Das Kleinkind in der Spielecke verrückt Figuren im Puppenhaus und spricht dabei leise und verträumt vor sich hin, ohne auf den Gast zu achten.

Als er das Haus der Geburt verließ, kam ihm sein eigenes Taxi fremd wie ein Ufo vor, doch sobald er am Steuer saß, atmete er auf, und allmählich wurde ihm wieder feierlich zumute. Er hatte gesehen, wie ein Kind geboren wurde. Wer, der nicht selbst Vater war, konnte das von sich behaupten?

Eine Weile lauschte er in der Stille des Wagens auf seine Herztöne, bevor er den Funk einschaltete. Am liebsten hätte er aller Welt erzählt, was er gerade erlebt hatte, er spielte sogar mit dem Gedanken, es durchzusagen, verkniff es sich aber, weil er nicht von der Zentrale gerügt und von den Kollegen verspottet werden wollte.

Mit dem Anlassen des Motors wurde eine andere Wirklichkeit in Kraft gesetzt. Minuten später saßen fremde Menschen neben und hinter ihm, mit denen er nicht teilen konnte, was er gerade erlebt hatte, doch während er routiniert Fahrtziele ansteuerte, Quittungen schrieb, Wechselgeld herausgab, füllte ihn weiterhin ein reines Strahlen aus, von dem er glaubte, es würde nie mehr vergehen.

Dann schlug an einer roten Ampel jemand mit der flachen Hand gegen das Seitenfenster, gleich danach ging die Tür auf, und ein schlaffer Mann wurde auf den Beifahrersitz gestoßen. Freddy seufzte. Der Betrunkene stank und kippte langsam nach vorne, bis der Kopf gegen das Armaturenbrett schlug. In so einem Fall blieb einem nichts anderes übrig, als in den Taschen des Schlafenden nach dem Personalausweis mit der Adresse zu suchen.

Am Ziel schlief der Mann noch immer. Freddy stieß ihn an, rüttelte ihn, wurde laut. Wieder kramte er in den fremden Taschen, bis er auf das Portemonnaie stieß. Es war leer, und da riss Freddys Geduldsfaden endgültig. Er sprang aus dem Wagen, ging auf die andere Seite, zerrte den Betrunkenen gewaltsam heraus und schleifte ihn zur Haustür. Er klingelte lange, und als die Tür endlich aufging, stand eine zornige Frau vor ihm, die ihn sofort beschimpfte.

»Nimm das besoffene Schwein wieder mit!«, fauchte sie und wollte die Tür zuschlagen, aber Freddy stieß den schlaffen Körper kurzerhand auf die Schwelle. Er verlangte sein Geld und drohte mit der Polizei. Da gab die Frau klein bei, bezahlte, forderte Freddy aber auf, den bewusstlosen Mann ins Schlafzimmer zu befördern. Freddy schnaubte nur verächtlich.

»Ihr könnt mich mal«, sagte er, als er sich bereits abgewandt hatte und auf den Wagen zuging.

Vibrierend vor Wut, fuhr er davon. Warum hatte er die Schicht nach der Geburt des Kindes nicht beendet?

Nach Rosas Geburt veränderte sich etwas. Er hatte dabei sein dürfen, er hatte dem Kind durch seinen Blick auf die Welt verholfen, aber wenn er in den Tagen und Wochen danach zu Besuch kam, bemerkte er deutlich, dass er nicht mehr dazugehörte. Alles war anders geworden. Die Augen der Eltern wurden magnetisch vom Kind angezogen, für Freddy fielen nur mehr Reste von Aufmerksamkeit ab. Mechthild gefiel es nicht, wenn er Finger fragte, ob er zum Rauchen mit auf die Terrasse kam, und wenn Finger doch mit nach draußen ging, rauchte er hastig und sprach von nichts anderem als davon, wie es war, Vater zu sein.

Beim dritten oder vierten Besuch nach der Geburt brachte Freddy den Plüschhund mit, den man sofort verbannte.

Danach wagte er nicht mehr zu fragen, ob er das Baby mal auf den Arm nehmen dürfe, als wäre er nicht gut genug.

Finger, Mechthild und Rosa bildeten eine Familie. Die Zeit der WG war endgültig vorbei.

Rosa ist aus der Küche zurückgekehrt und folgt seinem Bericht über die ersten Wochen ihres Lebens mit erkennbarem Unbehagen. Einen angemessenen Kommentar findet sie nicht. Ihre Eltern ließen Freddy fallen, muss sie einsehen, und zwar wegen ihr.

»Hattest du keine anderen Freunde?«, will sie wissen.

Tom und Marianne kamen immer seltener aus Bonn, und wenn sie einmal da waren, gelang es meist nicht, sich zu treffen, weil Freddy an den Wochenenden arbeitete und durch die Nachtschichten in einem anderen Rhythmus lebte. Gelegentlich besuchte er Lurch und Lioba, hauptsächlich, wenn in deren Haus Arbeiten anfielen, bei denen sein Geschick gefragt war. Aber auch dort fühlte er sich bald nicht mehr so willkommen wie zuvor. Die beiden wollten ebenfalls ein Kind.

»Sonst gab es niemanden?«, hakt Rosa nach.

Nach kurzem Zögern nennt er Elke, immerhin die erste Person, der er von Rosa erzählt hatte.

Noch bevor er etwas sagte, erkannte Elke, dass er in der Nacht etwas Außergewöhnliches zu Gesicht bekommen haben musste.

»Hattest du eine Erleuchtung?«, fragte sie, als sie kurz nach sechs zu Freddy in den Lada stieg, in dem ausnahmsweise keine Musik aus der selbst installierten Stereoanlage kam, auf die er so stolz war.

»Ich habe etwas Unglaubliches erlebt«, sagte er.

Anstatt abzuwarten, bis sie in ihrer Wohnung waren, erzählte er es gleich, mit Blick durch die Windschutzscheibe auf die zunehmende Morgenhelligkeit. Nachdem er alles geschildert hatte, drehte er sich zu ihr und sah einen Ausdruck in ihrem Gesicht, den er noch nicht kannte. Eine schwere Stille schien ihre Züge erfasst zu haben. Die Geschichte musste sie an einem wunden Punkt berührt haben.

Elke wollte an diesem Morgen weder Frühstück noch Sex. Sie drehte ihm sofort den Rücken zu, fand aber keinen Schlaf. Freddy bemühte sich, sie mit Kinderstreicheln zu beruhigen. Seltsame Gedanken gingen ihm dabei durch den Kopf: Wenn man nicht miteinander schlief, war es, als würde die Gegenwart nicht stattfinden. Es blieb einem nur, auf morgen zu warten oder an gestern zu denken. Schlief man hingegen miteinander, konnten einem Vergangenheit und Zukunft gestohlen bleiben. Da er nun beinahe reglos neben Elke lag, versuchte er erstmals zu überblicken, wie lange sie schon einen Gegenwartsmoment an den anderen reihten, ohne sich zu fragen, wie es mit ihnen weitergehen würde.

Das Taxifahren half Elke, aus ihrem vorigen Leben auszusteigen wie aus einem Zug, um später in einen anderen Zug einzusteigen. Sie befand sich im Transitstatus, und dazu passte einer wie Freddy durchaus, auch wenn er viel jünger war als sie, oder gerade deshalb. Um zu verhindern, dass er auf hässliche Gedanken kam, legte Freddy den Arm um Elke und rückte dicht an sie heran, sodass er ihren Körper von oben bis unten berührte und sich sogar der Spann seines Fußes in die Wölbung ihrer Fußsohle schmiegte.

Eine Weile lag er so in Wartestellung, dann spürte er die Spannung aus ihrem Körper weichen. Wenig später drehte sie sich zu ihm um, und sie setzten die Gegenwart wieder ins Recht.

»Woran denkst du?«, fragt Rosa, weil Freddy so lange geschwiegen hat, und sieht ihn forschend an.

Freddy kann nicht gleich antworten, denn er hängt noch an der Szene, in der Elke ihn einige Sekunden lang ernst ansah und dann die Augen schloss, um ihn zu küssen. Ich muss sie fragen, wie sie sich ihre Zukunft vorstellt, hatte er in dem Moment gedacht, ich will wissen, wie es mit uns weitergeht. Daran erinnert er sich, wie auch an die Tatsache, dass er das, was er damals wissen wollte, nie erfahren hat. Immer, so scheint es, wird alles unterbrochen, und als wollte das Schicksal seine Vermutung höhnisch bestätigen, wird die Haustür aufgeschlossen, und ein junger Mann betritt das Wohnzimmer.

Er bringt den Hauch des feuchten Novembertages mit, steht wie ein Monument im Raum, als wollte er auf den Unterschied zwischen denen, die im Warmen gewesen sind, und demjenigen, der durch die Kälte geritten ist, hinweisen. Dann küsst er Rosa flüchtig auf den Mund, drückt dem Kleinkind einen Kuss auf die Babybacke und gibt anschließend Freddy mit einer Freundlichkeit die Hand, die so verbindlich wirkt, dass sie die höfliche Aufforderung an den Besucher beinhaltet, die Wohnung bei der nächsten Gelegenheit mit Takt und Anstand zu verlassen. Als Nächstes nimmt er kurz das kleine Mädchen hoch, das aus der Spielecke zu ihm gelaufen kommt, küsst es und stellt es wieder auf die Beine.

Das also ist Rosas Mann.

Freddy weiß nicht, wo er hinschauen soll, er weiß überhaupt nicht mehr, was jetzt zu tun wäre. Solange er mit Rosa und den Kindern allein gewesen ist, hat er nicht ein Mal daran gedacht, wie dieser Tag zu Ende gehen würde. Nun scheint der fremde junge Mann die Zeit ins Haus gebracht zu haben.

Statt sich wieder auf die Couch zu setzen, lässt sich Freddy auf dem Fußboden nieder und fängt an, einen Turm aus Grün und Blau und Gelb zu bauen. Beide Kinder verfolgen die Bauarbeiten mit freudiger Erwartung. Sobald Freddy den roten Dachstuhl aufgesetzt hat, will das kleine Kind auf den Boden. Rosa setzt es ab, das Kind krabbelt auf das Bauwerk zu und bringt es mit einer Handbewegung zum Einstürzen. Darüber freut es sich mit allen Fasern seines Körpers.

Beim zweiten Mal strahlt es Freddy mit einer solchen Offenheit an, dass der Vater es aufnimmt und in die Küche bringt, um ihm dort das Abendgemüse aufzuwärmen.

Freddy erhebt sich auf eine Art, die man nicht missverstehen kann.

»Wo willst du jetzt hin?«, fragt Rosa.

Sie macht keine Anstalten, ihn aufzuhalten, sie kann es nicht, wegen des Mannes, der sich mit dem Kind in die Küche verzogen hat, aber Sorgen macht sie sich trotzdem.

»Hab ich alles vorab geklärt«, lügt er. »Bewährungshilfe und so. Mach dir keine Sorgen. Ich sag Bescheid, wenn ich was Festes habe.«

Rosa wirkt unglücklich, während sie zuschaut, wie er die Lederjacke anzieht und die Sporttasche in die Hand nimmt.

»Die Straße runter, dann links und die zweite rechts. Da ist die Straßenbahnhaltestelle«, sagt der junge Mann, der mit dem Kind auf dem Arm in den Flur gekommen ist. »Jetzt fahren sie noch alle zehn Minuten.«

»Ich melde mich«, sagt Freddy und tritt ins Freie.

Einige Meter geht er, ohne etwas zu denken. Dann fällt ihm ein, dass er Rosa das Foto von ihr als Neugeborenem nicht gezeigt hat. Ursprünglich hat er es ihr sogar schenken wollen, aber es steckt nach wie vor in der Brusttasche seines Hemdes. Schritt für Schritt wächst sein Ärger auf den fremden jungen Mann, der es auf hinterhältige Weise geschafft hat, ihn vor die Tür zu setzen. Er kennt es nur zu gut, dieses Gefühl der wachsenden Wut, die sich nicht eindämmen lässt, ausgelöst von Leuten, die anmaßend, unverschämt, rücksichtslos waren, die ihre Verachtung ihm gegenüber nicht verhehlten oder ihn als Komplizen für ihre schäbigen Abenteuer im Milieu missbrauchten und ihm dadurch auch das Taxifahren, das anfangs absolut kein schlechter Job gewesen war, nach und nach vergifteten.

BEHERRSCHUNG VERLIEREN

Prompt kommt ihm ein Fall in den Sinn, der damit begann, dass ein Mann mit Anzug, Trench und Kastenbrille einstieg, der sofort großspurig tönte, er wolle wohin, wo es Frauen gebe und wo was los sei.

»Aber kein Puff. Sondern was Gediegenes, wo man auch ein bisschen was zu gucken hat. Verstehst du?«

Verstehst du.

Freddy schlug sachlich das Rotkäppchen vor, wo es nicht nur Separees gab, sondern wo auch eine Show lief. Die Anmaßung, den Taxifahrer ungefragt zu duzen, belohnte er mit einem Umweg, der die Fahrtkosten verdoppelte.

Am Ziel verlangte der Mann, Freddy solle auf ihn warten, aber nicht im Wagen, sondern im Etablissement.

»Und wer übernimmt meine Getränke?«, fragte Freddy.

»Gehen auf meine Rechnung.«

Zwei Flaschen Schampus auf Kosten seines Kunden musste Freddy für die Mädchen springen lassen, um zu verhindern, dass der Aufpasser ihn vor die Tür setzte, dann kam der Fahrgast, der sich zunächst eine Weile die Nummern auf der Bühne angeschaut hatte, bevor er mit einer gut bestückten Brünetten verschwunden war, endlich aus dem Separee. Freddy stellte sich neben ihn an den Tresen, damit er ihm nicht entwischte, und sah zu, wie der Mann eine Rechnung über 890 Mark beglich. Ihm wurde schwindlig. Er hatte geplant, dem Kerl mindestens einen Hunderter aus der Tasche zu ziehen, für die Wartezeit und als Entschädigung für den Begleitservice, aber das würde ihm jetzt schwerfallen.

Zum Glück machte der Mann, als sie wieder im Taxi saßen, einen schweren Fehler: Er brüstete sich.

»So einer«, tönte er, »würde ich nie einen reinstecken. Aber geblasen hat sie wie ein Weltmeister.«

Freddy atmete tief ein und aus. Als er wenig später wieder an der Stelle hielt, wo er den Mann abgeholt hatte, sagte er trocken: »Macht zweihundert glatt.«

Er sah den anderen nicht an, spürte jedoch, wie dieser sich versteifte und verschiedene Handlungsalternativen in Erwägung zog. Schließlich wandte ihm Freddy das Gesicht zu und schaute ihm mit dem Blick in die Augen, den er von seinen Brüdern gelernt hatte. Der Mann wirkte verunsichert, zückte die Geldbörse, entnahm ihr einen Hunderter, sah Freddy mit notdürftig kaschierter Ratlosigkeit an und nahm einen zweiten Schein heraus. Einen Fünfziger. Es war der letzte, erkannte Freddy.

»Ausnahmsweise«, sagte er und ließ den Typen gehen.

Ohne den Funk einzuschalten, fuhr er davon. Er fuhr schnell und immer schneller, ohne zu wissen, wohin: am Grüngürtel entlang und an der nächsten Ausfallstraße aus der Stadt hinaus bis zum ersten Vorort und von dort auf einer anderen Strecke in die Innenstadt zurück. Er überfuhr drei rote Ampeln und überholte rechts und links, wie es gerade kam, ohne sich um den aufblendenden, hupenden Gegenverkehr zu scheren. Es hätte nicht viel gefehlt, und er hätte die hundertfünfzig ergaunerten Mark aus dem Fenster des fahrenden Wagens flattern lassen.

Es ging auf zwei Uhr zu, die Stadt leerte sich, die Kunden wurden weniger. Um diese Zeit traf er sich oft mit Elke an der Tankstelle, die prachtvoll erleuchtet an der großen Kreuzung oberhalb des Hauptbahnhofs thronte. Dann saßen sie eine Weile nebeneinander unter den Neonröhren, rauchten ein, zwei Zigaretten und erzählten sich, was die Nacht ihnen bislang beschert hatte.

Eine gute halbe Stunde musste er warten, bis sie endlich ihre Tasse auf dem Tisch abstellte und sich ihm gegenüber hinsetzte. Bevor er sie fragen konnte, was es zu bedeuten habe, dass sie sich nicht neben ihn setzte, nahm sie ihn ins Gebet.

»Ich hab dich vorhin an mir vorbeifahren gesehen, auf der Rheinallee. Du bist gerast, als wärst du auf der Flucht. Ich bin dir hinterher, aber nicht lange, weil du hundert Sachen draufhattest und ich meinen Führerschein noch brauche. Was ist los mit dir, Freddy?«

Nun, da er wieder bei Elke angelangt ist, hält er inne. Von Rosas Mann ist er auf die unrühmliche Episode mit den hundertfünfzig ergaunerten Mark gekommen, dafür geniert er sich, denn Rosa wird sich kaum für einen Ehepartner entschieden haben, der dem Angeber von damals gleicht. Das verbindende Element ist die Wut gewesen, begreift er, die Wut auf Männer, die ihn, Freddy, nicht anständig behandeln. Oder die nicht gut zu den Frauen sind, die ihm am Herzen liegen.

Kaum ist ihm das klar geworden, sieht er zweierlei: eine leere Straßenbahn, die soeben die hundert Meter vor ihm liegende Haltestelle verlässt, und eine fast dreißig Jahre zurückliegende Situation, in der sich seine Taxifahrerwut so sehr ballte, dass eine Eruption nicht zu vermeiden war.

Nachdem die Straßenbahn verschwunden ist, bleibt nur noch die Erinnerung übrig. In vollkommener Transparenz tritt ihm die Szenenfolge vor Augen, die das Ende seiner Laufbahn am Steuer und den Anfang seines Abstiegs bedeutete.

Überraschend geht noch einmal kurz das Sonnenlicht an, wodurch Freddys Schatten in überdimensionaler Länge quer über die Gleise fällt. Intuitiv dreht er sich um, gerade rechtzeitig, um die rosa abgetönte runde Scheibe hinter den Dächern sinken zu sehen, und als er den Blick wieder nach vorne richtet, ist sein Schatten weg.

Es begann damit, dass eines Nachts vor einer Trinkerkneipe die Beifahrertür aufging und ein Mann in hellen Jeans so forsch einstieg, als gehörte das Taxi ihm. Schlagartig roch es nach kaltem Rauch, Alkoholdunst und altem Fett, und dann wandte sich Freddy ein Gesicht zu, das er kannte.

»Leck mich am Arsch«, sagte sein Bruder Manni.

»Morgen wieder«, erwiderte Freddy.

»Kennt man sich?«, kam es von hinten, wo im selben Moment jemand auf die Rückbank plumpste und eine weitere Geruchswelle nach vorne spülte. Das war Moppes, wie Freddy von seinem Bruder erfuhr.

Manni hatte ein bisschen gefeiert, weil er gerade von Montage zurückgekommen war, und ließ während der gesamten Fahrt seiner Freude über das Wiedersehen mit dem kleinen Bruder freien Lauf. Er fühlte sich aber auch bemüßigt, den großen Bruder heraushängen zu lassen, und fragte Freddy, ob er eine Lebensversicherung unterm Sitz versteckt habe. Falls nicht, könne er ihm günstig eine besorgen.

Freddy wollte schon ablehnen, da fiel ihm Elke ein, und er erkundigte sich, was eine Puste kosten würde. Am Ende waren ihm jedoch selbst die preiswerten *Auslaufmodelle*, die Manni und Moppes angeblich an der Hand hatten, zu teuer.

Wenige Wochen später ging die Nachricht über Funk, es habe einen Überfall auf ein Taxi gegeben. Freddy fragte sofort, welcher Kollege betroffen sei.

»Die Neunzehn«, kam es von der Zentrale.

Wenn er daran denkt, drückt es ihm noch immer die Luft ab. Er hätte den Preis herunterhandeln oder einen Teil davon durch Dienstleistungen erbringen können, zum Beispiel in Form von Taxifahrten für Moppes und Konsorten.

Fragt sich allerdings, ob eine Waffe unterm Sitz Elke geschützt hätte.

Ganz klein sah sie aus, als sie in jener Nacht an der Tankstelle erschien. Geradezu winzig kam sie ihm vor. Sie hatte mehrere Stunden auf dem Polizeirevier verbracht und sich dort von einem Kollegen abholen lassen. Nun wiederholte sie für Freddy noch einmal alles, was sie der Polizei ins Protokoll diktiert hatte. Sie gab an, wo der Täter eingestiegen war, berichtete, dass ihr von Anfang an unbehaglich gewesen sei, obwohl sich der Mann zunächst unauffällig verhalten habe. Sie beschrieb ihn detailliert und versuchte, das Gefühl in Worte zu fassen, das in ihr aufkam, als der Kerl die Pistole zog und ihr in die Seite drückte.

Ein Schmerz durchzuckte Freddy als er sich vorstellte, wie der Lauf der Waffe in Elkes Hüfte stach, und der gleiche

Schmerz durchzuckt ihn jetzt, an der leeren Straßenbahnhaltestelle.

»Was hat er dir getan?«, fragte er mit belegter Stimme, als Elke mit ihrer Schilderung fertig war.

»Er hat mir das Portemonnaie abgenommen«, antwortete sie, lehnte sich dabei aber sonderbar unwirsch zurück.

»Ich meine, außerdem.«

»Wie außerdem?«

Er erinnert sich genau an seinen verzweifelten Versuch, vorsichtige Worte für das zu finden, was er befürchtete, und daran, dass er in seiner Bemühung scheiterte, weil ihn bereits Argwohn erfasst hatte.

»Er hat dich angefasst«, sagte er darum im Ton einer unanfechtbaren Feststellung.

Elke stritt es ab. Mit einer Aggressivität, wie er sie nie zuvor an ihr erlebt hatte; ganz und gar übertrieben kam ihm ihre Reaktion vor. Genau dies schien seinen Verdacht zu bestätigen. Absolut sicher war er sich wenig später, als sie das Angebot, sie nach Hause zu fahren, annahm, ihm dann aber nicht erlaubte, mit hineinzukommen, sondern ihn bat, die Schicht zu Ende zu fahren und anschließend zu Hause zu schlafen.

Mechanisch tat er, was von ihm verlangt wurde, aber ihn beschäftigte nur eine Frage: Warum wollte Elke seinen Beistand nicht?

Sie wurde krankgeschrieben, kam eine Woche nicht zur Arbeit und ließ Freddy während dieser Zeit nicht zu sich. Widerwillig legte er sich morgens in sein Bett. Am Mittag des zweiten Tages weckte ihn die Frau des Bildhauers, um ihm vorzuwerfen, dass er sein Zimmer so selten in Anspruch nahm. Sie erschien ihm wie ein Gespenst, und er warf sie mit einer Wut hinaus, wie sie nur entstehen kann, wenn sie von Scham befeuert wird.

Auch zu Beginn der zweiten Woche erschien Elke nicht zur Arbeit. Immerhin öffnete sie Freddy um halb sieben am Morgen die Tür, stand in ihrem langen, geringelten Schlaf-T-Shirt, mit rotblondem Elsternest auf dem Kopf und vom Schlaf verquollenem Gesicht vor ihm. Er begriff, dass er sie geweckt hatte. Er begriff, dass sie innerhalb einer Woche in den Tagrhythmus gewechselt war und nunmehr nachts schlief. Sie lebten in verschiedenen Zeitzonen. In zwei Welten. Und in Elkes Welt wurden morgens um sechs keine Schnitzel gegessen, sondern die letzten Träume der Nacht geträumt.

Natürlich wollte er sie in den Arm nehmen, doch sie entwand sich ihm und hielt während seines gesamten Besuchs Abstand. Er merkte, wie daraufhin die Flämmchen in ihm züngelten, obschon er gewiss nicht wütend werden wollte, nicht auf Elke.

»Was ist los mit dir?«, fragte er sie trotzdem harscher als geplant.

Sie zuckte verschreckt zusammen, als könnte er jeden Moment die Hand gegen sie erheben. Das schürte seinen Zorn, machte ihn jedoch nicht blind, denn als er sah, wie sie sich in der Sofaecke zusammenkauerte und die Wolldecke um sich schlang, wurde ihm schlagartig klar, was sie wirklich quälte: pure Angst.

Nun wusste er endlich, was zu tun war.

Noch am selben Tag traf er sich mit Manni, gab ihm Geld und bat ihn, ein Schießeisen zu besorgen. Zwei Tage später hatte er das Ding. Nun fing er an, systematisch nach dem Mann zu suchen, der aus Elke ein ängstliches Bündel gemacht hatte. Sooft es seine Aufträge erlaubten, fuhr er an die Stelle am Rheinufer, wo der Täter mit dem geraubten Portemonnaie ausgestiegen war, und immer wieder parkte er sein Taxi vor dem Lokal, vor dem Elke den Mann aufgegabelt hatte. Irgendwann würde er ihn finden, und dann müsste Elke keine Angst mehr haben.

Während einer seiner Observationen vor dem Lokal ging hinten rechts die Tür auf, und ein Kunde stieg ein. Freddy war so in Gedanken versunken gewesen, dass er ihn nicht hatte kommen hören. Es kostete ihn alle Mühe, seinen Schrecken zu verbergen. Betont langsam drehte er sich um, fragte, wohin die Fahrt gehen solle, und erblickte einen Mann, auf den Elkes Beschreibung hundertprozentig zutraf.

Dieser nannte als Fahrtziel eine Adresse am Rheinufer. Freddy nickte kurz und fuhr los. Als sie das Ziel erreichten, bremste er ab, hielt aber nicht an, sondern fuhr einen knappen Kilometer weiter, und zwar exakt bis zu der Stelle, an der Elke ausgeraubt worden war.

Der Fahrgast beschwerte sich. Er beschimpfte Freddy, erklärte, keinen Pfennig für die Fahrt zu bezahlen, verlangte, auf der Stelle zum ursprünglichen Fahrtziel gebracht zu werden, und drohte damit, bei der Taxi-Innung Meldung zu machen und bei der Polizei Anzeige zu erstatten.

Freddy löste den Gurt, stieg aus, ging um den Wagen herum und öffnete den Schlag, worauf den Fahrgast eine noch heftigere Welle der Empörung erfasste. In dem Moment, in dem Freddy die Waffe zog, verstummte er.

Freddy zerrte ihn aus dem Wagen und stieß ihn gegen den Stamm einer Uferpappel, fest entschlossen, ihn zum Sprechen zu bringen. Von da an gab es kein Zurück mehr. Er musste das Ding durchziehen, ohne darüber nachzudenken, was dabei alles passieren konnte. Eine Waffe ist wertlos, wenn einem der Bedrohte nicht glaubt, dass man die Entschlossenheit besitzt, sie zu benutzen. So wie die Drohung mit der Faust verpufft, wenn hinter ihr nicht die erkennbare Bereitschaft zum Zuschlagen steckt.

Mit dem linken Arm drückte er den Mann gegen den Baum, mit der rechten Hand hielt er ihm die Waffe an die Stirn, um ihm ein Geständnis abzupressen.

Freddy schüttelt sich, als er wieder am ganzen Körper spürt, wie ihn die Beteuerung des Mannes, von nichts zu wissen, zur Weißglut brachte. Es hätte nicht viel gefehlt, und er hätte abgedrückt, so rasend machte ihn das Leugnen. Aber er beherrschte sich mit Mühe, benutzte die Waffe nur zum einmaligen Zuschlagen, drehte dem zu Boden Sinkenden einen Arm auf den Rücken und hielt ihm den Lauf an den Hinterkopf.

Es nützte nichts. Zwar wimmerte der Mann erbärmlich, doch er blieb bei seiner Version. Irgendwann musste Freddy einsehen, dass er nicht den Gesuchten in seiner Gewalt hatte.

Es war ein miserables Gefühl. Alles, was er für richtig gehalten hatte, wurde als falsch entlarvt. Als wäre Jesus mit ein paar Bodyguards gekommen, um ihn auf den erstbesten Baum zu schicken, damit er dort büßte, bis er verhungert war.

Er steckte die Waffe weg, stand ratlos über dem winselnden Elend, murmelte schließlich ein Wort der Entschuldigung und fuhr den Mann nach Hause, ohne ihm die Fahrt in Rechnung zu stellen.

Das änderte nichts daran, dass er keine Stunde später von der Polizei aus dem Verkehr gezogen wurde.

Damit hatte es sich mit dem Taxifahren.
Mit der Freiheit.
Und mit Elke.

ORIENTIERUNG FINDEN

Man sieht die Straßenbahn schon von Weitem kommen. Der öffentliche Bewährungshilfetransport, denkt Freddy. Auf Schienen, die verhindern, dass man gleich wieder auf die schiefe Bahn gerät.

Galgenhumor mit einem Schuss Verachtung für sich selbst. Nicht gut, aber verständlich, wenn ein Tag wie dieser damit endet, dass man rat- und richtungslos an einer trostlosen Trambahnhaltestelle steht, weit weg von der blauen Tür zwar, aber auch fern von jeglicher glorreicher Ankunft.

Die Leute haben falsche Vorstellungen von Haftentlassungstagen. Vor dem Gefängnistor empfängt einen nicht das Hochgefühl der neuen, großen Chance, man betritt kein Land der unbegrenzten Möglichkeiten, findet sich nicht in einer offenen Landschaft wieder, die dem Auge schmeichelt, und schon gar nicht vor einem schönen blauen Meer. Man sieht die Freiheit nicht, bekommt sie jedoch Schritt für Schritt zu spüren, und zwar in Form abnehmender Zuversicht. Natürlich freut man sich, zweifellos, fürchtet sich aber auch. Man hat sich irgendwie im Griff, aber zugleich die Hosen voll. Gar nicht so einfach, da die richtige Gangart zu finden.

Außer man wird abgeholt. Die Türken kommen manchmal im Konvoi und machen Party, wenn der Bruder aus der Anstalt kommt, hat Mesut erzählt. Sie ziehen den Entlassenen gleich wieder mitten ins Geschehen, damit er nicht auf düstere Gedanken kommt.

Von einer Frau abgeholt zu werden, muss der beste Start sein, denkt Freddy, springt kurz zurück zum Morgen dieses Tages, als er unauffällig nach einem kleinen roten Auto schielte, und landet im selben Augenblick bei seinen früheren Haftentlassungen, bei denen die Freiheit ebenfalls mit Alleinsein anfing.

Beim ersten Mal hat er alles besonders deutlich wahrgenommen. Er weiß bis heute, wie er beim ersten Schritt ins Freie die Augen geschlossen hat, als wäre es weniger schlimm, blind in den Abgrund zu stürzen. Doch der Asphalt vor dem Gefängnis trug ihn. Er öffnete die Augen und sah die Welt mit übermäßig scharfen Konturen. Als hätte ein Maler mit betont energischen Strichen und Farben ein riesiges Bild von einer Ansicht gemalt, die es gar nicht wert war.

So also haben sich meine Brüder immer gefühlt, dachte er damals und zog die Nase hoch.

Die Straßenbahn erreicht die Haltestelle, die wenigen Fahrgäste sitzen hinter den Scheiben wie lustlose Leguane in einem mobilen Terrarium. Anstatt wie früher auf einen Knopf drückt man heute auf einen Sensor, um die Tür zu öffnen, aber die Stufen klingen beim Einstieg noch wie früher, vor allem die zweite, die etwas nachgibt. Auch im kurzen Läuten beim Anfahren klingt Erinnerung mit.

Nach der ersten Entlassung redete er sich auf der gesamten Heimfahrt ein, nun in sein altes Leben zurückzukehren, als wären auch alle anderen über ein Jahr lang ihrer Entwicklungsmöglichkeiten beraubt worden. Doch die Zeit außerhalb des Gefängnisses war nicht stehen geblieben. Es hatte sogar den Anschein, sie wäre während seiner Abwesenheit besonders schnell vorangeschritten. An Elkes Klingel fehlte Elkes Name. Am Bildhaueratelier passte der Schlüssel nicht mehr ins Schloss. Und der Lada stand nicht mehr dort, wo er ihn abgestellt hatte. Niemand konnte über den Verbleib des Autos Auskunft geben, denn die Werkstatt, zu der die Garage gehört hatte, war aufgegeben worden. Ein Bauschild verriet, dass auf dem Gelände Wohnhäuser entstehen sollten.

Verwirrt und mit weichen Knien trottete Freddy weiter zum Omahaus, um festzustellen, dass es bis auf den Keller und zwei Wände abgerissen worden war. Ein Bagger hob gerade die Grube für den Erweiterungsbau aus. Freddy warf einen Blick hinüber zu Toms Elternhaus, das unverändert an seinem Platz stand, richtete die Augen dann nach oben, als hätten die Wolken schuld, dass ihm gleich am ersten Freiheitstag das Wasser abgegraben wurde.

Die Straßenbahn hält in kurzen Abständen, und an jeder Haltestelle steigt jemand ein. Viele tragen Kopfhörer, und die meisten beschäftigen sich mit ihrem Telefon. Niemand nimmt von ihm Notiz.

»Drinnen stehst du ständig unter Beobachtung, draußen bist du unsichtbar«, hört Freddy sich halblaut sagen.

Keiner reagiert.

Was ihn nicht weiter wundert. Er kennt das seit der Kindheit. Wenn er zu Hause etwas sagte, was keiner hören wollte, hörte es auch keiner. Außer Anita gelegentlich.

Anita. Sie muss fast eine alte Frau sein, denkt er, und kurz muntert ihn die Frage auf, wie die blauen Bilder auf der Altmännerhaut ihres Kerls heute wohl aussehen. Ob sie noch immer in derselben Wohnung lebt, weiß er nicht, er kennt von keiner seiner Schwestern und keinem seiner Brüder die Adresse.

Unbarmherzig schlängeln sich nun wieder unangenehme Gedanken ins Bewusstsein. Sämtliche Kontakte, die er im Lauf seines Lebens verloren hat, leuchten noch einmal höhnisch auf, und da kann er die Augen nicht mehr vor seinem zweiten Aufenthalt im Knast verschließen, der alles ausgelöscht hatte, was an Restfreundschaften noch vorhanden gewesen war.

Er will sich nicht daran erinnern, will nicht mehr wissen, wie seine Zelle damals aussah, was er arbeitete, wie er sich durchschlug, sich Respekt verschaffte. Die zweite Haft ist die schlimmste, denkt Freddy, weil sie beweist, dass die erste kein Ausrutscher war, weil sie aufgrund der ersten länger ausfällt und einen zwingt, sich für den dauerhaften Aufenthalt im Bau fit zu machen, sprich, dir Gewohnheiten zuzulegen, die dir drinnen helfen zu überleben, die aber, wenn du sie draußen nicht wieder ablegst, beste Voraussetzungen bieten, bald wieder im Knast zu landen. Und jedes Mal fällt die Strafe länger aus. Man muss nicht einmal Gewohnheitstäter sein. Auch Freddy blickt auf keine klassische kriminelle Laufbahn zurück, sondern lediglich auf drei Taten, die einer Kategorie angehören: *Rohheitsdelikte.*

Drei Taten, die auszuführen insgesamt nicht länger als zehn Minuten in Anspruch genommen hat.

Klassische Verbrecherkarrieren sehen anders aus.

Drei Taten, drei mal drei Minuten, macht mehr als drei mal drei Jahre hinter Gittern. Wesentlich mehr.

Freddy schaut auf die Hände in seinem Schoß. Auf die Tatwerkzeuge. Sie sind nicht tätowiert, noch immer nicht, und so wird es auch bleiben.

Rohheitsdelikte.

Freddy, du bist roh, hatte Marianne auf grauem Umweltschutzpapier geschrieben, als hätte sie alles vorausgeahnt. Wäre es damals möglich gewesen, sich umzupolen? Sich zu einem zu machen, der sich besser im Griff hatte? Der die Schattenseiten des Gerechtigkeitsgefühls in sich kannte? Der wusste, dass Gewalt selten gerecht war, wenn sie außerhalb des Boxrings angewendet wurde? Der Elkes mutmaßlichem Schänder den Arm nicht so heftig umdreht hätte, dass eine Ellenbogenprothese fällig wurde?

So unbarmherzig ihn die Erinnerung anfällt, so unaufhaltsam quillt ihm die von ihr ausgelöste Scham zwischen die inneren Organe: die Scham für seine Taten. Nach der, die ihm die zweite Verurteilung einbrachte, war er von seiner eigenen Rohheit so verwirrt gewesen, dass er sich nicht traute, seinen früheren Freund Tom in Sachen Verteidigung um Hilfe zu bitten.

Nachdem er die erste Haft abgesessen hatte, sah es gar nicht so schlecht für ihn aus, auch wenn er zunächst nur einen Job auf der Kirmes fand, wo er beim Auf- und Abbau half und dazwischen über das Kinderkarussell turnte und die Plastikmarken einsammelte. Bald schon konnte er sich, dank der Vermittlung durch einen seiner Brüder, als Kfz-Mechaniker in Hinterhofwerkstätten verdingen, die ihre Angestellten nicht nach der Sozialversicherungsnummer und ihre Kunden nicht nach der Zulassung fragten. Dadurch hatte er bald Geld in der Tasche und konnte am 29. Februar 1988 anlässlich seines sechsten Geburtstags sogar eine Runde im Narkosestübchen schmeißen. Er gewöhnte sich ans Schwarzarbeiten und vergaß irgendwann, sich eine richtige Stelle zu suchen. So geriet er unmerklich auf eine abschüssige Bahn, die ihn immer wieder nach Frankfurt führte, zum Beispiel, wenn er einen umgespritzten Wagen auslieferte. Und wenn er schon einmal dort war, trieb er sich noch eine Weile herum, übernahm kleine Dienstleistungen für Leute wie Moppes. Kannte man einen, kannte man bald alle, besonders wenn man etwas von Autos verstand und sich herumsprach, dass man zuverlässig war.

Womöglich wäre er immer tiefer ins Milieu geraten, wenn nicht die Mauer gefallen wäre und sich ein Weg aus dem Rhein-Main-Gebiet hinaus aufgetan hätte. Der Chef der Werkstatt im dritten Hinterhof einer ehemaligen Konservenfabrik, für den er damals schwarzarbeitete, ließ sich weniger von der historischen Umwälzung als von der in Aussicht stehenden Investitionshilfe dazu motivieren, sein Imperium nach Osten auszudehnen, und zwar mit einem ganz und gar legalen Geschäftszweig.

Dadurch war Freddy dabei, als an den Rändern sämtlicher Städte und Städtchen im Osten als Erstes der Handel mit Gebrauchtwagen und das Geschäft mit Kfz-Reparaturen aufblühte. Sein Chef hatte ihm den Umzug mit unschlagbaren Argumenten schmackhaft gemacht: freies Logis im Wohnblock einer ehemaligen LPG sowie die Aussicht, seine erlernten Fertigkeiten zum Einsatz bringen zu können, denn das, was *die ehemalige DDR* genannt wurde, war ein Land voller Ladas und Škodas.

Freddy sagte zu, weil es ihm vorkam, als wäre ihm der gute Geist von Dr. Hartmann erschienen. Für einige Jahre waren seine Kenntnisse in Sachen Lada und Škoda wieder gefragt, und wie er an dieser Stelle der Erinnerung ankommt, legt er eine Gedenkminute für seinen Lehrmeister ein und stellt sich vor, dieser liege in weißem Hemd und Overall im schlichtesten Sarg, der zu haben war, in der Erde.

Im Osten musste Freddy die Gedanken an seinen Ausbilder bisweilen mit Gewalt vertreiben, denn schon die Vorstellung tat weh, Dr. Hartmann könnte sehen, mit welcher Verächtlichkeit manche Leute ihren Lada abstießen, auf den sie jahrelang gespart und jahrelang gewartet hatten und auf den sie wahrscheinlich auch jahrelang stolz gewesen waren.

Einige Umtauschwillige brachte Freddy davon ab, auf einen der roten, silbernen oder schwarzen Gebrauchten aus dem Westen umzusteigen, indem er hinter vorgehaltener Hand die Mängel jedes Fahrzeugs detailliert aufzählte und als unschlagbares Schlussargument verriet, um wie viele Umdrehungen der Kilometerzähler zurückgestellt worden war.

Inzwischen unterscheidet sich der Fahrzeugbestand im Osten kaum noch von dem im Westen, und Freddy schließt eine weitere Gedenkminute an: für den Lada an sich, der von den Straßen verschwunden ist, und für seinen eigenen Lada, der ihm während seines ersten Aufenthaltes im Gefängnis abhandengekommen war.

Das Schlimme ist nicht, dass man etwas oder jemanden verliert, sondern dass es oft auf so schäbige oder banale Art geschieht. Sein Vater und seine Mutter tauchten irgendwann einfach nicht mehr auf. Tom ging zum Studieren nach Bonn, ohne es vorher anzukündigen.

Vater, Mutter, Tom – die Spitze seiner Liste der Verlorenen, die er mit Leichtigkeit fortsetzen kann: Maike, die es sich wegen einer geklauten Lederjacke anders überlegte. Oma, die aufhörte zu atmen. Elke, die ihm nicht ins Gefängnis schrieb, ihn nicht besuchte und die er nach seiner Entlassung nicht mehr antraf.

Schließlich der Lada, der spurlos verschwand. Er hat ihn nie wiedergesehen, und in den ersten Jahren, die er im Osten mit den russischen Fahrzeugen verbrachte, verging kein Tag, an dem er nicht um sein eigenes Exemplar getrauert hätte. Er erinnerte sich an jedes Einzelteil, wusste noch, an welchem Schrottfahrzeug er welchen Stoßdämpfer ausgebaut hatte, ließ immer wieder das Einsetzen des Motorblocks Revue passieren und wurde jedes Mal hilflos wütend über den Verlust, der ihm wie eine kosmische Gemeinheit vorkam. Als hätte Gott persönlich ihm den roten 1200er geklaut.

Mit der Zeit hatte Freddy ein beachtliches Lager mit Ersatzteilen aufgebaut, fein säuberlich sortiert, er spielte sogar mit dem Gedanken, sich noch einmal einen eigenen Wagen zusammenzusetzen, aber jedes Mal, wenn er sich an die Arbeit machen wollte, wurden seine Arme und Beine von einer sonderbaren Müdigkeit erfasst, und er schob das Vorhaben um ein weiteres Wochenende auf, bis die Ladas und Škodas auch im Osten aus dem Straßenbild verschwanden und sein Chef eines Tages die Werkstatt inspizierte, das sinnlose Ersatzteillager sah und veranlasste, dass alles auf den Schrottplatz gebracht wurde.

Nur wenig später machte die Firma dicht, Freddy verlor seine Stelle und schlug sich mit Schwarzarbeit und Stütze durch, was kein übermäßiges Problem darstellte, weil er für die Wohnung im ehemaligen LPG-Wohnblock weiterhin nichts bezahlte. Außer ihm waren alle Mieter ausgezogen, niemand fühlte sich für das Haus verantwortlich. Die Treuhand hatte es vergessen, weil es keinen Wert besaß, die Gemeinde wollte es nicht übernehmen und sanieren, es aber auch nicht abreißen, weil sie die Kosten scheute. Man überließ es sich selbst und vergaß dabei sogar, Strom und Wasser abzustellen, vielleicht, weil Freddy als letzter Bewohner so wenig verbrauchte, dass es nicht auffiel.

Er wohnte kostenlos und bekam die Einsamkeit umsonst dazu; in einem abgewickelten Landstrich dämmerte er vor sich hin. Die ganze Gegend schien beleidigt zu sein: die Menschen wie die Bauten, Straßen und Felder. Gelegentlich aß er bei Eva in der ehemaligen LPG-Kantine, die mit Stammessen für ein, zwei Mark lockte. Sein Brot kaufte er beim fahrenden Bäcker, die Wurst dazu beim fahrenden Metzger. Er lebte wie die Alten und die Feiglinge und die fatal Bodenständigen, die sich weigerten, im Westen Arbeit zu suchen.

Mit seinen bescheidenen Mitteln kam er aus, weil seine Ausgaben so gering wie seine Ansprüche waren. Es bestand kein Anlass, sich illegal etwas anzueignen, sah man von den schwarzen Honoraren für handwerkliche Dienstleistungen einmal ab. Auch der Corolla, den er sich sicherte, bevor die Transporter kamen und die restlichen Fahrzeuge vom Hof der Firma holten, war im Grunde nicht gestohlen, sondern ersetzte bloß die Abfindung, die ihm sein Chef nach der Kündigung nicht gezahlt hatte. Außerdem interessierte sich sowieso niemand für das gute Stück, obwohl gerade mal achtzigtausend auf der Uhr standen. Manch einer lächelte, wenn er damit ankam, aber Freddy wusste, warum er sich genau dieses Modell ausgesucht hatte. Jedes Mal, wenn er einstieg, deutete er mit dem Zeigefinger in die Luft und sagte: »Corolla.« Dann erst ließ er den Motor an und fuhr los – um irgendwo ein Fahrzeug zu reparieren, gelegentlich auch zu einer Strohwitwe, deren Mann die Woche über im Westen Estriche goss.

In dieser Zeit des Dahinwaberns saß er eines Abends mit vor Müdigkeit und Bierdunst abgedimmter Aufmerksamkeit an Evas Theke und bemerkte den Glatzkopf erst, als dieser mitten im Raum seine kantige Kinn-Kiefer-Konstruktion in Gang setzte, um lautstark die Frage zu produzieren, ob die Anwesenden rechts oder links seien.

Freddy blickte sich vorsichtig um und sah eine zweite Glatze die Jukebox neben der Tür malträtieren. Gleich darauf kam aus dem Lautsprecher etwas, das nach Nazigebrüll klang.

Er wunderte sich gerade darüber, dass Eva so etwas auf Platte vorhielt, da hörte er die Wirtin mit der vollen Resonanz ihres Leibs verkünden, sie sei weder rechts noch links, sondern geradeaus.

Keine schlechte Antwort, konnte Freddy noch denken, bevor das Glatzengesicht sich ihm zuwendete und die Ausgangsfrage aktualisierte:

»Und du?«, kam es aus einem Abstand von höchstens dreißig Zentimetern.

Er verabscheute die Fratzen, die sich, obwohl sie jung waren, an ihren Dörfern festkrallten, als bräuchten sie die Ödnis, um die schlechte Laune am Laufen zu halten, die sie trotzig überall verbreiteten, als wären sie damit beauftragt worden, in Landstrichen, die nicht zu retten waren, für sachgemäße Missstimmung zu sorgen. Sie waren hässlich, nicht wegen der kahlen Schädel, sondern wegen der boshaften Gesichter. Sie riefen ihm die Gärtnerei am Rand seiner Heimatstadt in Erinnerung, wo schwarz-weiß-rote Fahnen am Tor wehten und in einem Schaukasten Rudolf Heß gewürdigt wurde. Der Besitzer empfing Gesinnungsgenossen aus der ganzen Republik, die an Zaun und Mauer ihre Visagen zeigten, wenn Leute wie Freddys Freunde Protestspaziergänge zu dem Anwesen unternahmen. Freddy war zwei-, dreimal dabei gewesen und hatte alles gesehen. Keinen von den Typen konnte man sich mit freundlichem Gesicht vorstellen, auch die wenigen Frauen nicht. Im Gegenteil. Sie feindeten jeden an, der zur Freundlichkeit bereit und fähig war.

»Redest du mit mir? Laberst du mich an?«, erwiderte Freddy die Frage des Provokateurs, anstatt sich, wie Eva es getan hatte, einen diplomatischen Satz zurechtzulegen.

Der Glatzkopf reagierte beleidigt und packte Freddy mit der linken Hand am Hals.

»Weißt du, was wir mit solchen wie dir machen?«, fragte er.

Die Basslinie zur grell intonierten Drohung übernahm das Knurren eines Hundes, den Freddy bis dahin nicht bemerkt hatte. Ohne den Kopf zu bewegen, schielte er nach unten, wo ein Dobermann auf der Höhe seiner Hüfte die Zähne fletschte. In Evas Kneipe stockten Zeit und Bewegung. Niemand sagte etwas, sogar die Wirtin hielt den Atem an.

Freddy kniff die Augen zusammen, spannte die Muskeln an, staute Blut und Schnellkraft, sammelte sich, holte Luft und trat zweimal hintereinander zu.

Mann und Hund wimmerten im Duett. Freddy rechnete damit, dass sich der Kahlkopf nun auf ihn stürzen würde, assistiert von seinem Genossen. Er glaubte, dass sich eine Schlägerei entwickeln würde, bei der er mit der Hilfe der anderen Gäste, die er ausnahmslos kannte, rechnen konnte, aber es kam völlig anders. Den Glatzkopf hatte der Tritt, wie von Freddy beabsichtigt, zwischen den Beinen getroffen. Er krümmte sich und ächzte, brach aber gleich darauf in den Schrei eines Wahnsinnigen aus, als er sah, wie effektiv Freddys erster Tritt den Hund getroffen hatte. Mit weit aufgerissenen Augen starrte er den leblosen Dobermann an, dann richtete er sich aus der Schmerzkrümmung auf und bewegte sich Richtung Tür, wobei er den Hund mit beiden Händen an der Leine hinter sich herzog. Sein Kumpel folgte ihm, und die Schreihälse aus der Jukebox übernahmen die Herrschaft im Gastraum. Alle waren wie versteinert unter dem gemeinen Lärm. Erst als das Grölen endlich abbrach und nach einem Klacken des Musikapparats Stille einkehrte, kam wieder Bewegung in die Gesellschaft.

Eva holte Eimer und Putzlumpen und wischte wortlos Bier und Scherben auf, weil die Glatzen beim fluchtartigen Abgang ein paar Gläser von einem Stehtisch gefegt hatten. Ein Gast nach dem anderen räusperte sich. Feuerzeuge klickten. Freddy sah sich um. Keiner machte Anstalten, ihn als Helden zu feiern. Alle schauten betreten, und niemand sah ihn an, auch Eva nicht. Er wusste, dass die Gespräche erst wieder einsetzen würden, nachdem er den Raum verlassen hatte. Eine Weile zögerte er noch, dann legte er einen Schein auf die Theke, nahm die Lederjacke vom Haken und ging wortlos zur Tür.

Bei der Erinnerung an den Moment, als er auf den Ausgang zugeht, spürt er das Blut in seiner Halsschlagader pochen. Die Angst lebt wieder auf, die Anspannung, die der Gewissheit entspringt, dass draußen vor der Tür die Bestie lauert. Du weißt, gleich wirst du fürchterlich einstecken müssen.

Am liebsten würdest du davonlaufen, aber dir ist klar, dass diese Option nicht besteht. Dir bleibt nichts übrig, als die Tür zu öffnen und dich dem Angriff zu stellen.

Da er nicht bereit war, klein beizugeben, musste er bereit sein zu kämpfen. Sie lauerten ihm jedoch nicht unmittelbar vor der Gaststätte auf. Er konnte unbehelligt die Tür hinter sich schließen, sogar den Platz vor der ehemaligen Kantine überqueren und den geplätteten Weg zu seinem Wohnblock ansteuern. Erst dort stürzten sie sich auf ihn.

Was dann kam, ist wie ausgelöscht. Er weiß es nur aus der Anklageschrift, die zu Beginn der Verhandlung verlesen wurde. In der Stille des Gerichtssaals entfaltete sich der Text besonders wirkungsvoll. Freddy verstand nicht jede Formulierung. Darum mochte er sich nicht äußern, als man ihm die Gelegenheit dazu gab. Auch lehnte er die Begutachtung seines psychischen Zustands durch einen Sachverständigen ab, obwohl ihm sein Pflichtverteidiger dazu riet.

Er atmet durch wie nach einer Runde Schattenboxen, so sehr hat ihn die Erinnerung an die Ereignisse angestrengt. Er hat nicht daran denken wollen, konnte es aber nicht verhindern. Diese Gedanken sind schuld daran, dass er es noch immer nicht geschafft hat, einen Plan für hier und jetzt zu fassen. Bald wird die Straßenbahn den Hauptbahnhof erreichen, und er weiß weiterhin nicht, wohin. Solange Rosa sein Ziel war, hatte er eine Richtung, jetzt fehlt ihm die Orientierung. Kein Ziel, kein Ort, kein Platz für ihn – so sieht es aus. Er muss an Mesut denken, an die kurze, harte Umarmung am Morgen dieses Tages, an den Wortwechsel, den *Anchor*

Punch, den er dem Zellengenossen zuliebe noch einmal angedeutet hat, und schon würde er am liebsten zurückfahren und Mesut berichten, wie es ihm ergangen ist an diesem ersten Tag jenseits der blauen Tür.

Mesut würde sagen: »Alter, bist du bescheuert, dass du freiwillig wieder hier reinkommst?« Aber danach würde er ihn auffordern, die Jacke auszuziehen und zu erzählen, was draußen los gewesen ist.

An dem Tag, als Mesut in die Zelle kam, dauerte es keine zehn Minuten, bis er sich nach Freddys Familie erkundigte, und zum ersten Mal machte Freddy die Erfahrung, dass ein Mensch anerkennend nickte, nachdem er von den zwölf Geschwistern gehört hatte.

»Dein Vater ist bestimmt mächtig stolz«, mutmaßte Mesut. »Und deine Mutter verwöhnt die Enkelkinder, stimmt's?«

Mesuts Vorstellungen entstammten den Erfahrungen mit seiner türkischen Großfamilie, und er wurde ganz still, als er hörte, wie es bei Freddy aussah.

»Was hast du gemacht, als deine Mutter wegging?«, wollte er wissen.

»Erst mal gewartet«, antwortete Freddy.

»Und dann?«

»Mit dem Warten aufgehört.«

Auf dem Bahnhofsvorplatz stehen Leute herum, einzeln und in Grüppchen: bei den Aschenbechern, vor dem Brezelstand, an den Essbrettern der Imbissbude und an den Haltestellen. Nur wer zum Zug muss oder vom Zug kommt, quert auf kürzestem Weg den Platz. Freddy überlegt, wohin, da fällt ihm die Kaschemme an der Ecke ein, aus der er als Taxifahrer zuverlässig die Kunden mit dem meisten Alkohol im Blut geholt hatte. Dort durfte jeder rein. Er geht in die entsprechende Richtung, bis er sieht, dass es die Kneipe nicht mehr gibt – vielleicht ein Glück in dieser Stunde und Stimmung, andererseits: Wer trinken will, findet eine Gelegenheit, vorausgesetzt, er ist nicht wählerisch. Am liebsten würde er aber einfach irgendwo, wo es nichts kostet, im Warmen sitzen und ungefährdet die Augen schließen, um nachzudenken, wie es weitergehen soll mit ihm, und wenn er ganz ehrlich zu sich ist, würde er sich noch lieber von jemandem umsorgen lassen, der es ein bisschen gut mit ihm meint, und da sieht er die Bank am sommerlich verschlafenen Bahnhof von Volos vor sich, wo er im Schatten ausruhte, bis sich ein Engel über ihn beugte, ein Engel namens …

Warum will ihm der Name jetzt nicht einfallen? Schon schießt die Wut hoch, mit voller Wucht tritt er gegen den Abfalleimer, der sich ihm gerade in den Weg stellt. Es scheppert, und jemand ruft »Geht's noch, du Penner?«, aber Freddy nimmt es nur von fern wahr, er braucht den Namen, reißt sich zusammen, zwingt die Erinnerung, indem er Bild an Bild reiht: der Corolla, die Strände an der Balkanküste, die Stadt, die hieß wie die Zigaretten, der Park am Meer … »Opatija!«, ruft Freddy auf dem Bahnhofsplatz aus, greift in die Innentasche der Lederjacke, die er dreißig Jahre zuvor gestohlen hat, fingert eine Aktive heraus, zündet sie an und gibt sich der Erleichterung hin, als er den Rauch inhaliert und ihm dabei der Name einfällt, den er sucht.

Er hatte nicht gewusst, dass Zigeunerinnen Melanie heißen konnten – der Name klang eher nach einem Mädchen vom Einsertisch –, aber im Gefängnis hatte ihn Mario, ein Rom, der mit ihm in der Werkstatt arbeitete, darüber aufgeklärt, dass es sich um einen üblichen Zigeunernamen handelte. Nur wüssten das die bürgerlichen Eltern nicht, die ihre Töchter so taufen ließen, was Mario ein genüssliches Lachen entlockte.

Freddy lächelt. Freddy lächelt traurig.

Ob es die Opatija-Zigaretten noch gibt?

Ob von diesem Bahnhof Züge nach Jugoslawien und Griechenland fahren?

Der Mann im Reisezentrum verzieht keine Miene, als Freddy seine Frage stellt, und die Auskunft kommt innerhalb einer Minute. Opatija erreicht man, indem man nach München fährt und dort in den Nachtzug nach Rijeka steigt. Dreizehn Stunden, fünfzig Minuten, Ankunft morgen früh. Nach Volos ziehe es sich ein bisschen. »Da müssen Sie gut vierzig Stunden einplanen und mehrmals umsteigen, in Mannheim, München, Zagreb, Belgrad, Thessaloniki und Larissa.«

»Danke«, sagt Freddy, eingeschüchtert von so vielen großen Namen, und fühlt sich wie der alte Mann, als den ihn der junge Grieche am Vormittag bezeichnet hat. Zwar hat er drinnen keinen Hofgang ausgelassen, zwar sind seine Beine beim Schattenboxen jeden Tag zweimal eine halbe Stunde in Bewegung gewesen, aber für eine weite Reise fehlt ihm nach dem mehrjährigen Leben auf engem Raum doch die Kraft. Es müsste wie damals sein, nur umgekehrt: Melanie müsste ihn nach Süden bringen. Sie müsste ihn abholen – wenn nicht hier, dann wenigstens in Opatija. Dort könnten sie dann das verkehrte Ende ihrer letzten gemeinsamen Fahrt revidieren, nach mehr als dreißig Jahren in den Park zurückkehren und eine Bank besetzen, von der aus man einen ungehinderten Blick auf die Bucht hat.

Er sieht sie mit einer Deutlichkeit vor sich, dass es beinahe schmerzt, und wundert sich zunächst über die Gier seines inneren Auges nach Meeresblau, bald aber wundert er sich nicht mehr; er reist in der Vorstellung nach Thessaloniki, wo er zum ersten Mal das Meer sah, und von dort springt er zu dem Moment, als ihn einer fragt, ob er mitkommen möchte, nach Griechenland.

Finger. Finger war derjenige, der auf die Idee kam, ihn zu fragen, ob er im Sommer mit nach Griechenland fahren wolle. Ohne Finger hätte er das Meer womöglich nie gesehen.

Mit dieser Erkenntnis findet Freddy die Orientierung wieder, und er weiß, wo er als Nächstes hinmuss.

Nicht nur wegen der Glock.

Manchmal muss man zurückgehen, wenn man weiterkommen will.

ZUM HIMMEL SCHAUEN

Nachdem er über die Friedhofsmauer geklettert ist, gewöhnen sich die Augen schnell an die Dunkelheit, und bald zeichnet sich das leicht ansteigende Rasenstück mit den Kiefern ab.

Freddy lässt seine Schritte verhallen, hält den Atem an und nimmt wahr, wie sich die Stille um ihn schließt.

Vorsichtig hebt er den Blick: Mond und Sterne.

Der erste Nachthimmel seit Jahren.

Ein blinkendes Flugzeug kreuzt das Firmament und verhindert, dass Freddy allzu sentimental wird, weil es die Frage weckt, wieso es so tief fliegt. Klar: der Flughafen Rhein-Main, keine dreißig Kilometer entfernt, der Friedhof liegt unter einer der Einflugschneisen oder Warteschleifen. Freddy muss an den Vormittag dieses Tages denken, als er vom Zugfenster aus die im Halbminutentakt startenden und landenden Flugzeuge gesehen hat – dank der Startbahn, gegen die sie damals protestierten. Dort oben fliegen jene, die vom Scheitern des Kampfes profitieren, und das muss der arme Finger sich Tag für Tag und Nacht für Nacht anschauen.

Seine Sentimentalität ist endgültig dahin, als er beim Blick auf die Sterne denkt, dass diese ihm nur deshalb jahrelang entzogen worden waren, weil er Finger einen Freundschaftsdienst erwiesen hatte, bei dem die verdammte Waffe, die er hier an dieser Stelle vergraben hat, eine Rolle spielte. Er sieht die überlegene Gelassenheit des Apothekers vor sich und spürt den Ärger wieder, der ihn deswegen erfüllte und der noch zunahm, als Freddy sich die Frage stellte, warum er so ein Idiot gewesen war, aus der Sache einen bewaffneten Raubüberfall zu machen, und das auch noch unmaskiert.

Heute ahnt er, aus welchem Grund. Für ihn hatte es sich nicht um einen Raub im eigentlichen Sinn gehandelt, sondern um einen Gefallen – um einen Freundschaftsdienst eben. Darum war sein Verhalten das eines Amateurs gewesen. Da er nicht mit krimineller Absicht unterwegs gewesen war, hatte er sich auch nicht wie ein Krimineller aufgeführt, sondern seine Forderung unmaskiert und sachlich vorgetragen und dabei die Glock sehen lassen.

Damals verschnaufte er im Schutz der Mülltonnen vor dem Haus, in dem sich Fingers Mietwohnung befand, rauchte eine Zigarette, schüttelte den Ärger ab und schritt dann betont aufrecht auf die Haustür zu. Er musste seine Mission zügig erfüllen, bevor man ihn erwischte.

Finger wusste, dass er kam. Finger wusste auch, was auf ihn zukommen würde. Darum überraschte es Freddy, als er beim Betreten der Wohnung in vor Entsetzen geweitete Augen blickte.

»Freddy, ich hab Angst«, sagte Finger mehrmals, während er kreuz und quer durch die Räume tigerte, dünn und gekrümmt, mit flusigem Haar, ein Palästinensertuch um den Hals geschlungen.

Freddy legte die Medikamente sowie die Einwegverpackung mit dem Injektionszubehör auf den Tisch neben die Kerze und das Kuvert, das Fingers letzten Willen enthielt.

Finger brach sein nervöses Gehen ab, weil seine Beinchen zitterten. Freddy stützte ihn und führte ihn zum Bett. Der Freund war so leicht geworden, dass es kaum Mühe kostete, ihn aufs Laken zu heben.

Kaum hatte er ihn zugedeckt, bekam auch Freddy Bammel. Er musste schnell handeln, durfte sich aber nichts anmerken lassen, bloß nicht hektisch wirken.

Ohne nachzudenken, nahm er, bevor er die Jacke auszog, das Handy und die Glock aus der Tasche, und in dem Moment, in dem das schwere Metall der Waffe mit einem punktuellen dunklen Laut auf der Tischplatte zu liegen kam, brach Finger in Panik aus.

»Nein!«, schrie er. »Nein! Nicht schießen! Ich will nicht erschossen werden!« Er zog die Knie an, hielt sich die Arme vors Gesicht, schien dann zu begreifen, dass ihn das nicht gegen eine Kugel schützen würde, weshalb er alle Kraft zusammennahm, sich aufrichtete und Anstalten machte, das Bett zu verlassen. Freddy versuchte, ihn daran zu hindern, da fing der dürre Kerl an, wie wild um sich zu schlagen. Die knochigen Hände trafen Freddy im Gesicht, er musste richtig zupacken, um den Freund ruhigzustellen, musste ihn niederringen, die dünnen Ärmchen auf die Matratze drücken, bis Finger die Kraft ausging und Freddy ihm sagen konnte, dass die Waffe lediglich seine Überzeugungshilfe bei der Beschaffung der nötigen Medikamente gewesen sei und hier in diesem Raum keineswegs zur Anwendung kommen sollte.

Daraufhin fing Finger zunächst an zu lamentieren, ging aber bald dazu über, Freddy mit schwacher Stimme Vorwürfe zu machen, weil er den Apotheker mit der Waffe bedroht hatte. Immer mehr steigerte er sich in Klage und Anklage hinein, bis die Ärmchen erneut ausschwangen und versuchten, Freddy zu treffen.

Dem wurde es nun zu bunt.

»Glaubst du vielleicht, das ist ein Kinderspiel für mich?«, schrie er.

Finger ließ die Arme sinken und starrte ihn an. Sein Gesicht sah aus wie das eines alten Mannes, dem man das Gebiss weggenommen hatte. Sein ganzer Körper wirkte nun vollkommen entkräftet. Stumm musterten sie sich gegenseitig, fast wie Kontrahenten, dann steckte Freddy die Glock zurück in die Jackentasche, zündete die Kerze an, lehnte das Kuvert dagegen und setzte sich an den Bettrand. Nichts stimmte mehr. Finger hatte ihn um diesen Dienst gebeten, aber von einer gemeinsamen Abmachung war nichts mehr zu spüren. Freddy sah im Gesicht des Freundes nichts als dunkelstes Grauen.

Er spürte, dass er diesen Anblick nicht lange ertragen würde. Also handelte er, nahm die Spritze aus der Einwegverpackung, zog sie auf, band Finger den schlaffen Oberarm ab, klopfte nach der Vene, drückte ab und ließ sich dabei von den Augen des Freundes durchbohren.

Dann füllte er den Becher und hielt ihn Finger vors Gesicht.

Finger starrte ihn an, machte aber keine Anstalten, etwas zu sagen oder zu tun. Freddy wartete noch einen Moment, dann stellte er den Becher auf den Nachttisch, damit der Freund selbst danach greifen konnte.

Aber Finger schüttelte erneut den Kopf.

Freddy war nun nahe daran, die Geduld zu verlieren, da hob sich langsam Fingers rechte Hand mit den langen Fingernägeln und deutete auf Freddy.

III

FEUER ENTZÜNDEN

Jetzt raucht er wieder. Er kann sich beim besten Willen nicht vorstellen, in diesem Augenblick nicht zu rauchen, unterm Sternenhimmel dieser kalten Nacht an der Grabstätte des alten Freundes. Asche zu Asche. Armer, abgemagerter, kranker Freund, krank vom inhalierten Teer. Aber wehe, jemand empfahl dir, weniger zu rauchen! Nicht einmal Mechthild wagte es, denn an dem Punkt warst du nicht weich, sondern stur, wie es ein Mensch nur sein konnte.

Zu solch einer Ansprache schwingt Freddy sich auf.

Er zittert vor Kälte, aber auch wegen des Bildes vom abgemagerten Freund, dem er den Becher an die Lippen setzte.

Wie konnte er das tun?

Was befähigt einen Menschen, den Freund zu töten?

Mit der brennenden Zigarette in der Hand steht er zitternd im Dunkeln. Wie Ali in Atlanta, denkt er auf einmal und sieht die zitternde Figur mit dem starren Gesicht vor sich, ganz allein in der Nacht, obwohl eine Milliarde Menschen ihn am Fernseher beobachtet.

Die Athleten drängten sich auf der Rasenfläche des Stadions, nur die Laufbahn blieb frei, und auf dieser erschien eine junge Frau mit Fackel, lief lächelnd durchs Spalier der Sportler, verließ die Tartanbahn, rannte die Tribüne hinauf zum oberen Rand der Arena, präsentierte dort dem Volk die Fackel, und da, zur Überraschung aller, zur geradezu schockierenden Überraschung für Freddy, trat jemand aus den Kulissen, in weißen Schuhen, weißen Hosen und einem unförmigen weißen T-Shirt; unsicheren Schrittes kam er hervor, ein Mann, mit vor Konzentration starrem Gesicht, und dieser Mann war, wie man auf den ersten Blick sah, doch auf den zweiten erst glauben konnte, kein anderer als Muhammad Ali.

In der Hand hielt er eine silberne Fackel mit goldenem Dekor. Sie brannte nicht, er musste sie an der Fackel der jungen, weiterhin vor Freude strahlenden Frau entzünden, die sich darauf entfernte, scheinbar in Luft auflöste, worauf Ali vollkommen allein in der Nacht zu stehen schien, so jedenfalls suggerierte es das Fernsehbild. Hinter sich, über sich nichts als schwarzer Himmel. Die rechte Hand hielt die Fackel stabil, wenngleich mit Mühe, aber die linke zitterte, sie zitterte so stark, dass sich das Beben auf den Oberkörper ausdehnte und schließlich, als Ali die Fackel in die Höhe hob, um sie den Leuten im Stadion zu zeigen, auch den Kopf erfasste, ihn vor und zurück nicken ließ.

Ali kannte seine Aufgabe, man sah, wie er den Blick nun auf ein längliches Bündel richtete, das rechts von ihm auf Hüfthöhe in der Luft zu hängen schien, aber dann kehrte er noch einmal in die Position von eben zurück, hob erneut die Fackel, geradeso, als wollte er den schwersten Teil, den eigentlichen Akt, noch hinauszögern. Es dauerte, es dauerte, das spürte man deutlich, zu lang, weil Ali, gelenkt vom Rhythmus seiner Krankheit, langsamer war, als es die Gesunden erwarteten. Doch schließlich gelang es ihm, die Fackel an das fellartige Ding zu halten, mit beiden Händen, und für die Sekunden, die es dauerte, bis die Flamme übersprang, sah er aus wie ein gesunder Mensch, der ein Feuer entfachte, der stillhielt, damit die Hitze sich auf einen Punkt konzentrierte und das Holzscheit oder, wie in diesem Fall, das Wergbündel entzündete. Als dieses schließlich brannte, kehrte er aus der universellen Haltung des Feuermachers in den Körper des Parkinson-Kranken zurück, während das brennende Wergbündel von einem Stahlseil gezogen zum Stadionturm hinaufflog und in einer riesigen Flammenschale zum olympischen Feuer entbrannte. Alle blickten auf das Feuer, man sah die Menge der Staunenden im Stadion, die Sportler und das Publikum, aber Ali sah man nicht. Kein einziges Mal mehr schwenkte die Kamera auf das Gesicht des Champions, als hätte man ihn nur bis zu diesem Augenblick im Dasein gehalten, als hätte sich mit dem Entzünden der Flamme von Atlanta sein Leben erfüllt.

Freddy konnte es nicht fassen. Ihn beschäftigte fortan allein die Frage, wie Ali vom Stadionrand herabgestiegen war, ob ihn jemand geführt hatte, er fragte sich, wie der Champ sich gefühlt haben mochte, ob er die Zeremonie bei vollem Bewusstsein absolviert hatte, denn seiner Miene war es nicht abzulesen gewesen. Die Krankheit schien jeden deutbaren Gesichtsausdruck gelöscht zu haben.

Freddy zündet sich noch eine an. Rauchend steht er in der Friedhofsnacht, alle Kameras und Schweinwerfer haben sich abgewandt.

Er nahm den Becher und führte ihn an Fingers Lippen. Als dieser dann ruhig dalag, traten allmählich die Spuren des Kampfes an den Armen zutage, Spuren, die sich weder abwaschen noch übertünchen ließen.

Er steht im Dunkeln, wie Ali in Atlanta, bloß dass er besser auf den Beinen ist als Ali, der damals, 1996, wie alt war? Vierundfünfzig. Und er, Freddy, wie alt ist er, hier und heute, da er auf einem Waldfriedhof eine Filterzigarette als Fackel in die Nacht hält? Einundfünfzig. Mit einundfünfzig war Ali bereits krank und nicht mehr fähig, den *Anchor Punch* zu zeigen. Im Gegensatz zu Freddy, der ihn jeden Tag in der Zelle gegen seinen Schatten zum Einsatz brachte, gewissermaßen stellvertretend für den kranken Erfinder des schnellen Schlags, aber das kommt ihm dann doch übertrieben vor. Er schüttelt den Kopf, allerdings mit einem verhaltenen Lächeln für den Mann, der da zum ersten Mal seit Jahren unter einem Sternenhimmel steht und sich an alles erinnert, was er mit seinen Händen getan hat.

Er tritt die Zigarette aus. Was an diesem Tag zu tun war, ist getan. Die Augen haben sich an die Dunkelheit gewöhnt, er sieht sich nach der Stelle um, wo er die Glock vergraben hat, findet sie am Fuß der etwas erhöht stehenden Kiefer, gräbt sie aus, befreit sie von den Strümpfen, verstaut diese in der Sporttasche und die Waffe in der Lederjacke, und sobald er das Gewicht der Glock am Körper spürt, schlägt sein Kompass wieder aus. Er wird die Waffe noch in dieser Nacht zurückbringen. Frankfurt ist für einen wie ihn kein gutes Pflaster. Trotzdem fällt ihm nichts ein, was richtiger wäre.

»Ich bin nicht gern, wo ich hingehe«, sagt er, und schon sieht er sich vor Dr. Hartmann stehen.

»Ali und ich«, erklärt er seinem Chef, »gehören derselben Klasse an.«

Dr. Hartmann äußert keinen Widerspruch, also spricht Freddy weiter.

»Außerdem sind wir im selben Jahr geboren worden. Ich als Freddy, er als Boxer.«

Warum sollte man das nicht so sehen, in dieser Sternenhimmelnacht auf der Asche seines Freundes? Dr. Hartmann hat Verständnis für Freddys Logik, zumal sie von Tatsachen gestützt wird:

Am 25. Februar 1964 wurde Cassius Clay zum ersten Mal Weltmeister im Schwergewicht. In Miami Beach besiegte er Sonny Liston, obschon er in der vierten Runde so gut wie blind war. Seine Augen brannten, vermutlich weil jemand Listons Boxhandschuhe präpariert hatte.

Clay überstand die Runde trotzdem, und nicht nur das. Die Überzeugung, dass sein Gegner mit unlauteren Mitteln kämpfte, spornte ihn zu einer kolossalen Leistungssteigerung an. In der sechsten Runde landete er so schwere Treffer, dass Liston, der amtierende Weltmeister, vor Beginn der siebten Runde zum Zeichen der Kapitulation seinen Mundschutz in den Ring spuckte.

»Ich bin der Größte«, schrie Cassius Clay den gierigen Kameras entgegen.

Drei Tage später konvertierte er zum Islam und nahm einen neuen Namen an.

Einen Tag später wurde Freddy geboren, am 29. Februar, dem Datum mit der geringsten Wahrscheinlichkeit, Geburtsdatum zu werden.

Dr. Hartmann nickt, er kann verstehen, dass Freddy der zeitlichen Nähe der Ereignisse Bedeutung beimisst. Dabei weiß Dr. Hartmann nicht einmal, dass der Freundschaftsdienst für Finger, der zu der Asche führte, auf der sie beide stehen, mit einer leibhaftigen Begegnung zwischen Freddy und Ali begann.

Ich habe Halluzinationen, denkt Freddy. Habe ich noch Zigaretten? Es wird Zeit, einen Kiosk zu suchen oder einen Automaten, aber er kann sich noch immer nicht entschließen, einen Fuß vor den anderen zu setzen und dieses Rasenstück zwischen den Kiefern mit den leicht gebogenen Stämmen zu verlassen.

Lebt Ali eigentlich noch?, fragt er sich plötzlich. Bis ins Gefängnis ist keine Todesnachricht vorgedrungen, also muss er noch am Leben sein, sonst hätten sie es im Radio durchgesagt und im Fernsehen gezeigt, und Freddy und Mesut hätten ausführlich über den Tod des Mannes geredet, dessen Bild an der Wand ihrer Zelle hing.

Mesut beeindruckte der Umstand, dass ein aus seiner Sicht schon ziemlich alter Mann wie Freddy ein Idol hatte, auch wenn dieser selbst das Wort nie in den Mund nahm. Mesut sah es und hörte es heraus, wenn Freddy von Clay und Ali erzählte. Eines Nachmittags kam es dabei zu einer echten Überraschung, denn plötzlich behauptete Freddy beim Schattenboxen, er habe Muhammad Ali einmal aus nächster Nähe gesehen.

»Im Fernsehen?«, fragte Mesut.

»Nein, in echt.«

»Verarsch mich nicht!«

»Ehrlich! Aus nächster Entfernung. Hätte ich den Arm ausgestreckt, hätte ich vielleicht ein Autogramm ergattert.«

»Schwätz keine Opern, Alter. Du hast selbst gesagt, dass du nie in Amerika gewesen bist.«

»Es war auch nicht in Amerika, sondern in Riesa.«

»Wo?«

»In Riesa.«

»Was ist Riesa, Mann?«

»Eine Stadt im Osten, nicht besonders groß.«

»Und da willst du Ali gesehen haben? Ich schätz mal, das war eine Fatma Organa.«

»Es war Ali.«

»Erzähl!«

ZAUBERN

Eines Tages, beim Verlassen von Evas Kneipe, in der Freddy auch nach seiner zweiten Haft sein Bier trank, weil der LPG-Wohnblock nach wie vor unberührt an Ort und Stelle stand und der Schlüssel zur alten Wohnung noch immer passte, fiel sein Blick auf Alis Grinsen. Es hing an einem Stromkasten, und Freddy glaubte zunächst an eine alkoholbedingte Sinnestäuschung, aber es war tatsächlich ein Plakat, über das man mit der Hand streichen konnte. War Grinsen das richtige Wort? Nein. Doch man konnte Alis Gesichtsausdruck auch nicht Lächeln oder Lachen nennen. In den Augen, um den Mund saß der Schalk, die Verschlagenheit des Eierdiebs – aber auch echte Freundlichkeit, ein wenig Verrücktheit, nein, ziemlich viel davon, beinahe Wahnsinn, und dann auch wieder das genaue Gegenteil: die Arglosigkeit eines kleinen Jungen, gepaart mit dem Anflug von Pfiffigkeit, die der kleine Junge brauchte, um sich auf der Straße durchzusetzen.

Freddy blickte sich instinktiv um, ob sich hinter einem Baum oder hinter der nächsten Ecke jemand versteckt hielt, der das Plakat eigens für ihn, Freddy, aufgehängt hatte, genau genommen sah er sich nach Tom um, denn wer sonst hätte sich einen solchen Streich ausdenken sollen? Er rief sogar halblaut den Namen des alten Freundes, aber es löste sich nirgendwo ein Schatten aus dem Versteck.

Sicherheitshalber drehte er eine Runde um den Häuserblock, ging *um die vier Ecken*, wie er und Tom es früher genannt hatten, und als er den Ausgangspunkt erreichte, sah er das Plakat unverändert an derselben Stelle hängen.

Er schickte sich an, es vorsichtig zu entfernen, zuerst an den oberen, dann an den unteren Ecken, da fiel ihm auf, dass am unteren Rand ein beschrifteter weißer Streifen angesetzt war. Darauf die Information, Muhammad Ali komme am 29. 6. 2002 als *Stargast* zur Premiere des Films *Ali* in die *Erdgasarena* nach Riesa und beehre außerdem die dortige *Ostproduktausstellung* mit seiner Anwesenheit.

Wieder blickte sich Freddy um. Irgendwo musste derjenige, der ihn hier veräppelte, stecken.

»Komm raus, Tom!«, rief er.

Kopfschüttelnd ließ er von dem Plakat ab und ging weiter, doch als er wenig später an einem Baustellenzaun Alis Gesicht in dutzendfacher Ausfertigung erblickte, blieb ihm nichts anderes übrig, als das Unglaubliche zu glauben. Die Enttäuschung, es doch nicht mit einem Streich von Tom zu tun zu haben, verglühte in der Erkenntnis, dass das Schicksal ihm, Freddy, eine Riesenchance bot. Er beschloss, Muhammad Ali am 29. Juni dieses Jahres zu sehen. Kaum hatte er diesen Entschluss gefasst, traf er eine zweite Entscheidung: Er würde Tom überreden, mitzukommen. Alles andere wäre Verrat, schließlich war Tom derjenige, der ihn einst mit Ali bekannt gemacht hatte, in einer Nacht Ende Oktober 1974.

Mesut nickte anerkennend, als Freddy an diese Stelle der Geschichte kam.

»Gut, Bruder«, sagte er.

Zu Hause nahm Freddy das Poster, das er und Tom damals vorsichtig aus der Illustrierten herausgetrennt hatten, aus der Mappe mit den Abschlusszeugnissen, räumte das schmutzige Geschirr, die Dosen und die Flaschen vom Tisch, faltete das Poster auseinander und wählte Toms Nummer.

»Kannst du dich noch an Kinshasa erinnern?«, fragte er, sobald der Freund von früher sich gemeldet hatte.

Am anderen Ende der Leitung war es so lange still, dass Freddy schon Unmut befürchtete, aber dann kam es ihm vor, als würde er Tom schmunzeln hören.

»Ja, klar. Warum?«

»Weißt du, wo Riesa liegt?«

Anstatt die Antwort abzuwarten, unterbreitete er Tom seinen Vorschlag.

»Ich weiß nicht, ob ich das hinkriege«, wehrte Tom ab.

»Es ist ein Samstag. Wochenende. Da hast du frei!«

»Meistens schon. Aber die Familie …«

»Hast du Ali in Atlanta gesehen?«

»Nein. Wieso?«

»Er ist krank, verstehst du? Richtig krank. Kann sein, dass er nicht mehr lange lebt. Unglaublich, dass er in dem Zustand nach Deutschland fliegt. Zu uns! Kapierst du das? Er war noch nie in Deutschland …«

»Doch.«

»Echt? Wann?«

»Irgendwann Mitte der Sechziger, in Frankfurt, glaube ich, für einen Kampf gegen Karl Mildenberger.«

»Warum hast du mir das nie erzählt? Vielleicht waren wir da sogar schon auf der Welt!«

»Hätte er dir sagen müssen«, meinte Mesut. »Keine Frage. Was einen Freund vom Nicht-Freund unterscheidet, ist, dass er dich immer auf dem Laufenden hält.«

Freddy nickte nachdenklich, zunächst, weil Mesut etwas Wahres sagte, dann, weil ihm aufging, was Tom bei dem damaligen Telefongespräch im Kopf herumgespukt sein musste: das Wissen um das *Rohheitsdelikt*, das Freddy zum zweiten Mal ins Gefängnis gebracht hatte.

Tom war trotzdem nach Riesa gekommen, und Freddy freute sich so sehr darauf, den Freund wiederzusehen, dass er glaubte, eine Verjüngung an sich wahrzunehmen. Doch als sie sich auf der Terrasse des Hotels, in dem Tom ein Zimmer genommen hatte, gegenüberstanden, schien ihm, als steckten sie beide im falschen Kostüm.

Tom schien etwas Ähnliches zu denken, denn er stellte fest: »Früher hattest du öfter mal ein weißes Hemd an.«

»Und du nie«, erwiderte Freddy.

Tom sah aus, als wäre er durch eine Personenwaschanlage spaziert. Daneben fühlte sich Freddy in den Klamotten, die er beim Vietnamesen erstanden hatte, wie im falschen Film.

»Was schaust du mich so an?«, fragte Tom.

»Hab dich halt lang nicht gesehen«, gab Freddy zurück und wandte sich ab, um der Flamme seines Feuerzeugs mit dem ganzen Körper Windschutz zu bieten. Der erste Zug aus der Zigarette erlaubte ihm dann, einfach in die Ferne zu blicken, so wie man es oft tut, wenn man den Rauch ausstößt. Tom spielte mit dem Autoschlüssel.

Wenig später stiegen sie in einen Volvo-Kombi mit zwei Kindersitzen. Freddy sah sich darin um wie in einer Neubauwohnung.

»Ich habe mich schlaugemacht«, sagte Tom. »Ali schlug Karl Mildenberger 1966 in Frankfurt in der zwölften Runde k. o.«

»Da waren wir zwei«, stellte Freddy fest.

»Was waren wir?«

»Wir waren zwei.«

»Zwei was?«

Freddy wurde nervös. Verstand sein Freund nun nicht einmal mehr die einfachsten Dinge?

»Zwei Jahre alt!«, rief er aus.

»Ach so.«

Die Stadt war so klein, dass die Fahrt zur Mehrzweckhalle nur für eine einzige Frage reichte.

»Bei dir alles im Lot so weit?«

»Wie man es nimmt.«

»Also nein?«

»Doch, doch.«

Tom fuhr ins Parkhaus, stellte den Motor ab, zögerte und richtete den Blick dann auf Freddy.

»Freddy, mir geht es gut. Ich hoffe, dir auch.«

»Klar. Schließlich bin ich ja hier im Paradies der Arbeiterklasse. Das ist doch – warte mal, wie hast du früher immer gesagt: eine Erhebung.«

»Trinkst du, Freddy?«

»Kennst du Arbeiter, die nicht trinken?«

»Das meine ich nicht. Ich meine …«

»Du meinst, dass ich geworden bin wie meine Brüder. Und die waren dir als Kind immer unheimlich.«

»Ey, mach langsam, Alter. Da komm ich nicht mit. Wie war das mit der … *Erhebung*?«, fragt Mesut dazwischen.

Freddy konnte es nicht genau erklären, auch in dem Moment, in dem er den Ausdruck benutzt hatte, hätte er es nicht gekonnt, er war ihm plötzlich eingefallen, weil es ihn genervt hatte, dass Tom seinen Satz mit Freddys Vornamen begonnen hatte. Das war ihm schon immer gegen den Strich gegangen.

Wäre er nicht genervt gewesen, hätte er sich die Bemerkung verkniffen, schon allein deshalb, weil ihm von den Diskussionen am WG-Tisch nur einzelne Wörter im Gedächtnis geblieben waren und er die genauen Zusammenhänge nicht mehr herzustellen vermochte. Meistens war es um die Frage gegangen, wie man die Welt verändern konnte. Ständig wurde das Thema zur Sprache gebracht, reihum, jeder schien mal dran zu sein, und einmal, als Freddy müde von einem langen Tag in der Werkstatt über den Teller gebeugt seine Suppe löffelte, hörte er sich plötzlich fragen:

»Was ist eigentlich so schlecht an der Welt?«

Alle verstummten. Eine Weile hörte man nichts als Freddys Schlürfen.

Tom brach das Schweigen, indem er anfing, über *Randgruppen* und die *Erhebung der Arbeiterklasse* zu reden. Herbert Marcuse, sagte er, halte gerade die nicht integrierten Außenseiter für fähig, die Erhebung der Arbeiterklasse zu initiieren.

Freddy verstand nicht, was Tom ihm damit sagen wollte. Eine Antwort auf seine Frage war das nicht, aber vielleicht würde sie noch kommen. Er nahm sich einen zweiten Teller Suppe.

Wieder schwiegen alle, und nun begriff Freddy, dass sie

seinen Essgeräuschen lauschten. Er ließ den Löffel fallen, richtete sich auf und blickte in die Runde.

Wie auf Kommando senkten die anderen daraufhin synchron den Blick, und es war auf einmal so wie damals, als Freddy zum ersten Mal Gast an diesem Tisch war und zum Schrecken seiner künftigen Freunde sein Frühstücksei mit dem Messer geköpft hatte.

Tom fühlte sich ertappt. Es stimmte, Freddys Brüder waren ihm nicht geheuer gewesen. Das machte ihn verlegen. Um es zu überspielen, wechselte er das Thema.

»Willst du hören, warum Ali ausgerechnet hierher kommt?«, fragte Tom.

»Klar.«

Das war geflunkert. Die Gründe interessierten ihn kein bisschen, aber wenn Tom etwas erklären durfte, bekam er gute Laune, und daran war Freddy sehr wohl interessiert.

Riesa, so erfuhr er, hatte sich an Leipzigs Bewerbung für die Olympischen Spiele angehängt. Die Wettbewerbe einiger Disziplinen sollten hier ausgetragen werden. Ob Boxen dazugehörte, wusste Tom nicht, aber dem rührigen Bürgermeister war es gelungen, lokale und regionale Firmen dazu zu bewegen, den berühmtesten lebenden Sportler der Welt als Werbeträger in die Kleinstadt zu holen.

Toms Erläuterung fand im Foyer der Mehrzweckhalle Bestätigung, wo die Sponsoren an zahlreichen Ständen ihre Produkte und Dienstleistungen präsentierten. Allerdings war der Zugang vorläufig verwehrt, denn bevor das gemeine Volk sich informieren durfte, sollte der Ehrengast die Ostprodukteausstellung eröffnen.

Freddy sorgte mit robustem Körpereinsatz dafür, dass sie

einen Platz direkt am Absperrseil bekamen und aus nächster Nähe sehen konnten, wie Ali unter Blitzlichtgewitter hereinkam, begleitet von einer Entourage, die hauptsächlich aus Männern bestand. Zitternd und mit ausdruckslosem Gesicht setzte er einen Fuß vor den anderen. Er wirkte noch unsicherer als vor dem schwarzen Nachthimmel von Atlanta; das Bemühen, die Balance zu halten, schien alle seine Kräfte aufzuzehren. Die Gastgeber störten sich nicht daran, sondern nahmen entschlossen ihr Programm in Angriff. Sie führten ihn von Stand zu Stand und präsentierten ihm Kaffee, Nudeln, Frühstücksflocken, Kerzen, die in der Region produziert wurden. Am Schluss des Rundgangs signierte Ali ausdruckslos ein Auto, auf das die Männer in den Anzügen deuteten. Dann presste er wieder die Arme an den Körper, um das Zittern und Schlenkern zu kontrollieren. Trotz des Trubels um ihn herum schien ihn Stille einzuhüllen.

Tom schüttelte bekümmert den Kopf, und nach einer Weile ließen die Fotografen ihre Kameras sinken, weil sie das Unwürdige der Situation erfassten. Freddy nahm all das wahr, er sah die Demütigung seines Idols und trotzdem auch den schönen Schwarzen, der als Champion seinen Sklavennamen abgelegt und sich Muhammad Ali genannt hatte, und weil er so genau hinsah, gelang es ihm, in Alis Augen einen Abglanz des Funkelns zu erkennen, das seinem Blick von Anfang an Macht über die Menschen verliehen hatte. Wer Ali in die Augen sah, und sei es durch den Filter einer Mattscheibe, der liebte oder hasste ihn. Gleichgültigkeit ließ sein Blick nicht zu.

Auf einmal wandte sich Ali von den Ostprodukten ab und fasste die Zuschauer hinter dem Absperrseil ins Auge. Damit nicht genug. Er ging auf die Menschenmenge zu, in der

Tom und Freddy aneinandergedrängt ganz vorne standen, machte eine Armlänge vor ihnen halt, griff in die Hosentasche, zog ein rotes Tuch heraus und stopfte es mühsam in die riesige, aber durch die Schüttellähmung schlotternde Faust. Mit größter Mühe hob er den Arm, führte die Faust zum Mund, blies darauf, öffnete die Hand und strahlte, weil das rote Tuch verschwunden war.

Mesut nickte mit dem ganzen Oberkörper. Er hatte gespannt zugehört. Jetzt suchte er nach einem passenden Satz.

»Du hast ihn gesehen, Mann«, sagte er schließlich.

»Ja«, sagte Freddy. »Ich habe ihn gesehen. Und jetzt lass uns pennen. Ich bin saumäßig müde.« Er wollte das Bild von Alis Kunststück mit der zitternden Faust unberührt stehen lassen, darum verschwieg er Mesut, wie niedergeschlagen er war, als er mit Tom die Halle verließ. Er wollte nur noch zum Bahnhof und den nächsten Zug nach Hause nehmen. Tom versuchte nicht, ihn davon abzuhalten.

Auf dem Bahnsteig starrte er an Freddy vorbei, sagte nichts, kniff nur hin und wieder die Augen zusammen, als versuchte er, etwas in der Ferne zu erkennen. Als der Lautsprecher die Einfahrt des Zuges ankündigte, gab er sich schließlich einen Ruck und teilte Freddy ohne Umschweife mit, Finger sei an Lungenkrebs erkrankt.

Erschrocken ließ Freddy die brennende Zigarette fallen.

Bis der Zug kam, fand er keine Worte. Er nickte nur, griff automatisch nach der Zigarettenschachtel, schob sie wieder in die Tasche zurück, steckte den Zettel ein, auf den Tom hastig etwas gekritzelt hatte, und hob schließlich zum Abschied kurz die Hand, bevor er einstieg.

Die Schachtel ist leer. Wie viele Kippen hat er auf Fingers Asche ausgetreten unter dem ersten Nachthimmel seit Jahren?

Er hat vergessen zu frieren, aber jetzt spürt er die Kälte wieder und auch das Gewicht der Lederjacke. Er greift in die Innentasche, um den darin verborgenen schweren Gegenstand herauszunehmen.

»Was willst du?«, fragt er die Glock halblaut.

Sie antwortet durch ihre pure, kalte Schwere.

Freddy versteht sie. Wie ein Verurteilter, der zwar nicht genau weiß, für welche Schuld man ihn letztendlich verurteilt hat, der sich aber der Kette der Verfehlungen, die sich durch sein Leben zieht, bewusst ist, hält er sich den Lauf an die Schläfe. Sämtliche Vergehen scheinen sich zu einer großen Schuld summiert zu haben, die darin besteht, zu existieren, und aus der die Pflicht erwächst, die Strafe eigenhändig zu vollstrecken.

Er steht dafür am rechten Ort, doch bringt er es nicht über sich, aus Angst, der Schuss könnte nicht tödlich sein.

Also steckt er den Lauf in den Mund.

Das wirkt. Ohne Angst sieht er sich von außen, aber da kommt er sich mit dem Lauf der Glock zwischen den Lippen plötzlich lächerlich vor.

Überdies taucht unvermutet Mesuts Geist auf und gibt ihm den Rest:

»Mach kein' Scheiß!«

Freddy nimmt die Glock aus dem Mund, lässt sie einfach fallen und geht davon.

*ÜBER*SETZEN

In der Straßenbahn meldet sich der Hunger. Zuerst diffus, als dumpf gärende Leere, die dann aber von einer Erinnerung gefüllt wird, die ein bisschen nach Salz schmeckt, aber hauptsächlich süß ist – der Geschmack von Weckklößen mit eingemachten Mirabellen. Gleich darauf muss Freddy, ohne dass er versteht, warum, an seine wenigen Geburtstage denken. Er zählt sie an den Fingern ab, zwölf sind es gewesen, man könnte also sagen, dass er noch ein Junge ist, und wie ein Junge führt er sich vor Augen, was er geschenkt bekommen hat. Viel kommt nicht zusammen, doch alles, was seine Mutter ihm nach ihrem Auszug mitbrachte, hat sein Gedächtnis exakt verbucht, vor allem 1972 das Kettcar und 1976 das Bonanzarad. Große Geschenke, von den Geschwistern mit spöttischem Neid oder neidischem Spott bedacht und darum von begrenzter Haltbarkeit. Das Kettcar litt darunter, dass sich seine ausgewachsenen und darum viel zu schweren Brüder einen Jux daraus machten, es auszuprobieren, das orangefarbene Bonanzarad verschwand, weil jemand es sich borgte und nicht wieder zurückbrachte.

Alles, was von Wert ist, verschwindet einfach irgendwann.

Dieser Gedanke bleibt ihm, begleitet von dem Geschmack

nach Weckklößen mit Mirabellen, den er in dem Jahr, als er in die Schule kam, so häufig auf der Zunge hatte. Vier Jahre vor Kinshasa, vier Jahre vor der Angst, Ali würde durch Foremans ungeheure Hiebe zu Boden gehen und nie wieder aufstehen.

Freddy schaut auf die Hand, aus der vorhin die Waffe fiel. Er ballt sie und denkt daran, dass er sich aus Angst um Ali damals in diese Faust gebissen hat.

Langsam lässt er sie aufgehen und bewegt vorsichtig die Finger, als müsste er sie neu zum Leben erwecken. Und dann fällt ihm ein Bild ein, das er vollkommen vergessen hat: Melanie, wie sie mit dem Zeigefinger konzentriert die Linien in seiner Handfläche entlangfährt und dabei entschieden Sätze sagt, von denen er kein Wort versteht.

Freddy ballt erneut die Faust, diesmal aber sanft, wie wenn man einen Grashüpfer gefangen hat. Er schließt die Augen, lehnt den Kopf an die Scheibe und überlässt sich dem Ruckeln der Straßenbahn.

Auf Schienen fühlt er sich sicher.

So wie damals, als er im Zug von Ost nach West fuhr.

Nicht lange nachdem er durch Tom von Fingers Erkrankung erfahren hatte, verließ er die ehemalige LPG-Wohnung und machte sich auf den Weg zum Bahnhof. Was nicht in die alte Sporttasche passte, blieb zurück. Den Schlüssel ließ er stecken.

Er handelte planvoll und doch ohne Überlegung. Erst im Zug konnte er einen klaren Gedanken fassen und sich nach und nach vor Augen führen, auf welchen Weg er sich begab. Er richtete die Aufmerksamkeit auf den kranken Freund, weckte die Erinnerung an gemeinsame Zeiten, und dabei wurde ihm unweigerlich bewusst, dass Finger eine Tochter zurücklassen würde.

Rosa. Die auch er, Freddy, von Geburt an kannte.

Es dauerte eine Weile, bis er ausgerechnet hatte, wie alt das Kind inzwischen war: sechzehn.

Abgesehen von gelegentlichen Besuchen hatte er Rosas Kindheit komplett verpasst. Warum? Vielleicht, weil er gekränkt war, nicht als Pate getaugt zu haben. Mehr als ein Mal hatte er sich die Szene ausgemalt: wie sie ihn fragen, wie er nickt, Ja sagt und die beiden zum Strahlen bringt. Aber die Frage wurde nicht gestellt, es gab nicht einmal eine Taufe. Paten wurden trotzdem benannt, bei einer Feier ohne Pfarrer, die Freddy zum größten Teil rauchend auf der Terrasse verbrachte.

Tom hatte ihm am Bahnhof von Riesa aufgeschrieben, wo Finger nach der Scheidung von Mechthild wohnte. Vor dem Haus mit der richtigen Nummer knüllte Freddy den Zettel zusammen und warf ihn in den Rinnstein. Er stutzte kurz, weil auf dem Klingelbrett natürlich nirgendwo »Finger« stand, und es dauerte eine Weile, bis er auf den Nachnamen kam.

Finger sah eigentlich aus wie immer, wenn auch mit leicht gelblicher Gesichtshaut, aber das mochte Einbildung sein, weil Freddy um die Erkrankung wusste. Er strahlte nach wie vor Jugendlichkeit aus; kaum einer hätte ihm abgenommen, dass er Vater war und über vierzig. Seine Bewegungen schienen von jungenhaften Impulsen gesteuert zu werden.

Freddy hingegen hatte sich verändert. Er merkte es daran, wie Finger ihn ansah. Als müsste er einen kleinen Schrecken verdauen, bevor er lächeln konnte.

»Freddy«, sagte er und ließ ein blasses Fragezeichen mitklingen, weshalb Freddy automatisch antwortete:

»Tja.«

»Ist das noch die Lederjacke aus Amsterdam?«, fragte Finger, als er Freddy über die Schwelle winkte. Damit war die Verbindung zu den alten Zeiten hergestellt. Auch die Kulisse passte: Gitarren, Notenständer wie gehabt, das Klavier und Möbel, die schon in der WG gestanden hatten, alles eingehüllt in kalten Rauch, kurz darauf jedoch in warmen, denn Finger drehte sich eine und zündete sie an.

»Tom hat mir gesagt, dass du Lungenkrebs hast«, kam es Freddy in ungebremster Aufrichtigkeit über die Lippen, weil ihm keine elegantere Methode einfiel, das Thema anzuschneiden.

»Tja«, sagte nun Finger.

Freddy setzte sich an den Küchentisch und konnte sich im selben Moment vorstellen, erneut in dieser Stadt heimisch zu werden.

»Also, wenn du mal was brauchst … ich hab vor, wieder in die Gegend zu ziehen.«

Er machte auf der Stelle Ernst. Schon am nächsten Tag ging er auf Arbeitssuche. Allerdings dauerte es, bis er etwas fand, da es im Westen Deutschlands kaum mehr Hinterhofbetriebe gab, die jedes Auto reparieren konnten. Vertragswerkstätten und ein paar Service-Ketten beherrschten den Markt, und die wollten Freddy nicht. Für Dr. Hartmanns Zeugnis hatten die Inhaber nur ein spöttisches Lächeln übrig, falls sie sich überhaupt die Mühe machten, einen Blick darauf zu werfen.

Aufs Kinderkarussell musste er diesmal trotzdem nicht steigen, denn er fand schließlich einen Job auf der Fähre, die fünfzehn Kilometer rheinabwärts von morgens bis abends Autos, Radfahrer und Fußgänger übersetzte. Er fungierte als Kassierer, übernahm Wartungs-, Pflege- und Instandhaltungsarbeiten und beobachtete, wie sich der Fluss verhielt. Ihm gefiel das Strömen des Wassers, die Art, wie es Wellen schlug, aber ihn enttäuschte die fast schlammgraue Farbe, die auch bei bestem Wetter nicht weichen wollte. Wahre Gewässer hatten blau zu sein, so wie ein Kind sie malte.

So wie das Meer bei Thessaloniki. Warum, fragte er sich an manchen Tagen, bin ich nicht Seemann geworden? Warum kreuze ich nicht in der Ägäis und laufe ab und zu bei einem Schutzengel im Hafen ein?

Die Flussfähre hatte keinen Hafen, nur einen Anleger an der Uferböschung, Freddy immerhin ein Zimmer im Souterrain eines Hauses in Hanglage. Das Gitter vorm Fenster ließ sich ertragen, wenn man die Tür einen Spaltbreit offen ließ. Außerdem kam er ohnehin nur zum Schlafen her. Wenn er nicht auf der Fähre arbeitete, war er bei Finger.

Freddy verstand es so: Dass Tom ihm in Riesa von Fingers Krankheit berichtet hatte, kam einem Auftrag gleich.

Anfangs fiel es ihm nicht schwer, dem Freund beizustehen, trotz dessen gelegentlicher Ausbrüche von Verzweiflung, doch dann kam die Therapie mit allen Folgen. Finger verlor die Haare, plagte sich mit Übelkeit und kämpfte mit Entzugserscheinungen, weil er in der Hoffnung, ohne Nikotin und Teer noch eine Chance zu haben, das Rauchen aufgegeben hatte.

Freddy ertrug nahezu alle Stimmungsschwankungen, solange hinter ihnen noch ein bisschen Hoffnung glomm. Erst als Finger in eine anhaltende Weinerlichkeit verfiel, wurde Freddy auf die Probe gestellt. Eines Abends konnte er sich nicht mehr beherrschen und schrie den Kranken an, er solle sich zusammenreißen und auch mal an die anderen denken. Dann setzte er sich an den Esstisch und rauchte rücksichtslos eine Zigarette.

Fingers Augen wurden unter der Mütze, die er Tag und Nacht auf dem kahlen Schädel trug, riesengroß.

Er starrte Freddy wortlos an, und das mochte bedeuten, dass er etwas verstanden hatte.

Allmählich keimte in ihm tatsächlich wieder etwas Hoffnung, wohl auch dank der fürsorglichen Schwestern in den Warte- und Behandlungsräumen der Klinik. Sogar zu seinem alten Pathos fand er zurück, und wenn Rosa ihn besuchte, barst er beinahe vor Stolz auf das Mädchen, das so selbstständig wirkte.

An den Abenden, die sie zu dritt verbrachten, zog Freddy sich in die Rolle desjenigen zurück, der dafür sorgte, dass Vater und Tochter unbeschwert Zeit miteinander verbringen konnten, und es sah tatsächlich so aus, als könnte sich alles wieder zum Guten wenden.

Bis die Ärzte bei der ersten Kontrolluntersuchung Metastasen entdeckten und Freddy Zeuge wurde, wie es aussieht, wenn vorsichtig aufkeimende Hoffnung endgültig zerschlagen wird. Dem Betroffenen bleibt gerade genug Kraft, um kurz gegen das Schicksal aufzubegehren, dann folgt das Versinken in ausweglose Trauer.

Finger trug weiterhin die Mütze gegen die Kälte, sonst aber schützte und wehrte er sich nicht mehr. Auch gegen das Verlangen nach Nikotin mochte er nun nicht mehr ankämpfen.

»Kann ich mir eine von dir drehen?«, flüsterte er eines Abends.

»Nö«, sagte Freddy und ließ eine Pause folgen, die er genau so weit in die Länge zog, bis er Anzeichen der Verunsicherung im Gesicht des Freundes erkannte. »Ich hab nämlich nur Aktive.«

Von da an rauchten sie zusammen, ein bisschen so, als würden sie es heimlich tun, und fanden dabei zu einer neuen Art des Redens. Freddy ließ sich alles über Rosa erzählen, über ihr Leben zwischen den zwei Haushalten ihrer geschiedenen Eltern, und als es über Rosa nichts mehr Neues zu berichten gab, stand Finger auf, wühlte in einem Schuhkarton und reichte Freddy ein Foto, auf dem ein Neugeborenes zu sehen war.

»Hier«, sagte Finger. »Das ging damals vergessen. Eigentlich hättest du gleich eines bekommen sollen. Außerdem wärst du Pate geworden, wenn es nach mir gegangen wäre, aber Mechthild wollte es nicht. Sie hatte Angst, zu viel von deiner Anwesenheit könnte unserer Familie schaden.«

»Danke«, sagte Freddy, »aber das Foto hab ich schon.«

Und dann stiegen wieder die Bilder von der Geburt in ihm auf, Mechthilds Augen vor dem letzten Pressen und die Stimme, die ihm einflüsterte, dass er es gewesen sei, der dem Kind auf die Welt verholfen habe, und dass Finger nichts, absolut nichts davon ahnte. Gleich darauf wollte er sich winden und krümmen, weil er daran dachte, was er und Mechthild getan hatten. Er fühlte sich gezwungen, das Thema anzusprechen:

»Hat es dir eigentlich nie etwas ausgemacht, dass Mechthild und ich … Ich meine, auch wenn ihr eine offene Beziehung hattet …«

Finger musste nicht lange nachdenken. »Ich wäre fast daran krepiert«, antwortete er.

Wochen später verschlechterte sich sein Zustand so sehr, dass Worte wie *Hoffnung* und *Zuversicht* aus allen Wörterbüchern und aus der Welt verschwanden. Als die großen Schmerzen kamen, halfen keine freundschaftlichen Beistandsgesten mehr, sondern nur noch Medikamente.

An einem Tag nahm Freddy den Freund trotz allem mit auf die Fähre. Vier Mal setzten sie über, zweimal hin, zweimal zurück, und tatsächlich schien Finger die frische Luft gutzutun, doch auf dem Rückweg fing er im Auto auf eine Art zu weinen an, die Freddy noch nie erlebt hatte. Das war kein gewöhnliches Selbstmitleid mehr, sondern etwas, das den Menschen ankam, wenn er das Ende vor sich sah.

Finger schien ihm diese Erkenntnis anzumerken, denn er hörte abrupt mit dem Weinen auf und sah ihn an. Freddy nahm es im Augenwinkel wahr. Auf dem nächsten geraden Straßenabschnitt erwiderte er den Blick. Mit Riesenaugen nahm Finger ihn ins Visier – und wenig später mit Worten in die Pflicht.

Freddy nimmt den Kopf von der Scheibe und hält den Atem an, als der Kranke den Mund aufmacht, um etwas zu sagen.

»Du musst es tun«, flüsterte Finger, während er mit zitternder Hand auf Freddy deutete. »Du.«

Er hob den Kopf, damit Freddy ihm den Becher an die Lippen halten konnte, trank mit schlotternder Kinnlade, sodass die Zähne gegen das Trinkgefäß schlugen, dann, als es geschafft war, sank er zurück und tat nichts mehr. Schaute nur noch Freddy an.

Die Scheiben der Straßenbahn sind beschlagen, für einen Augenblick glaubt Freddy, er habe das verursacht, denn obschon er den ganzen Tag gefroren hat in seinem weißen Hemd und seiner Lederjacke, schwitzt er nun, so heiß ist ihm; die Handflächen, sieht er, als er sie nach oben dreht, sind jedoch trocken, und als er sich damit über Stirn und Nacken fährt, fühlt er nichts Feuchtes. Offenbar kann einem rein innerlich der Schweiß ausbrechen.

Dieser Blick, der auf ihn gerichtet war. Fingers Blick.

»Scheiße«, flüstert Freddy.

Er wischt mit dem Handrücken über die Scheibe, um zu sehen, wie weit er bereits gefahren ist.

In Sichtweite des Hauses reißt er das dünne Zellophan von der Zigarettenschachtel, die er sich beim Umsteigen am Bahnhof gekauft hat.

Eine Zigarette noch, und er wird die letzten Meter nehmen. Dann kann dieser Tag zu Ende gehen, der mit einem *Anchor Punch*, mit Mesuts rätselhafter Aufforderung und mit dem Schritt durch die blaue Tür begonnen hat.

Eine Aktive noch.

Der Weg zu der Tür, auf die er beim Rauchen blickt, ist so kurz, dass keine Abzweigung hineinpasst. Der Kurs ist klar. Jetzt geht es darum, ihn zu halten, unabhängig von allen Einflüsterungen und ganz gleich, wie der Wind weht. Ein Mann mit Hund beäugt den herumstehenden Raucher argwöhnisch und geht provozierend dicht an ihm vorbei. Kurz darauf wechselt eine Frau mit Hund die Straßenseite.

Freddy tritt die Zigarette aus, nimmt die Sporttasche

in die Hand und macht die letzten Schritte auf die Haustür zu.

»Soweit ich weiß, habe ich vorhin nichts von Wiederkommen gesagt«, stellt der junge Mann fest.

»Redest du mit mir?«, kontert Freddy mit erhobenem Kinn. »Laberst du mich an?«

Er spielt die Szene so gut, dass der junge Mann zurückweicht. Anstalten, seine Familie vor dem Eindringling zu schützen, macht er nicht.

Freddy stellt die Tasche im Flur ab und zieht die Lederjacke aus. Dann nimmt er das Foto aus der Brusttasche.

»Weißt du, wer das ist?«, fragt er den jungen Mann.

Der schüttelt den Kopf.

»Das ist deine Frau. Die kannte ich schon, als sie so klein war. Kapierst du das?«

Im Wohnzimmer sitzt Rosa auf dem Sofa. Das Baby liegt auf ihrer Schulter, sie tätschelt ihm den Rücken.

Das ältere Kind kauert auf dem Fußboden und malt. Es hat einen Zeichenblock und eine Plastikdose voller Wachsmalkreiden vor sich. Als Freddy eintritt, dreht es sich um, schaut zu ihm hoch und sagt: »Du stinkst nach Rauch.«

»Was malst du?«, will Freddy wissen.

»Griechenland.«

»Warst du schon mal in Griechenland?«

»Ja, im Sommer.«

Am Himmel steht eine Sonne mit langen gelben Strahlen.

Das Meer ist tiefblau.

»Ich weiß nicht, wie ich die weißen Häuser malen soll«, sagt das Kind.

»Mal halt nur mit Schwarz die Umrisse«, schlägt Freddy vor.

Das Mädchen mustert ihn.

»Wie heißt du?«

Die Antwort kommt wie ein *Anchor Punch*.

»Ich heiße Freddy«, sagt Freddy.